rororo

rororo

Zu diesem Buch Sie hat das Gesicht einer exotischen Priesterin und steht in der Broadway-Produktion «Sterben ist leicht» auf der Bühne. Dimanche, die Punk-Pop-Queen, spielt eine Schauspielerin, die am Vorabend ihres Debüts ermordet wird, die wiederum eine Schauspielerin spielt, die am Vorabend ihres Debüts ... Wie leicht sterben in Wirklichkeit ist, erlebt Dimanche, als sie mit einer .38 Special von der Bühne gepustet wird. Aber unter Theaterleuten gilt die eherne Broadway-Regel: *The Show must go on.*

Die Bevölkerung von New York läßt dieser starke Abgang kalt. Die Stadt befindet sich in einem Zustand kollektiver Erregung. Jeder ist von der Seuche, der Lotto-Manie, befallen – schließlich stecken zig Millionen Dollar im Jackpot. Neben der Lotto-Hysterie steht noch ein ganz anderes Spektakel bevor: der Stadtmarathon. Da paßt die Ermordung eines nicht zu identifizierenden Joggers verzüglich in das Konzept der Sensationspresse.

«Mich interessiert nicht, wie Menschen abgeschlachtet werden. Aber ich finde es interessant, was mit Menschen passiert, die an einem Mord beteiligt sind: Tätern, Opfern, Ermittlern», sagt Jerry Oster, den die *New York Times* als den besten Krimiautor der letzten Jahre bezeichnete. Für seinen Kriminalroman «Sturz ins Dunkel» (Nr. 43303) wurde ihm 1999 der *Deutsche Krimipreis* verliehen.

JERRY OSTER

Nowhere Man

Deutsch von
Martin Hielscher

Rowohlt Taschenbuch Verlag

rororo thriller

Herausgegeben von Bernd Jost

Für Diane Cleaver

10.–16. Tausend November 1999
Neuauflage
Veröffentlicht im Rowohlt Taschenbuch Verlag GmbH,
Reinbek bei Hamburg, Oktober 1989

Die Originalausgabe erschien unter dem Titel
«Nowhere Man» bei Harper & Row, New York

Redaktion Peter M. Hetzel
Umschlaggestaltung Notburga Stelzer
(Foto: ZEFA – Dennis Cooper)
Gesamtherstellung Clausen & Bosse, Leck
Printed in Germany
ISBN 3 499 43378 8

I

In einen zur Jahreszeit unpassenden, großen grauen Mantel gehüllt, hätte die Gestalt ein Mann, aber auch eine Frau sein können.

Er oder sie – oder es – kam zwischen zwei der Lieferwagen hervor, die in eine Reihe an der Westseite der Crosby, zwischen Prince und Houston, parkten – Lieferwagen, die am Tag die Waren schicker Delikatessenläden, Boutiquen und Kunstgalerien transportierten.

Der Jogger stolperte, weil er nicht gewohnt war, bei seinem frühmorgendlichen Lauf irgend jemanden zu sehen. Vor allem irgend jemanden, der sich ihm mit ausgestreckter Hand näherte, wie die Gestalt es tat.

An diesem Morgen war der Jogger zufällig früher als sonst aufgebrochen. Es dauerte eine Weile, bis er begriff, um wieviel früher. Als er am Washington Square Park vorbeigelaufen war, war ihm aufgefallen, daß keine anderen Jogger unterwegs waren, komisch, denn um diese Jahreszeit steigerten die ernsthaften Jogger ihr Laufpensum, um sich auf den Marathonlauf im nächsten Monat vorzubereiten, und manche von ihnen liefen zweimal am Tag, zu jeder Tages- und Nachtzeit und bei jedem Wetter. Komisch auch, daß so viele Leute im Park waren. Natürlich, es war Spätsommer, und der Park wurde immer noch rund um die Uhr frequentiert. Aber wirklich komisch war, daß die Leute, die dort nachts immer herumhingen, wach waren, noch unter Strom von letzter Nacht, und nicht ausgebrannt und verkatert in den Klauen des Morgens danach. Einer von ihnen, ein schwarzer Teenager, lief an der Washington Square West ein paar Schritte neben ihm her und drehte seinen Ghetto-blaster etwas leiser, um ihn anzusprechen. «Hey, Brother. Haste mal 'nen Streichholz?» Er blieb stehen, lachte über seinen Witz und drehte die Commodores wieder lauter: *Night Shift*.

Auf der McDougal Street, zwischen Third und Bleecker, bemerkte er, daß die Stahlrolladen des Falafel-Imbisses, der sonst immer gerade öffnete, wenn er kurz nach sechs vorbeilief, noch heruntergezogen waren. (Jeden Morgen überlegte er, warum der Imbiß eigentlich so früh öffnete: Wer aß so etwas um diese Zeit? Oder war der Laden bloß die Fassade für etwas anderes?) Auf der anderen Seite der Houston Street, ein kurzes Stück nördlich der Prince, sah er auf der Uhr im Fenster der Kindertagesstätte, daß es erst kurz nach vier war.

Er schloß daraus, daß er von allein aufgewacht war, obwohl er sich eingebildet hatte, daß der Wecker geklingelt und er daran herumgefummelt hatte, um ihn auszustellen. Ohne auf die Uhr zu sehen, war er aus dem Bett gekrochen, ins Badezimmer gegangen, und hatte seine Joggingkleidung angezogen, die noch von gestern zum Trocknen an der Duschstange hing. Damit sie nicht aufwachte, hatte er kein Wasser auf kleiner Flamme aufgesetzt, damit es kochte, wenn er zurückkam, und er Kaffee machen konnte. Er hatte auch nicht das Radio eingeschaltet, um die Temperaturen zu erfahren. Er konnte das Wasser später aufsetzen. Er duschte und mußte bloß eine Hand aus dem Badezimmerfenster halten, um festzustellen, daß er kein Sweatshirt oder die Trainingshose brauchte, obwohl er sie eine Woche vorher angezogen hatte, als der Herbst einen Vortrupp geschickt hatte. Es mußte Viertel vor vier gewesen sein, als er aufgewacht war: Kein Wunder, daß sie sich nicht gerührt hatte; kein Wunder, daß der Portier auf seinem Hocker geschlafen hatte.

Die MacDougal endete an der Prince, und er wandte sich nach Osten zur Sullivan und lief sie dann in südlicher Richtung entlang, bis sie an der Broome endete, dann die Sixth Avenue bis Grand hinunter, dann wieder gen Osten, über Thompson, West Broadway, Wooster, Greene, Mercer, Broadway. Auf der Crosby wandte er sich nach Norden und lief an der Spring und an der Prince vorbei.

Sie würde nicht wach werden, wenn er zurückkam. Er könnte duschen, sich rasieren, sich anziehen und verschwinden, ohne sie zu wecken. Das wäre in Ordnung: Er könnte später anrufen und sagen, daß es ihm leid täte. Und weil sie ihn vermißt und sich Gedanken und vielleicht sogar Sorgen über ihn gemacht hätte, hätte sie schon vergessen, wie wütend sie auf ihn gewesen war. So wütend war sie auch gar nicht gewesen: Sie war nicht nach Hause gegangen, hatte nicht gesagt, daß es so einfach nicht klappen könnte und daß sie aufhören würde, es noch weiter zu versuchen, weil er es einfach nicht versuchte, sich einfach nicht genügend Mühe gäbe.

Der Jogger stolperte, weil er normalerweise nur ein paar andere

Jogger sah (alle drehten ihre Runden um den Washington Square Park, eine Strecke, die er ermüdend fand, daher seine Ausflüge nach SoHo); Körper, ausgestreckt auf den Bänken im Park, von ausgebrannten und verkaterten Leuten in den Klauen des Morgens danach; den Verkäufer im Falafel-Imbiß; manchmal einen Mann mittleren Alters – jedesmal einen anderen Mann –, der seinen Hund ausführte – jedesmal einen anderen Hund –, auf der McDougal oder Sullivan; den Verkäufer eines Delikatessengeschäftes an der Ecke von Sixth und Broome, das früh öffnete (obwohl es nicht so früh öffnete, daß es an diesem Morgen schon offen gewesen wäre); die Angestellten der Werkstatt, die die ganze Nacht geöffnet hatte; einige Penner, die auf einer hellerleuchteten Laderampe an der Crosby nördlich der Houston schliefen; vielleicht einen Wächter der New York University, der aus seiner Loge am Washington Place herauskam, um ein bißchen Luft zu schnappen; wieder die Jogger, die um den Park liefen, denn für eine Viertelrunde tauchte er dort noch mal auf, bevor er seinen Lauf unter dem Triumphbogen an der Fifth Avenue beendete; und natürlich seinen Portier, Teddy – und an den Wochenenden Pat. Jedenfalls niemanden, der sich ihm mit ausgestreckter Hand näherte, wie die Gestalt es tat.

Er stolperte und hatte drei Gedanken.

Erstens: daß er oder sie – oder es – ihm etwas anbot, einen Talisman oder einen Schatz, den er verstecken sollte. Eine romantische, lächerliche Vorstellung.

Zweitens: eine Überlegung, die der ersten auf dem Fuß folgte: daß er zur Rede gestellt wurde, daß die Gestalt der Hüter der Straße war, sein… wie hieß er noch? Zerberus? Nein, Zerberus war ein Hund, ein Hund mit drei Köpfen. Charon – so hieß er; Charon, der Fährmann. Passender, weil düsterer, wenn auch nicht weniger albern. Denn: ließ Charon je einen aus der Hölle zurückkommen?

Drittens: ein Gedanke, der sein erster hätte sein sollen (denn dies war schließlich New York City, die Hauptstadt der Welt, die Heimat von Tausenden – oft schien es: von Millionen – Obdachlosen): daß er um eine kleine Spende gebeten wurde. Das schien plausibel, auch wenn es überhaupt nicht plausibel war, daß ein Bettler denken könnte, jemand in Unterhemd, Shorts und Turnschuhen hätte irgendwelches Kleingeld bei sich. Der dritte Gedanke des Joggers war sein letzter, denn das, was die Gestalt ihm entgegenhielt, war kein wertloses Schmuckstück, auch keine Hand, die ihn stoppen wollte, sondern eine Pistole. Die Kugel schlug ein Loch in seine Stirn und beendete das Denken.

«Haste das gehört?»
«Was?»
«Den Knall. Wie 'ne Fehlzündung.»
«Alles, was ich höre, Jer, ist die Brandung am Strand von Waikiki, da sind wir nämlich bald, wir haun aus dieser miesen Garage mit ihren miesen Autos ab, sobald wir rausgekriegt haben, wie wir das Lotto knacken.»
«Da gibt's überhaupt nichts zu knacken, Artie.»
«Da is Geld drin, und da gibt's auch 'n Weg, das Ding zu knacken.»
«Erzähl das mal Jackie Sharps.»
«Was meinste?»
«Ich mein, er sitzt Punkte ab in Rahway, das mein ich. Erzähl ihm mal: ‹Jackie, da is Geld drin, da gibt's 'n Weg, das Ding zu knacken. Und daß du jetzt Punkte absitzt in Rahway, Jackie, tja, Pech im Spiel.›»
«Er hat den *Weg* gefunden, Jerry. Er war *in* der Bank, als sie ihn schnappten.»
«Und jetzt ist er in Rahway und wird von so 'nem *Shwartzer* bis obenhin mit Horse abgefüllt. Holst du den blauen Marquis her?»
Wie alle guten Komikerduos waren sie ungleich gebaut – Jerry kurz und gedrungen, Artie groß und dünn. Wie alle guten Komikerduos redeten sie immer aneinander vorbei. «Was ist mit den Tischtennisbällen?» sagte Artie.
«Der blaue Marquis is für um sechs. Du hättest ihn längst herholen solln. Was für Tischtennisbälle?»
«Wenn der Typ ihn um sechs haben will, hol ich ihn um fünf vor sechs. Die pumpen doch Luft in diese Riesentrommeln voller Tischtennisbälle, oder? Die Bälle fliegen rum, sie öffnen die kleine Falltür, einer der Bälle fliegt hoch, und die Zahl drauf is eine der Zahlen, die gewinnen, oder?»
«Was ist mit dem grauen Fleetwood?»
«Der graue Fleetwood ist für um sieben, zum Teufel. Wenn du ihn jetzt holst, wo wollste ihn denn hinstellen, auf die Straße? Die Straße is mit Lastern vollgeparkt. Wir könnten die Bälle präparieren, Jerry, das mein ich. Ich mein, jemand muß sie doch machen, oder?, und jemand packt sie in die Riesentrommeln. Vielleicht gibt's da 'ne Möglichkeit, sie zu präparieren, damit sie zu schwer sind, um hochzufliegen, wenn sie die kleine Falltür aufmachen, oder zu groß, um durchzupassen, klar?, nur die nicht, auf die wir setzen, bei denen wir den Typen, der sie macht, oder den, der sie in die Riesentrom-

meln packt, dazu kriegen, daß er, du weißt schon, dafür sorgt, daß sie nicht wie die anderen Bälle sind.»

«Hey, wer is das denn?»

«Hörst du mir eigentlich zu, Jer? Oder was?»

«Da. Andere Straßenseite. Sieht wie eine von diesen Pennerinnen aus.»

«Sieht wie 'n Mann aus.»

«Sieht wie 'ne Pennerin aus, die 'n Haufen Mäntel anhat.»

«Warum zum Teufel solln die denn mitten im Sommer so 'n Haufen Mäntel anhaben?»

«Letzte Woche war es kalt. Ich hab lange Unterhosen angehabt.»

«Weil du 'ne Drecksau bist, Jerry... Was is mit der Nutte, die die Bälle aus den Trommeln holt? Meinst du, daß sie für 'n Abschlag von den zweiundfünfzig Millionen die herausholt, kapierst du, die wir angekreuzt haben?»

Jerry lachte. «Klar, Artie. Ruf sie einfach an, machst du's mal eben?»

«Und wenn ich dir sage, ich hab 'ne Verabredung mit ihr?»

«Quatsch.»

«Ich wußte, daß du das sagst, wenn ich's dir erzähle. Gib's zu, du bist eifersüchtig.»

«Ha!»

«Keine Frage. Du bist eifersüchtig, Babe. Du bist eifersüchtig, weil du weißt, daß sie tolle Titten hat – das hast du selbst gesagt, letztes Mal, als wir Lotto im Fernsehen gesehen haben.»

«Wie heißt sie?»

«Glaubst du, das erzähl ich dir?»

«Wie heißt sie, Artie?»

«Angela.»

«Angela was?»

«Muldoon.»

«Quatsch.»

«Was soll ich dir noch erzählen? Sie ist halb Italienerin, halb Irin.»

«Welche Hälfte gehört ihrer Möse?»

«Hey, paß auf, was du sagst.»

«Wann gehst du mit ihr aus, Artie?»

Artie bückte sich, um seinen Schuh zuzubinden.

«Na? Na?»

«Ich geh nicht mit ihr *aus*, aber vielleicht, weißt du, treff ich sie, vielleicht. Ihre Schwester ist 'ne Krankenschwester, wie meine

Schwester. Ich könnte auf jeden Fall 'ne Verabredung mit ihr hinkriegen, wenn ich's drauf anlege. Aber erst mal mach ich mir 'nen Plan.»

«Weißt du, was mir mal jemand gesagt hat, Artie?»

«Daß du 'ne Drecksau bist?»

«Mir hat mal jemand gesagt, verwechsel niemals Frauen und Geschäfte. Und weißt du, wer mir das gesagt hat?»

«Deine Mutter?»

«Laß meine Mutter da raus. Wenn du nicht willst, daß ich mal nachforsche, welche Hälfte Angelas Möse ist, dann laß meine Mutter da raus. Wer mir gesagt hat, verwechsel niemals Frauen und Geschäfte, war Jackie Sharps.»

«Jackie Sharps, Jackie Sharps, Jackie Sharps.»

«Der Punkte in Rahway absitzt, weil er sie verwechselt hat, Frauen und Geschäfte. Bevor er die Bank geknackt hat, ist er mit 'ner Kassiererin ausgegangen, die da arbeitete. Sie erklärte ihm den Lageplan, an welchen Tagen die Purpleator-Kuriere kamen, die Anlage. Jackie glaubt, daß sie gesungen hat.»

«Hey, schau mal.»

«Was?»

«Schau mal, Jer. Ein Mann. Das gucken wir uns mal an.»

«Ich sollte wohl besser den blauen Marquis holen.»

«Los, *komm.*»

Sie bewegten sich seitwärts, auf den Fußballen, mit ausgestreckten Armen. Krabben in der Stadt.

«Heilige Scheiße.»

«Mein Gott.»

«Faß ihn nicht an, Artie.»

«Ich muß ihn doch anfassen, wenn ich sehen will, ob er tot ist, oder nicht?»

«Ob er *tot* ist?»

«Oh, Scheiße. Guck mal. Genau zwischen die Augen.»

«Ich kotze gleich, Mann.»

«Was is das denn?»

«Los komm, Mann. Wir sollten die Cops rufen, oder so.»

«Guck mal. Jerry, guck mal.»

«Ich will nicht gucken.»

«Jerry, guck mal. Was da aus seinen Shorts raushängt.»

«Ich will's nicht sehen.»

«Ein Lottoschein.»

«Wen zum Teufel interessiert das denn jetzt, Mann?»

«Und was is, wenn's das Gewinnlos ist, Jer?»
«Wen zum Teufel *interessiert* das denn jetzt, Mann?»
«Ich behalte es.»
«*Art*ie.»
«Du sagst überhaupt nichts, Jer. Wenn die Cops kommen. Okay?»
«Okay.»
«Du sagst überhaupt *nichts*, Jer. Schwörst du das?»
«Ja.»
«Schwörst du bei *Gott*?»
«Ich sagte ja.»
«Dann tu's.»
«Ich... ich schwöre bei Gott.»

2

Charly Johnstone zwängte sich zwischen die Lehnen eines Sitzes in der Mitte der dritten Reihe im Parkett des Kean Theaters, gerade als der Vorhang hochging. «Eine neue Premiere, eine neue Show», summte Charly.

Der Vorhang ging gleich wieder herunter, denn es war eine Probe, keine Aufführung, nur eine technische Probe für die Bühnencrew. Der Regisseur, Jay Dillen, wollte, daß der Vorhang so aufgezogen wird, daß es – wie er dem Bühnenmanager erklärte – «eine gewisse Spannung in sich hat.»

«Spannung», flüsterte Charly ihrem Begleiter zu, dem Reporter einer lokalen Zeitung aus New Jersey (die *East Underpass Gazette* hatte Charly sie im Mayfair-Public-Relations-Büro immer genannt), «besitzt diese Produktion geradezu in Überfülle. Schreiben Sie das bitte nicht, Love. Schreiben Sie, daß die Proben und Previews ein Soufflé von unerhörter Geschliffenheit waren. Das schreibt man S-o-u-»

«Charly!» sagte Dillen, denn dank Charlys Flüstern konnte man ein Taxi, das einen Block weit entfernt parkte, bestellen. Sanft fügte er hinzu, «Vielen Dank, Darling.»

Sie sahen zu, wie der Vorhang einige Male hinauf- und wieder hinunterging. «Bei diesem letzten Mal habe ich intensive Spannung verspürt.» Charly lehnte sich zurück, um den Reporter zu mustern. «Bestimmt bin ich nicht die erste, die Ihre unheimliche Ähnlichkeit mit Woody Allen feststellt. Ist die, äh, Schmiere normalerweise Ihr Ressort? Ich glaube nicht, denn Charly kennt jeden Schreiber und Schnorrer am Broadway, um nicht zu sagen, jede Hure und Taschendiebin.»

«Ich schreibe hauptsächlich über Lokalpolitik», sagte der Reporter. «Stadtrat, Schulausschuß. Aber ich kümmere mich auch um Theater und Oper in der Nachbarschaft. In meiner freien Zeit.»

«Schön.» Charly sank in ihren Sitz zurück. Es gab keine schlechte Publicity, sagte man in der PR-Branche, und keine Zeitung, die zu unwichtig wäre, um dort eine Meldung zu plazieren; aber es gab auch Gelegenheiten für ein Nickerchen, die man nicht auslassen durfte.

Der Reporter holte ein winziges Ringbuch mit einem gelben Umschlag heraus. «Äh, worum geht's denn in dem Stück?»

«Gute Frage. Eine Frage, die zu meiner Zeit – wir sprechen hier über Erdzeitalter: Äonen, nicht bloß ein paar Dekaden – nicht wenige Kritiker in den Pausen nicht weniger Stücke an ihre Frauen gerichtet haben, damit ihre Kritiken nicht verrieten, daß sie geschnarcht hatten, als sie statt dessen der Poesie, die über ihren Stecknadelköpfen verkündet wurde, hätten Beachtung schenken sollen. Das Stück ist ein Stück in einem Stück in einem Stück in einem Stück in einem Stück und so weiter, zurück – oder ist es vorwärts? – bis in die Unendlichkeit. Es ist ein Stück – und das ist so schrecklich geistreich daran – über eine Schauspielerin, die ermordet wurd am Abend vor ihrem Broadway-Debüt in einem Stück über eine Schauspielerin, die ermordet wird, et cetera, et cetera, et cetera. Ein Stück, das *Noises Off* wie *Godot* erscheinen läßt, ein Stück wie eine Chinesische Dose, was mich an einen herrlich schmutzigen Witz erinnert, den ich gerade gehört habe. Zwei, äh, orientalische Gentlemen gingen gerade die –»

«*Char*ly!»

Charly faltete ihre Hände vor sich wie ein aufmerksames Schulmädchen. Als nichts passierte, drehte sie sich in ihrem Sitz um. «Also, was hält denn nun die Sache auf, bitte? Ah. Ich sehe. Heute ist Beflaggung angesagt, ein Tag für Golddruck. So ist das bei einer Aufführung vor hohen Herrschaften, Love. Der Herr im grauen Anzug – im grauen Anzug für achthundert Dollar? Martin Klein, der letzte der großen Broadway-Moguln, ein Mann, der David Merrick zum Mittagessen verspeist, mit Jimmy Nederlander als Vorspeise und Joe Papp als Nachtisch. Die alte Schleuder – machen Sie daraus vornehme Witwe – an seinem Arm? Vivian Thibault Wyndham, Erbin, Wohltäterin, und jede sonstige -erin, auf die Sie nur kommen können. Eine reiche alte Schachtel, mit einem Wort, die unsere Unternehmung hier unterstützt mit einer Summe von – Ach, lassen wir das. Ich fürchte, das ist nicht für Ihre Ohren bestimmt, Love. Wer dort am Ende der Reihe sitzt und wie eine schlechte Kopie von Keith Richards aussieht – nur damit Sie all die Namen und Rollen der Schauspieler haben –, ist Kevin Last, Dimanches Hauptlover und, im Stück, ihr Gegner, der, wie Dimanche, seinen ersten Auftritt auf der Bühne eines richtigen Theaters hat, obwohl er schon, wie sie, in vielen Rock'n'Roll-Läden die Leute mit seinen 'eavy-Met'l-Possen zu Beifallsstürmen hingerissen hat. Kevin tritt erst in der 2. Szene auf. Der Knabe in den Lederlumpen ist, müssen Sie wissen, Jay Dillen, der Regisseur, der Mann, ohne den das Stück bloß Worte auf einer Seite wären, die Schauspieler bloß ein Haufen –»

«Ruhe bitte, meine Damen und Herren. Und Charly auch. Vorhang bitte.»

«Komisch. Sehr komisch... Ah, da ist sie, die legendäre Dimanche. Schauen Sie sie sich bitte mal an. Ist sie nicht entzückend? Gott, was für ein Gesicht! Ein Modigliani-Gesicht nannte es *People* einmal, aber ungenau. Ein Gesicht wie von Giacometti, schrieb *Newsweek*, dito. Das Gesicht einer exotischen Priesterin, riskierte *Rolling Stone* und landete fast einen Treffer, meine ich, aber dann besudelten sie das Ganze dadurch, daß sie sie eine weiße Grace Jones nannten. Grace Jones, ich bitte Sie, puh!

Sie werden sicher festhalten wollen, was sie trägt. Ihre Leserinnen lieben das, und Ihre Redakteure, also, die werden ordentlich beeindruckt sein. Wie Sie sehen können, spielt diese Szene in einer Garderobe hinter der Bühne eines Theaters, nicht unähnlich diesem Theater, einem Theater, an dem ein Stück aufgeführt werden soll über eine Schauspielerin, die am Vorabend ihres Debüts in einem Stück ermordet wird über eine Schauspielerin, und so weiter. Sie trägt die Art von Sachen, von denen der Autor unter allen Umständen annimmt, daß Schauspielerinnen sie tragen, wenn sie sich ausruhen, und offensichtlich ist der Kostümdesigner gleicher Meinung – ein weißes, gestepptes Polyesterhauskleid mit schwaren Samtrevers von Fernando Sanchez von Bergdorf Goodman. Darunter – Sie werden einen Blick darauf werfen können, wenn Gott Ihr Kopilot ist, es ist *alles*, was sie darunter trägt – schwarze Seiden-French-Knickers von Argenti, dessen Name sich auf den Hüften aller erfahrenen Frauen findet. Ihr Haar... Sie werden sicher über ihr Haar schreiben wollen... naturblond – glauben Sie mir –, kurz- und stumpfgeschnitten, und zwar nicht in einem Salon, wo alles, was die kennen, die Frisuren sind, die sie in irgendwelchen Zeitschriften sehen, sondern bei den Astor-Place-Coiffeuren, wo sich die Kunden und Friseure täglich – stündlich – zusammentun, um neue Stile auszuhecken. Ist sie nicht ein Traum? Ein gehender, redender, lebender, atmender –»

«Also gut, können wir mal einen Moment aufhören, bitte.» Jay Dillen ging den Gang von seinem provisorischen Arbeitstisch, an dem er hinten im Parkett gesessen hatte, hinunter. Eine Hornbrille hing an einem Band um seinen Hals. Er fuhr mit einer Hand durch sein welliges, graumeliertes Haar. «Dimanche, Honey, die Stelle lautet –»

«Ich weiß, wie die Stelle lautet», sagte Dimanche und zog den Gürtel um ihren Hausmantel, den sie während der Szene unverschämt weit offen gelassen hatte, obwohl sie mit ihrem Rücken zum Rampenlicht saß, geziert fest, einer Szene, in der sie allein auf der Bühne war und einen Monolog an ihr Abbild im Spiegel hielt. Dillen breitete seine Arme aus. «Also, bitte?»

«Sehen Sie, Love», wisperte Charly, «wir werden nun Zeugen einer weiteren Episode, die die Leute im Showbusiness produktive Differenzen nennen. Dimanche kennt die Stelle, behauptet sie jedenfalls, und ich glaube ihr, aber es ist ihre feste Überzeugung, daß der Text hier irgendwie mangelhaft ist... wie auch immer. Er klingt falsch für sie, nicht nur im Zusammenhang mit dem ganzen Stück, sondern auch im Verhältnis zu dem, was die Schauspieler den *Subtext* nennen, was, wenn ich es definieren müßte, und ich sehe an den Furchen auf Ihrer Stirn, daß ich es wohl muß –»

«Verdammtnochmal, Charly!» Dillen stand am Ende ihrer Reihe und starrte finster hinüber.

«Jay?» Dimanche war an die Rampe gekommen und saß mit den Beinen gekreuzt. Ihr einzigartiges Gesicht – schmal, eckig, streng, exotisch – konnte, wenn sie wollte, zum Gesicht einer Ausgestoßenen werden, eine Rolle, zu der ihre Haltung beitrug. «Ich stelle mich nicht an. Du verstehst das so, ich sehe es anders. Ich habe jetzt eine ganze Weile so gespielt, wie du die Rolle interpretierst. Ich will einfach nur, daß du mir die Chance gibst, sie mal so zu spielen, wie ich sie verstehe. Bloß um zu sehen, wie es geht. Cass siegt bei jedem Wortwechsel, den sie hat. Wenn sie sympathisch wirken soll, muß sie auch ein paar verlieren; ihr müssen ab und zu mal die Worte fehlen. Mir gefällt der Gedanke, daß ihr gerade in dem Augenblick die Worte am meisten fehlen, wo sie mit sich selbst redet, und deshalb habe ich eben versucht, ein bißchen zu stottern, was du so verstanden hast, als hätte ich meinen Text nicht gelernt. Ich kenne meinen Text. Ich kannte meinen Text schon wenige Tage, nachdem ich die Rolle bekommen hatte. Du bist ein Profi. Für mich ist das alles neu. Aber ich kenne das Leben. Wenn Cass nicht real wirkt, wenn sie nicht lebendig wirkt, dann wird es niemanden berühren, wenn sie ermordet wird.»

«Hört, hört», flüsterte Charly. «Sie werden bemerken, daß jemand, der bei einer solchen Auseinandersetzung eigentlich zu entscheiden hätte – z. B. die Autorin B. G. Harris –, nicht anwesend ist. Der Grund für ihre Abwesenheit ist, daß sie just in diesem Augenblick in einem Zimmer hinter der Bühne auf ihrer Schreibmaschine tipp, tipp, tippt und versucht, eine andere Szene umzuschreiben, deren, äh, Glaubwürdigkeit Dimanche in Zweifel gezogen hat.»

Dillen spitzte wiederholt die Lippen und sah aus wie ein Fisch auf dem Trockenen. Seine Vorstellung von Zusammenarbeit war es nicht gerade, offenen Widerspruch zu erhalten – und dann auch noch so sanft –, und er suchte nach einer Entgegnung. Dann sah er die Pistole, die aus einer Tasche von Dimanches Hausmantel hervorlugte. «Was *zum Teufel* ist das denn?»

Dimanche wußte, ohne hinzusehen, wovon er sprach.

«Jay –»

«Verdammtnochmal Dimanche, erst hast du sie in Szene vier aus deiner Hose raushängen lassen, und jetzt willst du, daß sich die Zuschauer von dem Augenblick an, wo der Vorhang aufgeht, darüber den Kopf zerbrechen?»

«Darüber nachdenken, ja.» Dimanche erhob einen Finger wie bei einem altklugen Kind. «Aber das ist alles. Sie sollen nicht wissen, was sie bedeutet, nicht wissen, daß sie eine Requisite aus dem Stück im Stück ist. Sich bloß Gedanken machen.»

Dillen hob seine Arme und ließ sie wieder fallen. «Worüber *ich* mir Gedanken mache, ist, wo ist eigentlich die Motivation?»

Dimanche lächelte. «Wenn die Leute in Szene vier sehen, Jay, daß die Pistole in der Hüfttasche ihrer Jeans steckt, werden sie verstehen, was von Anfang an die Motivation gewesen ist. Die ist einfach genug: Cass will sterben. Sie würde sich umbringen, wenn das erforderlich ist; sie würde jemanden töten und den Tod als Konsequenz akzeptieren; sie würden mit jemandem kämpfen – ihrer Mutter, Buddy, Todd, Diana, es spielt keine Rolle – in der Hoffnung, daß sich ein Schuß löst und sie tötet. Du bist ein Profi. Ich bin hier neu. Aber man muß kein Profi sein, um die Motivation zu verstehen. Man muß nur ein bißchen gelebt haben.»

Dillen nahm die Haltung von jemandem ein, der eine ganze Menge gelebt hatte. «Das bringt mich auf etwas, über das ich jetzt gar nicht reden wollte, aber da wir schon einmal dabei sind, Freddy erzählt mir, daß du die Waffe mit nach Hause genommen hast, daß du sie mit auf die *Straße* genommen hast. Das ist verrückt, Baby. Du wirst festgenommen. Du wirst umgebracht. Was ist, wenn sie dir aus der Tasche fällt? Was ist, wenn du von einem Bus gerammt wirst?»

«Freddy», flüsterte Charly, «ist der Bühnenmanager. Paßt auf die Requisiten auf, solche Sachen.»

Dimanches Lächeln war diesmal trauriger. «Jay, wenn ich nicht weiß, was für ein Gefühl das ist, mit einer Waffe herumzulaufen, werde ich nicht wissen, was für ein *Gefühl* das ist. Wenn ich von einem Bus gerammt werde, werden die Leuten endlich wissen, worüber sie schon immer nachgedacht haben–» sie hob den Aufschlag ihres Hauskleides, nicht provozierend, sondern so, wie ein Kind ein neues Kleidungsstück vorführt –, «daß ich schwarze Stepphöschen trage. Cass braucht die Waffe, Jay, wie sie Sauerstoff braucht – *mehr* als Sauerstoff. Ohne Sauerstoff wäre sie bloß tot; ohne die Waffe wäre sie nichts.»

«Gott, was für Einsichten», sagte Charly. «Zu dumm, daß sie nicht eine Kritik über diese Inszenierung schreibt, statt darin mitzuwirken. Sie werden nicht ein Wort davon schreiben, Love. Wenn auch nur ein Komma dieser Auseinandersetzung in Ihrer drolligen kleinen Zeitung erscheint, schlage ich Sie mit *Playbill* tot und lasse Ihren Leichnam von der Kasse für verbilligte Karten am Times Square baumeln.»

Die Drohung war unnötig; der Reporter war immer noch gelähmt von dem flüchtigen Blick auf Dimanches Unterwäsche, ein Geheimnis, von dem er nie geträumt hätte, daß er es teilen könnte, da Gott keinesfalls sein Kopilot, ja nicht einmal beim gleichen Geschwader war.

Dillen, ein Mann um die einsachtzig, schien kleiner zu werden. «Also gut, vielleicht. Aber eine *echte* Waffe? Ich meine, lauf doch mit einer aus der Requisite herum. Wir besorgen dir eine aus der Requisite, Dimanche, mit einem Schulterhalfter und allem Drum und Dran.»

«Jay, wir haben das alles schon mal durchgekaut. Ich stand hinten im Parkett, während Freddy durch Szene vier latschte mit einer Waffe aus der Requisite in der Tasche, und sie sah genauso *aus* wie eine aus der Requisite, eine *billige* Waffe aus der Requisite. Er sagte, das wäre die beste, die die Requisite zu bieten hätte, und wenn das die beste war, will ich sie nicht.» Sie nahm die Waffe aus ihrer Tasche und hielt sie mit beiden Händen vor sich. «Weißt du, wie schwer eine richtige Waffe ist? Fühl mal. Sie ist erstaunlich schwer.»

«Also gut, Dimanche. Auf der Bühne – vielleicht. Aber auf der Straße?»

Dimanche winkte gereizt mit einer Hand ab. «Es ist doch nicht so, als ob ich –» fing sie an, wurde aber unterbrochen – oder ließ sich unterbrechen – von einem leichten Tohuwabohu hinten im Theater.

Auch Dillen drehte sich um, wie Charly, um zu sehen, was da los war.

«Oh, mein Gott. *Exeunt omnes* – oder jedenfalls die Dame, die die Schecks unterschreibt. Nun, Sie werden auf keinen Fall schreiben, Love, daß Mrs. Wyndham die Proben vorzeitig verlassen hat, in größtem Zorn und ihrem Silver Cloud. Wenn ich so darüber nachdenke, warum kommen Sie nicht ein anderes Mal wieder, näher am Premierentermin, wenn all die Falten ausgebügelt worden sind, all die Haken abgehakt, all die ...»

«Charly, ich möchte, daß Sie in mein Büro kommen.» Dillen hastete den Gang zurück. «Wir machen alle eine halbe Stunde Pause. Seien Sie pünktlich um halb vier wieder da.»

Charly tippte mit einem Fingernagel auf das Notizbuch des Reporters. «Soufflé. S-o-u-f-f-l-e, *Accent aigu*.»

Die Hände auf ihren Hüften, ihr Fernando-Sanchez-Hauskleid leicht geöffnet, der mit Spiegeln besetzten Wand ihrer Garderobe zugekehrt, betrachtete Dimanche mit dem größten Desinteresse, das sie aufbringen konnte, die Frau, die die Wand widerspiegelte: blondes Haar, kurz- und stumpfgeschnitten; die gelb-grünen Augen in diesem einzigartigen Gesicht; ein hervortretendes Schlüsselbein; kleine Brüste mit überraschend dunklen Brustwarzen, wenn man bedachte, daß sie naturblond war; eine hohe, schmale Taille, die noch schmaler durch die schwarzen Seidenstepphöschen wurde; die Beine und Füße einer Tänzerin. Mit dem größten Desinteresse, das sie aufbringen konnte, weil Dimanche selten einem Spiegel begegnete, der ihr nicht gefiel. Dieser war großzügig genug, die blauen Flecken zu dämpfen. Sie schreckte hoch bei einem Klopfen, und schloß ihr Hauskleid.

«Was?»

«Ich bin's.»

«Geh weg.»

Kevin Last öffnete die Tür und kam herein. «Bist du okay?»

«Nein, ich bin nicht okay. Und nein, ich will jetzt allein sein.»

Er setzte sich auf ihre Couch. «Willst du, daß ich dir beim Text helfe?»

Dimanche nahm das Skript von ihrem Umkleidetisch und warf es in eine Ecke – in seine Nähe, aber nicht nach ihm. «Du bist so mies wie alle anderen. Ich *kenne* meinen Text. Der *Text* ergibt keinen Sinn.»

Kevin zog die Luft durch seine Nase ein. «Vielleicht sollten wir mal ein bißchen Text *üben.*» Er steckte eine Hand in die Tasche seines Kenzo-Jacketts.

«Ich sagte dir schon – keine Drogen. Das ist hier nicht Rock and Roll, Kevin; das ist Broadway.»

«Scheiße, Baby. Mit 'nem neuen Hit bist du die Nummer eins. Du brauchst diesen Gig nicht.»

Sie kreuzte ihre Arme. «Du weißt doch, was unser Problem ist, Kevin? Ich spreche Englisch, du sprichst nur wie ein Musiker.» Sie hob ihren Kopf nachdenklich. Und ihr Problem war das des Stükkes: Sie zog Kevin jedesmal eins über den Schädel.

«Die Bad Brains spielen im CB», sagte Kevin. Es paßte zu dem, was sie gerade gesagt, aber nicht, was sie damit gemeint hatte. «Kommst du mit?»

Sie drehte sich wieder zu ihrem Ankleidetisch um. «Ich telefoniere, Kevin. Würdest du mich jetzt bitte entschuldigen?»

Er war schneller aufgestanden und an der Tür, als sie erwartet hatte. «Unser *Problem* ist, daß du Fotze vergessen hast, wo du herkommst.» Er knallte die Tür hinter sich zu.

Dimanche saß für einen Moment da, die Hand auf dem Hörer. Als sie ihre Beine kreuzte, spürte sie das Gewicht in der Tasche ihres Hauskleides. Sie nahm den .38 Revolver heraus und legte ihn auf den Tisch.

Auf die Straße. *Es ist nicht so, als ob ich auf die* Straße *ginge, wie die anderen Leute.* Das war es, was sie im Theater angefangen hatte zu sagen. Sie ging überhaupt nicht auf der Straße, außer um von der Bühnentür zu ihrer Limousine und von ihrer Limousine zu ihrer Haustür zu kommen. Sie ging nicht mehr einkaufen; die Designer kamen zu ihr, arrangierten private Modenschauen in ihrem Wohnzimmer und führten endlose Variationen von schwarzen Leder-Miniröcken, schwarze Jäckchen, blauen Jeansjacken, fingerlosen lila Spitzenhandschuhen, lila Pfennigabsätzen vor (während sie dasaß und heimlich über die .38 Special im Bund ihres schwarzen Lederminirockes lächelte). Sie ging nie in Restaurants (außer zu privaten Parties), in Museen und Galerien (außer zu Vernissagen), in Filme (außer zu Erstaufführungen), in Konzerte oder Clubs (außer wenn die Öffentlichkeit ausgeschlossen war). Sie ging niemals, ohne Ausnahme, spazieren, Busfahren, U-Bahn-Fahren, in einen Park, an den Strand, Radfahren, Rollschuhlaufen, Schlittschuhlaufen, in eine Pizzeria, Frisbee spielen – alles Dinge, die sie getan hatte, bis sie so berühmt wurde, daß es einen Auflauf gegeben hätte, wenn sie etwas davon tat, einen Auflauf, der in ihrer Vorstellung damit endete, daß die Straßen mit den Leichen von Hunderten von Teenage-Mädchen übersät waren, die alle blonde Haare hatten, kurz- und stumpfgeschnitten, und schwarze Lederminiröcke, schwarze Jäckchen, blaue Jeansjacken, fingerlose lila Spitzenhandschuhe, lila Pfennigabsätze, ein Armband aus Elefantenhaar und eins aus Kupfer und Halsketten aus Rheinkiesel trugen. Nachdem sie so berühmt geworden war, hatte sie noch eine Weile versucht, ein paar dieser Dinge zu tun, und zwar inkognito. Es war nicht schwierig – runter mit den Armbändern und der Halskette, ein buntes Kopftuch auf, eine unmodische dunkle Brille, ein ausgebeultes Sweatschirt, ein Paar alter Jeans, Turnschuhe; sie besaß immer noch solche Sachen, oben auf den Regalen und hinten im Schrank. Und es hatte funktioniert: Einmal war sie von der Fifty-ninth und Fifth zur Thirty-fourth und Seventh gelaufen und hatte dann die U-Bahn ins Village genommen, ohne ein zweites Mal von irgend jemandem angeschaut zu werden, der sie erkannt hätte; ein anderes Mal war sie zum Washington Square Park hinübergegangen, hatte auf der Kante des Brunnens gesessen, den *Rolling Stone* gelesen, einen Hot dog in der Hand, hatte beobachtet, wie Tony the Fireman seine Show abgezogen hatte, war nach Hause gegangen, ohne daß jemand auch nur versucht hätte, sie abzuschleppen, ohne von den Home Boys, die Drogen verkauften, angehauen zu werden. Aber beide Male hatte sie ihre Verkleidung herunterreißen, sich den Fetzen von ihrem Haar reißen, die Brille wegschleudern und das Sweatshirt ausziehen wollen, um das Jäckchen zu zeigen, das sie darunter getragen hatte – um die zu bleiben, die sie wirklich war oder geworden war –, und dazustehen in ihrer zum Markenzeichen gewordenen Pose, die Beine gespreizt, die Arme in die Seite gestemmt, und zu flüstern, wie sie ins Mikrophon flüsterte, wenn sie auf die Bühne kam, wobei sie glaubte, daß sie das auch ohne Verstärker konnte und genauso gehört wurde wie damals, als sie immer schrie: «*Who wants to party?*» Denn nur ihr Ruhm hielt sie aufrecht; sie brauchte ihn wie Sauerstoff, so wie Cass ihre Waffe brauchte.

Also hatte Kevin recht, oder zum Teil jedenfalls. Sie hatte nicht vergessen, wo sie herkam; sie konnte es bloß nicht riskieren, sich daran zu erinnern.

Sie wählte und strahlte, als jemand abnahm.

«Hallo. Kannst du mal für einen Moment rüberkommen? Ich brauche einen Freund.»

3

«Er weiß es.»

«Wer?»

«Der Cop. McIvan.»

«Woher zum Teufel soll er's denn wissen, Jerry?»

«Schau dir doch bloß ma an, wie er uns beobachtet.»

«Nein, Jerry, schau dir *nicht* an, wie er uns beobachtet. Wenn du weiter rüberglotzt, wie er uns beobachtet, dann fängt er an, drüber nachzudenken, wo du eigentlich hinglotzt, was dich so nervös macht.»

«Was is, wenn er uns deswegen in die Zange nimmt?»

«Reg dich ab, Jerry.»

«Wegen dem Los, mein ich.»

«Hey, Jerry. Wenn du das noch einmal sagst, dann hört er dich vielleicht, und dann *wird* er dich deswegen in die Zange nehmen. Im Moment hat er null Ahnung von irgend 'nem Los, also hör auf, Los zu sagen.»

«Gerade hast du's gesagt.»

«Weil ich's leise sagen kann, verstehst du, ohne mein Maul dabei allzu aufzureißen.»

«Er weiß es. Schau ihn dir doch ma an.»

«Also gut, schau ihn dir an, Jerry. Schau ihn dir an. Er weiß keinen Scheiß. Sieht er so aus, als ob er 'nen Scheiß wüßte? Schau ihn doch an, wie er in seinen ganzen Taschen rumkramt, als ob er was vergessen hätte, als ob er vergessen hätte, wer er ist.»

Detective Lieutenant Timothy McIver machte bloß Inventur: In der einen Hüftentasche hatte er ein Taschentuch mit seinen Initialen und in der anderen einen Kamm mit dem Namen der Apotheke darauf, ein Werbegeschenk.

In seiner linken Hosentasche hatte er, neben einer Einkaufsliste (Thunfisch, Brot, Hühnernudelsuppe, Hühnerbrust, Stove Top Stuffing, Pepsi, Budweiser Light), einen Coupon von einer Chinesischen Wäscherei und eine Eintrittskarte vom RKO Proctor's Sevenplex in New Rochelle, wo er und seine Frau gestern abend *Hollywood Vice Squad II* gesehen hatten. In seiner rechten Hosentasche hatte er, neben zwei Dimes, einem Nickel, zwei Pennies und zwei U-Bahn-Münzen, zwei Zehner, einen Fünfer und zwei 1-Dollar-Scheine in einer versilberten Geldklammer mit seinen Initialen darauf (ein Geschenk seiner Tochter zu seinem fünfzigsten Geburtstag).

In der linken Tasche seiner Sportjacke hatte er ein Flugblatt, das ein Treffen der Detectives Endowment Association ankündigte, in der rechten eine Packung Merits und ein vergoldetes Feuerzeug mit der Inschrift *Für Tim, In Liebe, Margaret*, ein Geschenk zum zwanzigsten Hochzeitstag von seiner Frau. In der linken Innentasche hatte er eine Brieftasche mit seinem Führerschein, Mitgliedskarten der DEA, des Automobile Club of New York, des Silver Screen Video Club und des New Rochelle Y, eine A&P-Scheckkarte, eine Sozialversicherungskarte, einen Blue-Cross-Blue-Shield-Gruppenausweis, einen Westchester-County-Board-of-Elections-Ausweis, eine Blutspenderkarte und eine Karte, die zur Brieftasche gehörte, auf der sein Name, seine Adresse und Telefonnummer eingetragen waren – von Margaret, die gewußt hatte, daß er es nicht tun würde.

In seiner rechten Innentasche hatte er seine Marke und seinen Ausweis vom Police Department. Sein Schulterhalfter trug seinen Namen auf den Gurt geprägt; sein Dienstrevolver trug eine Registriernummer. An seinem linken Ringfinger steckte ein Ring der St. John's University, '58er Klasse, mit seinem Namen auf der Innenseite. Sein Hemd trug ein Wäschereizeichen, an seine Sportjacke war immer noch ein Etikett vom Trockenreinigen ans Futter geheftet. Die Schlüssel, die von einem Ring an seinem Gürtel hingen, waren mit den Namen der Schlosser gestempelt. Warum hatten die beiden Wächter vom E-Z-Parkhaus nicht *seine* Leiche mitten auf der Crosby Street finden können? Er hätte nach ein paar Sekunden gewußt, wer der DOA wäre, und er hätte bloß noch den finden müssen, der ihn getötet hatte.

Der Leichnam mitten auf der Crosby Street war nicht so zuvorkommend. Außer daß er eins fünfundachtzig oder eins neunzig groß war, 160 oder 170 Pfund wog, welliges braunes Haar und keine besonderen Kennzeichen hatte, wußte McIver nichts über ihn.

Zum einen war das Gesicht des Toten nicht mehr das, was man

als ein Gesicht bezeichnen konnte, nicht mehr, nachdem es als Ziel für eine .45er gedient hatte, und zwar aus ziemlich kurzer Entfernung. Zum anderen trug der Mann ein rotes *Hind*-Unterhemd, blau-weiß gestreifte Joggingshorts von Brooks mit einem eingenähten Genitalschutz, weiße Söckchen, grau-rote New-Balance-Joggingschuhe – und das war alles. Er trug keine Uhr, kein Armband, keine Ringe, keine Kette um den Hals; er hatte kein Portemonnaie, keine Schlüssel, kein Geld, kein Garnichts bei sich. Die Tasche seiner Shorts – wenn man das eine Tasche nennen konnte, 3 Zentimeter breit und 6 Zentimeter tief – war leer.

McIver trat über den Kreideumriß des toten Mannes mitten auf der Crosby Street und ging die dreißig Meter zum E-Z-Parkhaus, wo die Wächter, die 911 angerufen hatten, auf Klappstühlen saßen und ihre Geschichte zum hundertstenmal anderen Angestellten der Garage, Kunden, Passanten und Leuten erzählten, die in den anderen Loft-Häusern an der Straße arbeiteten und Jobs hatten, von denen McIver, selbst wenn er den ganzen Nachmittag, die ganze Nacht und den ganzen nächsten Tag daransetzen würde, kein bißchen mehr verstehen würde als jetzt, wo er gar keine Ahnung hatte.

Er ging an den Wächtern vorbei – denn er hatte ihre Geschichte schon drei- oder viermal gehört und wußte, daß sie den Toten nicht kannten, daß sie nichts und niemand gesehen oder gehört hatten, daß sie keine Zeugen, sondern nur zufällig in der Nähe gewesen waren – dorthin, wo sein Partner, Detective Sergeant Nate Bloomfield, an einer Wand lehnte und etwas in sein Notizbuch schrieb.

«Ich habe den Schuhhersteller erreicht, Tim», sagte Bloomfield. «Die sind oben in Massachusetts. Der Mann, mit dem ich gesprochen habe, meinte, wenn sie sich die Schuhe ansehen, könnten sie sagen, wann sie gemacht worden sind, vielleicht auch, wann sie versandt worden sind und wohin. Er hat mir die Nummer ihres New-York-Verkaufsagenten gegeben, um uns den Trip nach Mass zu ersparen. Er guckt sich die Schuhe an, wenn wir wollen.»

McIver grunzte.

«Er war sich nicht ganz sicher, der Mann von der Firma, aber er sagte, das gilt vielleicht auch für das Hemd und die Shorts und die Socken – wenn der Hersteller sich die ansieht, könnte er vielleicht sagen, wann sie gemacht worden sind, vielleicht sogar, wann sie versandt worden sind und wohin.»

McIver nickte.

«Hast du irgendwelche Ideen, Tim?»

McIver schüttelte den Kopf.

«Das ist scheißschwer zu knacken.»

McIver stopfte sein Hemd rein.

«Erinnerst du dich daran, als wir eine splitternackte Leiche fanden, beim Roosevelt Krankenhaus? Oder war es St. Luke's? Der Kerl war jedenfalls über den ganzen Bürgersteig verteilt. Stellte sich raus, daß es ein leichter Fall war, oder etwa nicht? Der Typ hatte ein Krankenhausschildchen um den Arm, und das Glas von dem Fenster war zersprungen, durch das er gesprungen war. Es war St. Luke's.»

Mc Iver schniefte.

«Oder die Leiche – 'ne Tussi – nur im BH und Strumpfhose, und die halben Eingeweiden hingen raus in der Halle vom Chrysler-Hochhaus? Wieder so 'n leichter Fall – außer daß wir ungefähr zwanzig Treppen hochsteigen mußten. Wir sind bloß den Blutflekken bis dahin gefolgt, wo sie gearbeitet hatte – was war das noch gleich, ein Reisebüro? Nein, eine, äh, du weißt schon, Stelle, wo sie ausländisches Geld wechseln – und da lag ihr Boss mit seinem Gehirn über den ganzen Schreibtisch.»

McIver kratzte sich am Ohr.

«Das hier wird schwierig.»

«Mhm», sagte McIver.

Bloomfield lachte. «Weißt du, Tim ich dachte gerade an all das Zeug, das ich in meinen Taschen habe – ein Portemonnaie, eine Marke, alle möglichen Ausweise, Führerschein, Scheckkarten, Karten, einen Coupon von der Reinigung, all dieses Zeug. Warum hätten sie nicht *meine* Leiche finden können? Wir wüßten, wer der DOA ist und müßten bloß noch den finden, der ihn erschossen hat. Wo wir gerade vom Schießen reden, Tim, das Mädchen ist hier, die Frau, die Filmemacherin, die Regisseurin, die diesen Film über uns macht, über Cops, Nell Ward. Sie hat einen Kameramann dabei, sie will wissen, ob sie den DOA schießen kann –» Bloomfield lachte. «Sagte ich *schießen*? Hat doch schon jemand gemacht. Sie sagte, sie meint, ihn *filmen*, weißt du, mit einer Kamera.»

«Ihn filmen, bloß wie er da liegt?»

«Ich glaube schon, ja.»

McIver zuckte mit den Schultern. «Meinetwegen.»

«Danke, Lieutenant.» Nell Ward berührte McIvers Ellbogen. Er sah sie an und sah dann weg, weil er sie nicht bloß ansehen konnte – er mußte sie einfach anstarren. Sie war schön und ungewöhnlich, nicht wie andere Frauen, die ihm begegnet waren, die, auch wenn sie schön waren, nie ungewöhnlich gewesen waren – außer wenn sie Nutten waren oder Junkies oder Verliererinnen, und in diesem Falle war das Ungewöhnliche an ihnen nur das Traurige gewesen. Nell Ward war ungewöhnlich, weil sie Männerkleidung trug – nicht bloß lange Hosen und Hemden und flache Schuhe, sondern *Männer*kleidung: heute einen zweireihigen Navy-Blazer über einem weißen Tennispullover mit Zopfmuster, ausgebeulte weiße lange Hosen, schwarzweiße Schuhe, ein Nadelstreifenhemd, einen Schlips; sie trug heute keinen Hut, sondern hatte ihr langes blondes Haar hochgesteckt, und von vorne sah ihre Frisur wie die eines Mannes aus – und ungewöhnlich, weil er, als er ihr in die Augen blickte, ein Schild mit der Aufschrift *Betreten verboten* sah. «Es ist, äh, nicht schön, Miss Ward. Sie sollten das Tuch drauflassen.»

«Natürlich. Ich will die Leute nicht schockieren. Ich will versuchen zu zeigen, wie sie wirklich ist.»

«‹Sie›?»

«Die Arbeit der Polizei. Wer, glauben Sie, hat ihn umgebracht, Lieutenant? Nicht welches Individuum – ich weiß, dafür ist es zu früh –, sondern was für eine Person?»

McIver zuckte mit den Schultern. «Eine Art Killer.»

Nell Ward lächelte. «Okay, es war eine dumme Frage. Ich habe nur gefragt, weil ich gerade Cop gespielt habe und dachte, ich hätte die Antwort schon gefunden.»

«Ach ja? Und was ist die Antwort?»

«Ich habe bloß Cop gespielt.»

«Spielen Sie. Es kostet nichts.»

«Werden die Leute nicht oft von Leuten umgebracht, die sie kennen?»

«Manchmal ja.»

«Oft.»

«Okay, oft.»

«Ich glaube, er wurde umgebracht von jemandem, den er kannte, nicht notwendigerweise persönlich kannte, aber der ihn vorher gesehen hatte und den er vorher gesehen hatte, jemand, der seine Strecke kannte, der wußte, wie verletzbar er wäre, mit so wenig Kleidung an. Kleidung verbirgt nicht nur, sie schützt auch.»

«Mhm.»

«Jemand, den er erkannte, wegen dem er vielleicht – langsamer laufen würde. Sein Tempo – man denkt ja schon, daß er schnell lief – war seine einzige Verteidigung.»

«Aha. Interessant. Umgebracht weshalb? Um an sein Portemonnaie, seine Uhr, seinen Schmuck ranzukommen? Er hat nichts dergleichen dabei, aber vielleicht hatte er nie so was dabei. Ich weiß nichts über Joggen, und ich habe nie jemanden überfallen, aber wenn ich's täte, würde ich, glaube ich, keinen Jogger überfallen... wo die so wenig anhaben.»

Nell Ward berührte ihn am Ellbogen. «Hab bloß Cop gespielt, Lieutenant. Entschuldigen Sie mich, damit ich Regisseur spielen kann. Danke dafür, daß ich schießen – äh, filmen durfte.»

«Ja», sagte McIver. Er ging zu Bloomfield hinüber. «Nimm dir noch mal die Wächter vor, Nate. Sie benehmen sich komisch; sie haben zu mir rübergeglotzt, als ob sie denken, ich weiß was, von dem sie nicht wollen, daß ich's weiß.»

Der Mörder sah ebenfalls Tim McIver an und überlegte, was der wohl wüßte und ob er wohl ahne, daß der Mörder dastand und zuschaute.

Irgendwo und irgendwann hatte der Mörder etwas über Pyromanen gelesen, und zwar darüber, wie oft sie dem Feuer zusehen, das sie angezündet haben, und daß ein Brandstiftungsexperte manchmal bloß die Menge zu mustern bräuchte, die sich bei einem Brand versammelt, und die Person herausgreifen könnte, die ihn entfacht hat. Könnte ein Cop die Menge mustern, die sich bei einem Mord versammelt hat, und wissen, daß der Mörder anwesend ist?

Erstaunlich, wie cool sich der Mörder fühlte, wie entspannt. Ein gerötetes Gesicht, Achselschweiß – das wäre normal, aber er hatte kein Fieber, schwitzte nicht, ein Beweis, daß alles perfekt abgelaufen war.

Perfekt, wenn auch nicht nach Plan. Er war früher aufgestanden als sonst, aber das hatte perfekt zum Plan des Mörders gepaßt, weil es viel dunkler gewesen war und die Straßen viel leerer. Perfekt dunkel, perfekt leer.

Seine Regelmäßigkeit war sein Verderben gewesen, die gleichbleibende Routine, mit der er lebte – das Arschloch. Er hatte darüber gefaselt, als wäre es eine Tugend – daß er von A nach B nach C und wieder nach A lief, soundsoviel Kilometer die Stunde, soundsoviel Meter die Minute, soundsoviel Zentimeter die Sekunde: Er hatte es alles geplant, kalkuliert, ausgemessen, vorausbedacht – das Arschloch.

War für ein Hochgefühl war es gewesen, ihn stolpern und dann fallen zu sehen, sein kalkuliertes, ausgemessenes, regelmäßiges Leben um ihn herum zusammenbrechen zu sehen, zu sehen, wie sich sein Mund bewegte, als wollte er formulieren, was ihm gerade passiert war, den Schmerz in seinen Augen zu sehen, der nicht bloß physischer Schmerz war, sondern Ungehaltenheit darüber, daß er nicht in der Lage war, das gleiche damit zu machen, was er sonst mit allem anderem in seinem Leben tat – es auf überschaubare, handhabbare Zahlen zu reduzieren. Das Arschloch.

4

Martin Klein weinte richtige Tränen. «Sie werden mich zum Gespött machen.»

«Macht wer?» Charly Johnstone klemmte den Hörer in eine der Falten ihres Kinns und zündete sich eine Sherman's-Zigarette mit einem Ohio-Blue-Tip-Streichholz an aus der Schachtel, die sie in ihrer Handtasche trug – eine gelbe Netztasche aus Vorhangschnur mit der Aufschrift URGENT NEWSFILM. «Es interessiert mich nicht, ob am selben Abend eine O'Neill-Premiere ist. Ich möchte die *Tavern on the Green*... Ja, O'Neill ist tot, Mickey, und ja, ich möchte nicht *Sardi's*, das ist zu klein.»

«Vergiß die Premierenparty», sagte Klein. «Ich werde mich umbringen – morgen, vielleicht.»

Charlys Stimme steigerte sich von einem Schreien zu einem Kreischen. «Mickey? Wir brauchen bestimmt *Tavern on the Green*. Martin will sich umbringen. Ruf Liz Smith an, ja? Ich rufe Suzy an.» Sie legte auf.

Jay Dillen lachte.

«Was zum Teufel ist so komisch, du Hohlkopf?» Klein suchte in seinen Taschen herum, fand eine Serviette aus dem Carnegie Deli und schneuzte hinein.

«Das Leben.» Dillen goß sich einen Kaffeebecher aus einer Flasche Peters-Val-Mineralwasser voll. «Jede wache Minute.»

«Sag das Vivian Thibault Wyndham. Ruf Vivian Thibault Wyndham an – wann hast du das letzte Mal einen sicheren Sponsor aus einer Probe abhauen sehen? –, und erzähl ihr, wie komisch doch das Leben ist. Was für Wasser ist das? Es ist doch nicht Perrier.» Klein sprach es so aus, daß es sich auf *derriere* reimte.

«Es kommt aus Deutschland», sagte Dillen.

«Du trinkst deutsches Wasser in meinem Büro? Wasser, das von dem absoluten Abschaum der Erde stammt? Was wollen sie dafür haben?»

«Das hier ist mein Büro, Marty. Zwei kosten 99 bei Gristede's.»

Klein schnaubte. «Du fängst besser mal an, nach Sonderangeboten Ausschau zu halten, und die Zahnklammern für deine Kinder vergißt du auch am besten und gehst vielleicht mal beim Pfandleiher vorbei und läßt diese Uhr da schätzen – was ist das, eine Rolex? –, weil du, wenn dieses Stück nicht bald wie 'n Broadway-Stück aussieht und nicht wie ein Benefizstück für die Hadassah, da bist, wo der Pfeffer wächst, und nicht mal 'nen Pißpott dabeihast.»

Dillen trank einen Schluck Wasser. «Ich habe keine Kinder, Marty. Und wir haben immer noch drei Wochen für Previews.»

«Dies Stück sollte schon gestern wie 'n Broadway-Stück aussehen, nicht in drei Wochen, drei Tagen oder drei Stunden.»

Dillen sah auf seine Uhr – eine Omega. «In drei Stunden hat B. G. Harris die neue Szene fertig.»

Klein nahm den Becher in die Hand und schnüffelte an dem Wasser. «Das war mein erster Fehler, ein Stück von einer Dramatikerin zu machen.»

Charly drohte mit einem Finger. «Vorsicht, Martin. Leise auftreten, mein Schatz.»

«Eine Frau, die nicht mal ihren eigenen Namen benutzt –»

«Die Geschichte, Martin, ist voll von herzlosen Müttern, die ihren Töchtern Namen gaben, die ihnen wie Albatrosse – Albatri? – ihr ganzes Leben lang am Hals hängen.»

«B. G. Was ist sie eigentlich, eine Rock-Gruppe? Und was bedeutet er denn, dieser Albatros von einem Namen? Und Di*manche* –» er sprach es so aus, daß es sich auf *Ranch* reimte –, «was für ein Name ist Di*manche* überhaupt? Sie ist doch keine Französin. Oder? Das war mein zweiter Fehler, eine Schauspielerin zu engagieren, die keine ist. Sie ist ein Popstar, wenn ich dem folgen darf, was ich heute in einem kleinen Zeitungsartikel über die Schwierigkeiten gelesen habe, in denen unser Stück steckt. Was ist ein Popstar denn schon? Kommt ‹Pop› von populär? Viele Leute braucht man, um populär zu sein, genug, um das Schmiergeld zu bezahlen?»

Dillen, dessen richtiger Name Davidovich war, sagte: «Das Stück braucht bloß noch etwas Feinarbeit, Marty.»

«Kein Stück ist in Stein gemeißelt, Martin», sagte Charly. «Ein Stück ist ein Lebewesen – ein lebender, atmender Organismus.»

«Feinarbeit, ich sollte mir einen Handwerker besorgen und keinen Schriftsteller. Ich sollte mir einen Handwerker besorgen und keinen Pressereferenten – Char*lene*. Ich versteh nicht, warum ich jeden Tag in der Zeitung lesen muß, daß dieser lebende, atmende Organismus Schwierigkeiten macht. Ich weiß, daß er's tut, warum muß ich's dann in der Zeitung lesen? Es ist dein Job, Dinge aus der Zeitung rauszuhalten und reinzubringen. Ich sollte mir einen Handwerker holen statt Di*manche*, einen Handwerker statt einem Regisseur, denn weißt du, was ich so gedacht habe, Jay, während du da rumstandst und dir anhören mußtest, wie sie sagte, sie kennt ihren Text, aber er gefällt ihr einfach nicht? Ich dachte, du hättest vielleicht mal sagen können, daß es nicht ihr Job ist, ihren Text zu mögen, sondern ihn zu sprechen. Hatte ich vielleicht unrecht? Bin ich altmodisch? Es ist doch nicht so, daß ich die ganze Zeit bloß rumsitze und, wie manche anderen Leute, nur von den Lunts rede. Helen Hayes, die Barrymores. Ich bin ziemlich hip. Ich habe mir einmal das Living Theatre angesehen. Ich habe einen Popstar für die Hauptrolle in einem verdammten Broadway-Stück engagiert, ich sollte mich mal untersuchen lassen, ich sollte eigentlich hier herumheulen.»

«Du bist ein Goldstück, Martin», sagte Charly. «Ein Traditionalist, aber nicht so von Nostalgie erfüllt, daß du über die Straße gingst, ohne auf die Autos zu achten, und von Hansoms träumst und offenen Schlitten, die von einem Pferd gezogen werden; ein Perfektionist, aber offen für die Möglichkeiten der Improvisation. Ein Goldstück, kurz gesagt. Eine Legende, ein –»

«Hör auf, mich vollzusülzen, ja, und sag mir mal einen guten Grund, warum ich nicht einen neuen PR-Mann, einen neuen Regisseur und eine neue Hauptdarstellerin engagieren und die Bee Gees nach Australien zurückschicken soll.»

«Nach Indiana», sagte Dillen.

«Es ist *très* simpel, Martin», sagte Charly. «Wie heißt doch das alte Sprichwort? ‹Erst die Seite, dann die Bühne›. Um nicht zu sagen, erst die Besetzung, die Hauptdarsteller, die Proben, die PR-»

«Erzähl das mal Vivian Thibault Wyndham», sagte Klein. «Ruf Vivian Thibault – wo gehst du hin?»

«Auf die Toilette.» In ihrem schwarzen breitrandigen Hut, dem lila Kaftan, dem grauen Schal und den rot-weiß-blauen Etonic-Joggingschuhen sah Charly wie ein Schiff unter vollen Segeln, aber ohne jegliche Takelage aus.

«Deshalb wird es nie einen weiblichen Präsidenten geben», sagte Klein. «Die Russen würden vor Coney Island landen, und sie wäre gerade auf dem Klo. Was wollen Sie?»

Dillens Assistentin, die ihren Kopf ungefähr drei Zentimeter in den Türrahmen vorgeschoben hatte, zog sich um die Hälfte zurück. «Mr. Dillen, ich hab Probleme, zur Westküste durchzukommen. Sie haben mich gebeten, es in einer halben Stunde noch mal zu versuchen.»

«Danke, Mindy», sagte Dillen.

Klein griff wieder nach dem Becher und nahm einen Schluck. «Also Mindy ist ein schöner Name. Die *Westküste*? Warum zur Westküste durchkommen? Hey, Jay – was hast du vor, reißt du dir ein Engagement auf, um 'nen Film zu drehen, damit du im trockenen sitzt, wenn das Stück hier den Bach runtergeht? Oder was?»

«Amanda ist in L. A.»

«Du bist doch nicht immer noch sauer darüber, oder? Daß Di*manche* die Rolle gekriegt hat und nicht Amanda?»

Dillen schüttelte den Kopf.

«Lüg mich nicht an, Jay. Du bist es immer noch.»

Dillen zuckte mit den Schultern. «Ich war enttäuscht, ja. War. Ich habe mich auf die Gelegenheit gefreut, mit Amanda zusammenzuarbeiten. Jetzt sieht es aber so aus, daß sie den Roeg-Film kriegt, so daß letztlich alles bestens gelaufen ist.»

«Amanda Becker. Ein guter Name. Ein richtiger Name – wie Meryl Streep, nicht wie Di*manche*. Ich hätte auf dich hören sollen, Jay.»

«Ich glaube, ich war es, Marty, der Amanda gesagt hat, daß sie nicht die Richtige ist – daß die Rolle nicht zu ihrem Typ paßt.»

«Typ, was soll's. Ich will einen Schlager, keine Bombe. Wenn du einen Schlager willst, mußt du dir Leute holen, die richtig einschlagen, keine Popstars. War es, äh, schwierig, Amanda zu erklären, daß sie nicht die Richtige wäre, wo ihr doch, äh, was miteinander hattet?»

«Ein bißchen schwierig. Aber es ist gutgegangen.»

«Für sie vielleicht. Ein Roeg-Film. Aber nicht für mich.» Er nahm wieder einen Schluck. «Das Wasser ist gar nicht so schlecht, dafür, daß es vom Abschaum der Erde stammt. Du solltest weiter so frugal sein, weil du bald am Arsch der Welt sitzt und nicht mal 'nen Pißpott haben wirst.»

«Vielleicht gewinne ich ja im Lotto», sagte Dillen.

«Hast du dir ein Los gekauft?»

«Natürlich. Es ist wunderbar, ein Teil dieser kollektiven Erregung zu sein. Die ganze Stadt bebt vor Erwartung. Es ist wie die Yankees gegen die Mets, oder die Jets und die Giants beim Super Bowl.»

«Weißt du, wie die Chancen stehen? Sechs Millionen zu eins.»

«Einer muß schließlich gewinnen.»

«Stimmt nicht. Ist nicht wahr. Absolut nicht. Es ist kein Pferderennen, bei dem auf jeden Fall ein Pferd gewinnt, und wenn es rückwärts über die Zielgerade läuft oder rübergejagt wird. Es ist reines Rätselraten, nur, daß du eine Zahl erraten mußt, die es noch gar nicht gibt, wenn du sie geraten hast. Wenn die Zahl feststeht und keiner sie geraten hat, gewinnt auch keiner, und das Geld geht zurück in den Jackpot. Warum, glaubst du, sind im Jackpot zweiundfünfzig Millionen? Weil keiner die richtige Zahl in diesen ganzen Wochen erraten hat.»

Dillen blieb fest. «Es kostet einen Dollar, Marty. Soviel wie diese zwei Flaschen Mineralwasser. Es haut mich um, wenn ich denke, daß ein Dollar zweiundfünfzig Millionen Dollar kaufen kann.»

«Erzähl das einem armen Schlucker in der South Bronx mit sechs Kindern und seiner Schwiegermutter in einer Zweizimmerwohnung und Raten für das Auto, den Fernseher, die Waschmaschine. Er denkt nicht, daß es ihn umhaut; er denkt, er hat eine Chance. Er hat keine Chance, Jay. Und das einzige, was ihn umhaut, ist ein Tritt in den Arsch. Die Lotterie ist ein Komplott – ein Komplott, um die armen Schlucker aus der South Bronx davon abzuhalten, ihre Besen anzuspitzen und ihre Eisenketten zu schwingen und zum Rathaus, zum Weißen Haus, dem Kongress oder was immer zu marschieren und ihren Anteil vom Großen Amerikanischen Traum zu verlangen... Auf welche Zahlen hast du gesetzt?»

Dillen lachte und ging zur Tür.

«Wo gehst du hin?»

«Aufs Klo.»

«Großartig. Und ich werde hier einfach sitzenbleiben und mich umbringen.»

«Wohin, Mrs. Wyndham?»

«Ich glaube, ich werde zu Fuß nach Hause gehen, Eugene. Ich hatte gerade ein eher unangenehmes Erlebnis, und ich muß mein Mißvergnügen abarbeiten.»

«Ja, Ma'am. Dies ist eine rauhe Gegend hier, Ma'am.»

«Seien Sie nicht albern, Eugene. Am hellichten Tag.»

«Ja, Ma'am, aber –»

«Ich werde um sechs in den Club gehen, Eugene. Sie können sich bis dann den restlichen Nachmittag freinehmen.»

«Vielen Dank, Mrs. Wyndham»: Du blöde alte Schachtel, über den Times Square in einem russischen Perry Ellis-Zobel für hunderttausend zu spazieren – und es ist praktisch immer noch Sommer; mit einer goldenen Black, Starr & Frost-Halskette mit neuen Rubinen und hundertfünf Diamanten; einer goldenen Paloma Picasso-Siegelring-Uhr; Kleidung und Schuhen und Scheiße im Wert von zwanzig- oder dreißigtausend. So willst du am hellichten Tag über den Times Square spazieren? Sei mein Gast. Ich sehe dich um sechs – was immer von dir übrig ist.

B. G. Harris starrte auf das Blatt des weißen achtzig Gramm holzfrei in der IBM-Selectric III-Schreibmaschine. Es sagte gar nichts.

Natürlich sagte es gar nichts. Es war Sphinx-Papier. Um eine Sphinx zum Sprechen zu bringen, mußte man zuerst ihr Rätsel lösen. Was war die Frage, Sphinx?

...

Du kannst kaum erwarten, daß ich antworte, wenn du mir keine Frage stellst.

...

Scheiße.

Sie schob die Schreibmaschine weg, stellte ihren Jansport-Rucksack auf den Tisch und holte ein Fläschchen Valium aus einer der Taschen. Sie öffnete die Verschlußkappe und schüttete die Kapseln heraus. Eins, zwei, drei, vier, fünf, sechs, sieben, acht, neun, zehn, elf, zwölf, dreizehn...

«Hey, kenn ich Sie nicht?»

Amanda Becker rutschte auf dem Rücksitz dorthin, wo der Taxifahrer sie nicht mehr durch den Rückspiegel sehen konnte.

«Ich glaube nicht.»

«Doch. Ich hab Sie im Fernsehen gesehen.»

«Ich glaube nicht.»

«Ich mein ja nicht in so 'ner Familienserie oder so. In 'ner Talk-Show. Bei Carson, Letterman, so einem.»

«Gibt's irgendeine Möglichkeit, aus diesem Verkehr herauszukommen?»

«Sie meinen, von der Schnellstraße runterzufahren und die Nebenstraßen zu nehmen?»

«Ja.»

«Ja, klar. Ich mein, ich kann's versuchen. Die Sache ist die, mit den Ampeln und so kann's genauso lange dauern.»

«Ich habe nichts dagegen, solange wir nur vorwärtskommen.»

«Ich kenne Sie. Ich weiß, daß ich Sie kenne. Bis wir in Manhattan sind, hab ich's raus, wer Sie sind. Ich vergesse ein Gesicht nicht. Letzte Woche hatte ich Elliot Gould.»

Amanda Becker zog den Kragen ihres Trenchcoats enger um ihr Gesicht. Elliott Gould, tatsächlich.

«Äh, meine Herren?» sagte Charly.

«Was?» sagte Klein.

«Da ist eine kleine Sache, über die es uns seit Tagen gelungen ist, nicht zu diskutieren.»

«Ja? Was?»

«Den, äh, Überfall.»

«Erinnere mich nicht daran», sagte Klein.

«Ich dachte, das hättest du gut geregelt, Charly», sagte Dillen. «Alle Artikel, die ich gelesen habe, waren aufrichtig und, nun ja, einfühlsam.»

«In der Tat...» Charly zündete sich eine neue Sherman's mit einem Ohio Blue Tip an. «In der Tat, also, das ist doch Charlys Job, oder? Und wer sollte sich in diesem Fall nicht einfühlen können? Schließlich ist sie praktisch am hellichten Tag, äh, überfallen worden, bloß ein paar Meter von ihrem eleganten Town House im historischen Greenwich Village entfernt, und jeder weiß doch – auch wenn Martin versucht, sie anders darzustellen –, daß Dimanche keine Debütantin ist, kein Neuling, kein neopostmodernes Bohemienflittchen aus dem East Village, das uptown zieht *pour épater les bourgoisie*. Dimanche ist ein Star ersten Ranges, ein Diamant reinsten Wassers, eine Shakes –»

«Was, Charly?» Klein trommelte mit seinen Fingerspitzen auf die Tischplatte. «Was willst du eigentlich sagen?»

Charly stieß einen perfekten Rauchring hervor und beobachtete, wie er sich auflöste. «Wir sind leicht davongekommen, meine Herren. Die skandale-verzehrende und tratsch-ausspuckende New Yorker Presse benahm sich wie ein Kätzchen vor der Milchschüssel an dem Nachmittag, als wir sie in Dimanches elegantes Town House im historischen Greenwich Village einluden, ihnen Kaffee und Croissants aus der Patisserie Lanciani vorsetzten und ihnen erklärten, daß Dimanche deshalb für ein paar Tage wie Rocky aussehen würde, weil sie am Abend vorher, praktisch am hellichten Tag, nur ein paar Meter von ihrem eleganten Town House im historischen Greenwich Village entfernt, äh, überfallen worden wäre. Von einem unbekannten männlichen hispanischen Täter, wie die Polizei es nannte, Anfang oder Mitte Zwanzig, eins fünfundsechzig bis eins siebzig groß und hundertdreißig bis hundertvierzig Pfund schwer, der Jeans, eine schwarze Windjacke, keinen Hut und Joggingschuhe trug – dunkelblau mit weißen Streifen über den Spann, und zwar drei. Streifen meine ich, nicht den Spann.»

«Kannst du das nicht mal lassen?» sagte Klein.

«Ich strebe bloß nach Genauigkeit, Martin.»

«Kannst du nicht mal aufhören, ‹äh, überfallen› zu sagen?»

«Ah ja. Da liegt der Hund begraben, nicht? Womit haben wir noch immer unsere Verachtung für Leute zum Ausdruck gebracht, als wir jung waren? Wir waren jung, Martin – erinnerst du dich noch? Sogar Charly war jung. Womit haben wir noch immer unsere Verachtung für Leute zum Ausdruck gebracht – Pärchen, an deren Aufrichtigkeit wir begründete Zweifel hatten? ‹Der eine lügt, und der andere beschwört es.› Erinnerst du dich daran, daß du das mal gesagt hast, Martin? Ich bin sicher, es gibt eine jiddische Variante, die dir noch flotter über die Lippen gehen würde, dir als echtem Kind des Shtetls, der du nicht, wie Charly, in Larchmont aufgewachsen bist. Aber nichtsdestoweniger bin ich sicher, daß du das gesagt haben mußt oder etwas Ähnliches. ‹Der eine lügt, und der andere beschwört es.› Dimanche hat gelogen und Charly geschworen – wie wir alle –, als wir mit der skandale-verzehrenden und tratsch-ausspuckenden New Yorker Presse konfrontiert waren. Dimanche belog auch die Polizei, aber Charly war nicht dabei und auch sonst keiner von uns, da Dimanche es vorgezogen hatte, sich dieser Prüfung allein zu unterziehen, und die Polizei geholt hatte, ohne vorher ihren Produzenten, ihren Regisseur und ihren Pressereferenten von dieser Notwendigkeit zu informieren, sie tat es einfach, obwohl sie wußte, daß wir, hätte man uns über diese Notwendigkeit in Kenntnis gesetzt, sofort alles fallen gelassen hätten, Taxis gerufen und Hals über Kopf herbeigeeilt wären.»

«Charly?» sagte Dillen.

Charly ließ ihre Zigarette in den Becher mit Peters Val fallen.

«Ja, Love?»

Dillen setzte sich und schob die Zigarette mit einer Fingerspitze hin und her. «Wenn Dimanche gelogen hat –»

«Oh, Dimanche hat gelogen.»

«– wenn Dimanche gelogen hat, dann ist doch das Schlimmste, was meiner Meinung nach passieren kann, bloß, daß es der Polizei nicht gelingt, den Kerl zu erwischen –»

«Den Täter festzunehmen, Jay. Den Täter festzunehmen. Als in Rom –»

«– was kaum ungewöhnlich ist im New York der achtziger Jahre.»

«Der späten achtziger. Wir sind jetzt in den späten Achtzigern, Jay – ist dir das schon aufgefallen? Mein Gott.»

Dillen streckte eine Hand aus. «Also wär's das dann. Dimanche wird bloß ein weiteres Opfer eines weiteren Verbrechens sein, daß ein weiterer Krimineller begangen hat, der immer weiter die Straßen unsicher macht.»

«Schrecklich, nicht?» Charly zündete sich eine neue Sherman's an. «Schauerlich.»

«Du meinst also nicht, daß die Zeitungen anfangen werden zu spekulieren, ob es das Verbrechen überhaupt gegeben hat, wenn kein Täter festgenommen wird. Du meinst also nicht, daß die Zeitungen die Art und Weise, wie die Verletzungen zustande gekommen sind, in Zweifel ziehen werden, solange sie – oder die Polizei – nicht den rauchenden Colt gefunden haben.»

«Für einen Mann der Tat, Jay, kannst du dich sehr gut ausdrükken. Genau das meine ich.»

«Nein», sagte Klein.

«Nein?»

«Nein. Was du sagt, nicht wahr», sagte Klein, «ist doch, wer hat ihr so tierisch die Fresse poliert?»

Charly lachte. «Für einen Mogul, Martin, drückst du dich ebenfalls sehr fein aus. Genauer gesagt, was ich meine, ist, ist es wichtig für uns zu *wissen*, wer ihr so tierisch die Fresse poliert hat, oder genügt es zu wissen, *daß* ihr so tierisch die Fresse poliert worden ist? Wir wissen das natürlich nicht; wir haben das intuitiv gespürt, erschlossen und abgeleitet; keiner hat das auch nur mit einem Wort gesagt – oder besser gesagt, Dimanche nicht. Und ist es wahrscheinlich, daß die Polizei, da wir von Ableiten sprechen, zu einem ähnlichen Schluß kommt, und intuitiv spürt, erschließt und ableitet, daß Dimanche nicht, äh, überfallen wurde, sondern daß die blauen Flecke auf ihrem Gesicht darauf deuten, daß jemand ihr tierisch die Fresse poliert hat?»

«Jemand, den sie kannte», sagte Dillen.

«Ihr Freund», sagte Klein. «Kevin Last.»

«Mindy?» Dillen beugte sich über die Gegensprechanlage. «Sag Kevin, er soll hierherkommen, bitte.»

Charly sprach durch eine Wolke von Rauch. «Glaubst du, daß das klug ist, Jay?»

Klein faßte sich an den Kopf. «Ich wußte, daß ich einen Fehler gemacht habe. Engagiere niemals eine Hauptdarstellerin, deren Freund eine Nebenrolle spielt. Ich werde das Mrs. Wyndham erzählen – daß der Hauptdarstellerin in einem Stück, das sie sponsert, von einem, der eine Nebenrolle spielt, tierisch die Fresse poliert wird!»

«Ich glaube nicht, daß das so klug ist, Jay. Ich glaube, wir sollten die Wogen glätten, nicht sie aufrühren. Wenn Dimanche will, daß diese Farce so weiterläuft, also, warum sollten wir ihr dann den Riegel vorschieben? Der Punkt ist einfach nur der..., also ich meine , daß wir tun müssen, was wir können, um sicherzugehen, daß die Polizei, wenn sie intuitiv spürt, erschließt und ableitet, was wir intuitiv gespürt, erschlossen und abgeleitet haben, daß sie einsehen, daß Dimanches Lüge gutgemeint war, daß sie nicht die Polizei betrügen wollte, sondern ihren Ruf retten, ihr Publikum vor der Bestürzung bewahren – daß es, sozusagen, die Geste einer Profischauspielerin war: *The Show must go on.* Und zweitens, aber keinesfalls in zweiter Linie, müssen wir tun, was wir können, um sicherzugehen, daß die skandale-verzehrende und klatschausspuckende New Yorker Presse nicht erfährt, daß die Polizei, wenn sie intuitiv spürt, erschließt und ableitet, was wir intuitiv gespürt –»

«Ich glaube, wir verstehen, was du meinst, Charly», sagte Dillen.

«Gut», sagte Charly.

«Was?» sagte Klein.

Mindy stand in der Bürotür mit ihren Fingern im Mund, die Augen weit geöffnet.

«Was ist los, Mindy?» sagte Dillen.

«O Gott.»

«Was, mein Kind? Sag's Charly.»

«Dimanche...»

«Ja?»

«Ich habe dich gebeten, Kevin zu holen, Mindy.»

«Ich –»

«Hast du ihn gefunden?»

«Laß sie doch reden, Jay. Ehrlich.»

«Ich... ich dachte, er wäre vielleicht... ich bin zu ihrer... ich habe angeklopft... Die Tür war... Oh, Mr. Dillen.» Sie floh in seine Arme.

«Was ist, Mindy?»

«Sie ist tot. Dimanche ist tot.»

5

Jacob Neuman, Detective Lieutenant im Ruhestand, starrte auf den Fernsehschirm, als ob das Spiel, das er sich ansah, das siebte der World Series wäre und er seine gesamten Ersparnisse darauf verwettet hätte. Mookie Wilson nahm einen Wurf an, der zu dicht am Körper war, aber der Schiedsrichter sagte ‹vierter Fehlwurf›. Goose Gossage schrie dem Schiedsrichter ein Schimpfwort zu, daß jeder der Fernsehzuschauer von der Pubertät an aufwärts von seinen Lippen ablesen konnte. Neuman kicherte.

«Du kannst sie in jedem Discount Drugstore kriegen», sagte Maria Aguayo Neuman.

«Was kann ich kriegen, Babe? Entschuldige, aber ich schau mir gerade das Spiel an.»

«Einen Vibrator.»

Sie hatte Vibrator gesagt; er hatte nicht gedöst und geträumt.

«Bei Duane Reade gibt es die auch, bestimmt», sagte Maria.

Neuman las die Funktionen auf der Fernbedienung des brandneuen Videorecorders: *Play. Record. Stop. Pause/ Still. Fast Forward. Rewind.* Wie viele Funktionen hatte ein Vibrator? «Ja, also, äh. Also könntest du nicht, äh, irgendwie, weißt du, selbst hingehen, wenn du, weißt du, einkaufen gehst? Du könntest heute nachmittag gehen, weil wir noch ein Lotto-Los kaufen müssen, vergiß das nicht. Ein Duane Reade gibt's am Queens Boulevard genau neben dem Süßigkeitenladen, der auch Lottolose verkauft. Ich komme sogar mit, weil's bestimmt eine Schlange bei den Losen gibt, und du kannst es ja nicht ausstehen, Schlange zu stehen. Also mir macht das ja nichts aus. Ich lese die *Post* oder das neue Buch, das ich mir besorgt habe. Von diesem Schiedsrichter? Ron Luciano? Hab ich dir erzählt, wie es heißt? *The Fall of the Roman Umpire.* Ha. Und du kannst in den Duane Reade gehen.» Wally Backman sorgte dafür, daß Wilson nur zum zweiten Base kam. «Warum zum Teufel schlägt er den denn nur so leicht weg? Sie sind drei Runs zurück. Drei Runs zurück, neuntes Inning, dann schlägst du und rennst los.»

«Ich bitte dich, das für mich zu tun, Jacob. Es ist mir zu peinlich, mir einen zu kaufen.»

«Ja, also. Aber, was ich mein, wer soll denn schon wissen, wofür du den kaufst? Ich meine, Leute kaufen sie, weil sie einen steifen Hals haben oder so, nicht? Sie kaufen sie gar nicht, um zu...»

«Mastubieren?» sagte Maria.

Warum war es ihr eigentlich peinlich, etwas zu kaufen, womit sie masturbieren konnte, aber nicht peinlich zu sagen, daß sie es dafür kaufen wollte? «Ich kapier's nicht, Maria. Ich dachte, alles wäre, weißt du, ziemlich okay in dem Bereich. Ich weiß, es ist nicht mehr so, wie es war, als wir jung waren, aber, nun ja, wir sind eben nicht mehr jung.» Hernandez schlug den Ball zu Garvey rüber ins Aus, in der Nähe der Bank am ersten Base. «Los, Keith, wart auf deinen Pitch!»

«Wir waren nie jung, Jacob», sagte Maria. «Du warst vierzig, als wir geheiratet haben; ich war siebenunddreißig. Wir waren beide ziemlich unerfahren.»

«Ja, gut. Trotzdem. Das hieß aber nicht, daß wir nicht wußten, wo was hingehört oder so. Ich meine, weißt du, das hieß doch nicht, daß du keinen... weißt du? Oder? Ich meine, du hast sie doch, oder?»

«Ich habe was, Jacob?»

«Maria. Jesus.»

«Orgasmen? Daß ich komme?»

Neumann atmete die Luft aus, die er angehalten hatte. «Ja. Du weißt schon.»

«Ja, ich habe so eine Art Orgasmus. Aber Morton sagt –»

«Scheiße.»

«Wie bitte?»

Carter schlug den Ball vor Nettles ins Gras, Nettles schnappte ihn und tickte Mookie ab, der wie verrückt gelaufen war, und beendete so das Inning und das Spiel: Padres 6, Mets 3. «Morton. Ich wußte doch, daß du wieder zu ihm gehst.»

«Ich gehe jede Woche zu Morton, Jacob», sagte Maria.

«*Jede* Woche? Ich dachte, du gehst so ungefähr, weißt du, einmal im Monat.»

«Ich bin zweimal im Monat hingegangen, bis ich beschlossen habe, daß das nicht oft genug ist, daß ich die Kontinuität brauche, daß ich jede Woche hingehen muß. Aber das weißt du doch. Ich habe es dir erzählt. Vielleicht hast du nicht zugehört. Vielleicht warst du ja zu beschäftigt mit dem Schicksal deiner geliebten Mets.»

«Wollen wir das alles noch mal durchkauen? Ich habe dir gesagt, daß Baseball mich entspannt. Ich brauche Entspannung. Sagt jedenfalls Doktor Hanley. Wieso muß ich eigentlich meinen Arzt Doktor Hanley nennen, und du darfst zu deinem Arzt bloß *Morton* sagen?»

«Morton ist kein Arzt.»

«Also dann dein Seelenklempner.»

«Er ist auch kein Seelenklempner. Er hat einen Doktor in Psychologie.»

Neuman benutzte die Fernbedienung, um den Videorecorder und den Fernseher abzuschalten. «Scheiße.»

«Ich hätte dir sagen sollen, daß die Mets verloren haben», sagte Maria. «Ich glaube nicht, daß es dich sehr entspannt, wenn du zusiehst, wie die Mets verlieren. Wenn du darauf bestehst, diese Spiele aufzunehmen –»

«Sie spielen an der Westküste, Himmelnochmal. Willst du, daß ich bis drei Uhr morgens aufbleibe? Glaubst du, daß mich das entspannt? Also nehme ich die Spiele auf und schau sie mir am nächsten Tag an, was soll's? Dafür habe ich mir doch das hier gekauft.» Er zeigte mit der Fernbedienung auf sie. «Und erzähl mir morgen bloß nicht das Ergebnis. Sie spielen heute abend gegen die Dodgers. Gooden gegen Valenzuela. Ich will das Ergebnis nicht wissen, wenn ich's mir morgen anschaue.»

«Wir müssen mal reden, Jacob.»

«Wir reden doch.» Neuman stand auf und ging in die Küche.

«Rede. Ich kann dich gut hören.»

Was er dann hörte, war das Knallen der Haustür.

«Scheiße.»

Das Telefon klingelte. Wahrscheinlich ihre Schwester; sie hatte fünfzehn oder zwanzig. Oder ihre Kusine; sie hatte Millionen Kusinen, zu Hause in San Juan, in Miami, in Jersey City, in der Bronx und wahrscheinlich auch auf dem Dachboden. Oder eine ihrer Freundinnen – ihrer Busenfreundinnen, ihrer Kameradinnen, ihrer Mitschwestern, ihrer Kumpeletten. Oder Morton. Der anrief, um sie zu ermahnen, daß sie bloß bei der Sache bleiben sollte, dranbleiben, nicht ihre Energie blockieren sollte, sondern atmen und ihr Arschloch entspannen sollte. Es war ihr nicht peinlich, ihm zu erzählen, daß Morton ihr erklärt hatte, sie solle nicht ihr Arschloch verkrampfen. Das Arschloch. Das Telefon hörte auf zu läuten. Neuman machte sich einen Sandwich mit Erdnußbutter und Marmelade. Er biß hinein. Das Telefon klingelte, und er langte nach dem Hörer an der Wand.

«Was?»

«Jake, Miles hier.»

Neuman hörte *geiles Tier* und stellte sich plastisch vor, wie Maria nackt im Bett auf dem Rücken lag und sich rhythmisch aufbäumte mit dem Vibrator zwischen ihren Beinen, einem Vibrator mit einer dieser lächelnden Fratzen darauf: ‹ficke gern›. «Wer?»

«Miles Easterly, Jake. Ich habe gerade angerufen, aber keiner ist rangegangen. Vielleicht hab ich die Vorwahl vergessen. Ich vergeß das immer noch. Gewohnheiten wird man schwer wieder los, was, Jake? Mein Gott. Ich hab schließlich doch mit dem Rauchen aufgehört, Jake. Ich dachte, es wäre leicht. Zum Teufel, ich hab's schon hundertmal gemacht. Hah. Aber es ist hart, Jake. Mein Gott, ist das hart. Ich hab ungefähr zehn Kilo zugenommen. Ich habe ungefähr hundert Dollars pro Tag für Kaugummi ausgegeben. Ohne Zucker, auch wenn das nicht allzuviel ausmacht, wenn man zum Lunch zwei, dreimal die Woche 'ne Pizza ißt. Die ganze, nicht bloß ein paar Stücke davon.»

«Miles, was willst du von mir?»

«Mein Gott, Jake. Ich habe mit dir seit – wie lange? – zwei Jahren nicht mehr geredet. Ich dachte, ich hör mal, wie es dir so geht.»

«Mir geht's gut.»

«Und es, äh, gefällt dir immer noch – der Ruhestand?»

«Es geht, ja. Ja, es gefällt mir.»

«Du spielst bestimmt 'ne Menge Golf, was, Jake?»

«Nein, ich hasse Golf.»

«Ich muß wohl an jemand anders gedacht haben. Teddy Quinn – der war's. Teddy Quinn spielt Golf, jetzt, wo er im Ruhestand ist. Er ist verdammt weit auf Long Island hinausgezogen, wo es, weißt du, diese Golfplätze gibt, damit er Golf spielen kann. Also, was machst du denn so, Jake – um, weißt du, die Zeit rumzukriegen?»

«Ich weiß nicht. Manchmal denke ich an die Leute im Department, die mich seit zwei Jahren nicht mehr angerufen haben. Manchmal mach ich mir eine Liste von ihnen. Manchmal sehe ich ihr Bild in der Zeitung, weil sie, weißt du, einen guten Fang gemacht haben oder so, befördert worden sind – du bist ja jetzt DCI, Miles: Wer hätte das gedacht? –, ich schneide die Bilder aus und pinn sie in der Diele an die Wand und werfe mit Pfeilen danach –»

«Jake.»

«Ich hab's noch nicht gemacht, aber ich hab schon dran gedacht, mir die Bilder vergrößern zu lassen, in einem dieser Läden, weißt du, wo sie Vergrößerungen machen, und sie dann mit zum Schießstand zu nehmen – ich krieg immer noch Rabatt bei Rodman's Neck, glaube ich – oder zu dieser Schießgalerie an der – wo war's noch gleich? – West Twenty –, und dann laß ich mir von denen die Bilder aufhängen und leer ein paar Patronengürtel, einfach auf die guten alten Zeiten. Ich hab's noch nicht gemacht, aber ich hab schon dran gedacht.»

«Mein Gott, Jake. Tut mir leid.»

«Ja.»

«Es ist doch nur so, weißt du, daß die Zeit rast.»

«Ja, also, dann will ich dir mal was erzählen, Miles. Für mich rast sie nicht. Für mich kriecht sie. Für mich liegt sie irgendwie so da und zuckt ab und zu mal, damit ich weiß, daß sie noch nicht tot ist, und vielleicht bewegt sie sich auch ein oder zwei Zentimeter, um mich ein bißchen zu ärgern, aber wenn ich das nächste Mal hinsehe, ist sie wieder genau da, wo sie angefangen hat. Digitaluhren. Das ist ein Teil des Problems. Wenn du auf eine normale Uhr guckst, außer wenn es genau zwölf Uhr mittags oder Mitternacht ist oder drei oder sechs oder neun oder so, nimmst du nicht ganz genau wahr, wie spät es ist, sondern nur so ungefähr. Eine Digitaluhr sagt dir, wenn du draufguckst, exakt,wie spät es ist, da gibt's nichts zu deuteln. Es ist jetzt genau elf Uhr dreiunddreißig, Miles. Wußtest du das? Wenn du mich gefragt hättest, wie spät es ist und ich gesagt hätte, dreiunddreißig nach elf, hätts du wahrscheinlich gedacht, ich wär durchgedreht, oder?, ausgerastet, ein guter Kandidat dafür, meine Kanone aufzufressen, ich bräuchte mal 'ne Pause, sollte vielleicht an meinen Ruhestand denken. Würdest du doch, oder? Denn halb zwölf würde dir auch genügen, oder fünf nach halb zwölf. Also, wenn du in Ruhestand gehst, Miles, achte darauf, daß du keine Digitaluhren im Hause hast, aber ich nehme an, du wirst wahrscheinlich ein Condo in Florida haben, nicht?, wo du doch soviel Geld gespart hast, weil du keine Zigaretten mehr kaufst, allerdings hast du gesagt, du gibst viel fürs Essen aus. Na ja, zu schade. Wie auch immer, hör zu – viel Glück dabei, mit dem Rauchen aufzuhören, Miles. War schön, mal mit dir zu plauschen.»

«Herr des Himmels, Jake.»

«Ja», sagte Neuman und legte auf.

Neuman sah sich das ganze Spiel noch mal an, spulte vor, wenn Werbung kam. Die Mets verloren immer noch. Dann sah er sich *Während sich die Erde dreht* an. Sie hatte sich nicht allzusehr gedreht, seit er sich die Sendung das letzte Mal angesehen hatte, vor sechs Monaten. Maria kam um sechsunddreißig nach zwei zurück mit einer Tüte von Duane Reade. Sie ging nach oben damit und schloß die Schlafzimmertür hinter sich. Neuman ging hinter ihr die Treppe hoch und wollte hineingehen, aber klopfte statt dessen an. «Babe?»

«Da sind ein paar Leute draußen», sagte Maria. «Tus panas.»

Sie hatte sich keinen Vibrator gekauft; sie hatte sich gleich ein paar Gigolos besorgt. Nein: *panas* hieß Kumpel. Oder? Woher sollte er das wissen? Er konnte kein Wort Spanisch, hatte bloß eine hispanische Frau. Er ging zum Flurfenster und sah hinaus. Miles Easterly und Lou Klinger und Steve Federici lehnten an einem nicht gekennzeichneten Streifenwagen, der in einem praktischen Braun gestrichen war, das es auf der ganzen Welt nicht noch einmal gab und das genausogut Orange-Leuchtfarbe hätte sein können, um genauso geschickt den eigentlichen Zweck des Wagens zu verschleiern – Orange-Leuchtfarbe und das Wort *Cops* in leuchtendem Blau auf den Seiten. Ein vierter Mann saß am Steuer, der einen braunen Filzhut trug und die *News* las: PADRES SCHLAGEN METS hieß die Schlagzeile auf der Rückseite. Wenigstens waren seine Augen noch in Ordnung, auch wenn seine Frau einen Vibrator brauchte. Schlagen, verdammt; sie hatten mit drei Punkten Vorsprung gewonnen; er hatte sich das Spiel schließlich zweimal angesehen.

Neuman ging ins Badezimmer und spritzte sich etwas Wasser ins Gesicht. Während er sein Gesicht trocknete, musterte er es im Spiegel, was er ungefähr zweimal im Jahr tat – es richtig zu mustern: an seinem Geburtstag, vielleicht, wenn auch nicht immer, und an einem Tag im tiefsten Winter, einem Tag im Februar, wenn es schien, daß der Winter nie aufhören würde, daß das Tageslicht für immer rationiert wäre. Er sah nicht immer älter aus an seinem Geburtstag; aber er sah immer älter aus an jenem Tag im Februar (manchmal war es im März, manchmal im April, manchmal sogar im Mai, denn der Frühling war die säumigste Jahreszeit), älter als im vorigen Jahr, älter als am vorigen Tage, denn jener Augenblick im tiefsten Winter (auch wenn der Kalender sagte, es wäre Frühling) war der Augenblick, in dem ihm am deutlichsten klar wurde, wie wenig er erreicht hatte – den Winter über, sein Leben lang.

Als er jetzt in den Spiegel sah, sich wirklich sein Gesicht ansah, sich dann umdrehte, um sich in dem lebensgroßen Spiegel an der Badezimmertür anzusehen, sah er keinen New York City Police Department Detective Lieutenant im Ruhestand, früherer Chef der

Uptown West Special Homicide Investigations Unit, Gewinner von einem Haufen Medaillen und einer besonderen Auszeichnung durch den Bürgermeister. Er sah keinen Veteran von dreiunddreißig Jahren im Department und vierzehn Jahren Ehe. Er sah keinen vierundfünfzig Jahre alten, dicken Mann mit dürftigem Haarwuchs, in einem weißen Fruit of the Loom T-Shirt, khakifarbenen Dee Cee-Arbeitshosen, dunkelbraunen kurzen Nylonsocken mit beigem Muster und schwarzen halbhohen Converse-All-Stars-Basketballschuhen. Er sah Jacob Neuman überhaupt nicht; er sah Bobby Redfield, seinen Ex-Partner, seinen toten Ex-Partner. Er sah Bobby Redfield, adrett und dunkel und lebhaft, weil er es war, den die Männer unten – Chief Inspector Lou Klinger, Polizeichef von Manhattan, Deputy Chief Inspector Miles Easterly, Klingers Executive Officer, Detective Second Grade Steve Federici und der vierte Mann, der Mann mit dem braunen Filzhut, der las, daß die Padres die Mets geschlagen hatten, obwohl *vom Platz fegen* wohl der bessere Ausdruck gewesen wäre – sehen würden, wenn sie ihn begrüßten, den sie sahen, wenn sie an ihn dachten und der der Grund war, warum sie ihn nicht angerufen hatten – kein einziger von ihnen, auch niemand anderes aus dem Department – in mehr als zwei Jahren.

«Also, wo sind die Kameras?» sagte Neuman.

Klinger nahm die Hände aus seinen Taschen und glättete sein Haar, als ob da Kameras wären. «Hallo, Jake.»

Easterly breitete seine Arme aus. Er sah aus, als ob er zwanzig Kilo zugenommen hätte. «Jake. Hey, hör zu – wegen der Sache am Telefon –»

«Hallo, Lieutenant.» Das war Federici, der seinen Kopf senkte, sich dann aber zwang, Neuman ins Gesicht zu sehen. «Wie ist es dir ergangen?»

Neuman sah weg und dann wieder hin. «Okay, Steve. Und wie geht's dir?»

Klinger sah die Straße mit ihren zweistöckigen Reihenhäusern aus Stein rauf und runter, die eins wie das andere aussahen, sogenannte Vorgärten hatten und Auffahrten, die zu den Garagen für jeweils ein Auto in den Keller herunterführten. Vor den meisten Fenstern hingen Vorhänge, oder die Jalousien waren heruntergezogen, denn auf der anderen Straßenseite gab es nichts zu sehen als eine monotone Reihe von zweistöckigen Reihenhäusern aus Stein, die eins wie das andere aussahen, sogenannte Vorgärten hatten und

Auffahrten, die zu den Garagen für jeweils ein Auto in den Keller herunterführten, vor den meisten Fenstern hingen Vorhänge, oder die Jalousien waren heruntergezogen, denn es gab nichts zu sehen als… «Können wir vielleicht einen Moment reinkommen, Jake? Bloß für ein paar Minuten.»

«Ich glaube nicht», sagte Neuman. «Ich will keine Kameras im Haus.»

Klinger sah Easterly an. «Hast du's ihm erzählt?»

«Nein, Lou. Ich hab nichts –»

«Mir was erzählt? Mir was erzählt, Lou? Mir was erzählt, Miles? Was solltest du mir erzählen? Und wer zum Teufel ist das?»

Er beugte sich herunter, um den Mann mit dem braunen Filzhut anzusehen, aber er kam nicht weit genug herunter. «Irgendein Arschloch von der Inspektion? Wollt ihr das Ganze noch mal aufkochen, Bobbys Ansehen ein weiteres Mal in den Dreck ziehen? Laßt die Sache endlich ruhen, ja?»

«Hi.» Der Mann mit dem braunen Filzhut hatte die Wagentür geöffnet und kam um den Kühler herum – nur daß es kein Mann war, sondern eine Frau, eine Frau in einem braunen Zweireiher, einem blauen Hemd mit Tab-Kragen, einem braungelben handbemalten Schlips, spitzen braunen Schuhen. Sie hatte feines blondes Haar, das unter dem Hut hochgesteckt war, blasse Haut, graugrüne Augen, große, dünne Lippen, große Zähne, ein hübsches Lächeln. «Ich bin Nell Ward.»

Neuman lächelte weder zurück, noch schüttelte er die Hand, die sie ihm hinhielt. Er spürte den Unterschied zwischen ihr und all den anderen, ihre – trotz der Aufmachung – Weiblichkeit.

«Ich bin Filmemacherin», sagte Nell Ward. «Ich mache einen Film über Cops – einen Dokumentarfilm. Darüber reden die anderen. Als Sie nach den Kameras fragten, dachten die, Sie wüßten schon Bescheid.»

Sie hörte auf, wo jemand anderes weitergemacht und es zu Tode erklärt hätte. Das gefiel ihm.

«Im Augenblick sind keine Kameras hier», sagte Nell Ward. «Ich mache bloß, was wir Vorproduktion nennen – Leute interviewen, Lokalitäten auskundschaften. Vorbereitung ist neunzig Prozent der Arbeit.»

Er mochte Leute, die vorbereitet waren. Maria war immer vorbereitet: Wann immer sie irgendwohin fuhren, checkte sie die Route vorher auf der Karte, checkte sogar Ausweichmöglichkeiten, sah nach dem Benzin, dem Öl, packte Lunch ein oder einen Snack, hörte sich die Wettervorhersage an; jetzt würde sie wohl ihren Vibrator mitnehmen und ein Adapter, um ihn an den Zigarettenanzünder anschließen zu können.

Federici machte einen Schritt vorwärts; die anderen waren zurückgewichen. «Können wir vielleicht einen Spaziergang machen, Jake? Nur wir beide. Einmal um den Block oder so?»

Klinger machte eine Bewegung, die Bewegung eines Paragraphenhengstes, der gerade einen Improvisationsversuch zermalmen will. Aber irgend etwas in der Haltung von Federicis Schultern und in der Art, wie Neuman dem Jüngeren in die Augen sah, ließ ihn innehalten.

Sie waren schon um die Ecke, bevor sie anfingen zu reden. Ein Stück weiter ratterte ein Long Island Rail Road Zug über eine Brücke. Über ihnen stieg ein Flugzeug vom Kennedy Airport aus immer höher, die Düsen auf Hochtouren. Autos fegten auf dem Queens Boulevard vorbei, ein paar Blocks weiter waren sie schon außer Sichtweite. Alle wollten irgendwohin – alle außer ihnen, denn sie waren stehengeblieben und sahen einander an.

«Du siehst gut aus, Lieutenant», sagte Federici.

«Ich bin im Ruhestand, Steve, also sag bloß Jake. Du siehst auch gut aus.»

Federici fummelte am Knopf seines leichten Navy-Blazers herum. «Ich hab ein paar Kilo draufgepackt. Nicht vom Essen, vom Trainieren. Ich bin viel gelaufen und mach ein bißchen Bodybuilding. Dieses Jahr laufe ich im Marathon mit.»

«Ja, na ja. Du siehst gut aus. Du warst immer ein bißchen dünn. Wie nannte Matty McGovern dich immer – der italienische Lauch? Arbeitest du immer noch mit Matty zusammen?»

«Ja, ja, ich arbeitet immer noch mit Matty zusammen. Aber er ist seit einer Weile krank. Vielleicht hast du was davon gehört. Irgendwas nicht in Ordnung mit seinem Darm.»

«Da hab ich nichts von gehört, nein. Bist du verheiratet oder so, Steve?»

«Nee. Du weißt schon.»

«Ja.»

«Lieutenant. Jake. Sie wollen, daß du einen Fall übernimmst.»

«Ich bin im Ruhestand, Steve. Das gibt's nur im Film oder im Fernsehen, daß ein Cop aus dem Ruhestand zurückkehrt, um einen Fall zu übernehmen. Deshalb hab ich gefragt, wo die Kameras sind.»

Federici lachte. «Ich dachte, du drehst durch, Lieutenant. Ich dachte, du bist wie ein zwanzigstöckiges Hochhaus mit einem Fahrstuhl, der nur bis zum achtzehnten geht.»

Neuman lachte. «Du dachtest, ich wär reif, meine Kanone zu fressen oder so.»

«Ja.»

«Hast du dir schon deinen Lottoschein besorgt, Steve?» sagte Neuman.

Federicis Blick besagte, daß er dachte, Neuman *wäre* reif, seine Kanone zu fressen oder so, dann tätschelte er seine Brusttasche. «Genau hier.»

«Was für Zahlen hast du angekreuzt? Wenn du nichts gegen die Frage hast.»

«Die von meinem Geburtstag – 1, 22, 53 –, nur daß die Zahlen auf den Losen bloß bis 48 gehen, also habe ich 53 umgedreht zu 35. 1, 22, 35 für meinen Geburtstag und 12, 5, 6 für meine Adresse: 12 Perry Street – Perry hat fünf Buchstaben –, sechster Stock. Also in richtiger Reihenfolge sind's 1,5,6,12, 22, 35.»

Neuman nickte. «Hören sich wie gute Zahlen an, außer daß, naja, 1, 5 und 6 irgendwie dicht beieinander sind. Es könnte klappen, keine Frage, daß es klappen könnte, aber ich glaube, ich werde meine Zahlen ein bißchen verteilen.»

«Du hast dir dein Los noch nicht besorgt, hm, Jake?»

«Ich wollte es mir heute holen, weil ich zum Duane Reade am Queens Boulevard mußte, und da ist ein Süßigkeitsladen gleich nebenan, der auch Lottoscheine verkauft. Aber ich bin nicht losgegangen. Maria ist einkaufen gegangen. Vielleicht hat sie einen besorgt.» Sie hatten gedreht und waren fast schon wieder an der Ecke. Neuman beugte sich vor, um zu dem nicht gekennzeichneten Wagen hinzusehen. Nell Ward hatte ihren Hut abgesetzt und warf ihn in die Luft und fing ihn mit steifen Fingern wieder auf, wie ein Kind. Ihre Haare fielen fast bis auf ihre Taille herab. Klinger und Easterly lachten gerade über etwas, das sie gesagt hatte.

Federici holte tief Luft. «Jake, eine Frau ist umgebracht worden –»

«Bobby war's nicht, Bobby ist tot.»

«Du hast wahrscheinlich darüber gelesen, nicht? Dimanche? Du weißt, wer sie ist, oder? Die Sängerin? Der Punk-Rock Star? Das ist nicht ihr richtiger Name; ihr richtiger Name ist Juliet Marko. Du hast sie schon mal singen gehört, nicht? ‹Miss Me Tomorrow›, ‹Every Woman in L. A.›, ‹Breathless›? Acht Hit-Singles auf ihrer ersten LP, ausverkaufte Radio City, ausverkaufter Madison Square Garden, Nassau Coliseum, überall.» Er redete sich zunehmend in Rage, weil Neumans Gesichtsausdruck völlige Unkenntnis Dimanches, ihres Repertoires, ihrer Auftrittsorte verriet. «Sie hat auch in einem Film mitgespielt – *After the Deluge*; sie sollte jetzt in so 'nem Broadway-Stück auftreten, es sollte in ein paar Wochen Premiere haben, ein Stück über eine Schauspielerin, die mit einer .38 Special ermordet wird. Dimanche wurde gestern nachmittag in ihrer Garderobe umgebracht, Jake. In die Brust geschossen mit einer .38 Special – keiner aus der Requisite; eine mit einem Schalldämpfer –»

«Bobby war's nicht. Bobby ist tot.»

Federici stelle sich so hin, daß Neuman ihn ansehen mußte. «Erinnerst du dich an den Schreibtisch, den Bobby hatte, Jake?»

Neuman überlegte, ob Federici durchgedreht war, ob er ein zwanzigstöckiges Hochhaus mit einem Fahrstuhl wäre, der nur bis zum achtzehnten ging, oder ein Kandidat, reif, seine Kanone zu fressen oder so.

«*Schreibtisch?*»

«Dieser massive aus Holz. Jeder andere hatte einen Metalltisch, Bobby hatte dieses hölzerne Riesenstück. Sie wollten ihn schon rauswerfen, weil er den halben Dienstraum einnahm. Ich fragte, ob ich ihn haben könnte, und sie sagten, wenn ich ihn rausschleppe, könnte ich ihn haben, also habe ich mir einen Kumpel mit einem Lastwagen besorgt, und wir haben ihn zu mir gebracht. Wir mußten die Schubladen rausnehmen, um ihn anzuheben, und als ich sie bei mir wieder reingetan habe, hab ich diese Liste gefunden. Sie ist irgendwie hinten im Tisch heruntergerutscht. Es war eine Liste der Frauen, mit denen Bobby ausgegangen ist. Ich meine, ich wollte damit nicht sagen, daß Bobby jede Frau umbringen wollte, die draufstand, aber es war... Also, es war unheimlich, das war's, denn so sah sie aus, wie – eine Hitliste... Wo gehst du hin, Jake?»

Neuman war schon beinahe an der Ecke. «Nach Hause, Steve. Ich hab noch was zu tun.» Besseres zu tun, als ein weiteres Mal daran erinnert zu werden, daß Detective Sergeant Robert Redfield, die eine Hälfte eines der berühmtesten Duos in der jüngsten Geschichte der New York City Police (sie waren bekannt als Newman und Redford – das zeigt, wie berühmt sie waren) in seiner Freizeit ein misogyner Killer gewesen war, der Mörder von schönen, talentierten, erfolgreichen Frauen, die er umwarb, mit denen er schlief und die er dann vernichtete. Besseres zu tun, als ein weiteres Mal daran erinnert zu werden, daß er, so gut er seinen Partner auch gekannt hatte – seine Strategien, seinen Stil, seine Denkweise –, ihn in Wirklichkeit überhaupt nicht gut gekannt hatte, auf jeden Fall nicht gut genug. Besseres zu tun, als ein weiteres Mal daran erinnert zu werden, daß er, so viele Kriminelle er auch in dreiunddreißig Jahren im Dienst und so viele Mörder er in siebzehn Jahren Mordkommission geschnappt hatte, den nicht erwischt hatte, dessen Strategien, dessen Stil, dessen Denkweise ihn zum leichtesten Fang hätten machen sollen. Besseres zu tun, als ein weiteres Mal daran erinnert zu werden, daß er Mist gebaut hatte und daß sein Ruhestand überhaupt kein Ruhestand war, sondern eine Strafe – eine, für die es niemals eine Begnadigung gäbe. «War nett, dich wieder mal zu sehen, Steve.»

Federici hob nicht die Stimme, weil er wußte, daß Neuman, ohne hinzuhören, schon wußte, was er sagen würde. «Dimanche kannte Bobby, Jake. Er ist mit ihr ausgegangen. Sie stand auf seiner Liste.»

Neuman blieb kurz vor der Küchentür stehen, außerhalb der Reichweite. «Ich fahr mal eben mit den Jungs mit.»

Maria legte ein Kalbskotelett auf das mehlbestäubte Küchenbrett. «Ich wußte, daß du irgendwann wieder arbeiten würdest.»

«Es ist nicht das, was du denkst, Maria. Es hat nichts mit dem zu tun, worüber wir gesprochen haben. Es geht um Bobby.»

Sie nahm ein anderes Kotelett aus dem Schlachterpapier und legte es, weitaus flüchtiger, neben das erste. Sein Kotelett. «Bobby ist tot.»

«Ja, schon. Ja.»

Sie wandte ihm ihr Gesicht zu, wischte ihre mehlbedeckten Hände an ihrer Schürze ab. «Du siehst scheußlich aus.»

Neuman sah an den Kleidern hinunter, die er sich angezogen hatte: ein Paar schwarzer Schuhe aus seinen Tagen auf der Straße, weiße Socken, schwarze Chinos, ein lindgrünes Jack Nicklaus Golfhemd (er haßte Golf, aber mochte Jack Nicklaus), eine Navy Windjacke mit einem kaputten Reißverschluß und zerfransten Aufschlägen, ein brauner Filzhut, den Rand rundherum hochgebogen. «Ja, also gut. Ich fahr nur mal eben mit den Jungs mit.»

«Nimmst du den Wagen?»

«Äh, nein. Ich meine, willst du ihn nehmen?»

Sie nickte. «Ich habe Morton angerufen, und bei ihm hatte gerade jemand abgesagt, deshalb kann ich noch heute zu ihm kommen, obwohl heute nicht mein Tag ist.»

«Jesus, Maria.»

Sie drehte sich wieder zum Küchentresen um. «Ich brate jetzt diese Koteletts. Du kannst heute abend kalt essen. Da ist noch ein Rest Kartoffelsalat im Kühlschrank und etwas Brot in der Brotbox. Die Butter ist im Kühlschrank. Du mußt dir noch Bier besorgen. Ich werde die Kaffeemaschine anstellen, wenn ich gehe, damit er fertig ist, wenn du zurückkommst... Du kommst doch zurück?»

«Also bitte, Babe. Jesus.»

«Bobby ist tot, Jacob. Er ist frei; er hat keine Probleme mehr. Nur die Lebenden haben noch Probleme.»

6

«Ich hatte gestern 'nen Traum – über Jackie Sharps.»

«Ach ja?»

«Ich träumte, wir wärn mit ihm in der gleichen Zelle in Rahway, Punkte absitzen.»

«Du bist 'ne Drecksau, Jerry.»

«Wir hätten den Cops von der Pennerin erzählen sollen.»

«Welche Pennerin?»

«Die, die wir gesehen haben – auf der andern Straßenseite.»

«Du *hast* geträumt, Jer. Du hast geträumt, daß wir 'ne Pennerin gesehn haben.»

«Wir *haben* sie gesehn – auf der anderen Straßenseite. Ich sagte, wer's das denn, und du sagtest, wer denn, und ich sagte, auf der andern Straßenseite, sieht aus wie eine von diesen Pennerinnen, und du sagtest, sieht aus wie'n Penner, und ich sagte, sieht aus wie 'ne Pennerin, die'n Haufen Mäntel anhat, und du sagtest, mitten im Sommer tragen die doch nicht all diese Scheißmäntel, und ich sagte, es war kalt letzte Nacht, ich hab lange Unterhosen angehabt.»

«Hast du so'n Scheiß-, Jer, so'n pornographisches Gedächtnis?»

«Vielleicht hat sie ihn umgelegt. Den Typ mit dem *Lotto*schein.»

Artie lachte. «Es gibt keinen Typen mit 'nem Lottoschein, Jer. Bloß uns.»

«Wo gehst du hin, Artie?»

«Den blauen Marquis holen. Es ist fast sechs, fast Schluß für heute.»

«Scheiße. Wenn ich nach Hause geh, schlafen geh, hab ich wahrscheinlich wieder so'n Traum.»

«Noch zwei Tage, Babe. Noch zwei Tage. Dann machen wir winkewinke, schnappen uns die zweiundfünfzig Mille und nehmen uns den Flieger nach Waikiki.»

«Und wenn's nun nicht das Gewinnlos ist? Wenn's nicht das Gewinnlos ist, noch zwei Tage, und einer von uns holt wieder den blauen Marquis.»

«Es ist das Gewinn-Los, Jerry. Glaub mir.»

«Ja gut, und was ist, wenn es das *ist?* Was zum Teufel machen wir dann?»

«Ich hab's dir doch schon erzählt, Jer. Wir machen hier winke, winke und sagen *aloha* zu Waikiki.»

«Erst mal müssen wir das Los einlösen.»

«So?»

«Also im Fernsehn zeigen sie immer den Typ, der das Gewinnlos verkauft hat, weißt du, den Typ vom Kiosk oder den aus dem Süßigkeitsladen. Fuck, was machen wir denn, wenn sie mit dem Typ reden, der das Gewinnlos verkauft hat, und der sagt, er hat uns nie das Los verkauft?»

«Weißt du, wie viele Lose sie letztes Mal verkauft haben, Jerry? Als einundvierzig Mille im Jackpot waren?»

«Wie viele?»

«Sechsunddreißig Millionen, einhunnertzwölftausend, sechs sechsundzwanzig. Stand in der Zeitung. Also, wie zum Teufel soll der Typ, der das Gewinnlos verkauft hat, sich daran erinnern, an wen er's verkauft hat?» Artie lachte. «Außer wenn er so ist wie du, und'n pornographisches Gedächtnis hat.»

«Und wenn er's nun hat?»

«Jerry, reg dich ab. Er wird sich nicht dran erinnern.»

«Ja gut, und was, wenn jemand anders die gleichen Zahlen hat?»

«Hey, Jer, wir reden hier von zweiundfünfzig Mille, nicht bloß von ein paar Hunnis, wie bei dem World Series Jackpot oder so – zwei, drei Typen teilen sich den, weil sie alle die gleiche Zahl von Runs in einem Inning haben. Also wenn wir mit jemand teilen müssen, ist das auch kein Scheißbeinbruch. Wenn jemand anders die gleichen Zahlen hat, dann sind das sechsundzwanzig Millionen für ihn, sechsundzwanzig Millionen für uns; dreizehn Millionen für dich, dreizehn Millionen für mich. Meinst du, daß du mit dreizehn Millionen auskommst, Jer? Wenn *zwei* andere Typen die gleichen Zahlen haben, dann sind das siebzehn Millionen, dreihunnertdreiunddreißigtausend, drei dreiunddreißig für uns; acht Millionen, sechshunnertsechsundsechzigtausend, sechs sechsundsechzig für mich. Siehst du? Ich hab das alles auf'm Taschenrechner von meiner Schwester ausgerechnet. Ich hab auch'n pornographisches Gedächtnis. Meinst du, daß du mit acht Millionen sechshunnertsechsundsechzigtausend, sechs sechsundsechzig auskommst, Jer? Ich glaube, du schaffst das. Ich mein, du mußt vielleicht 'n bißchen bei den Bagels sparen, vielleicht bloß fünf oder sechs Benz fahren. Du mußt das Haus in Miami Beach wahrscheinlich vergessen und dich auf die in Hawaii, Vegas und Atlantic City beschränken. Du mußt dir das Flugzeug, die Yacht und das Pony aus'm Kopf schlagen, Jer, du mußt halt mit den acht Millionen, sechshunnertsechsundsechzigtausend, sechs sechsundsechzig auskommen.» Artie lachte wieder, schlug sich auf die Schenkel. «Ich mein, Scheiße, du mußt vielleicht an den Wochenenden hier arbeiten, weißt du, um 'n bißchen extra Kleingeld zu verdienen.»

«Wir hätten den Cops von der Pennerin erzählen sollen.»

«Du bist 'ne Drecksau, Jerry.»

«Wir hätten den Cops von dieser Pennerin erzählen sollen, Artie, weil, wenn der Typ, der das Gewinnlos verkauft hat, der Typ vom Kiosk oder der Typ aus dem Süßigkeitsladen, wenn der sich daran *erinnert*, daß er das Gewinnlos an den Kerl in den Joggingshorts verkauft hat, sich daran er*inner*t, *weil* der die Joggingshorts anhatte – ich mein, wie viele Typen in Joggingshorts kommen morgens um vier vorbei, um 'nen Lottoschein zu kaufen, denn das muß er ja getan haben, warum sollte er den sonst mit sich rumtragen? Sechsunddreißig Millionen, oder was immer du gesagt hast? Nein. Einer – er*inner*t sich, *weil* der Joggingshorts anhatte, und erkennt, weil er sein Bild in der Zeitung gesehen hat, daß er der Typ ist, der umgelegt worden ist, erzählt den Cops, daß er der Typ ist, dem der das Los verkauft hat und nicht wir, die Cops denken, daß wir den Typ umgelegt haben und sein Los genommen haben, was stimmt –»

«Wir haben ihn nicht umgelegt, Jerry.»

«Aber wir haben sein *Los* genommen, Artie. Wir haben sein *Los* genommen. Also kommen die Cops vorbei, sagen, ihr habt sein *Los* genommen, oder? Ihr habt ihn *umgelegt*, oder? Wir sagen, wir haben sein *Los* genommen, aber wir haben ihn *nicht* umgelegt, vielleicht war's die Pennerin, und sie sagen, was für 'ne *Pennerin*, wir sagen, die *Pennerin*, die wir auf der anderen Straßenseite gesehen haben, sie sagen, von 'ner *Pennerin* habt ihr uns aber nichts erzählt, wir sagen, da war aber eine, sie sagen ja, natürlich, was ihr meint, ihr Killer, ist, daß ihr uns jetzt erzählt, daß da eine war, *ge*stern habt ihr uns das noch nicht erzählt, ihr wollt bloß euren Kopf aus der

Schlinge ziehen. *Da*rum hätten wir ihnen von dieser *Pennerin* erzählen sollen, Artie. *Da*rum. Und nicht nur das –»

«Ja, was? Ich kann's kaum erwarten, daß du noch was erzählst.»

«Nicht nur das, der Typ in den Joggingshorts, der umgelegt worden ist, ist der Typ, den wir jeden Tag vorbeilaufen gesehn haben, fast jeden Tag.»

«Quatsch.»

«Was? Willst du mir erzählen, du erinnerst dich nicht, daß wir den Typ gesehen haben? Jeden Tag, beinah, ich weiß nicht, ein Jahr lang. So um sechs, halb sieben, normalerweise, weil ich ihn einmal fast über'n Haufen gefahren habe mit dem blauen Marquis.»

«Also?»

«Also hätten wir das den Cops erzählen sollen.»

Artie lachte. «Du bist 'ne Drecksau, Jerry. Weißt du das? Erstens: Hast du das Bild in der Zeitung gesehn von dem Typen, der umgelegt worden ist?»

«Ja. Ich mein, ich hab's mir nicht angeguckt, aber ich hab's gesehn.»

«Genau. Und was hast du gesehn, wenn du's nicht angeguckt hast? Ich will dir sagen, was du gesehen hast, du hast einen Typen gesehn, der auf'm Boden lag und dessen Füße unter 'ner Decke vorguckten, das ist es, was du gesehn hast –»

«Die Zeichnung. Die hatten diese Zeichnung. Ich hab die Zeichnung gesehn. Ein Foto, wie – eins von diesen Phantasiebildern.»

«*Phantom*, du Drecksau. *Phantom*. Sie hatten ein *Phantom*bild davon, wie der Typ ihrer Meinung nach ausgesehn hat. Weißt du, warum sie 'n *Phantom*bild davon hatten, wie der Typ ihrer Meinung nach ausgesehn hat? Weil der Typ kein Gesicht mehr hatte, er wurde nämlich mit 'ner Fünfundvierziger erschossen. Und weißt noch, warum die ein *Phantom*bild davon hatten, wie der Typ ihrer Meinung nach ausgesehn hat? Weil alles, was sie über den Typen *wissen*, das ist, wie er ihrer Meinung nach ausgesehn hat. Er hatte keinen Geldbeutel dabei. Er hatte keinen Ausweis dabei. Er hatte nicht mal mehr Augen.»

«Er hatte einen Lottschein», sagte Jerry.

«Nein, Jer. Wir haben den Lottoschein. Den Gewinnschein – 2, 5, 8, 9, 42, 44. Glaub mir. Wir haben den Gewinnschein, und er hat 'nen Scheißdreck. Niemand hat ihn vermißt. Niemand hat gesagt, hey, vielleicht ist das mein Mann, er ist joggen gegangen, ich hab ihn nicht mehr gesehen seit... oder mein Freund, mein Bruder, mein Sohn, mein Cousin, mein Nachbar, 'n Typ, der für mich gearbeitet hat, was auch immer. Er ist 'n Niemand. Nirgendwo. Wer ist umgebracht worden und auf der Titelseite von allen Zeitungen, Jer? Dimanche, die ist es. Hast du gesehn, wie die Zeitungen den Typ in den Joggingshorts nennen, Jer? Hast du's? Hast du's? *Nowhere Man*. Sie nennen ihn *Nowhere Man*.»

«*Nowhere Man*. Du meinst, wie das von den Beatles?» Nell Ward hielt die Ausgabe des New Yorker *Dispatch* so weit von sich weg, wie sie konnte, als ob sie leugnen wollte, daß sie sie gerade las. «*Sitting in a nowhere land, dadam dadam dadam to nobody*?»

Terry Niles, in dessen Kolumne diese Bezeichnung das Licht der Welt erblickt hatte, lächelte. «Schön zu wissen, daß Leute in deinem Alter mit den Beatles vertraut sind.»

Nell schmiß die Zeitung auf Niles' Tisch. «Klingt schlagend. Du warst immer schon so, Terry – wie eine Menge Leute deines Alters.»

«So schlagend», sagte Niles, «daß jede andere Zeitung in der Stadt es übernommen hat oder übernehmen wird. Und wenn sie's nicht tun, dann bloß aus Gehässigkeit.»

«Ich muß unter Wahnvorstellungen leiden», sagte Nell. «Ist der *Dispatch* nicht die Zeitung, die keiner liest, die Zeitung, über die der Manager irgendeines Kaufhauses sagte, in ihr würde er keine Anzeigen schalten, weil ihre Leser seine Kaufhausdiebe wären?»

«Eine Hundertvierundvierzig-Punkt-Schlagzeile auf der Suche nach einer Story», fügte Niles hinzu. Er ging auf und ab, während er redete wie ein Straßenhändler oder ein Vaudevilleartist. «Ein Preisausschreiben, das sich als Zeitung tarnt. Hast du den Witz über unser neuestes Preisausschreiben gehört? Finden Sie einen wahren Fakt im *Dispatch*, und gewinnen Sie eine Million Dollar. Nur, was du nicht verstehen kannst, Nell, Darling, da du nicht nur ein Kind, sondern auch ein Kind der elektronischen Medien bist, ist der besondere Ort, den der *Dispatch* in der Hierarchie der New Yorker Printmedien einnimmt. Die *Times*, die gute, graue *Times* ist, war und wird immer die Zeitung der Fakten sein, die sich genauso am Tagesgespräch in Burkina Faso interessiert zeigt wie am Tagesgespräch in der Stadt, in der sie hergestellt wird – oder sogar mehr daran interessiert, wie gewisse Lästerzungen sagen. Die *News*, die sich einst das Dschungelblatt nannte und auf den Kriegspfad für Hans A. Volk ging, indem sie in einem zynischen populistischen Ton redete, der nur was taugte, wenn er drastisch war – ‹Was nun, ihr Kreml-Krücken› war eine berühmte Schlagzeile auf der Kommentarseite, die die United States dafür pries, die Russen in irgendeiner heißen Phase des Weltraumwettrennens überholt zu haben –, ist nun ein schizophrenes Schoßhündchen, dessen redeselige Klatschkolumnen das letzte Zeichen des einstigen Revolverblattjournalismus sind, den sie aufgegeben haben in ihrem Bemühen, ihrem unerwiderten Bemühen, ernst genommen zu werden. Jedes Blatt hat seine Leser, mit Sicherheit – wie natürlich auch der *Newsday*, der gern ‹New Yorks *Newsday*› sein würde, aber immer nur der von Long Island sein wird –, aber außer Presseagenturen, Leuten, die Presseagenturen benutzen, Nachrichtendealern und eingefleischten Leserbriefschreibern und Zeitungsausschnittsammlern liest keiner, der eins von ihnen liest, noch eins von den andern.»

Niles machte eine Pause, um seinen Schlips geringfügig zu richten – seinen *unvermeidlichen* Schlips, wie der Autor seines Nachrufs es unvermeidlicherweise nennen würde –, und nutzte das Glas seiner Bürotür dabei als Spiegel. Er fuhr mit seinen Händen über seinen Kopf, als ob dort Haare wären, wo keine waren. «Aber, um deine Wahnvorstellung zu zerstreuen, alle lesen den *Dispatch* – oder wissen zumindest, was der *Dispatch* gesagt hat, was ungefähr auf das gleiche hinausläuft. Der Grund dafür ist sehr einfach: Der *Dispatch* ist interessant. Und der Grund dafür, daß er interessant ist, ist ebenfalls einfach: Er präsentiert eine Geschichte pro Tag – und gewöhnlich gibt's pro Tag nur eine Geschichte –, die eine Geschichte, die jeder, der eine Zeitung liest, lesen wird; sie kommt auf die erste Seite mit einer Schlagzeile, die ins Auge fällt – einer atemberaubenden Schlagzeile, wie irgend jemand es einmal genannt hat; es werden so viele Reporter darauf angesetzt, wie nötig ist, um jede Frage dazu beantworten zu können. Er redet sie zu Tode, wie manche Leute sagen; ich sage, er macht sie erst lebendig.» Niles nahm die Zeitung in die Hand und bewunderte sie, als wäre sie ein Alter Meister. «*Nowhere Man*. Wunderschön. In ein, höchstens zwei Tagen wird jeder in der Stadt ihn so nennen – sogar die Polizei. Wie *nennt* die Polizei ihn denn, deine Kumpels von der Mordkommission? Und wie läuft's mit deinem Film?»

«Ich habe noch keinen Meter gedreht. Sie finden die Idee interessant, aber sie wollen nicht, daß ich ihnen mit den Kameras folge. Und sie sind sowieso völlig von Dimanche absorbiert.»

Niles nahm eine acht mal zehn Hochglanzaufnahme von Dimanche von seinem Tisch und hielt sie vor sich, wie er die Zeitung gehalten hatte. «Interessant, nicht wahr? Zwei Leute umgebracht am selben Tag in derselben Stadt – einer so anonym, so einsam, daß er in niemandes Leben vermißt zu werden scheint; der andere so berühmt, so gefeiert, daß man, wenn man die Leute reden hört, denken könnte, jeder auf der Welt wäre ihr bester Freund gewesen.» Er legte das Bild beiseite und griff nach einem Telex.

«Du solltest mal die Kondolenzschreiben sehen – von Cher bis Chernenko.»

«Wer ist denn Chernenko?»

«Das Entscheidende ist, daß er tot ist. Schade. Es wäre so eine schöne Alliteration gewesen. Die führenden Staatsoberhäupter, tote, und lebende, sind ungefähr die einzigen, die nicht das schreckliche Gefühl eines Verlustes angesichts des Verscheidens dieses charismatischen Rockstars zum Ausdruck gebracht haben.»

«Du klingst zynisch, Ter. Nicht wie du.»

Niles lächelte. «Ein Zyniker ist, wie Oscar Wilde sagte, ein Mann, der den Preis jeder Sache kennt und den Wert von keiner. Ich erkenne vollkommen an, welchen Platz Dimanche im Leben der Leute eingenommen hat, aber was war ihr Platz in ihrem eigenen Leben? Wer, dachte sie, war sie eigentlich, und was dachte sie über sich selbst? Ich habe sie letztes Frühjahr interviewt – oder letzten Winter, glaube ich. Hast du meinen Artikel gelesen?»

«Ich lese den *Dispatch* nicht, Terry. Ich kriege davon Alpträume.»

«Schade. Sie hatte recht bei ungefähr einer Sache – obwohl ihre Ausdrucksweise so war, daß ich sie nicht direkt zitieren konnte, denn der *Dispatch*, ob er Alpträume verursacht oder nicht, ist ja immer noch eine Zeitung für die ganze Familie. Sie sagte, apropos ihre Berühmtheit, ‹Ruhm saugt dich aus›. Genau, weißt du, denn Berühmtheiten sind per Definition Leute, deren Selbsteinschätzung dauernd von der Einschätzung, die andere Leute von ihnen haben, verbogen wird. Sie halten sich für das, was andere Leute von ihnen halten. Wenn sie sterben, ist das fast überflüssig, denn die Berühmten sind immer schon posthum.»

Nell lachte. «Du meinst unsterblich, nicht wahr?»

«Ruhm ist eine Form des Sterbens», sagte Niles. «Jeder Journalist kann dir sagen, daß die Berühmten die sind, die keine Worte in Klammern hinter ihrem Namen brauchen, die erklären, wer sie sind. Die Berühmten sind völlig singulär. Manche Berühmten sind so berühmt, daß schon ein Name genügt – ein Vorname oder ein Nachname oder ein Spitzname: Reggie, Sinatra, Doktor J und K. Dimanche. Manche können auf ihre Initialen reduziert werden: FDR, JFK; sie sind die Favoriten der Schlagzeilenschreiber. Deine

Persönlichkeit in ein paar Bruchstücken des Alphabets eingeschlossen zu wissen, heißt, ungewöhnlich berühmt zu sein.

Die meisten von uns verbringen ihr Leben damit, Wörter, Wendungen, Rangstufen, Seriennummern um uns anwachsen zu lassen, die uns von den Implikationen unseres Namens abheben. Aber während wir auf diese Weise unsere Persönlichkeiten verändern können, können es die Berühmten nicht – so wenig, wie sie die Fußabdrücke verändern können, die sie im feuchten Zement von Grauman's Chinese hinterlassen. Diese Fußabdrücke bedeuten mehr, als an einen Besuch zu erinnern; sie bezeugen, daß es keine Spur aus der Vergangenheit gegeben hat, keine Spur in die Zukunft. Berühmt zu sein heißt, für immer auf der Stelle zu treten, denn die Öffentlichkeit verlangt von den Berühmten, daß sie beständig sind. Die Öffentlichkeit schätzt die Berühmten, weil sie sie in einer Hand halten kann. Sie erträgt keine Kompliziertheit, keine Launen, keine Experimente – und natürlich auch, da eine Hand eine begrenzte Fläche besitzt, kein Wachstum.

Die Berühmten sind wie Haie. Schon ihre bloße Erwähnung bringt den Ozean in Wallung. Ihre Schatten fallen selbst am Mittag lang, und die Öffentlichkeit tobt sich in diesen Schatten aus und fühlt sich nicht des Lichtes beraubt, denn der Schatten ist selber Licht. Der Schatten ist mehr als Licht: Er ist Substanz. Die Öffentlichkeit schnappt sich daraus Bruchstücke – so wie Fans Rasenstücke aus dem Feld eines National League Gewinners hacken. Und die Öffentlichkeit wird von diesen Stücken gestärkt wie die Leute im Mittelalter von Locken heiligen Haars, von Knochensplittern. Diese Stücke sind Gedächtnisstützen, mit denen sich die Öffentlichkeit an die Berühmten erinnert. Und wenn sie sich erinnert hat, vergißt die Öffentlichkeit nicht mehr. Alles, was die Berühmten tun, bleibt getan. Es ist, als wäre ihr Leben eine dieser Schärpen, die Pfadfinder und Pfadfinderinnen tragen und von denen die unveränderlichen Abzeichen des Verdienstes und des Verfehlens hängen. Ihre Verdienste werden nicht vergessen, aber ihre Fehler auch nicht ausradiert – es gibt weder Wiedergutmachung noch Korrektur. Diese Schärpen sind bedeckt mit Daten, Orten, Leuten – mit Schritten, die, obwohl falsch, dort für immer festgefroren sind, mit Liebhabern, die, obwohl längst weggeschickt, immer noch geliebt sind, mit Gesten, die, obwohl widersprüchlich, die Arabesken eines langen Tanzes sind. Und wenn sie sterben, ist es kein Ende; es ist ein weiterer Zuwachs. Sie sterben immerfort.»

«Jesus.»

«Das perfekte Beispiel.»

Nell lachte. «Die Komumne von morgen?»

Niles grinste frech.

«Verspüre ich vielleicht eine gewisse Bitternis bei diesem Thema, Ter? Ein bißchen Säuerlichkeit?»

Er winkte ab bei der Vorstellung. «Du hast nicht zufällig eine Zigarette, oder?»

«Ich hab aufgehört. Du auch, erinnerst du dich? Wir haben zusammen aufgehört – für ‹uns›, so wie wir damals waren.»

«Wir waren ein wunderschönes Paar; viele sagten das. Bilde dir bloß nichts darauf ein, *eine* deiner Abhängigkeiten losgeworden zu sein, Nell.»

Nell nahm ihren Hut vom Tisch, wickelte ihr Haar um ihre Hand und schob es unter den Hut.

«Kannst du mir, jetzt, wo wir, äh, bloß noch Freunde sind, sagen, warum du darauf bestehst, dich so zu kleiden?»

«Es ist bequem», sagte Nell. «Glaubst du, deine Leser wissen, was Arabesken sind? Meinst du nicht, daß sie glauben, das ist irgend so eine Terroristenbande?»

«Schickt die Ärsche zum Wörterbuch, sage ich immer. Was machst du eigentlich überhaupt hier? Hast du schließlich beschlossen, daß du mich eigentlich doch liebst, daß all das Reden über Freiheit und Unabhängigkeit und – wie nanntest du es noch? – ‹dein eigenes Territorium abstecken› eben bloß Gerede war? Ich könnte mich wieder mit dir einlassen, Nell – auch wenn du dich wie Charlie Chaplin anziehst, auch wenn du nicht weißt, wer Chernenko ist, auch wenn du soviel Kokain schnupfst.»

«Ich habe dich verlassen, Terry, was du auch mitbekommen hättest, wenn du den Mund gehalten hättest, denn du redest zuviel. Aber ich bin gekommen, um dich zum Reden zu bringen – über Lieutenant Jacob Neuman.»

«Neuman? Neuman ist im Ruhestand.»

«Vielleicht, aber er arbeitet jetzt an dem Dimanche-Fall.»

«Jake Neuman arbeitet jetzt an dem Dimanche-Fall? Ich habe jetzt vielleicht die erste Gelegenheit in meiner langen, tintenbefleckten Karriere, ‹Haltet die Druckmaschinen an› zu brüllen.»

«Du hast es nicht von mir gehört», sagte Nell. «Erzähl mir von Neuman. Ich will ihn im Film haben. Jeder Film braucht einen Star. Neuman ist berühmt. Posthum.»

...sechsundzwanzig, siebenundzwanzig, achtundzwanzig, neunundzwanzig, dreißig, einunddreißig. Einunddreißig Valiumtabletten – eine für jedes Jahr ihres Lebens. Mehr als genug.

B. G. Harris fegte die Valiumtabletten zurück in das Fläschchen und legte es in eine Schublade ihres Apothekertisches – den Tisch, den sie bei *Bloomingdale's* gekauft hatte, um sich für den ersten Scheck ihres Vorschusses für ihr erstes Broadway-Stück zu belohnen. Ihr letztes Broadway-Stück. Sie zog ihre tragbare Olympia zu sich heran und drehte ein Blatt des weißen Achtzig-Gramm-Holzfrei hinein. Vielleicht war das das Problem. Sie hatte das Stück auf einer mechanischen Schreibmaschine geschrieben – eben dieser –, auf dem Küchentisch einer Wohnung in Bloomington, Indiana: Farne hingen im Fenster, eine Katze rollte sich auf dem Fensterbrett zusammen, Liszt und Brahms im Kassettenrecorder, Brot buk im Ofen, ein Auto stand in der Auffahrt für den Fall, daß sie wegmußte von dem, was sie sich ausdachte, um mal etwas zu sehen, das real war. Die Überarbeitung, die sie auf einer gepachteten IBM Selectric III in einem Zimmer hinter der Bühne des Kean Theaters vornahm: keine Fenster; kein anderes Lebewesen; Fotografien von toten Schauspielern und Schauspielerinnen und Stückeschreibern an den Wänden; keine Musik; der einzige Geruch der des Desinfektionsmittels im Badezimmer, das zu nahe am Tisch war, den man nicht bewegen konnte, denn es war kein Tisch, sondern der Sims vor einem Spiegel, denn das Zimmer war kein Ort zum Schreiben, sondern einer zum Schminken; die einzigen Verkehrsmittel, um wegzukommen, Taxis, Busse oder die U-Bahn, die ihren eigenen Geruch hatten und sie nirgendwohin bringen konnten, wo es sehr viel anders sein würde als da, wo sie war, denn es gab keine Realität in New York: Alles war künstlich. Die Überarbeitung konnte sie nicht machen – nicht gut.

Ja, das war das Problem. Sie war nicht blockiert, sie war verschlossen. Sie hatte die falschen Geräte und die falsche Umgebung: Sie hatte ein Stück geschrieben, ein Stück, das für den Broadway produziert wurde, aber sie war nicht... theatralisch; sie hatte nie Phantasien über das Aufregende von nächtelangen Proben, den Schmetterlingen im Bauch bei der Premiere, dem Rausch, im Triumph bei *Sardi's* hereinzukommen, den Interviews, Talkshows, Tonys, Pulitzers; sie konnte nicht schreiben in dem kleinen, vollgestopften Zimmer hinter der Bühne, auf der elektrischen Schreibmaschine (für teures Geld gepachtet, woran Martin Klein sie gern erinnerte), die sie ansummte, während sie darauf wartete, daß sie wieder ihre Tasten anschlug, während jeder herumsaß und darauf wartete, daß er sich ansehen konnte, was sie getan hatte, um das Stück zu verbessern. Sie war nicht theatralisch, sie war häuslich – keine Stubenhockerin, keine Eremitin, aber eine Einsame – eine Schriftstellerin. Sie hatte viele Entwürfe des Stückes geschrieben, auf der Olympia, in der Küche, für sich – und für die Katze, der sie sie vorlas – jeder Entwurf besser als der vorangegangene. Was sie in dem vollgestopften kleinen Zimmer hinter der Bühne auf der elektrischen Schreibmaschine geschrieben hatte, während andere umherschlenderten und rauchten und mit ihren Fingern trommelten, hatte das Stück nicht besser gemacht, nur anders. Sie hatte versucht, die Überarbeitungen zu Hause zu machen. («*Zu Hause?*» hatte Martin Klein gesagt, als sie fragte, ob das in Ordnung wäre. «Sie meinen in *Australien?*» In ihrem neuen Zuhause, sagte sie ihm, ihrer geliebten – in jedem Sinne – Chelsea-Wohnung, mit dem Schauspieler als Untermieter, der in Neptune, Florida, Dinner-Theater spielte, mit einigen Pflanzen, übergroß, aber lebendig, und einem Blick auf ein paar Dächer, der, wenn man die Augen zusammenkniff, an Paris erinnerte, oder an das, was sie sich unter Paris vorstellte, mit ihrer Olympia auf dem Apothekertisch, den sie sich gekauft hatte und zwischen die Fundstücke gequetscht hatte, die der Schauspieler für Möbel hielt. Keine Katze, denn der Schauspieler war allergisch gegen Katzen. Aber auch dort brachte sie nichts zustande – nicht mal etwas anderes. Sie starrte auf das Papier. Es sagte nichts. Die Sphinx.

Ironisch. Ein Apothekertisch, und sie würde sich mit dem Gifttrank eines Apothekers umbringen. Zu ironisch. Muß überarbeitet werden, B. G.

Der Mörder schleuderte den *Dispatch* quer durch den Raum. Es war alles falsch; es machte den Toten sympathisch, tragisch, fast heroisch. Es machte ihn zum Opfer einer sinnlosen urbanen Tragödie, obwohl er in Wahrheit der Schurke seiner eigenen war – gewesen war. *Nowhere Man*. Wie wär's mit *Everywhere Man*? Wie wär's mit Jederzeit-an-jedem-Ort-überall-mit-jeder-Frau-die-es-gibt-Mann? Sie machte eine Liste: Januar – sie traf ihn auf einer Party, und er besorgte sich ihre Telefonnummer, und später fand sie heraus, daß er mit einer anderen Frau von der Party nach Hause gegangen war. Februar – er sagte ihr, er müßte geschäftlich nach Kalifornien fahren, und später fand sie heraus, daß er nach Vail mit einer Frau gefahren war. März – er sagte ihr, er könnte nicht mit ihr über das Wochenende nach Vermont fahren, weil er Grippe hätte, und später fand sie heraus, daß er das Wochenende mit einer Frau in Sag Harbor verbracht hatte. April – sie fand ein Damenjäckchen in seinem Badezimmer, und er sagte, es wäre von einer platonischen Freundin, die bei ihm geschlafen hätte, weil ihr Freund sie rausgeschmissen hätte, und später fand sie heraus, daß es das Menstruationsblut seiner platonischen Freundin gewesen war, das die Flecken auf dem Teppich verursacht hatte, wo sie gefickt hatten. Mai –

Sie knüllte die Liste zusammen und warf sie der Zeitung hinterher. *Später fand sie heraus...* Später *erzählte* er es ihr, denn er war unfähig, seine Gespaltenheit für sich zu behalten. Er nannte das Ehrlichkeit und eine Tugend und sagte, wenn sie sich aufregte, daß sie zu empfindlich war, zu unsicher – verrückt.

Sie machte eine neue Liste. Sie würde sich belohnen, sich etwas gönnen – sie würde zu *Elisabeth Arden* für eine Gesichtskosmetik gehen und zu *Bumble & Bumble*, um ihre Haare waschen und spülen zu lassen. Sie würde eine Uhr bei *Tourneau* kaufen, Höschen und BHs bei *Victoria's Secret*, ein Paar Stiefel bei *Knoud*.

Aber es war ihre Wohnung, die dringend eine Behandlung brauchte; sie war seit langem bloß noch zu Besuch dort gewesen, durchgerauscht, um Dinge zu holen oder sie dort abzulegen, schlief vielleicht eine Nacht in zwei Wochen dort, aß nie eine Mahlzeit, höchstens einen Joghurt aus dem Kühlschrank – bis nichts mehr da war.

Sie würde ein Queen-Anne-Sofa bei *Sloane's* kaufen, eine High-Tech-Lampe bei *D. F. Sanders*, ein Bett bei *Wim & Karen*, einen Teppich aus einer limitierten Edition bei *Modern Age*, ein Teeservice im *Hot House*, Geschirr bei *Sointu*. Sie würde Lebensmittel in Läden kaufen, die zu chic waren, um einen Namen zu haben, Kaviar kaufen, als wären es Gummibärchen, Lendenstücke von Tieren, die wie Könige verhätschelt worden waren.

Sie würde nie auf die Preisschilder sehen, sie würde alles bar bezahlen, was dazu führen würde, daß die Leute tuschelten und irritiert die Köpfe zusammensteckten. In einigen Läden würde man nie zuvor Bargeld gesehen haben und wäre unfähig, es zu wechseln; sie würde ihnen sagen, daß sie den Rest behalten könnten.

Sie hatte ihn vor ihren Freunden geheimgehalten, und so mußte sie ihren Freunden jetzt nicht erzählen, daß sie aufgehört hatte, sich mit ihm zu treffen. Sie würde den nächsten ebenfalls geheimhalten, und den danach auch. Sie hätte sie alle geheimhalten sollen, alle ihre Männer. Sie hatten sie nie an ihrem Leben teilhaben lassen; sie hätte sie nie an ihrem teilhaben lassen sollen. Sie hatten verzweifelt ihre Köpfe geschüttelt, wenn sie von Bindung, Arbeit, Miteinander gesprochen hatte, hatten ihre Köpfe geschüttelt und gedacht, warum sie sich bloß nicht mit dem abfinden wollte, was sie hatten, was immerhin etwas war. Oder nicht? Sie hätte sie alle umbringen sollen. Die Arschlöcher.

7

Tausende von Teenies, alle mit kurzen, stumpfgeschnittenen, blonden Haaren, schwarzen Lederminiröcken, schwarzen Jäckchen, blauer Jeansjacke, lila fingerlosen Seidenhandschuhen, lila Pfennigabsätzen, einem Armreif aus Elefantenhaar und einem aus Kupfer und einem engen Halsband aus Rheinkiesel versammelten sich vor dem Kean Theater auf der West Forty-ninth Street und marschierten die Seventh Avenue hinunter zur West Twelfth Street. Sie bogen rechts ab und marschierten einen Block bis zur Greenwich Avenue, bogen dort links ab zur Bank Street, von der Bank noch mal rechts ab. Sie füllten den Teil auf der Bank Street zwischen Waverly Place und West Fourth Street, den Teil, in dem Dimanche gelebt hatte. Der Marsch nach Süden war still, schweigend gewesen, aber auf der Bank Street sangen sie Dimanches Songs, jeden einzelnen, wieder und wieder, a cappella.

Danach skandierten sie: «Wir wollen Dimanche. Wir wollen Dimanche. Wir wollen Dimanche.» Sie wollten wahrscheinlich ihren Leichnam sehen, denn sie waren in dem irrigen Glauben, daß er von der Leichenhalle des Bellevue-Krankenhauses zu ihrem Haus gebracht worden war. Ein paar von ihnen hatten dort Wache gestanden und hatten einen Krankenwagen, dessen Vorhänge geheimnisvoll heruntergezogen waren, eine namenlose Ladung hinwegbringen sehen, Richtung Westen auf der Twenty-ninth Street, dann nach Süden auf der Second Avenue. Für sie hatte das bedeutet, daß er Dimanche zur Bank Street brachte.

Tatsächlich aber war der Krankenwagen auf der Twenty-third Street nach Westen abgebogen, nach Norden auf die Third Avenue, nach Osten auf der Thirty-fourth bis zum Queens-Midtown-Tunnel gefahren, zum Long Island Expressway, zum Brooklyn-Queens Expressway, zum Grand Central Parkway, zum La-Guardia-Flughafen. Ein gecharteter Falcon flog Dimanches Sarg nach Providence,

Rhode Island. Dimanches Vater, ein Klempner, und ihr Bruder, ein Verkäufer, luden den Sarg auf die Ladefläche eines Doge Ram Pickups und fuhren ihn zu einem Krematorium, wo Dimanche, entsprechend den Bestimmungen ihres letzten Willens, wieder zu Asche wurde, die ihr Bruder, indem er ebenfalls den Wünschen seiner Schwester folgte, in einer ihrer Lieblingsbuchten von Narragansett Bay verstreute.

Die Nachricht davon würde sich ausbreiten, und in den kommenden Wochen würde das Wasser der Bucht übersät sein mit gemieteten Booten voller Teenies, mit blonden, kurzen, stumpfgeschnittenen Haaren, schwarzen Lederminiröcken, schwarzen Jäckchen, blauen Jeansjacken, lila fingerlosen Seidenhandschuhen, lila Pfennigabsätzen, einem Armreif aus Elefantenhaar und einem aus Kupfer und engen Halsbändern aus Rheinkieseln. Die Polizei und die Küstenwache würden aus Angst vor einer Katastrophe die örtlichen Bootsverleiher schließlich davon überzeugen, daß sie ihren verständlichen Instinkt, schnell Geld zu machen, zügelten und es unterließen, Wasserfahrzeuge an offenkundige Landratten zu vermieten.

«Hör dir das an, Lieutenant.»

Neuman dachte daran, Federici in den Fuß zu schießen und ihm, indem er ihm so klarmachte, daß er im Ruhestand sei, auch mitzuteilen, daß er ihn Jake nennen sollte. Aber er besaß keine Waffe, da er im Ruhestand war. Aber wenn er im Ruhestand war, warum war er dann nicht zu Hause und sah sich seine Aufzeichnung von den Mets gegen die Dodgers, Gooden gegen Valenzuela an, statt in der Halle des *Daily News*-Gebäudes zu stehen (des früheren Dschungelblattes, das nun ein schizophrenes Schoßhündchen war, voller weitschweifiger Klatschkolumnen), mit seinen Ellbogen auf dem Geländer, das sich um den großen Globus herumzog, und zu versuchen, nicht auf die Schlagzeile auf der Sportseite der Zeitung zu glotzen, die Federici von einem Aufseher abgestaubt hatte und die er gerade durchblätterte. Federici war glücklicherweise ein Football- und Hockey-Fan und kümmerte sich nicht darum, wer gewonnen hatte.

«Hier ist ein Leserbrief vom Chef des biologischen Seminars am Brooklyn College. Du warst doch auf dem CCNY, nicht wahr, Lieutenant?»

«Ja, war ich. Ich glaube aber nicht, daß ich je Biologie belegt habe. Nein, hab ich nicht.» Wenn er es getan hätte, bräuchte seine Frau jetzt vielleicht keinen Vibrator.

«Hör zu. ‹In einem Ihrer Leitartikel hieß es kürzlich, daß Bären Winterschlaf halten. Kleine Säugetiere wie der Hamster und die Schlafmaus halten Winterschlaf, aber der tiefe Schlaf des Bären ist kein echter Winterschlaf. Es ist eine leichtere Erstarrung, die im allgemeinen von Phasen des Wachseins unterbrochen wird.›» Er lachte.

«Ich kapier's nicht, Steve.»

«Hört sich an wie eine Beschreibung von Matt McGovern. ‹Leichtere Erstarrung, im allgemeinen unterbrochen von Phasen des Wachseins.›» Er lachte wieder.

Neuman las die Inschrift auf dem Sockel des Globus: *Wenn die* SONNE *die Größe dieser Weltkugel besäße und hier plaziert wäre, dann hätte die Erde vergleichsweise die Größe einer* WALNUSS *und befände sich am Haupteingang zum Grand Central Terminal.* Wenn die Erde die Größe einer Walnuß besäße, wie groß wäre dann ein Bär? Und ein Hamster? Eine Schlafmaus? Was war eigentlich eine Schlafmaus genau?

«Steve, wie lang ist diese Liste?»

«Welche Liste? Oh – Bobbys Liste. Fünfzehn, zwanzig Namen. Na ja, exakt achtzehn.»

«Irgendwelche tot von ihnen, außer Dimanche?» Neuman sprach es wie Di*mantsch* aus.

Federici nickte. «Zwei der Frauen hat Bobby umgebracht. Die andere, die er umgebracht hat – ich weiß nicht, ob du dich daran erinnerst, aber sie –»

«Ich erinnere mich daran. Er brachte sie um, weil sie wußte, daß er mit der zweiten, die er umgebracht hat, ausgegangen war. Sie ist bestimmt auf keiner Liste.»

«Genau. Sie ist nicht drauf.»

Neuman drehte sich um und lehnte sich mit dem Rücken gegen das Geländer. «Wie auch immer, der Punkt ist, daß ich, obwohl Bobby mit dieser Dimanche ausgegangen ist und ich sein Partner war und deshalb vielleicht was über sie wissen könnte, in Wirklichkeit nichts über sie weiß, weil Bobby nämlich nie ein Wort zu mir gesagt hat über die Frauen, mit denen er ausgegangen ist. Er hat mir nicht mal erzählt, ob sie blond oder brünett oder rothaarig waren, was für 'ne Arbeit sie hatten, wo sie wohnten, geschweige denn irgendwelche Namen genannt. Ich möchte etwas anderes fragen, Steve.»

Federici legte die Zeitung zusammen und faltete sie so, daß Neuman nicht anders konnte, als die Schlagzeile: L. A. LEGT DR. K LAHM zu lesen.

«Ja?»

«Als du diese Liste gefunden hast und sie dir vorkam wie eine Hitliste, warum hast du dann niemandem davon erzählt, vor allem den Frauen nicht, die draufstanden?»

Federici zuckte mit den Schultern. «Weil Bobby tot war.»

«Ich dachte mir, daß du das sagen würdest. Also, wenn Bobby tot ist, warum hat dann die Tatsache, daß der Name dieser Frau auf seiner Liste war, die wie 'ne Hitliste aussieht, irgendwas mit irgendwas zu tun, speziell mit mir? Um es anders auszudrücken: Warum sollte ich aus meinem Ruhestand zurückkehren, bloß weil jemand, den mein Ex- und toter Partner vielleicht umbringen wollte, umgebracht worden ist? Hab ich mich klar ausgedrückt? Ich habe nicht das Gefühl, daß ich mich ganz klar ausgedrückt hab. Ich mußte schon lange nicht mehr so denken. Ich schaue mir manchmal Krimiserien im Fernsehen an und versuche, so zu denken, wie die Cops denken, aber normalerweise gibt's da gar nichts zu denken. Ich meine, meistens zeigen sie dir, wer die Bösen sind, und es ist dann bloß noch die Frage, ob die Cops sie erwischen, bevor der Film zu Ende ist, was sie aber immer schaffen, nur manchmal nicht, wenn sie nämlich 'nen zweiteiligen Film zeigen oder so was wie Fortsetzung nächste Woche.»

«Hast du je *Miami Vice* gesehen, Jake?» sagte Federici.

«Ich glaube nicht. Nein. Aber warum bloß nicht? Ich hab davon gehört.»

«Es kommt freitags um neun. Es ist ziemlich gut, manchmal, darüber, wie sie wirklich ist, weißt du, die Arbeit der Polizei.»

«Freitags um neun. Also, die Mets spielen normalerweise freitags um neun, während der Spielzeit, mein ich, und wenn sie's nicht tun, guck ich mir wohl was anderes an.»

«Ich hab vergessen, dir was zu erzählen, Jake», sagte Federici. «Ich hab vergessen, dir von der Botschaft auf dem Spiegel in Dimanches Garderobe zu erzählen. Es stand nicht in der Zeitung, weil Klinger und Easterly meinten, das wäre eine von diesen Sachen, die man der Presse nicht mitteilt, weil nur der Mörder davon weiß. Das stimmt allerdings nicht ganz, denn die Leute, die Dimanches Leiche gefunden haben, wissen davon, aber Klinger hat sie gebeten, der Presse nichts davon zu sagen, und soweit haben sie's auch nicht getan – wie auch immer.»

«Was für eine Botschaft, Steve?»

«Sie war in Druckbuchstaben mit rotem Lippenstift auf den Spiegel gemalt – mit dem gleichen Lippenstift, den auch Dimanche benutzt. Sie hieß *There's a needle in your arm and it makes you breath-*

less. Wir glauben, es sind Worte aus einem Song, einem Punk-Rock-Song, aber keiner hat Zeit gehabt, um das rauszukriegen.»

«In Druckbuchstaben, was bedeutet, daß man nicht feststellen kann, ob die Handschrift die eines Mannes oder die einer Frau ist?»

«Genau.»

«Hm. Ein Song über Drogen, meinst du?»

«Ja.»

«Hat sie Drogen genommen?»

«Sie war in der Unterhaltungsbranche, Jake. Es kommt mit der Branche. Aber kein Horse. Jeder, der auch nur irgend etwas mit dem Stück zu tun hatte, sagt, daß sie immer pünktlich war und nie vollgeknallt.»

«*Dallas*», sagte Neuman.

Federici sah ihn wieder mit seinem Kanonenfresser-Blick an. «Was?»

«Freitags um neun schaut sich Maria gern *Dallas* an.» Er könnte *Miami Vice* aufnehmen, während Maria *Dallas* anschaute, und hoffen, daß niemand ihm erzählen würde, wie es ausgegangen ist. Scheiße. Na ja. Sogar Doktor K muß ab und zu mal lahmgelegt werden. Aber von L. A. – Scheiße. Dodger blue – Scheiße, Scheiße, Scheiße.

«Da ist sie», sagte Federici.

Neuman richtete sich gerade auf, lachte dann, als er Federicis Finger folgte. «Für'n Moment dachte ich, du meinst, da ist Maria. Jesus. Hast mir 'ne Scheißangst eingejagt... Äh, Tschuldigung, Miss Johnstone.» Er tippte an seinen Hut – einen Strohhut, denn es war ein neuer Tag, ein sommerlicher Tag, und er hatte andere Klamotten an, sommerliche Klamotten: braune Wallabies, lindgrüne Socken, Hosen mit hell- und dunkelbraunen Karos, die Jacke eines olivgrünen Sommeranzugs, dessen Hose ihm nicht mehr paßte, ein hellblaues Hemd, einen dunkelblauen Schlips mit weißen Punkten und einem rosa Blutfleck (vom Nasenbluten, das er im Winter gehabt hatte, als er wegen einer Erkältung zu viele Nasentropfen genommen hatte). Maria hatte sich nicht dazu geäußert, wie er aussah, als er das Haus verlassen hatte. Maria hatte überhaupt nichts gesagt. Scheiße. Es war ihm gerade wieder klargeworden, daß er die letzte Nacht auf dem Sofa im Wohnzimmer geschlafen hatte – schlecht geschlafen: eine leichtere Erstarrung, im allgemeinen unterbrochen von Phasen des Wachseins; er hätte sich das Spiel ansehen können, anstatt es aufzunehmen. Er hätte deprimiert sein können, als Doktor K lahmgelegt wurde – live deprimiert statt während der Aufzeichnung. Nur daß er sich das Spiel jetzt sowieso nicht mehr ansehen würde, weil er das Ergebnis schon wußte. Scheiße.

Charly Johnstone musterte ihn von oben bis unten. «Sie sehen wie Dave aus. Der sind Sie aber nicht, oder?»

«Ich glaube nicht. Nein. Dave wer?»

«Ein Bewohner des Broadway. Er lungert vor den Bühneneingängen herum und sammelt Autogramme.»

Neuman schüttelte seinen Kopf. «Ich habe mal ein Autogramm von Tom Seaver bekommen, als ich noch Uniform getragen habe, draußen in Shea. Aber nein, ich bin nicht Dave.»

Charly rümpfte die Nase. «Sie sind der Cop, der gerade angerufen hat und mich hier treffen wollte.»

«Ja. Also, eigentlich ist er der Cop, der angerufen hat –» Neuman wedelte mit seinem Daumen über seine Schulter –, «Detective Federici. Er hat die schönere Telefonstimme, also hat er angerufen. Ich bin Jake Neuman.»

«Detective Neuman?»

«Ja. Also. Nein. Lieutenant, eigentlich, aber, na ja…»

Charlys Gelächter peitschte ein paarmal durch die Halle und prallte an den Wänden ab. «Natürlich. *Der* Lieutenant Neuman – von Newman und Redford. Ich dachte, Sie wären im Ruhestand.»

«Ja, nun ja.»

«Und Sie wollten über Dimanche reden?»

«Darüber, wer sie umgebracht hat, ja.»

«Wollen wir hier reden? Mein Büro ist genau hier drüber. Ich finde es so praktisch, bloß eine Fahrstuhlfahrt von der Chefredaktion einer der größten Zeitungen Amerikas entfernt zu sein. Aber Sie wissen ja, wo mein Büro ist.»

«Ja, das weiß ich. Ich meine, deshalb sind wir rübergekommen. Und dieser Ort hier ist so gut wie jeder andere. Ich meine, man kann sich hier nirgends hinsetzen, aber das ist völlig in Ordnung, weil man dann keine Zeit verschwendet, wenn man im Stehen reden muß, wenn Sie wissen, was ich meine.»

Charly verzog sich in ihren Schal. «Ich habe bereits ziemlich ausführlich mit der Polizei gesprochen. Mit einem gewissen Lieutenant McIver.»

«Ja, ich habe seinen Bericht gelesen», sagte Neuman. «In seinem Bericht heißt es, daß, als äh Dimanche – was wenn ich recht verstehe Französisch für Sonntag ist, den Wochentag, nicht den Ice Cream Sundae; aber sie ist keine Französin, sie wurde in Rhode Island, Providence, geboren –, daß, als Dimanche getötet wurde –

was am Dienstag irgendwann zwischen ein paar Minuten nach drei Uhr nachmittags war, als es eine Pause in den Proben gab, und halb vier oder so, als ihre Leiche entdeckt wurde –, zweiundzwanzig Leute im Theater waren – dem Kean, auf der West Four-Nine. Wie ich in Lieutenant McIvers Bericht gelesen habe, heißt das Stück *Sterben ist leicht*, was irgendwie schwer zu glauben ist –»

«‹Sterben ist leicht, Komödien sind schwer›, Lieutenant. Eine alte Theater-Maxime, die zuerst, wie einige behaupten, von Sir Edmund Kean geäußert wurde, derjenige, nach dem das Theater benannt ist. Es gibt andere, die das Apophthegma Edmund *Gwenn* zuschreiben, der Ihnen, Lieutenant, vielleicht als Nikolaus aus «*Das Wunder von Manhattan*» bekannt ist. Ich selbst dachte immer, es wäre Kean, habe das wohl auch öffentlich gesagt, besinne mich schließlich auf Peter O'Toole, der es in «Mein Lieblingsjahr» Kean zuspricht – nicht *mein* Lieblingsjahr, Lieutenant, öh, äh, sondern der gleichnamige Film. Dann las ich etwas in der *Times* über ein Symposium von Komödianten, Komödienautoren und verschiedenen Koryphäen, auf dem Carl Reiner sagte, die Bemerkung stamme von Kean, und Larry Gelbart dazwischenfuhr, um zu sagen, sie sei, *au contraire*, von Gwenn. Bemerkte das kürzlich Harry Haun gegenüber, der für die *News* schreibt, und er sagte, er hätte einmal George Seaton interviewt, der «*Das Wunder von Manhattan*» geschrieben und Regie geführt hat, und *Seaton* sagte, er wäre ins Krankenhaus gegangen, als er hörte, Gwenn sei auf den Tod krank, und er hätte gesagt: ‹Terry, es muß schrecklich sein›, und *Gwenn* sagte darauf: ‹Sterben ist leicht, bla bla bla›. Natürlich könnte Gwenn *Kean* zitiert haben. Wie auch immer, es ist der Titel des Stücks, und zwar eines Kriminalstücks, in dem es um einen Mord im Theater geht.»

«Das ist auch ziemlich schwer zu glauben, oder?» sagte Neuman.

«Oder vielleicht auch nicht. Ich weiß es nicht. Wie auch immer. Nun ja. Der Regisseur, äh, Jay Dillen, der Produzent, Martin Klein, Sie und Mindy Vezetti, Dillens Sekretärin, waren am Dienstag in Dillens Büro zwischen ein paar Minuten nach drei Uhr nachmittags und halb vier oder so; die fünf anderen Schauspieler in diesem Stück – zwei Männer, drei Frauen – waren in ihren Garderoben hinter der Bühne: Jeder hat seine eigene Garderobe. Der Autor, B. G. Harris, der, wie man mir sagte, eine Frau ist, war ebenfalls hinter der Bühne und arbeitete an einer neuen Szene für das Stück.

Also das macht zehn Leute, die mit dem Stück zu tun hatten, und zwölf weitere – Bühnenarbeiter und Angestellte des Theaters – macht zweiundzwanzig. Zweiundzwanzig Leute waren am Dienstag im Theater zwischen ein paar Minuten nach drei Uhr nachmittags und halb vier oder so.» Das könnten Lottozahlen sein: 3, 10, 12, 22, 30. Nur, daß 10 und 12 ein bißchen dicht beieinanderlagen. Außerdem brauchte er noch eine weitere Zahl. «Dillen, Klein, Vezetti und Sie, Miss Johnstone, sind Alibis füreinander – aber nicht für jede Minute der fraglichen Zeit, denn Sie und Dillen sind während dieser Zeit zur Toilette gegangen, und Vezetti war in einem Außenbüro. Zwei der Schauspieler – ein Mann und eine Frau – waren draußen, um Besorgungen zu machen – verschiedene Besorgungen –, und sind ihr gegenseitiges Alibi für den Zeitraum, in dem sie draußen waren; für den Rest der Zeit hat keiner von beiden ein Alibi. Die drei Schauspieler, die im Theater geblieben sind – ein Mann, der, wie sich herausstellte, der Freund von Dimanche war, und zwei Frauen –, haben Alibis für einen Teil der Zeit, aber nicht für die ganze Zeit. Die Bühnenarbeiter und Angestellten des Theaters haben Alibis für ungefähr den ganzen Zeitraum, weil sie zusammen Kaffee getrunken haben. Die Autorin hat kein Alibi. Sie arbeitete in einem Zimmer am Ende des gleichen Flurs, an dem auch Dimanches Garderobe liegt, und niemand kann beschwören, daß sie die ganze Zeit in ihrem Zimmer war. Außer ihr. Sie schwört es.

Also hat Lieutenant McIver so ungefähr alles herausgefunden, was irgend jemand interessieren könnte, nur daß er vergessen hat, Sie eine Sache zu fragen, so daß ich gedacht habe, ich frage Sie. Haben Sie Dimanche umgebracht, Miss Johnstone?»

Charly brüllte. «Natürlich nicht.»

«Wissen Sie, wer's war?»

«Na*türlich* nicht.»

«Wer, glauben Sie, war's denn?»

Charly rümpfte die Nase.

«Ja, schauen Sie. Manchmal ist das eine schwierige Frage, weil es so viele mögliche Antworten darauf gibt. Ich meine, wer würde schon jemanden umbringen, nicht wahr? Ungefähr jeder, der die Gelegenheit dazu hat, darauf läuft es manchmal hinaus. Eine Frau wie sie, gutaussehend, intelligent – sie war intelligent, nicht wahr? Ich kriege langsam den Eindruck, daß sie intelligent war – erfolgreich, reich... Es muß eine Menge Leute gegeben haben, die sie umlegen wollten.»

Charly plusterte sich auf. «Aber wenige Leute besitzen Waffen, Lieutenant.»

«Sie wären überrascht. Sie wären wirklich überrascht. Das mit der Waffe ist interessant, nicht? Ich meine, in ihrer Garderobe liegt eine .38 Special, die sie als Requisite im Stück benutzt hat, und sie wird erschossen mit einer .38 Special. Ein Zufall? Könnte jemand so etwas für einen Scherz halten? Ich weiß es nicht. Wissen Sie's?»

«Nein.»

«Gut. Also. Danke.»

Charly schluckte. «War's das?»

«Für den Augenblick. Sie wollten zum Lunch gehen, nehme ich an. Entschuldigen Sie, daß ich Sie aufgehalten habe.»

Charly machte eine Bewegung, um das Spinngewebe von Worten abzuschütteln, das er um sie gewoben hatte, und hielt dann inne. «Sie haben nicht schon eine Verabredung, oder, Lieutenant?»

Neuman sah auf seine Hände, als ob sie über eine Krankheit redete. «Äh, ja, also, Detective Federici und ich dachten, daß wir zu 'nem *Chock Full o'Nuts* gehen oder so was, vielleicht eine Suppe essen oder einen Hot dog. Ich habe diese Lokale immer gemocht, diese – wie nannte man die? Diese deutschen Lokale? Da gab's immer gute Suppen, gute Knackwürste. Jetzt sind sie pleite, nehme ich an. Bum, bum.»

«In der Tat. Ja. Also. Ich habe einen Tisch bei *Sardi's*, und es wäre mir eine Ehre, wenn Sie mein Gast wären. Ich glaube, es gibt da ein paar Sachen, die Sie über die, äh, Schmiere wissen sollten, und was gäbe es für einen besseren Ort, um Sie aufzuklären, als das *Sardi's*, das ein verstorbener Kollege von mir einmal als den ‹Club, die Messehalle, die Lounge, die Post, den Salon und Marktplatz der Leute vom Theater› beschrieben hat? Detective Federici ist natürlich auch eingeladen. Sagen Sie mir, Lieutenant, *spricht* Detective Federici jemals?»

«Wer? Er? O ja, er spricht manchmal. Nicht soviel wie ich, aber fast niemand spricht soviel wie ich. Es ist dieses Ding, was ich hab. Ich bin im Ruhestand, da haben Sie recht. Bin ich immer noch, irgendwie. Ist mir gar nicht aufgefallen, aber die ganze Zeit, in der ich nicht gearbeitet habe, hab ich fast überhaupt nicht geredet. Ich habe soviel geredet in den letzten vierundzwanzig Stunden oder so, daß mir der Mund, die Kinnbacken, die Wangen weh tun und so. Nicht mal vierundzwanzig Stunden. Weniger.»

8

Drei Stunden später taten auch Neumans Ohren weh, und zwar, weil er Charly zugehört hatte. Und sein Arsch, weil er so lange auf einem Platz gesessen hatte, und sein Kinn, weil er es auf seine Hände gestützt hatte, damit es nicht auf den Tisch herunterkrachte, wenn er einschlief – denn Charlys Gerede verursachte eine leichtere Erstarrung, hin und wieder unterbrochen von Phasen der Aufmerksamkeit –, und seine Ellbogen, weil sie seine Hände und sein Kinn gestützt hatten, und sein Magen, von zuviel Lasagne, und seine Nase, weil er zuviel ätzenden Rauch von Charlys Sherman's Zigaretten eingeatmet hatte, und seine rechte Hand, weil er die rechten Hände von zu vielen anderen Leuten geschüttelt hatte, die zum Essen kamen und an ihrem Tisch stehenblieben, um Charly hallo zu sagen (und ihr Beileid bezeugten, aber nie sagten wofür, als ob es auf der Schmiere Unglück brächte, zu sagen, was einem leid tat, so wie es Unglück brachte, Glück zu wünschen oder aus dem *Macbeth* zu zitieren, was Neuman am CCNY gelernt hatte, als er besser Biologie belegt hätte, damit seine Frau heute keinen Vibrator brauchte) und die sie ihm vorstellte, wie es Mode war – ohne immer ihre Namen zu sagen, als ob ihre Gesichter Namen trugen; und sein Gehirn, weil es geschmiert wurde.

Er verdrängte den Schmerz aus seinen Gedanken, um Charlys Erörterungen zu lauschen:

«Wer hatte die Chance, Dimanche zu töten, haben Sie gefragt, Lieutenant. Darauf läuft's oft hinaus, haben Sie gesagt: Wer hatte die Chance, angenommen, daß so viele, viele Leute ein Motiv hatten? Eine Frau wie Dimanche, wie Sie sagten, gutaussehend, intelligent – sie *war* intelligent, Lieutenant, extrem intelligent, scharfsinnig –, erfolgreich, reich... Muß es nicht, wie Sie in Ihrem unnachahmlichen Argot fragten, muß es nicht eine Menge Leute gegeben haben, die sie umlegen wollten? Jawohl, es muß, Lieutenant. Jawohl, es gab sie.» Charly stützte mit solcher Heftigkeit einen Ellbogen auf den Tisch, daß das Porzellan klirrte und das Besteck umherpurzelte; sie ballte eine Faust, und ein spiralförmiger Daumen sprang aus ihr hervor. «Martin Klein. Einst der Midas des Great White Way, heute bloß ein weiterer Name auf den Gelben Seiten – Theater-Manager und Produzenten. Ein Mann auf der Suche nach einem neuen Erfolg, um seine Karriere zu beenden, in der die Verluste vom gestrigen *Tage* die Hits vom letzten *Jahre* zu verdunkeln drohen. Warum sollte Martin Klein Dimanche umbringen? Ganz einfach, um die Premiere einer Show zu verhindern, bei der aller Wahrscheinlichkeit nach auf der Premiere auch gleich ihre Absetzung angekündigt worden wäre. Wie kann das passieren? Das ist die Frage, die ich in Ihren Augen lesen kann – Sie haben außergewöhnliche Augen, Lieutenant; fragende Augen –, wie kann es passieren, daß ein Stück mit intelligenten, erfahrenen Leuten besetzt wird und doch nicht die geringste Chance hat, ein kommerzieller oder Kritiker-Erfolg zu werden. Wie ist es möglich, daß Geld und Zeit und kreative Energie auf einen Mißerfolg, einen Flop, eine Pleite verwendet werden, und zwar von Leuten, die, wenn es das Produkt eines anderen wäre, nach dem kleinsten Blick darauf schon wüßten, daß es ein Mißerfolg, ein Flop, eine Pleite ist? Eines der größten Rätsel im Leben, Lieutenant, für das ich nicht den *soupcon* einer Antwort besitze, außer vielleicht vorzuschlagen, daß unter dem zynischen Äußeren selbst der härtesten Broadway-Veteranen das Herz eines kleinen Kindes schlägt, das inbrünstig glaubt, daß das Wünschen auch hilft.»

Sie katapultierte ihren Zeigefinger hoch, um ihrem Daumen Gesellschaft zu leisten. «Jay Dillen. Der neue Mike Nichols, wie *Variety* ihn einmal nannte, worauf John Simon erwiderte, ‹der letzte Jay Dillen, wie ich glühend hoffe›. Ein Regisseur, der für sein Talent, mit Frauen umzugehen, gepriesen wird, obwohl der präzisere Ausdruck wohl manipulieren wäre; ein Lothario, dessen Besetzungscouch dreimal im Jahr neu bezogen werden muß, so sehr wird sie beansprucht, viermal verheiratet mit drei Frauen – ja, er ist mit einer von ihnen zweimal den Bund eingegangen –, viermal geschieden, ein drei- oder viermaliger Verlierer – das hängt davon ab, wie man es sieht – auf den Ehelisten. Warum sollte Jay Dillon Dimanche umbringen? Ganz einfach, weil sie nicht mit ihm schlafen wollte und weil in den Kulissen schon ein anderes Starlet wartete, die es tun würde, die es getan hatte, die es noch tut. Amanda Becker. Jay Dillon wollte, daß Amanda Becker die Hauptrolle in ‹Sterben ist leicht› spielt, Lieutenant, ungeachtet der Tatsache, daß die Rolle Dimanche auf den Leib geschrieben wurde. ‹Eine Monroe für die Achtziger› heißt es in der Branche, und genau das war Dimanche, während Amanda mehr eine Hepburn ist – Kate *oder* Audrey – als eine Monroe.»

«Jay hatte den Geschmack, die Diskretion, das Gespür – erstaunlich, denn das sind drei Eigenschaften, die ihm sonst völlig fehlen –, sich der Wahl des Produzenten und der Hauptsponsorin zu beugen, aber für mich ist es keine Frage, daß die Wahl ihn schmerzte. Jay hat

Dimanche fehldirigiert – er ließ die Zügel schleifen, obwohl ihre relative Unerfahrenheit gefordert hätte, daß er sie an die Kandare nahm. Er ließ sie schlecht aussehen und hoffte, glaube ich, daß der Produzent und die Hauptsponsorin sehen würden, was für einen Fehler sie gemacht haben, und Alarm schlagen würden – und einen Notruf nach der lieblichen Amanda aussenden würden. Aber das wollten sie nicht, sie hatten die Brücken überquert und hinter sich verbrannt. Auch wenn Jay Amanda bei der Premiere auf der Bühne sehen wollte – und er wollte das aus ganzem Herzen –, so sprach überhaupt nichts dafür, und jetzt sieht es doch so aus, als würde sich sein Wunsch erfüllen, denn die Show *wird* weitergehen, Lieutenant, und Amanda ist aufgefordert worden, *tout de suite* aus Kalifornien hierherzueilen, wo sie ein paar Sitzungen mit wichtigen Agenten und Geschäftemachern hatte, und es, so wie ich Amanda kenne, sicher auch ein paar spezielle gegeben hat (Amanda wäre auch eine Verdächtige, wenn sie in New York gewesen wäre) – es sprach also überhaupt nichts dafür, als Dimanche auszuradieren... Dimanche, die, ich wiederhole, Jays Annäherungsversuche verschmäht hatte, und zwar in aller Öffentlichkeit, einmal sogar vor *tout* New York an genau diesem Tisch – oder jedenfalls vor einem Teil, der eine ganze Menge zählt.»

Neuman dachte nach: Wenn die Sonne die Größe der Weltkugel in der Halle des *Daily News*-Gebäudes besäße und die Erde entsprechend die einer Walnuß und sich am Haupteingang zum Grand Central Terminal befände, wie groß wäre dann *tout* New York und wie groß der Teil von New York, der eine ganze Menge zählt?

Charly fügte der Gruppe ihren Mittelfinger hinzu. «Kevin Last. Spielt eine Nebenrolle in ‹Sterben ist leicht›, ist aber Dimanches Hauptlover und ihr Entdecker, war vor ein paar kurzen Jahren noch der Baßgitarrenspieler in einer fünftklassigen Rock'n'Roll-Band auf der Suche nach einer Zugnummer und besaß dann genug Verstand, um zu merken, daß ihr Sex-Appeal genau das war; ein Opportunist *extraordinaire*, kein Svengali, genaugenommen, denn da sie an erster Stelle genannt wurde, war Dimanche eine eigenständige Person, fällte ihre eigenen Entscheidungen, dachte zuerst an sich selbst; mehr ein... eine... Also, ich wüßte nicht, daß es da einen literarischen Vorgänger gäbe. Warum sollte Kevin Last Dimanche umbringen? Ganz einfach, aus Eifersucht. Er machte sie zum Star; sie leuchtete mit einer Glut, die das Licht seiner schwachen Talente übertraf. Er war zum Anhänger und Schlachtenbummler degradiert worden, der Kevin; er bekam eine Rolle in dem Stück, weil Martin

Klein weise meinte, daß die weiblichen Fans von Dimanches Band gern einen ihrer in Leder gewandeten Janitscharen sehen würden, der seine Nummer mal in einem anderen Medium abzieht. Dimanche, wenn man den Gerüchten glauben darf, wollte Kevin gerade in die Wüste schicken; vielleicht hatte sie es auch schon getan. Sie hatte einen neuen Gefährten; aber niemand scheint zu wissen, wer das war – ein Fremder, jemand von der anderen Seite des tiefen, tiefen Grabens, der die dichtbevölkerte kleine Insel des Broadway umgibt. Kevin hat sie zusammengeschlagen – das *sollten* Sie aufschreiben, Detective Federici; Sie sollten sich mit dem Sixth Precinct's Detective Winger verständigen – wie Debra Winger, aber nicht verwandt mit ihr.»

«Wann hat er sie zusammengeschlagen?» sagte Neuman.

«Letzte Woche.»

«Wo?»

«*Chez elle.* In ihrem vornehmen Greenwich Village Town House.»

«Hat sie Anzeige erstattet?»

«Etwas halbherzig. Sie erzählte Detective Winger, sie sei, äh, überfallen worden –»

«In ihrem Haus überfallen?»

«Sie *erzählte* ihm, sie sei auf der Straße *vor* ihrem Haus von einem fiktiven jugendlichen *Hispanic* überfallen worden.»

«Meine Frau ist *hispanic*. Puertoricanerin. Ich weiß nicht, was ein fiktiver His – Oh. Sie meinen, sie hat ihn erfunden.»

«Genau.»

«Du weißt von der Sache, Steve?»

«Ja.» Federici sah nicht auf, während er Notizen machte.

«Ja, was?»

«Entschuldigung, Lieutenant. Ich meine, ich hab davon gelesen, von dem Überfall, und dann hab ich's einfach vergessen, nehme ich an. Glaubst du, daß es da vielleicht eine Verbindung gibt?» Natürlich gab es da eine Verbindung, die Erde hatte die Größe einer Walnuß, oder könnte sie fast haben. «Also was hat Ihnen Dimanche erzählt?» sagte er zu Charly. «Daß Kevin Last sie zusammengeschlagen hat und sie dann überredet hat, es einen Überfall zu nennen, oder was?»

Charly wedelte den Rauch einer neuen Zigarette weg. «Ich muß zugeben, daß ich nur spekuliert habe. Dimanche *hat* einige Schläge ins Gesicht und auf die Augen erhalten; sie *hat* Detective Winger erzählt, daß sie überfallen worden ist. Und *ich* habe aus bestimmten

Andeutungen, die sie gemacht hat, geschlossen, daß sie die Geschichte von dem Überfall zusammengebraut hat, um die Wahrheit zu verschleiern – nämlich, daß sie von einem ihrer Freunde mißbraucht worden ist.»

«Gerade haben Sie Kevin Last gesagt. Jetzt sagen Sie *einer* ihrer Freunde.»

Charly zuckte mit den Schultern. «Vielleicht hat dieser neue Typ sie zusammengeschlagen. Tun das nicht bestimmte Männer – um sozusagen die Aufmerkamkeit einer Frau zu erlangen?»

«Vielleicht hat ihr Ex-Mann sie zusammengeschlagen», sagte Neuman. «Detective Federici sagte mir, daß sie einen hat.»

«Aus ihren Tagen als Juliet Marko. Einer der Pioniere des Hoboken Sound, einer dieser ziemlich unmusikalischen Singvögel im Dschungel der New Yorker Pop-Szene. Das ist sehr lange her, Lieutenant, jedenfalls für die Maßstäbe unserer Wegwerfgesellschaft; ihr Ex spielt kaum eine Rolle in Dimanches Gegenwart.»

«Ja, eben. Das könnte doch ein guter Grund sein, daß er sie zusammenschlagen wollte oder sogar töten. Sie haben mir all die Gründe aufgezählt, die einige Leute haben konnten, Dimanche zu töten. Fällt Ihnen noch irgend jemand anders ein, der einen Grund hatte – spontan, meine ich?»

Irgendwie brachte es Charly fertig, daß ihr Ringfinger einfach hochstand, und Neumans Hand schmerzte vom bloßen Zusehen. «Vivian Thibault Wyndham. Die Hauptsponsorin von ‹Sterben ist leicht›, wohnt in Park House, Lloyd Harbor, Hyannis Port, Lyford Cay, Palm Beach, Apsen und Juan-les-Pins; Witwe von Hubert Kraven Wyndham, dessen Vater ein Dingsbums erfunden hat, daß ungefähr soo groß ist –» sie hielt den Daumen und den Zeigefinger ihrer Nichtraucher-Hand zwei Zentimeter auseinander –, «ohne das man anscheinend einfach nicht nach Öl bohren kann; außerdem die Erbin des Thibault-Insektiziden-Vermögens – ein Oxymoron, wenn ich je eins gehört habe; Mitglied in mehr Clubs, als ich Finger habe – *Knöchel* auf meinen Fingern; eine –»

«Sie ist hundert Jahre alt», sagte Neuman. «Nicht wahr?»

Charly lachte. «Mindestens zweiundachtzig.»

Neuman seufzte. «Warum sollte sie Dimanche umbringen wollen?»

«Weil sie mindestens zweiundachtzig ist, Lieutenant. Weil sie einen beträchtlichen Teil des Thibault-Wyndham-Vermögens auf den Kopf eines schönen, sexy, schlanken, jungen Dings gesetzt hat, das aber, so wie es langsam aussah, dem Stück keine Beine machen konnte – wieder so ein Theaterausdruck, Lieutenant. Glaube ich, daß Viv Thib Wynd, wie ich sie hinter ihrem Rücken gern nenne, Dimanche getötet hat? Natürlich nicht; sie ist mindestens zweiundachtzig. Glaube ich, daß sie sie hat töten *lassen*? *Pourquoi pas*? Die Reichen werden nicht reicher, indem sie gutes Geld für schlechte Leute aus dem Fenster werfen, Lieutenant.»

Charly wackelte mit ihrem kleinen Finger. «B. G. Harris. Die Autorin von ‹Sterben ist leicht›, eine Novizin, ein Neuling, eine komplette Anfängerin, praktisch eine Hausfrau, obwohl das Haus, das sie hütete – in Bloomingten, Indiana, wenn Sie sich das vorstellen können; oder ist es Bloom*field* oder -berg oder -ville oder -town? Auf jeden Fall ist es nicht Blooms*bury* –, obwohl das Haus, das sie hütete, ziemlich leer war: kein Ehemann, kein Freund, keine, äh, beste Freundin des weiblichen Geschlechts, kein Mitbewohner, keine hinfällige Mutter oder ein behinderter Bruder; bloß eine Katze und B. G., tip, tip, tippend auf ihrer Schreibmaschine, vier... ganze... Jahre... lang, in denen sie nachts als Portier in einem *Harward Johnson's* oder etwas ähnlich Düsterem arbeitete und, mirabile dictu und lectu und visu, ein Stück hervorbrachte, das nicht mittelmäßig war, ein Stück mit Witz und Charme und einer ‹greifbaren Spannung›, wie einer der Kritiker von außerhalb es nannte, was immer das heißen soll; sie schickte es von ihrem Fensterbrett aus an Howard Lessik, dem ersten Agenten für Theaterliteratur in dieser Stadt, ein Mann, der gegen solche Ergüsse von Parvenüs aus dem Hinterland so geschützt ist, daß seine Sekretärin mit einem Gummistempel ‹Annahme verweigert› bewaffnet ist – sie öffnen das Zeug nicht mal, Lieutenant –, aber irgendwie hat sie die Verteidigungsanlagen überwunden und es geschafft, daß es gelesen wurde und, das wunderbarste aller Wunder, nicht bloß gelesen wurde, sondern Gefallen fand, Enthusiasmus erregte und, *last but not least*, von dem schon erwähnten Martin Klein produziert wurde. Warum sollte B. G. Harris Dimanche umbringen? Ganz einfach, aus dem gleichen Grund wie der oben bereits erwähnte Martin Klein: damit die Show nicht weitergeht. Da gibt es etwas, das Sie wissen sollten, Lieutenant: Es gab Probleme mit dem Stück, wie Sie bereits bemerkt haben; einige waren technischer Art – bezogen sich auf die Inszenierung und die Bewegungsabläufe und die Interpretation; einige waren textlicher Art. B. G. hatte noch nie ein Stück geschrieben; sie hatte sich noch nie wirklich ein Stück *angesehen*; sie ist eine großartige Autorin, aber von Romanen, die nicht die Zwänge eines Stücks besitzen. Ein Romanautor kann, wenn er möchte, die gesamte chinesische Rote Armee auf der Türschwelle seines Protagonisten auftauchen lassen; eine Stückeschreiberin –»

«Äh, Miss Johnstone. Wir haben irgendwie nicht mehr so viel Zeit.»

«Ja, ach so. Also gut, dann. Nun ja. Alles, was ich sagen wollte, und ich werde es kurz machen, ist, daß am Dienstag, zwischen drei und halb vier oder so, als Dimanche umgebracht wurde, B. G. hinter der Bühne war und an der Überarbeitung einer problematischen Szene saß. Wie Sie bemerkt haben, hat sie kein Alibi, außer ihre eigenen Worte, daß das Büro hinter der Bühne eben der Ort war, wo sie sich befand, und Schreiben genau das, was sie tat. Sie hat es beschworen, haben Sie gesagt. Nun ja, ich möchte nur, daß Sie wissen, daß ich es war, die zu dem Büro hinter der Bühne gegangen ist, um B. G. zu erzählen, was der Jungfrau in der Hauptrolle ihres jungfräulichen Stückes widerfahren war. B. G. war schockiert, zu Tode erschrocken, sprachlos – alle die passenden Emotionen. Sie hatte aber auch – und das ist der Punkt, Lieutenant – nicht ein einziges Wort auf ihre IBM-Selectric-Schreibmaschine geschrieben; die Seite vor ihr war eine *Tabula rasa*; keine Seiten – ich sollte Detektivin werden, Lieutenant; was für wachsame Augen ich habe –, keine Seiten lagen zusammengeknüllt auf dem Fußboden um sie herum oder im Papierkorb neben ihrem Stuhl. Sie hatte gezaudert; sie war blockiert; oder... sie war anderswo beschäftigt gewesen... Es gibt noch einen weiteren Verdächtigen, Lieutenant.»

Neuman stützte sein Kinn auf seine Hände. «Ja? Wer?»

Charly setzte sich gerade hin und strahlte, indem sie ihre Finger dazu brachte, eine Samba zu tanzen. «*Moi.* Ich, meine Wenigkeit, ich selbst. Die Presseagentin der Presseagenten des Big Apple, die *ne plus ultra* des –»

Neuman spielte mit seinen Händen Segelmast. «Ja. Also. Okay. Schauen Sie. Miss Johnstone. Ich weiß es zu schätzen, daß Sie sich die Zeit nehmen, um uns all diese Sachen zu erzählen. Und ich verstehe, daß Sie sich ein Bein ausreißen, um, wissen Sie, fair zu sein, indem Sie sich selbst zu den Verdächtigen –»

«Aber ich *bin* eine Verdächtige, Lieutenant», sagte Charly. Sie schmollte. «Oder etwa nicht?»

«Wenn Sie eine Verdächtige sein wollen, sind Sie eine Verdächtige. Was ich Sie fragen wollte, und ich möchte hier nicht den ganzen Tag rumsitzen, bis es im, äh, Zuge der Konversation auf den Tisch kommt, ist, was ist mit den Bühnenarbeitern?»

Charly schnüffelte, als ob sie sie riechen könnte. «Was soll mit ihnen sein?»

«Manchmal töten sie Leute. Mindestens einmal jedenfalls. Vor ein paar Jahren, diese junge Frau im New York Philharmonic –»

«Es war das Metropolitain Opera Orchester, Lieutenant, und, ja, sie wurde von einem Bühnenarbeiter umgebracht, von einem, dessen Eröffnungen, wenn Sie den Ausdruck verzeihen, sie zurückgewiesen hatte, aber ich glaube kaum, daß das ein Grund wäre, den gesamten Berufsstand zu verdammen. Bühnenarbeiter, also, sie sind erheblich loyaler, als die meisten Leute behaupten würden. Sie nehmen dafür eine Menge Ärger in Kauf, daß sie Mitglieder einer Gewerkschaft sind, die sich Mittel und Wege für ihre Mitarbeiter ausgedacht hat, damit sie bezahlt werden, auch wenn sie nicht arbeiten, was sehr schlau ist, finde ich, und die –»

«Okay. Nun. Ja. Schauen Sie, Miss Johnstone, vielen Dank für die Infos und das Futter – das war 'ne tolle Lasagne. Wir müssen langsam wieder los. Steve, gib ihr mal unsere Nummern, ja, bitte? Wenn irgendwas ist, Miss Johnstone, rufen Sie an, okay? War schön, Sie kennenzulernen. Steve, warte draußen auf mich. Ich muß mal aufs Klo.»

Auf der Herrentoilette spritzte sich Neuman Wasser in sein Gesicht, rieb und trocknete es und sah mit seinen fragenden Augen nicht sein Spiegelbild an, das nämlich darauf wartete, ihn fragen zu können, was er hier Scheißenochmal eigentlich machte, er war im Ruhestand, oder etwa nicht? Bobby war tot, oder nicht? Also warum hatte dann Dimanches Name, der auf einer Liste von Bobby stand, die wie eine Hitliste aussah, irgendwas mit irgendwas zu tun und speziell mit ihm? Warum sollte er aus dem Ruhestand zurückkommen, bloß weil jemand, den sein Ex- und toter Partner vielleicht hatte töten wollen, zufällig getötet worden war? Er hatte eine *Hispanic*-Ehefrau, die nicht fiktiv war, nicht wahr, die nicht tot war, und sie hatte ein Problem, oder nicht, und ihr Problem war sein Problem, oder nicht?

Und, dachte er, sprach Steve Federici *wirklich* jemals? Er hatte neulich noch gesprochen, an der Ecke in der Nähe von Neumans Haus, aber im Moment sprach er nicht – genau wie Bobby Redfield, der nach einer Phase, auf die sich Neuman nur im nachhinein erinnern konnte, auch nicht mehr gesprochen hatte. Schließlich sah sich Neuman mit seinen fragenden Augen an und sagte sich, er solle aufhören, so zu grübeln.

«Möchtest du noch eine Nacht auf dem Sofa verbringen, Jacob?»

«Ja, also. Ich meine, nein, nicht unbedingt. Ich dachte bloß, na ja, daß du wahrscheinlich immer noch sauer bist.»

Maria lehnte sich an die Wohnzimmertür, ihre Arme unter ihren Brüsten gekreuzt. Sie trug einen gesteppten Bademantel; ihr Haar war offen und so gebürstet, daß es schimmerte. «Ich bin sehr traurig, Jacob. Ich bin enttäuscht. Ich bin verwirrt. Ich habe immer gedacht, daß wir alles füreinander wären –»

«Hey, Babe, du bist alles für mich.»

«Laß mich ausreden. Bitte. Daß wir Ehemann und Ehefrau wären und Geliebte und Freunde und Vertraute und Helfer – daß du sogar ein bißchen ein Vater für mich wärst und ich ein bißchen eine Tochter für dich. Aber ich denke, vielleicht – und ich denke nicht, daß das etwas Schlimmes ist –, ich denke, vielleicht kann niemand all das für einen anderen sein. Besonders, daß niemand eines anderen Therapeut sein kann.» Sie machte eine Pause, wartete, daß er explodierte; irgendwie schaffte er es, die Wut hinunterzuschlucken. «Durch das Arbeiten mit Morton habe ich gelernt, daß die physische Gesundheit eines Menschen ihre oder seine psychische Gesundheit widerspiegelt. Kopfschmerzen, Rückenschmerzen, Atemprobleme – sie sind alle auf irgendeine Weise mit Gefühlen verbunden. Ich habe Übergewicht; du auch. Es liegt nicht bloß an unserem Stoffwechsel, daß wir so sind; wir schützen uns damit vor der Welt. Bei so viel Schutz ist es schwierig für uns, so miteinander intim zu sein, wie wir es könnten; es ist schwierig für uns, uns so nahe zu sein, wie wir könnten. Wir haben Orgasmen, aber sie sind nicht so, wie sie sein könnten. Dein Gesichtsausdruck sagt, daß du denkst, ein Orgasmus ist ein Orgasmus.»

Und daß an einem Vibrator kein Fleisch ist, du kannst so intim damit werden, wie du willst. «Hey, Babe. Ich hör bloß zu, okay?»

«Diese Arbeit, die ich mit Morton mache, kann zu einem vollständigen Orgasmus führen –»

Ich werde ihm seine beschissenen Beine brechen.

«Und ich möchte diese Arbeit wirklich machen –»

Und seine Arme.

«Und ich möchte, daß du sie auch machst – nicht mit mir zusammen, sondern mit deinem eigenen –»

Ich schnapp mir seinen eigenen, ich schneide ihm die Eier ab.

«Sonst kann es passieren, daß ich Forderungen stelle, die du nicht erfüllen kannst.»

Kann ein Vibrator dich küssen? Kann ein Vibrator dich lecken?

Maria straffte sich. «Du hast gar nichts dazu zu sagen.»

Er zuckte mit den Schultern. «Was für einen Unterschied macht das denn schon? Ich meine, du hast dir das doch alles schon zurechtgelegt; es hört sich nicht so an, als ob du noch irgendein, wie soll ich sagen, Input brauchst.»

Nach einer ganzen Weile sagte Maria: «Da waren ein paar Anrufe.»

Gut. «Ja?»

«Miles Easterly hat angerufen. Er möchte, daß du morgen früh als erstes zur Personalabteilung gehst.»

«Ja.»

«Er meinte irgendwas davon, daß du dir deine Dienstmarke holen und einen Schießtest machen sollst.»

«Mhm.»

«Und eine Frau namens Nell Ward hat angerufen. Sie will mit dir zum Lunch gehen.»

«Fang jetzt nicht damit an, Babe. Mach daraus nicht etwas, das es nicht ist.»

«Was soll ich nicht daraus machen?»

«Sie dreht einen Film – einen Dokumentarfilm – über Cops. Sie will mich filmen, wie ich die Straße hinuntergehe oder so, wie ich in Mülleimer gucke und an Türen klopfe.»

«Sie hörte sich sehr attraktiv an – und sehr intelligent.»

«Ja, gut. Sie ist noch ein Kind.»

«Ich gehe jetzt ins Bett, Jacob. Ich bin sehr wütend auf dich, und ich möchte, daß du noch eine Nacht auf dem Sofa verbringst. Das ist es, was ich *will*, und alles, worum es sich dreht, ist, zu bekommen, was ich *will*. Du solltest versuchen herauszukriegen, was du willst, Jacob. Wenn du soweit bist, daß du darüber redest, bin ich auch bereit, dir zuzuhören.»

Wie wär's mit nächstem Jahr? Im März habe ich ein bißchen Zeit, glaube ich. «Ja. Okay.»

«Wenn du in dem Film von dieser Frau auftrittst, Jacob», sagte Maria, «dann hoffe ich, daß du dir ein paar anständige Sachen anziehst.»

9

«Hi.»

Artie streckte seine Hand aus, blickte aber nicht von seiner Zeitung auf. «Parkschein?»

«Nein. Kein Parkschein.»

«Kostet Sie zehn Bucks, wenn Sie Ihrn Parkschein verloren haben.»

«Mein Wagen parkt hier gar nicht.»

«Wenn Sie'n Platz wollen, lesen Sie die Tafel: Besetzt.»

«Ich möchte Ihnen ein paar Fragen stellen.»

«Meine Mutter hat mir beigebracht, ich soll nie mit Fremden reden.»

«Ihre Mutter hat Ihnen beigebracht, ein Arschloch zu sein, oder haben Sie das von alleine gelernt?»

Artie klappte die Zeitung zusammen und faltete sie und steckte sie in seine Hüftentasche. «Wer nennt mich hier ein Arschloch?» Er hätte beinahe *Glatzkopf* hinzugefügt, aber die Vollglatze des Mannes wirkte eher bedrohlich als lächerlich.

«Ich nenne Sie ein Arschloch – Artie. Und es ist Ihr Arschloch, über das Sie sich langsam Sorgen machen sollten – Artie –, im Knast.»

Artie fühlte plötzlich dort ein Zwicken, und er rutschte auf dem Metallklappstuhl hin und her. «Sind Sie'n Cop?»

«Ein Reporter.»

«Wir haben schon mit den Cops geredet.»

«Ich weiß. Haben Sie am Dienstag morgen so wie jetzt draußen gesessen, oder haben Sie den Schuß gehört und sind nach draußen gekommen?»

«Was geht Sie das an?»

«Es geht mich was an, weil ich überlege, was Sie verbergen.»

«Hey, Mann, ich hab Ihnen doch gesagt –»

«Sie haben mir gesagt, daß Sie schon mit den Cops geredet haben. Wenn Sie mit den Cops geredet haben und hier immer noch auf der Straße sitzen, dann müssen Sie wohl nichts zu verbergen haben.»

«... Stimmt.»

«Wenn Sie ihnen die Wahrheit gesagt haben.»

«Hey, Mann, wollen Sie damit sagen, daß ich'n Lügner bin?»

Terry Niles klappte sein Notizbuch auf. «Sind Sie's, Artie?»

«Woher wissen Sie eigentlich meinen Namen, Mann?»

«Der steht auf deinem Jackett – Mann.»

«Oh.» Artie befühlte die gestickte Schrift auf seiner Brust. «Ich will meinen Namen nicht in der Zeitung sehen, Mann.»

«Okay.»

«Also steck das Notizbuch weg, Mann.»

«Sieh mal, Artie – Artie Fenestra –, Ihr Name ist nicht bloß auf Ihrem Jackett, *Mann*; der steht auf irgendwelchen Zetteln in den Polizeirevieren in der ganzen Stadt, das passiert, wenn man mit den Cops redet. Diese Zettel haben die Angewohnheit, auf Tischen liegengelassen zu werden, wo Leute, die sich für so etwas interessieren, einen Blick darauf werfen können, wenn sie gerade Lust haben. Wenn ich der erste Reporter bin, der Sie findet, bin ich bestimmt nicht der letzte. Dann sind da Fernsehkameras, Scheinwerfer, Lampen, Mikrofone; Sie werden dann wahrscheinlich nervös sein und etwas sagen, das Sie nicht sagen sollten. Ich gebe Ihnen die Chance, es in einer entspannten Situation auszusprechen, ohne Druck. Sie wollen Ihren Namen nicht in der Zeitung sehen, also setze ich Ihren Namen nicht in die Zeitung. Aber ich möchte immer noch mit Ihnen reden – weil Sie ein paar Dinge wissen, die ich gern wissen möchte, Dinge, die Sie den Cops nicht erzählt haben. Nicht weil Sie ein Lügner sind, sondern weil Sie ein schlauer Bursche sind, Sie erzählen irgend jemand nicht mehr, als Sie müssen; sie stellen Ihnen eine Frage, und Sie antworten darauf – nicht mehr. Habe ich recht?»

«Also, äh, ja. Ja, Sie haben recht.»

«Natürlich habe ich recht, Artie. Also erzählen Sie mir mal, Artie, haben Sie am Dienstag um halb fünf, fünf morgens so wie jetzt draußen gesessen?»

Artie hielt seinen Kopf schräg. «Dienstag. Dienstag. Kann mich nicht erinnern. Vielleicht, vielleicht auch nicht.»

«Irgendwas Ungewöhnliches gesehen?»

«Was meinen Sie'n damit?»

«Ich weiß, Artie, daß Sie gesehen haben, wie einer erschossen wurde, und ich weiß –»

«Hey, Mann, wir haben nicht *gesehn*, wie er erschossen wurde, kapiert? Wir haben gesehn, *daß* er erschossen war, verstehn Sie, was ich meine? Aber wir haben nicht *gesehn*, wie er erschossen wurde.»

«‹Wir›, das heißt Sie und –» Niles sah wieder in sein Notizbuch – «Jerry Marder?»

«Woher wissen Sie denn so viel, Mann?»

«Ich bin Reporter, Artie. Es ist mein Job, Dinge zu wissen, so wie es dein Job ist, Autos zu parken. Okay, ihr habt also nicht gesehen, wie der Mann erschossen wurde. Das ist aber sowieso nicht das, was ich dich gefragt habe, Art. Ich weiß, daß es ungewöhnlich ist, jemanden sterben zu sehen – sogar jemanden, bei dem man nicht gesehen hat, wie er erschossen wurde –, aber ich habe Sie gefragt, ob Sie irgendwas Ungewöhnliches gesehen haben? Speziell, ob Sie irgend jemand anderes gesehen haben – jemand anderes als den Toten?»

Artie zuckte mit den Schultern. «Nein. Wen denn?»

«Das sollen Sie mir erzählen, Artie.»

«Ich sachte doch schon – nein.»

«Ich nehme es wieder zurück, Artie. Ich glaube, Sie sind ein Lügner.»

«Ja? Also dann fick dich doch ins Knie.»

Niles trat eine Schritt vor. «Jerry in der Nähe?»

«Er ist bei – nein. Nein, er's zu Hause, krank. Grippe.»

«Was für ein schlechter Lügner, Artie. Wie groß war der Mann?»

«Was für'n Mann?»

«Der geschossen hat. *Sie* haben ihn nicht erschossen, oder, Artie?»

«Nein, Mann. Hey.»

«Ich hab es auch nicht angenommen. Aber Sie *haben* den gesehen, der geschossen hat.»

«Wolln Sie mich ausquetschen oder mir was einreden, Mann?»

«Ich rede mit Ihnen. Erpressen Sie ihn, ist es das, Artie? Verlassen Sie sich darauf, daß er zahlt, wenn Sie schweigen?»

«Fuck, ich weiß überhaupt nicht, wovon Sie eigentlich reden, Mann.»

«*Artie?*»

Artie zuckte bei dem Geräusch zusammen und sah Jerry, der zehn Meter vor der Garagentür mit gebeugten Knien und ausgebreiteten Armen in einer Pfütze von Licht stand, wie ein Runner, der als erster gestartet war. Nur daß er eine Papiertüte in einer Hand hatte. Nur daß ihm nun, wo der Pitcher ihn gesehen hatte, nichts anderes mehr übrigblieb, als für immer wegzulaufen oder zum Base zurückzukehren. Der dumme Scheißer.

«Hallo Jerry», sagte Niles.

«Wer ist der Typ, Artie?» flüsterte Jerry, der sich mit der wilden Unlogik des Dummen und Gebeutelten auf Zehenspitzen der Garage näherte.

Niles wartete, bis Jerry auf der Vorderkante seines Klappstuhls saß, der neben Arties stand. «Wie groß war der Mann deiner Meinung nach, Jerry?»

«Hast du's ihm *erzählt*?»
«Du Vollidiot, Jerry.»
«Mir was erzählt, Jer?»
«Halt deine Scheißschnauze, Jerry. Sag überhaupt nichts.»
«Meine Größe? Oder größer? Oder nicht so groß?»
«Ich hab's dir gesacht, Artie. Ich hab dir gesacht, wir hätten's ihnen sagen sollen.»
«Warum habt ihr's nicht, Jerry? Ist der Kerl jemand, den ihr kennt?»
«Wir wissen nicht mal, ob's einer war. Ich dachte –»
«Jerry.»
«Was dachtest du, Jerry? Daß es eine Frau war?»
«Also –»
«*Jerry.*»
«Fuck, was soll's, Artie? Ich mein, wenn sie's wissen, wissen sie's. Wir hätten ihnen von vornherein erz-»
«Dieser Typ ist kein *Cop*, Jerry. Er is'n Scheißreporter. Wir müssen ihm *überhaupt nichts* erzählen.»
«Aber Sie machen das, nicht wahr, Jerry», sagte Niles. «Sie machen das doch. Es ist nicht bloß Ihr Verantwortungsgefühl als Bürger. Sie werden besser schlafen, wenn Sie es mir erzählen. Wie schlafen Sie so im Moment, Jer?»
«Also –»
«*Jerry*.»
«Schlecht, hm, Jer? Alpträume, richtig?»
«...Ja.»
«Du Drecksau, Jerry.» Artie stand auf und stiefelte davon.
Niles legte seine Hand auf Jerrys Schulter. «Wie sah diese Frau aus, Jer? Groß? Klein? Dick? Dünn?»
Jerry blickte über seine Schulter.
«Wollen Sie eine rauchen, Jer?»
«Rauch nich.»
«Sie sind vernünftig. Wie sah sie aus?»
«Es war dunkel.»
«Groß?»
«Mittel.»
«Dick?»
«Mittel.»
«Haare? Lang? Kurz? Blond? Brünett?»
«Ich...»
«Was, Jerry?»

«Ich glaube, sie hatte einen Hut auf.»

«Was für einen Hut?»

«Ich weiß nicht, wie man die nennt.»

«Mal ihn mir auf.» Niles hielt ihm sein Notizbuch und den Kugelschreiber hin.

«Ich kann nicht zeichnen, Mann.»

«Einen Frauenhut? Einen Männerhut – mit einem Rand? Eine Baseball-Kappe? Nun komm schon, Jerry, das ist hier kein Wettbewerb.»

Jerry zeichnete ein klumpiges Oval, dann einen kleinen Halbkreis darunter.

«Das sieht aus wie eine Kamerahülle – nicht wie ein Hut. Es sei denn... Sie meinen, sie sah aus wie eine Zeitungsjungen-Mütze, wie man die Dinger früher genannt hat? Eine Golf-Kappe?»

«Ja. Ja, genau das.»

Niles nahm das Notizbuch und den Kugelschreiber wieder in die Hand und verbesserte die Zeichnung. «Kleidung? Was für Kleidung hat sie getragen? Ein Kleid? Hosen?»

«Einen Mantel. Einen großen Mantel.»

«Es war warm, Jerry. Genau wie jetzt. Spätsommer.»

«Sie ist eine Pennerin.»

«Oh?»

«Sie wissen schon – die tragen doch immer so Mäntel.»

«Genau, Jer. Ich weiß. Also war sie vielleicht dünn, und daß sie einen großen Mantel trug – oder vielleicht mehrere Mäntel –, ließ sie dicker erscheinen.»

«Ja. Vielleicht.»

«Schuhe, Jer? Stiefel? Turnschuhe? Pumps?»

Jerry drehte sich um und schaute Artie hinterher. «Hat er Ihnen was erzählt von...?»

«Von was, Jerry?»

«Dem... dem Los.»

«Nein. Was für ein Los?»

«Ich sollte's Ihnen nicht sagen, wenn er's Ihnen nicht gesagt hat.»

«Das sind Ihre Alpträume, Jer.»

«...Der Lottoschein.»

«Sie hat einen Lottoschein verloren?»

«Nein. Er. *Nowhere Man*. Er hat ihn nicht verloren, er... er hatte ihn dabei, in der Tasche von seinen Shorts, oder so.»

«Das ist aber komisch, meinen Sie nicht, Jerry?»

«Ja.»

«Würden Sie einen Lottoschein in der Tasche Ihrer Shorts mit sich herumtragen, wenn Sie joggen gehen?»

«Nein. Nein, würd ich nicht. Ich meine, ich jogge nicht. Ich spiele Handball, ich jogge nicht, aber ich würd keinen Lottoschein in der Tasche von meinen Shorts mit mir rumtragen, wenn ich gerade joggen würde, nein. Nein, würd ich nicht.»

«Besonders, wenn Sie auch sonst überhaupt keinen Ausweis bei sich hätten, nicht, Jer?»

«Genau.»

«Sie haben nicht – Sie und Artie, meine ich –, Sie haben nicht den Ausweis von dem Mann genommen, oder, Jer?»

«Nein. Das haben wir den Cops doch schon erzählt, Mann. Nein.»

«Ich glaube Ihnen, Jer. Sie haben nicht seine Schlüssel, seine Brieftasche, sein Geld genommen?»

«Wir haben gar nichts genommen, Mann.»

«Außer dem Los.» Niles wartete einen Moment, dann machte er weiter. «So wie ich es sehe, Jerry, ist die einzige Erklärung dafür, daß jemand einen Lottoschein in der Tasche seiner Shorts herumträgt, wenn er sonst keine Brieftasche, kein Geld oder Schlüssel dabei hat, die, daß er das Los gerade gekauft hat.»

«Genau das hab ich gesagt, Mann. Genau das hab ich zu Artie gesagt. Ich hab zu ihm gesagt, wir hätten den Cops das mit der Pennerin sagen sollen, denn wenn der Mann, der das Gewinnlos verkauft hat, der Mann vom Kiosk oder der aus dem Süßigkeitenladen, wenn der sich daran *erinnert*, daß er das Gewinnlos an den Typ in den Joggingshorts verkauft hat, sich dran *erinnert*, *weil* der Typ Joggingshorts anhatte – ich mein, wie viele Typen in Joggingshorts kommen morgens um vier vorbei und wollen so'n Los kaufen, denn das hat er ja wohl getan, warum sollte er's sonst mit sich rumtragen? Sechsunddreißig Millionen, oder was immer Artie gesagt hat? Nie. Mann –, also sich dran *erinnert*, *weil* er Joggingshorts anhatte, erkennt, daß er der Typ ist, der umgelegt wurde, weil er sein Bild in der Zeitung gesehn hat, und den Cops erzählt, er ist der Typ, dem er das Los verkauft hat, nicht wir, dann denken die Cops, wir haben den Typen umgelegt und sein Los genommen, die Cops kommen vorbei, sagen, ihr habt sein *Los* genommen, nicht, ihr habt ihn *umgelegt*, oder? Wenn wir sagen, wir haben sein *Los* genommen, aber wir haben ihn nicht *umgelegt*, vielleicht hat die *Pennerin* ihn umgelegt, dann sagen sie, was für 'ne *Pennerin*, wir sagen die *Pennerin*, die wir auf der andern Straßenseite gesehen haben, und sie sagen, ihr habt uns aber nichts über irgend 'ne *Pennerin* erzählt, wir sagen, da war aber eine, und sie sagen, ja, klar, ihr Mörder, was ihr meint, ist, daß ihr uns *jetzt* erzählt, daß da eine war, *gestern* habt ihr uns das noch nicht erzählt, ihr wollt bloß die Kurve kriegen. *Darum* hätten wir ihnen das von der *Pennerin* sagen sollen, hab ich Artie gesagt. *Darum*. Und nicht nur das – der Typ in den Joggingshorts, der umgelegt wurde, ist der Typ, den ich und Artie hier ungefähr jeden Tag vorbeirennen gesehn haben, jeden Tag seit, was weiß ich, ungefähr einem Jahr. Um sechs, halb sieben, normalerweise, ich kann mich nämlich dran erinnern, daß ich ihn einmal fast überfahrn hab mit dem blauen Marquis.»

Niles stand auf und rieb seine Schenkel. «Warum glauben Sie, daß es das Gewinnlos ist, Jerry?»

«Artie glaubt das.»

«Was sind die Zahlen?»

«Ich... ich weiß nicht, ob ich Ihnen das erzählen sollte.»

«Jerry...»

«Äh, 2, 5, 8, 9, 42, 44.»

«Bedeuten die irgendwas Bestimmtes für Sie, Jerry?»

«Nee. Aber Artie, Artie denkt, das ist das Gewinnlos.»

«Artie ist ein Denker, was?»

«Ja. Wie Jackie Sharps.»

«Wer ist Jackie Sharps?»

«Freund von uns, der in Rahway Punkte absitzt.»

Niles lachte. «Ich muß jetzt gehen, Jer, aber ich komme in ein paar Tagen wieder vorbei.» Er nahm seine Brieftasche heraus und gab Jerry eine Karte. «Wenn irgendwas anliegt, Jerry, rufen Sie mich an, okay? Das ist meine Nummer in der Zeitung, und wenn ich nicht da bin, heben die in der Zentrale ab und wissen dann, wo ich zu erreichen bin. Ich sorge dafür, daß die wissen, daß Sie vielleicht anrufen.»

«Terry Niles?»

Niles zuckte mit den Schultern.

«Ich lese dauernd Ihre Sachen, Mann. Ich meine, ich hab Sie im Fernsehen gesehen, wie Sie erzählt haben, daß Sie der erste waren, der ihn *Nowhere Man* genannt hat, Mann. Ich hätte Sie erkennen müssen, Mann, wegen, wissen Sie, Ihrem Haar, Mann.»

«Rufen Sie mich an, Jer – okay? –, wenn irgendwas anliegt. Und schauen Sie doch mal, ob Sie Artie nicht ein bißchen Vernunft beibringen können. Artie, dem Denker.»

Jerry lachte. «Ja. Artie, der Denker. Wie Jackie Sharps.»

«Willst du'n bißchen Crack, Babe?» Der fette Mann gab Nell Ward eine Glaspfeife und ein goldenes Dunhill-Feuerzeug. Bob Seger sang aus dem Kassettenrecorder: *Fire Lake*.

Sie schnippte nach der schwarzen Katze, um für sich auf dem verschlissenen Sofa Platz zu machen, und setzte sich, wobei sie die Pfeife weit weg von sich hielt – dieser schicksalhafte Augenblick zwischen Kontemplation und Übereignung. «Machst du hier jemals sauber?»

Der fette Mann ließ seinen Blick durch die Wohnung schweifen, die wie eine Höhle war – dunkel, feucht, vollgemüllt mit Resten. «Seit wann bis du'n Uptown-Mädchen? Zieh dir das Crack rein, Babe, dann denkst du, du bist in 'nem Park-Avenue-Penthouse.»

Sie war in einem Park-Avenue-Penthouse aufgewachsen, aber das wußte er nicht, und er meinte es auch nicht ironisch. Sie schnippte das Feuerzeug an und hielt die Flamme unter den Pfeifenkopf.

«Und was gibt's Neues, Nellie?» Der fette Mann saß in einem rissigen Lehnstuhl, zog eine Ausgabe von *Qui* unter sich hervor und schleuderte sie auf den Müllhaufen in einer Ecke des Zimmers. «Wen fickst du so zur Zeit?»

«Meine Hand.»

Er lachte. «Ich hörte, du hast dich mit jemand getroffen.»

«Es ist nichts draus geworden.»

Er grinste. «Du bläst mir einen, wär doch 'ne freundliche Geste, mich zu ficken, meinst du nicht?»

Sie schauderte.

Er legte seine Hände auf die Lehnen, ein königliches Schwein.

«Also, was gibt's Neues? Immer noch beim Filmemachen?»

«Ein Film über Cops.»

«Quatsch.»

«Cops von der Mordkommission.»

«Scheiß-Quatsch.»

Der Rush kam und war so schnell vorbei, daß sie eigentlich ihr Geld wiederhaben wollte. Nur, daß sie ihn noch gar nicht bezahlt hatte. Aber zuerst mußte sie ihren Hunger stillen. Sie stand auf und ging zum Kühlschrank, der fast umkippte, als sie ihn öffnete.

«Du mußt vorsichtig sein damit», sagte der fette Mann. «Der Fußboden ist uneben, oder so.»

Der Kühlschrank war leer, bis auf ein Sechserpack Rolling Rock. «Gott noch mal.»

Er lachte und machte den Reißverschluß seiner Jeans auf. «Wenn du Hunger hast, Nellie, iß das hier.»

Vielleicht ist es doch nicht so perfekt gelaufen.

Natürlich ist es perfekt gelaufen.

Vielleicht hat mich jemand gesehen.

Wer?

Der Portier.

Der Portier hat geschlafen.

Ich wußte nicht, ob er schlafen würde. Das war zu riskant.

Es war immer ein Risiko; deshalb hast du den Mantel und den Hut getragen. Alles, was der Portier gesehen hätte, wenn er wach gewesen wäre, wäre jemand gewesen, der früh fortgegangen ist und einen großen Mantel und einen Hut getragen hat; er hätte überhaupt keine Fragen gestellt – du wolltest das Haus gerade verlassen, nicht versuchen, hineinzukommen.

Er ist aufgestanden, bevor der Wecker klingelte.

Der Portier?

Nowhere Man. *Ha ha.*

Ha ha.

Wenn ich ihn nicht im Badezimmer gehört hätte, wäre ich nicht aufgewacht.

Red keinen Unsinn. Du warst die ganze Nacht wach.

Ich war nervös.

Du warst aufgeputscht – das ist ein Unterschied zu nervös.

Vielleicht hat mich jemand auf der Straße gesehen.

Gesehen zu werden und erkannt, identifiziert zu werden sind sehr verschiedene Dinge.

Ich habe ein paar Sachen in seiner Wohnung gelassen.

Was für Sachen?

Ein Trikot. Ein Paar Strumpfhosen. Fitneßsachen.

Ist dein Name eingenäht?

Nein.

Also? Außerdem, denk daran, sie wissen nicht, *wer er ist.*

Er ist nirgends.

Das stimmt.

Er ist nichts.

Genau.

Mein Gott, ich fühle mich gut.

Das kannst du wohl sagen.

10

Wenn die Sonne die Größe der Weltkugel in der Halle des *Daily News* Building besäße und die Erde entsprechend die einer Walnuß und sich am Haupteingang des Grand Central Terminal befände, würden die Bewohner der Walnuß so voraussagbar sein wie die in Wirklichkeit? Würden sie im besonderen, bis zum letzten Mann und zur letzten Frau, unerschütterlich, unfehlbar, wie geölt, so daß man darauf wetten, sich darauf verlassen, darüber einen Brief nach Hause schreiben könnte, einem Cop, der vorbeikam, um ihnen ein paar Fragen zu einem Mord zu stellen, immer – *immer* – erzählen, daß sie schon mit den Cops geredet hätten?

«Sein Name war McIrgendwas», sagte Vivian Thibault Wyndham.

«Iver.» Neuman sagte das laut, denn sie saß an einem Ende ihres Wohnzimmers im fünfundfünfzigsten Stock von Park House, und er und Federici saßen am anderen; die Decke war irgendwo über ihm, und die Wände waren irgendwo rechts und links von ihm, und er fühlte sich so groß wie eine Walnuß. «Schauen Sie. Mrs. Wyndham. Wir werden Ihnen nicht viel von Ihrer Zeit stehlen. Wir haben nicht viel Zeit. Wir müssen mit 'ner Menge Leute reden – zweiundzwanzig Leute, die im Kean Theater waren zum Zeitpunkt, als Dimanche getötet wurde, irgendwann nach der Probenpause am Dienstag nachmittag. Und es hat sich herausgestellt, daß Sie Nummer dreiundzwanzig sind, weil Sie im Kean Theater waren und erst kurz vor der Probenpause gegangen sind. Genaugenommen gab es die Probenpause wegen Ihnen, hat man mir gesagt, weil es Ihnen nicht gefiel, wie die Dinge auf der Bühne liefen. Sie sagten zum Produzenten, Martin Klein, daß es Ihnen nicht gefällt, wie die Dinge liefen, also machten sie Pause. Stimmt das so?»

Vivian Thibault Wyndham schnüffelte. «Wie, sagten Sie, hießen Sie noch gleich?»

«Neuman.»

«Detective Neuman?»

«Sicher. Warum nicht. Schauen Sie. Mrs. Wyndham –»

«Und der Name Ihres Kollegen?»

Neuman wartete, aber Federici sagte nichts, also tat er's. «Das hier ist Detective Federici.»

«Freesi?»

«Fed-er-ici. Mrs. Wyndham, haben Sie Dimanche umgebracht?»

Vivian Thibault Wyncham bewegte ihren Fuß auf eine merkwürdige Art. Dann, als mehrere Lichtjahre entfernt Richtung Nord-Nordwest eine Tür sich öffnete, begriff Neuman, daß sie irgendeinen Knopf unter dem Teppich gedrückt hatte, um den Butler herbeizurufen, der ganz in der Nähe gewartet haben mußte, denn er hatte die Tür schon nach ein paar Sekunden geöffnet, auch wenn es ihn dann noch ein paar Wochen kostete, um dahin zu kommen, wo sie saß, und in Erfahrung zu bringen, was sie wollte. Nicht, daß er etwa so gebrechlich gewesen wäre wie seine Herrin oder die Möbel; er war gut in Form, der Form eines Ex-Football Spielers oder Ringers, eines Mannes, der immer noch Body-Building machte, eines Mannes, der nichts dagegen hatte, jemanden hochkant nach draußen zu werfen, dem das vermutlich Spaß machen würde. «Evans, würden Sie bitte so gütig sein und diese beiden Gentlemen nach drau-»

«Warten Sie mal 'ne Sekunde, Evans, okay?» sagte Neuman. «Wenn Sie Ihre Fleischerhaken auf einen von uns beiden legen, sorge ich dafür, daß Sie den Rest des Tages im Loch verbringen wegen Behinderung bei Ermittlungen der Mordkommission. Dort würde es Ihnen nicht gefallen, Evans. Die Leute sind nicht so wie Sie, Sie fragen nicht, ob Sie so gütig wären, sie sagen Ihnen, daß Sie sich bücken sollen und die Backen spreizen. Sie haben da auch einen Frauentrakt, Mrs. Wyndham.» Interessant, daß er auch so reden konnte (er hätte sie fast Viv Thib Wynd genannt), obwohl er im Ruhestand war und keine Waffe trug und keine Dienstmarke und so. Als er noch bei der Polizei gewesen war und eine Waffe getragen hatte und eine Dienstmarke und so, hatte er kaum je so geredet. Das war die Art, in der die Cops im Film und im Fernsehen redeten, Cops, deren Dialoge von Autoren ausgedacht worden waren, die niemals von Angesicht zu Angesicht einem psychotischen Mörder oder einem abgewrackten Junkie oder einem arroganten Mafioso oder einem Exfootballspieler oder Ringer gegenübergestanden hatten, dem es vermutlich Spaß machte, jemanden hochkant nach draußen zu schmeißen. Oder vielleicht hatten sie es ja doch. Was wußte er schon darüber? Warum redete Federici nicht so? Er hatte eine Waffe und eine Dienstmarke und so. Warum redete Federici überhaupt nicht?

Vivian Thibault Wyndham schnippte mit einem Finger, und Evans begann, den langen Treck wieder in die Richtung anzutreten, aus der er gekommen war, allerdings nicht, ohne Neuman vorher einen Blick zuzuwerfen, bei dem sich dessen Nackenhaare sträubten.

«Also, Detective Neuman», sagte Vivian Thibault Wyndham.

Neuman sagte: «Ja.»

Sie stand von ihrem Sessel auf und ging ans Fenster, durch das man auf die Fifth Avenue, den Central Park und Kalifornien hinaussehen konnte. «Ich habe viele Häuser, Gentlemen.»

«Richtig. Park House, hier. Lloyd's Harbor. Hyannisville. Die Florida Keyes. Palm Springs. Aspen und One Lay Pan.»

Sie lachte affektiert über Neumans vollkommene Aufzählung wie aus dem Adelslexikon. «In der Tat. Und wissen Sie, daß ich manchmal morgens aufwache und Ungewißheit darüber empfinde, wo ich eigentlich bin?»

«Muß schlimm sein. Ich kenne auch solche Morgen, und ich habe bloß ein Haus. In Rego Park.»

«Nur in New York nicht», sagte Vivian Thibault Wyndham. «Wenn ich in New York aufwache, habe ich keinen Zweifel daran, wo ich bin.»

«Ja. Also. Es ist ziemlich laut in New York. Ich meine, Sie sind hier ziemlich weit oben, und Sie hören immer noch den Verkehr.»

Sie wandte sich zu ihnen um, ein Gespenst vor dem helleuchtenden Fenster. «Der Grund dafür, Detective Neuman, daß ich weiß, daß ich in New York bin, ist nicht der Verkehrslärm. Es ist das Krähen der Hähne im Kinderzoo im Park.»

«Hm», sagte Neuman und überlegte, ob er jemals die Bären brummen gehört hatte oder, während ihrer leichteren Erstarrung, im allgemeinen unterbrochen von Phasen des Wachseins, ihr Schnarchen. Nur daß es keine Bären im Kinderzoo gab, und der Hauptzoo war geschlossen wegen Renovierung. Oder nicht? Was wußte er schon?

«Nein, ich habe Dimanche nicht umgebracht», sagte Vivian Thibault Wyndham. «Ich hätte es tun können, im übertragenen Sinne. Ich hätte sie dafür ohrfeigen können und schütteln und beschimpfen und, im übertragenen Sinne, umbringen, daß sie mein Stück – meine Investition – so behandelte, als wäre es... irgendeine eitle Inszenierung, die zur Erbauung ihrer Bewunderer und, im besonderen, von ihr selbst angesetzt worden wäre. Ich habe aber nichts davon getan, vor allem nicht letzteres.»

«Aha. Nun ja. Irgendeine Idee, wer's gewesen ist?»

«Wie ich bereits dem anderen Polizeibeamten erklärt habe – einem Lieutenant, glaube ich, Lieutenant McIrgendwas –»

«Iver.»

Aus der Art, wie sie ihn ansah, mit einem Funkeln der Erbitterung in ihren Augen, war es klar, daß sie dachte, das Wort wäre Polizeijargon: *Unit Six, melde Schüsse auf der West zweiundvierzig zwischen acht und neun. K. Iver, Zentrale. Unit Six verstanden.* «Wie ich Lieutenant McIrgendwas bereits erklärt habe, könnte ich mir denken, daß jemandem mit Dimanches Erziehung und Hintergrund, jemandem aus ihrem sozialen Milieu, jemandem, der eine ähnliche, wie soll ich sagen, Arbeit getan hat, im Laufe einer wenn auch kurzen Lebenszeit doch eine beträchtliche Anzahl von Feinden zugewachsen wäre.»

Und wenn die Sonne die Größe der Weltkugel in der Halle des *Daily-News*-Gebäudes besäße und die Erde entsprechend die einer Walnuß und sich am Eingang zum Grand Central Terminal befände, würden die Bewohner der Walnuß jemals müde werden, einen daran zu erinnern, daß jeder Feinde hatte? «Richtig. Schön. Haben Sie ein Alibi, Mrs. Wyndham?»

Sie lächelte, oder er dachte, sie täte es; das Gegenlicht verdunkelte ihre Züge. «Nein.»

«Nein?»

«Wie ich bereits dem anderen Beamten erklärt habe, war ich nach der Vorstellung, die Dimanche bei der Probe gegeben hatte, ziemlich aufgewühlt. Ich konnte mir nicht vorstellen, in meinem Wagen im Verkehr eingesperrt zu sein, also habe ich meinem Chauffeur für den Nachmittag freigegeben und bin zu Fuß nach Hause gegangen.»

«Aha. Das hat er gesagt – der andere Beamte. Das hat auch Ihr Chauffeur gesagt. Und nach dem, was der Portier sagt, hört sich das ziemlich korrekt an, denn Sie haben das Theater kurz nach drei verlassen und sind erst kurz nach vier zu Hause gewesen. So lange etwa braucht jemand, um zu Fuß von der West Forty-nine, wo das Theater ist, zur East Six-three zu kommen, wo wir jetzt sind.»

«Jemand in meinem Alter und mit meinen diversen Leiden, meinen Sie, Detective Neuman.» Und als ob sie einige davon demonstrieren wollte, ging sie leicht hinkend zurück zu ihrem Sessel und setzte sich langsam.

«Ja. Also. Aber sehen Sie, die Sache ist die, daß es genauso lange dauern würde, wenn jemand das Theater auf der West Four-nine verläßt, dem Chauffeur erzählt, daß er zu Fuß nach Hause gehen will, runter zum Broadway geht, sagen wir, um nachzusehen, daß er tatsächlich weggefahren ist – West Four-nine ist Einbahnstraße Richtung Westen, also wäre er in die andere Richtung gefahren, zur Eighth Avenue –, wieder zurück zum Theater geht, hinter die Bühne gelangt, an die Garderobentür klopft, Dimanche erschießt – was für Leiden Sie auch immer haben, Mrs. Wyndham, es sieht nicht so aus, als ob sie Sie daran hindern könnten, abzudrücken –, wieder nach draußen geht, ein Stück läuft, so daß der Fahrer, wenn Sie ins Taxi steigen, nicht denken würde, Sie kämen gerade aus dem Kean, also dann in ein Taxi steigt, ein bißchen herumfährt, vielleicht ein paar Einkäufe macht, ein anderes Taxi nimmt, sich unten am Plaza absetzen läßt, sagen wir, hier hochläuft und kurz nach vier hier ist.»

«Sie sind ziemlich unverschämt, Detective Neuman», sagte Vivian Thibault Wyndham. «Und ziemlich amüsant.»

«Ja. Nun gut.» *Erzählen Sie das mal meiner Frau. Meine Frau denkt, ich wäre ein ziemliches Arschloch in letzter Zeit.*

«Natürlich...» Vivian Thibault Wyndham hob einen Zeigefinger, ließ ihn dann wieder sinken.

«Natürlich, was?»

«Also...» Sie ließ auch ihren Kopf zurücksinken.

Er wußte, was jetzt kam, aber er mußte es herauskitzeln.

«Ja?»

«Ich weiß nicht, ob ich dies sagen sollte.»

«Sagen Sie's.»

«Es geht mich wirklich nichts an.»

«Ja. Gut. Das ist schon in Ordnung.»

«Martin Klein...»

«Was ist mit ihm?»

«Nun ja, man hört so dies und das...»

«Ja, das tut man.»

«Dies und das über, nun ja, Schulden.»

Das war sicher alles, was sie über Schulden wußte – daß man dies und das darüber redete.

«Was für Schulden?»

«Schulden, die er sich als Ergebnis irgendwelcher unüberlegter Grundstücksspekulationen zugezogen hat. Der Markt ist –»

«Ja, ich weiß; er ist übersättigt; oder vielleicht ist er's auch nicht. Was weiß ich schon? Was wollen Sie damit sagen, Mrs. Wyndham? Daß Klein Dimanche umgebracht hat, um – was? – die Versicherungssumme zu kassieren oder so? Eure Hauptlady ist doch bestimmt dagegen versichert, umgelegt zu werden.»

«In der Tat, so ist es. Und in der Tat, ich... Also, ich spekuliere bloß.»

«Spekulieren. Das bleibt ganz unter uns.»

«Also, ich glaube nicht wirklich, daß Martin Klein Dimanche

umgebracht hat. Er hat schließlich, wenn ich es richtig verstanden habe, ein Alibi. Das heißt, sein Aufenthaltsort während der fraglichen Zeit steht fest.»

«Ja. Also? Wollen Sie sagen, daß er sie hat umlegen lassen? Wollen Sie sagen, daß er einen Profikiller für sie engagiert hat?»

«Das ist, nehme ich an, die fachspezifische Ausdrucksweise.»

Neuman stand auf und bewegte sich zur Tür. Federici stand ebenfalls auf und folgte ihm langsam. «Wir werden wieder mit Ihnen reden wollen, Mrs. Wyndham. Wenn Sie sich entscheiden, irgendwohin zu fahren, lassen Sie es uns oder den anderen Beamten wissen, okay? Sie wissen schon, nach Palm Springs oder was auch immer.»

«Schulden? Sicher, ich habe Schulden. Wer hat keine Schulden? Haben Sie Schulden, Neuman?»

Wenn Klein es noch ein einziges Mal sagte, beschloß Neuman, würde er sich aus seinem Sessel erheben, ihn durch das Spiegelglas-Fenster schmeißen und Klein gleich hinterher. Fünfzehn Stockwerke, Broadway 1500, 15.15 Uhr nachmittags, wie die verdammte Vierundzwanzig-Stunden-Digitaluhr auf Kleins Tisch anzeigte. Neue Lottozahlen: 15 und noch mal 15 sind 30, und noch mal 15 sind 45, und noch mal 15 sind 60, nur daß die Zahlen nicht bis 60 gehen, also mach 6 draus. 6, 15, 30, 45, und immer noch zwei Zahlen zuwenig. Wie wär's mit 24, für die Stunden auf der Digitaluhr, und 3 für 3 : 15, was 15 : 15 auf einer Vierundzwanzig-Stunden-Digitaluhr entspricht. Nicht wahr? 3, 6, 15, 24, 30, 45. Keine schlechten Zahlen. «Ja, Klein, ich habe Schulden, aber keine, die getilgt wären, wenn ich jemanden umlegte, wenn Sie verstehen, was ich meine. Haben Sie Dimanche umgebracht, Klein?»

Klein rollte mit den Augen. «Ich habe bereits mit den Cops gesprochen, ich habe ihnen bereits gesagt, daß ich ein Alibi habe.»

«Ein ziemlich gutes außerdem, muß ich ja sagen. Sie waren in Dillens Büro zwischen drei und halb vier, einmal ging Charly Johnstone auf die Toilette, ein anderes Mal ging Dillen auf die Toilette, aber Sie waren nie länger als ein paar Sekunden allein. Ich würde sagen, Sie können es nicht getan haben, nur, daß Sie das Wort Alibi benutzt haben, und Leute, die das Wort Alibi benutzen, brauchen sehr häufig auch eins, wenn Sie verstehen, was ich meine. Wenn Sie sie nicht umgebracht haben, wissen Sie, wer es war?»

Klein lehnte sich über seinen Tisch vor. «Ja, ein Verrückter.»

«Und wie ist der ins Theater gekommen?»

«Er ist geklettert. Oder vielleicht geflogen.»

«Was bedeutet, daß es kein Verrückter war, sondern ein Verrückter, der abgehoben hat.»

«Mein Gott, das Kean ist am Times Square, Neuman.»

«In diesem Fall sollten Sie Gitter und Netze und ähnliches Zeug anbringen, damit keine Verrückten reinklettern oder reinfliegen können.»

Klein lachte. «Es ist nicht mein Theater, Neuman.»

«Wie ich höre, mochten Sie Dimanche nicht», sagte Neuman.

«Wer sagt das?»

Neuman zuckte mit den Schultern. «Ich hab's auf der Schmiere gehört.»

Klein lachte. «Ich *liebte* sie. O Fuck. Sicher. Okay. Nein. Ich mochte sie nicht. Wie konnte ich sie auch mögen? Sie trug lila Handschuhe. Schauen Sie, Neuman. Ich würde mich liebend gern noch länger mit Ihnen unterhalten, mit Ihnen und Ihrem Kumpel hier, Detective Federici – sagen Sie je irgend etwas, Federici? –, aber in ungefähr zwei Minuten kommt ein Versicherungsvertreter zu mir. Wenn Sie den finden wollen, der Di*manche* umgebracht hat, Neuman, finden Sie jemanden mit einem Motiv, das ihm nicht gleich Versicherungsvertreter auf den Hals schickt. Ich möchte mich eigentlich lieber umbringen, als diesem Versicherungsvertreter begegnen, einen Brody hinlegen direkt aus dem Fenster – fünfzehn Stockwerke gerade runter bis zum Great White Way. Fünfzehn Stockwerke, fünfzehnhundert Broadway, fünfzehnzwanzig am Nachmittag. Wieviel Uhr ist fünfzehnzwanzig? Mein Buchhalter hat mir diese Uhr zum Geburtstag geschenkt, der am fünfzehnten April ist, was er komisch findet, als Buchhalter. Ich weiß nie, wie spät es ist; ich muß es an meinen Fingern abzählen. Fünfzehnzwanzig ist zwanzig nach drei, oder? Der Versicherungsvertreter hätte schon vor fünf Minuten hier sein sollen; das ist es, was ihnen Spaß macht, einen richtig schwitzen zu lassen.»

«Sie sollten ein paar dieser Fünfzehner zum Lottospielen verwenden», sagte Neuman.

«Scheiß aufs Lottospielen.»

«Sie spielen nicht im Lotto?»

«Erzählen Sie mir nicht, daß Sie Lotto spielen, Neuman. Sie sehen wie ein intelligenter Mensch aus, aber so intelligent sind Sie auch wieder nicht, wenn Sie Ihre Zeit verschwenden und mit jemandem reden, der eine Verabredung mit einem Versicherungsvertreter hat, weil Di*manche* tot ist.»

Neuman blieb fest. «Wir werden uns mal Ihre Bücher ansehen wollen, Klein.»

Klein zuckte mit den Schultern. «Sicher. Warum nicht? Sie sind einen Lacher wert. Ich habe schon gedacht, ich sollte jemanden besorgen, der auf der Basis meiner Bücher eine Partitur schreibt und eine Show inszeniert. Die Kritiker sagen, komische Opern sind tot; ich werde ihnen mal einen Blick auf meine Bücher gönnen. Aber ich werde es noch mal sagen, Neuman – bloß weil meine Bücher gut für einen Lacher sind, heißt das noch lange nicht, daß ich Di*manche* umgebracht habe.»

«Sprechen Sie sie so aus?» sagte Neuman. «Di*manche*?»

«Woher soll ich das wissen?» sagte Klein. «Sie hat lila Handschuhe getragen.»

«Wer ist da?»

«Kevin Last?»

«Wer sind Sie?»

«Ist Kevin Last da?»

«Wer will das wissen?»

«Der Nikolaus. Warst du 'n guter Junge?»

«Wer?»

Neuman nickte, und Federici trat die Tür im fünften Stock des Wohnhauses am St. Mark's Place ein.

Kevin Last wich zum Fenster zurück, die Arme hinter sich ausgebreitet, die Finger gespreizt, die klassische Pose eines Mannes, der nicht mehr ausweichen konnte.

«Fuck, was ist denn los?»

«Ja, also. Das kommt davon, wenn man in einer Gegend wie dieser wohnt, Kev. Wie nennt man die Gegend jetzt? Nennt man sie immer noch East Village oder jetzt irgendwie anders? Northeast SoHo oder so? Was wäre das – NoEaSoHo? Wissen Sie, wie ich sie nenne, Kev? Ich nenne sie die Lower East Side. Wenn man in so einer Gegend wohnt, Kev, lernt man aus Erfahrung, daß man nicht vorsichtig genug sein kann, daß man nicht jedem, der anklopft, die Tür aufmachen kann. In diesem Fall hab ich aber 'ne andere Meinung. Meine Meinung ist, ich will mit Ihnen reden und kann nicht draußen auf dem Flur rumstehen, bis Sie sich entschieden haben, ob ich in Ordnung bin, ob ich hier bin, um etwas einzufordern, was Sie mir noch schulden, oder versuchen will, Ihnen ein Lexikon zu verkaufen, oder Ihnen die Fresse einschlagen will. Wie kommt es, daß Sie in so einem Loch wohnen, wenn Ihre Freundin dieses hübsche kleine Haus drüben an der Bank Street hatte?»

Last lächelte. «Lesen Sie keine Zeitung, Mann? Hier spielt sich im Moment alles ab, Mann. Die *New York Times* meinte das auch, Mann – ‹Eine neue Boheme›, Mann.»

«Ja, gut. Nein, hab ich nicht gelesen, Kev, und selbst wenn ich's getan hätte, würd ich immer noch denken, Sie wohnen hier, weil's so dicht bei Alphabet City liegt, mit all den Dealern. Setzen Sie sich, Kevin. Oh, ich vergaß Ihnen zu sagen, wir sind Cops –»

«Ich hab schon mit den Cops geredet.»

Neuman rieb sich seinen Nasenrücken. «Nun erklären Sie mir mal was, Kev. Sie spielen doch in 'nem Stück mit, oder? Sie hatten wahrscheinlich ein kleines Gespräch mit dem Produzenten darüber, nicht wahr, daß Sie mitmachen wollten? Er hat wahrscheinlich gesagt, er müßte darüber noch mit ein paar anderen Leuten reden, ihr, wissen Sie, Input dazu einholen, er würde sich wieder melden. Ein paar Tage später hat er sich dann wieder gemeldet, der Produzent, haben Sie dann gesagt: ‹Haben wir denn schon miteinander geredet?› Nein. Sie waren froh, von ihm zu hören, Sie haben sich nett mit ihm unterhalten, Sie haben sich angehört, was er zu sagen hatte, haben seine Fragen beantwortet. Sie haben also schon mit den Cops geredet, na und? Ich bin die Cops, und ich hab noch ein paar Fragen an Sie. Zum Beispiel, haben Sie Dimanche umgebracht?»

Last schnaubte. «Nein. Waren Sie's?»

«Nein. Nein, ich war's nicht. Und Sie haben gesagt, Sie waren's auch nicht, Kev, so daß wir jetzt – was? – Blutsbrüder sind, aus dem gleichen Holz geschnitzt, die wilden und verrückten Kumpel? Okay, Frage Nummer zwei: Haben Sie Dimanche am Nachmittag oder frühen Abend des siebten September zusammengeschlagen?»

Er lachte mit einem hohen Kichern, das nicht zu seinem verlebten guten Aussehen paßte, zu seinem lila brokatenen edwardianischen Mantel, seinem weißen seidenen Rüschenhemd, den roten Lederhosen, gelben Schlangenhaut-Stiefeln; mit dem Totenkopf-Ohrring in seinem linken Ohr oder dem schwarzlackierten Mandarinnagel an seinem linken kleinen Finger. «Meine Güte. Sie raten hier aber rum.»

Neuman machte eine Bewegung mit seinem Kopf, und Federici hob Last hoch, bis er auf Zehenspitzen stand, und drückte ihn dann herunter auf die Couch. «Er hat gesagt, hinsetzen.»

Neuman saß auf dem Kaffeetisch vor der Couch, schob ein paar Bücher und Zeitschriften und einen Aschenbecher voller Stummel zur Seite. Er zeigte mit einer Fingerspitze auf die Stummel. «Ts, ts. Marihuana. Marihuana ist a-a, Kev. Sie glauben vielleicht, der Besitz für den persönlichen Gebrauch ist ein kleineres Vergehen, und ich schieb mir mein kleineres Vergehen sonstwo rein, aber es ist Grund genug für einen Hausdurchsuchungsbefehl, Kev, und dann taucht eine Menge Marihuana auf, die den persönlichen Gebrauch etwas übersteigt, um nicht von Shit, von Koks und von den Downern zu reden, oder was immer es ist, als hätten Sie'n Saxophon statt 'ner Nase, und dann kommen Sie schon auf'n paar Punkte, Kev, ich weiß nicht wie viele – ich überlasse das dem Richter –, aber'n paar.» Er lehnte sich vor und tätschelte Lasts Wange. «Wollen Sie mir nicht mal erzählen, wie Sie sie verdroschen haben, Kev?»

«Ich hab's nicht getan», sagte Last.

«Und ich sage, Sie haben's doch getan, Kev. Ich sage, Sie haben sie verdroschen, dann haben Sie beide gedacht, es macht wohl für sie nicht so'n günstigen Eindruck und haben sich diese Geschichte vom Überfall ausgedacht. Ich wünschte, Sie hätten das nicht getan, Kev. Wissen Sie, wieviel Steuergelder Sie dadurch verschwendet haben, daß die Cops sich auf den Weg machen und nach einem Täter suchen mußten, der gar nichts getan hat? Was war los, Streit zwischen Liebenden? Ging es um Geld? Oder darum, daß sie ein Star wäre und Sie nur ein Starficker?»

Last kam aus seinem Sitz hoch – oder versuchte es jedenfalls. Seine Brust traf auf Neumans ausgestreckte linke Hand, und er prallte zurück.

Neuman war für einen Moment still und dachte, daß jetzt auch seine linke Hand und das Handgelenk schmerzten, ebenso wie sein Mund, seine Kinnbacken, seine Wangen, sein Arsch, sein Kinn, seine Ellbogen, sein Magen, seine Nase, seine rechte Hand und sein Hirn. Er war in jeder Beziehung außer Übung. Und er war im Ruhestand. Warum machte eigentlich Federici nicht die schmutzige Arbeit?

«Hier ist der Deal, Kev. Sie sind ein Verdächtiger in der Mordsache Juliet Marko, alias Dimanche. Ein Lieutenant McIver und ein Detective Bloomfield werden hier in Kürze mit einem Hausdurchsuchungsbefehl eintreffen. Im besonderen werden sie nach einem Smith and Wesson achtunddreißig Kaliber Doppelzündungs-Revolver suchen, so wie der, den Dimanche im Stück benutzt hat, übrigens, und ich hoffe für Sie, daß Sie ihn losgeworden sind. Ich hoffe ebenfalls für Sie, daß Sie nicht mehr als ein paar Gramm Grass da haben, nicht mehr als ein paar Gramm Shit, daß Sie kein Kokain-

Besteck irgendwo in Ihrem Schrank haben, Kev, weil, wenn Sie's doch haben, heißt das Punkte absitzen, und ich muß Ihnen sagen, daß die Atmosphäre für hübsche weiße Jungen im Knast in letzter Zeit ziemlich rauh geworden ist, wie ich höre. Ich mein, ich höre so Geschichten, daß man sie zwingt, Perücken zu tragen und Kleider und –»

«Was wollen Sie wissen?» sagte Last. Er nahm sich eine Zigarette aus einer Holzschachtel auf dem Kaffeetisch und steckte sie sich in den Mund.

Neuman langte herüber und nahm sie ihm aus dem Mund. «Rothmans. Wir haben Rothmans im Aschenbecher in Dimanches Garderobe gefunden.»

Last lächelte. «Haben Sie auch die Packung gefunden, aus der sie waren? Das war nämlich ihre Marke.»

«Ja, in der Tat, haben wir. Und, ja, in der Tat, wir wissen, daß das ihre Marke war. Aber es ist interessant, finden Sie nicht auch, Kev, daß einige der Rothmans, die wir gefunden haben, Spuren von Lippenstift trugen und andere nicht?»

Last zuckte mit den Schultern. «Einige davon waren meine, na und? Ja, ich bin in ihrer Garderobe gewesen. Ja, ich rauche die auch.»

«Das kann ich sehen, Kev. Was bin ich eigentlich, ein Tourist? Ich bin auf der Gray Line ausgestiegen, dachte, ich schau mir mal an, wie die echten New Yorker leben, bin fünf Treppen hochgestiegen und habe Ihre Tür eingetreten, den Namen auf Ihren Zigaretten gelesen und nicht erkannt, daß es Rothmans waren?... Sie werden jetzt aber nicht anfangen, vor mir zu heulen, oder, Kev? Sie werden jetzt nicht total sentimental werden und mir erzählen, daß Sie sie kurz vor ihrem Tod noch gesehen haben und wie schön sie aussah, wie lebendig? Oder?»

Last brummelte eine Weile.

Neuman sah Federici mit rollenden Augen an, und der sah weg. Vielleicht hatten sich die Dinge geändert, seit er nicht mehr im Dienst war; vielleicht redete keiner mehr so hart oder handelte entsprechend – außer den Cops im Fernsehen oder im Film.

«Samstag waren es genau acht Jahre», sagte Last schließlich.

«Was war, Kev?»

«Seit wir uns kennengelernt haben.»

«Erzählen Sie mir davon.»

«Wir haben uns im *Maxwell's* kennengelernt – in Hoboken. Es ist ein... ein Club.»

«Oh, ja? Hoboken ist doch der Ort, wo sie Maxwell House Coffee machen, nicht? Ich weiß, daß es so ist. Ich bin mal mit einem Mädchen ausgegangen, ist ungefähr hundert Jahre her, die wohnte in Hoboken, genau gegenüber von der Maxwell-House-Coffee-Fabrik. Ich erinnere mich immer noch an ihre Adresse – zehn-null-vier Hudson Street. Ich erinnere mich auch an ihren Namen. Mira Esterowitz. Wir machten immer einen Witz: Sie sagte ‹Willst du auf 'ne Tasse Kaffee reinkommen?› und ich sagte ‹Laß uns bloß zwei Tassen nehmen und zur Maxwell-House-Coffee-Fabrik rübergehen, und dann sagen wir, sie sollen mal einschenken›. Komisch, daß ihr Name Mira war, denn meine Frau, also die, die ich geheiratet habe, sagt oft *mira*, weil sie *hispanic* ist. Wissen Sie, das heißt ‹hey› oder so. Wie auch immer, für 'ne Sekunde dachte ich, Sie würden jetzt sagen, daß Sie da gearbeitet haben oder so, in der Maxwell-House-Coffee-Fabrik, sie am Fließband kennengelernt haben, beim Bohnensortieren oder so.»

«Ich hatte eine Band. Sie suchte einen Gig. Wir stiegen zusammen ein. Zunächst war es strikt professionell, dann sind wir, also wissen Sie.»

«Ja. Ich meine, nein. Nein, ich weiß nicht. Aber ich kann's mir vorstellen. Also?»

Last zuckte mit den Schultern. «Wir sind lange zusammen gewesen.»

«Das hängt davon ab, wie man das sieht, Kev. Ich bin vierundfünfzig Jahre alt, Kev. Ich war dreiunddreißig Jahre lang Cop. Ich bin's immer noch, nehme ich an. Bin seit vierzehn Jahren verheiratet – ich hab ein bißchen spät geheiratet.» Vielleicht sollten das seine Lottozahlen sein: 14, 33, 54 – außer, daß die Zahlen nur bis 48 gingen. Er könnte 54 zu 45 umdrehen, so wie Federici eine seiner Zahlen umdrehte, aber er brauchte immer noch drei Zahlen. Er sah zu Federici hinüber. Er war immer noch da. «Also acht Jahre hört sich für mich aber nicht wie 'ne lange Zeit an, Kev. Aber vielleicht ist es das für Sie. Ich weiß es nicht. Und wie seid ihr zwei nun miteinander ausgekommen, Kev? Ich meine, wie haben Sie auf die Tatsache reagiert, daß Sie die Band hatten, sie das Mädchen war, das nach einem Gig suchte, Sie sich zusammengetan haben und sie dann diejenige war, die berühmt wurde?»

Last richtete sich auf, versuchte, etwas Würde zu bewahren, und schaffte es beinahe. «Ich hab's bewältigt. Ich bin nicht eifersüchtig auf Erfolg.»

«Und wie steht's mit, Sie wissen schon, richtiger Eifersucht?»

Last schniefte. «Das war schon schwerer. 'ne Menge Typen wollten gern erzählen, daß sie's mit ihr getrieben hätten.»

«Waren es 'ne Menge? Ich meine, die's mit ihr getrieben haben.»

«... Ja.»

Typen wie Bobby, der sie auf seine Liste gesetzt hatte. Sollte er fragen, ob Last von Bobby gewußt hatte? Der mußte es mit Dimanche getrieben haben, nachdem sie sich schon mit Last zusammengetan hatte. Oder nicht? Was machte das schon? Bobby war tot. «Und?»

«Ich hab den Mund gehalten.»

«Das muß hart gewesen sein.»

«Ja.»

«So hart, daß Sie sie ab und zu gern mal abgeknallt hätten, hey, Kev?»

«Ich hab sie nie angefaßt.»

«Aha.»

«Aber er.»

«Wer ist er, Kev?»

«Der Typ, mit dem sie sich traf. Sie hatte einen neuen Typen.»

«Ich hab von diesem Mann gehört, Kev. Die ganze Stadt weiß davon. Wer ist das?»

«Der, der sie zusammengeschlagen hat, der ist das. Der, der sie erschossen hat.»

«Warum habe ich gewußt, daß Sie das sagen würden, Kev? Ich wußte, daß Sie das sagen würden, und ich wußte auch, daß Sie sagen würden, Sie hätten schon mit den Cops geredet, als ich Ihnen sagte, wir sind Cops. Wissen Sie seinen Namen?»

Last schüttelte den Kopf. «Sie wollte ihn mir nicht sagen.»

«Warum nicht?»

«Weil sie 'ne Fotze war, darum nicht.»

«Eine Sau.»

«Ja.»

«Männermordend, eierknackend.»

«Ja.»

«Kastrierend.»

«Ja.»

«Sie hören sich an wie jemand, den ich mal gekannt habe, Kev. Er hat oft über Frauen so geredet. Wissen Sie, was er gemacht hat, Kev? Er hat drei von ihnen umgebracht. Er hat Briefe an die Zeitungen geschickt und erklärt, warum er das getan hat und daß er's wieder tun würde.»

«Hey, Mann. Ich sagte Ihnen doch, ich hab sie nicht umgebracht.»

«Ja, und ich hab Ihnen gesagt, ich auch nicht, Kev, und wissen Sie, was das wert ist? Gar nichts. Also Sie bleiben jetzt mal hübsch sitzen und warten, bis Lieutenant McIver und Sergeant Bloomfield und ein paar andere Männer hier mit einem Hausdurchsuchungsbefehl auftauchen. Und falls Sie denken, Sie lassen, während die auf dem Weg hierher sind, Ihre .38 Special, Ihr Grass, Ihr Shit und Ihr Kokain-Besteck verschwinden: Ein Polizist namens Rohter steht im Flur draußen, und der wird hier'n bißchen babysitten. Ich finde es schlimm, einfach so aufzustehen und Sie allein zu lassen, Kev, aber unser Terminkalender ist schrecklich voll, 'ne Menge Leute, mit denen wir reden müssen, uptown, downtown, in der ganzen Stadt. Aber wir kommen wieder. Oh, und äh, nächstesmal, wenn wir klopfen, machen Sie doch auf, okay?»

Neuman hielt inne auf dem Absatz des vierten Stocks. «Bist du okay, Steve?»

«Ich glaube, ich kriege 'ne kleine Erkältung.»

«Du siehst aus, als würdest du dir über irgendwas Sorgen machen.»

Federici lächelte. «Ich glaube, ich mache mir Sorgen, daß ich vielleicht mein Training einschränken muß – für's Marathon.»

«Darüber machst du dir Sorgen – ob dich gut genug fühlst, vierhundertzwanzig Kilometer zu laufen?»

«Zweiundvierzig Kilometer, Lieutenant.»

«Was soll's. Wie auch immer, geh nach Hause.»

«Hey, es ist bloß 'ne Erkältung. Ich werd schon nicht dran sterben.»

«Ja, gut. Die Sache ist, Steve, daß du mir so überhaupt nicht hilfst. Du stellst keine Fragen, du sagst nichts, und wenn ich es richtig sehe, denkst du auch nichts. Ich meine, manchmal wenn man 'ne Erkältung hat, kann man einfach nicht denken, man kann sie bloß haben, das ist durchaus verständlich. Also geh nach Hause, schlaf ein bißchen, trink ein bißchen Saft, nimm ein paar Vitamin C, iß ein bißchen Suppe, guck ein bißchen Fernsehen, schwitz ein bißchen, und ich seh dich morgen wieder oder übermorgen. Ich werde dir sogar mein Rezept bei Erkältungen verraten; wenn du's ausprobieren willst, bitte. Du legst dich ins Bett mit einer Menge Decken, trinkst heißen Tee mit Whisky und Honig, und wenn du deine Füße nicht mehr sehen kannst, schläfst du; du wachst auf und fühlst dich besser.»

Federici zeigte mit der Spitze seines Mokassins auf den Bürgersteig. «Heißt das –»

«Ich sagte dir, Steve, das heißt überhaupt nichts. Ich möchte bloß, daß du fit bist.»

Federici lächelte. «Ich wollte eigentlich sagen –»

«Tut mir leid, Steve. Ich hätte dich nicht unterbrechen sollen. Was?»

«Heißt das, daß du wieder im Dienst bist, Lieutenant? Ich meine, wir haben noch nicht darüber gesprochen. Bis jetzt hast du nur ein bißchen ausgeholfen, weißt du?»

«Ja, ich weiß. Ich weiß nicht, ob es das heißt, Steve. Ich muß mit Klinger reden, und um ehrlich zu sein, ich hab keine Lust, mit Klinger zu reden. Ich muß auch mit meiner Frau reden, und um die Wahrheit zu sagen – das bleibt aber ganz unter uns, Steve, okay? –, der Haussegen hängt ein bißchen schief. Nichts Ernsthaftes, hoffe ich, aber, na ja, wir werden sehen.»

«Tut mir leid, das zu hören, Jake.»

«Ja, gut. Mir auch. Aber jetzt, wo ich was darüber gesagt habe, tu ich vielleicht auch was dagegen. Manchmal funktioniert das so, nicht? Irgend etwas quält einen, und man sagt nichts darüber, und es quält einen immer weiter, bis man schließlich doch etwas darüber sagt, und dann hört es auf, einen zu quälen, weißt du?»

«Ja. Ich weiß.»

«Gibt es etwas, was *dich* außer deiner Erkältung quält?»

«Ich bin okay, Jake. Außer der Erkältung. Bis morgen.»

«Bis dann, Steve.»

11

Uptown, downtown, durch die ganze Stadt, durch ganz *tout* New York. Von der schäbigen Eleganz alten Geldes im Park House zur Trostlosigkeit von Fuck-Money am St. Mark's Place, zum unverschämten Gerede und dem schnellen Geld von Broadway Nr. 1500, zur Sterilität der Neureichen von La Rive Gauche in dem, was Neuman Yorkville-grenzend-an-El-Barrio nannte, andere aber wahrscheinlich die New York Upper Upper East Side. Die *Nouveau Haut Haut Côte d'Est*.

«Wen möchten Sie sprechen?» Der Portier, den er aus der Entfernung für einen Jockey mit Nebenbeschäftigung gehalten hatte, war eine Frau, eine süße Frau. (Wieder so ein Fall von Verwechslung des Geschlechts, der zweite diese Woche. Das Resultat der zunehmenden Tendenz der Gesellschaft zur Androgynie oder seine Kurzsichtigkeit? Nur, daß er nicht kurzsichtig war: Er hat fragende Augen, Augen, die scharf genug waren, um eine Zeitungsschlagzeile vom Fenster des zweiten Stocks aus zu lesen, aber nicht scharf genug, um das Geschlecht des Lesers eindeutig festzustellen.) Diese hier hatte lange rote Haare unter ihrer Kappe hochgesteckt, so wie Nell Ward ihre langen blonden Haare unter ihrem Filzhut hochgesteckt hatte. Nell Ward. War sie süß?. Nein. Sie war mehr... Was? Oder vielleicht war sie's auch nicht. Was wußte er schon?

«Dillen. Jay Dillen.»

«Und wer, soll ich sagen, will ihn sprechen?»

«Neuman. Mr. Neuman.»

«Mr. Dillen ist nicht da, Mr. Neuman. Wenn Sie vielleicht ...»

«Ja, ich weiß, er spielt gerade Tennis. Er sagte, er würde mich hier treffen, wenn er fertig ist. Vielleicht hol ich mir einen Kaffee. Gibt's hier in der Gegend ein gutes Café oder so?»

Die Frau ließ ihren Kaugummi knallen, was zu ihrem süßen Aussehen paßte, aber nicht zu ihrer gewählten Aussprache und ihrer Förmlichkeit. «Sind Sie'n Cop?» Sie ließ ihren Atlantikküsten-Akzent zugunsten eines Atlantic Avenue-Akzentes fallen.

«Äh, ja.»

«Haben Sie irgend'nen Ausweis? Nichts für ungut, Sie sehen zu sehr nach Cop aus, als daß Sie irgendwas anderes sein könnten. Was hat Dillen getan? Oh, ja – Dimanche. Wollen Sie mit Amanda reden? Ich würde es ja, wenn ich ein Cop wäre. Sie ist gerade hochgegangen.»

«Amanda Becker?»

«Genau die.»

«Ich hab eine Adresse von Amanda Becker am Riverside Drive.»

«Weiß ich nichts von. Wohnen tut sie jedenfalls hier.»

«Bei Dillen?»

«Bei Dillen.»

«Und sie ist gerade hochgegangen?»

«Vor fünf Minuten.»

«Allein.»

«Nein. Mit drei oder vier Tüten von Bloomie. Ich bin überrascht, daß es so lange gedauert hat.»

«Was?»

«Bis die Cops mit Amanda reden wollten.»

«Ja, gut, sie war in Kalifornien. Sie sollte nicht vor morgen zurück sein.»

«Wer sagt das?»

«Ihr Antwortservice.»

Die Frau lehnte sich zu ihm hin, und ihre linke Hand verdeckte ihren Mund. «Amanda ist am Nachmittag, an dem Dimanche starb, aus Kalifornien zurückgekommen.»

«Wer sagt das?»

Sie tippte mit dem Daumen an ihre Brust.

«Wann an dem Nachmittag, an dem Dimanche starb?»

«Drei Uhr dreiunddreißig.»

Neuman lachte. «Ungefähr?»

«Genau.» Sie zeigte auf die Digitaluhr in der Mitte der Telefonschalttafel des Hauses. «Drei Uhr dreiunddreißig ist eine von diesen Zeiten, die einem auffallen, wenn sie auf einer Digitaluhr auftauchen. Wie elf nach elf. Elf nach elf gibt's nur zweimal am Tag, und an manchen Tagen guck ich jedes Mal auf eine Digitaluhr. Außerdem war drei dreiunddreißig meine Zeit im Marathon letztes Jahr.»

«Ich bin nie im Marathon mitgelaufen», sagt Neuman, «aber ich versteh das mit den Digitaluhren. Ist sie mit einem Taxi gekommen, Amanda?»

«*All-Over.*»

«*All-Over*, wie bitte?»

«So heißt das Taxiunternehmen.»

«Oh. Irgendein besonderer Grund, warum Sie das behalten haben?»

«Jemals als Portier gearbeitet?»

«Nein. Nein, hab ich nicht. Na ja, vielleicht doch. Im College hab ich mal eine Zeitlang in der Bibliothek gearbeitet. Ich saß immer am Ausgang und mußte aufpassen, daß die Leute keine Bücher mit rausnahmen.»

«Ziemlich langweilig, oder?»

«Leichtere Erstarrung, im allgemeinen unterbrochen von Phasen des Wachseins», sagte Neuman und bekam dafür einen Lacher zurück wie eine Juwelendusche, einen Lacher, auf den, wie er erschrocken feststellte, seine Keimdrüsen reagierten. Aufpassen, Jakala – du bist nicht bloß im Ruhestand, du bist auch verheiratet. Oder war es umgekehrt?

«Um also die Zeit rumzukriegen», sagte sie, «achtet man auf Sachen wie die Namen von Taxiunternehmen. Zuerst dachte ich, die hießen *Fall-Over*. Ich fand das ziemlich komisch.»

Neuman dachte auch, daß das irgendwie komisch war. Alles, was sie dachte, würde er auch denken. «Der Fahrer – war er ein Weißer, Schwarzer, *Hispanic*, Grieche, Israeli, Inder, Araber, Koreaner, oder was anderes?»

«Ein Weißer. Von der Künstlervermittlung.»

«Sie meinen, wenn man jemanden sucht, der einen Taxifahrer in einem Film spielen soll, würde man den nehmen?»

«Jap. Allerdings hab ich gerade in der Zeitung gelesen, daß es mehr ausländische Taxifahrer gibt als irgendwelche anderen, aber um das zu wissen, muß ich nicht die Zeitung lesen, ich muß bloß in ein Taxi steigen.»

«Sind Sie Schauspielerin – wenn Sie nicht auf die Tür aufpassen, meine ich?»

«Ist das nicht jeder? Ich aber werde damit aufhören – Schauspielerei und auf die Tür aufpassen. Ich werde in der Lotterie gewinnen und nach Gloucester, Mass. umziehen.»

«Was ist denn in Gloucester, Mass.?»

«Weiß ich nicht. Ich spreche es bloß gerne aus: Gloucester, Mass. Ich dachte auch, daß es komisch wäre, dort oben ein Restaurant aufzumachen, mit Fisch und Meeresfrüchten und so, damit ich auf die Speisekarte schreiben kann: L-o-b-c-e-s-t-e-r. Kapieren Sie?»

«Wenn Sie in der Lotterie gewinnen, brauchen Sie nicht mehr zu arbeiten. Was für Zahlen haben Sie angekreuzt, wenn ich fragen darf?»

Ihre Augen wurden hart. «Haben Sie schon ein Los gekauft?»

«Äh, na ja, nein. Aber ich nehme bestimmt nicht Ihre Zahlen.»

«Warum glaube ich Ihnen nur?»

«Weil ich ein ehrliches Gesicht habe, nehme ich an.»

Sie lachte. «1, 2, 3, 4, 5, 6.»

«Wirklich?»

Sie zuckte mit den Schultern. «Glauben Sie, daß es ein Flop ist?»

«Ja, na ja, ich schon. Aber, na ja, was ist das nicht?»

«Sechsunddreißig B.»

«Wie bitte?»

«Amanda Becker ist in sechsunddreißig B.»

Wenn Amanda Becker Dimanche umgebracht hatte, würde er 36 als eine seiner Zahlen nehmen: Was für Zahlen hatte er sonst? Eine Menge Zahlen: 3, 6, 15, 24, 30, 45 – wegen irgendwas in Kleins Büro, das er schon wieder vergessen hatte. Und davor 3, 10, 12, 22,

30: 3 und 30 für die Zeit, 10 für die Leute, die mit dem Stück zu tun hatten, 12 für die Bühnenarbeiter und Theaterangestellten, 22 für die Gesamtzahl der Verdächtigen, nur daß es mit Viv Thib Wynd elf Leute waren, die mit dem Stück zu tun hatten, und dreiundzwanzig Verdächtige insgesamt, und wenn man weiter darüber nachdachte, war auch ihr Chauffeur ein Verdächtiger, nicht wahr, denn sie war mindestens zweiundachtzig, aber immer noch fit genug, um sich einen Handlanger zu besorgen, der einen kleinen Mord für sie ausführte, und sich dann die ‹Ich-habe-meinem-Chauffeur-für-den-Nachmittag-frei-gegeben-und-bin-den-ganzen-Weg-zu-Fuß-nach-Hause-gegangen›-Geschichte auszudenken.

Und davor, 14, 33, 54 – vierzehn Jahre verheiratet, dreiunddreißig Jahre ein Cop, vierundfünfzig Jahre alt –, die Zahlen gingen allerdings nur bis 48, also mußte er 54 umdrehen und 45 daraus machen. Also: Wenn Amanda Becker Dimanche umgebracht hatte, würde er 3, 10, 12, 22, 30, 36 ankreuzen, weil es nichts ausmachte, wenn er Viv Thib Wynd oder ihren Chauffeur nicht mitzählte. Oder sollte er 14, 33, 36, 45 (54 umgedreht) und zwei weitere Zahlen ankreuzen? Welche zwei? Wie wär's mit 4 und 8? Warum diese beiden Zahlen? Vier für die Anzahl der Buchstaben in Nell, 8 für die in Nell Ward.

Nell Ward? Woran denkst du eigentlich, Jake?

Ich denke ans Kaffeetrinken, sonst nichts.

Was ist mit dem Mädchen?

Was soll mit ihr sein?

Du scheinst sie zu mögen.

Na und? Ich bin im Ruhestand und verheiratet.

Du meinst verheiratet und im Ruhestand, oder etwa nicht, Jake?

«Amanda Becker?» Sie hatte die größten Augen, die Neuman je gesehen hatte, und ihr Gesicht schien nicht groß genug zu sein, um sie zu stützen – ein komisches Gesicht, mit diesen großen Augen, aber auch ein schönes Gesicht. Nicht das Gesicht einer Hepburn für die Achtziger – Katherine oder Audrey –, wie Charly Johnstone gesagt hatte; Nell Ward hatte eher solch ein Gesicht. *Hör auf, Jake.* «Ich bin Lieutenant Neuman. Polizei.» Sie würde wenigstens nicht sagen, daß sie schon mit der Polizei geredet hätte.

«Wie sind Sie hier hochgekommen?»

«Fahrstuhl.»

«Wer hat Sie hereingelassen?»

«Portier. Portiersfrau, müßte ich wohl sagen. Ich habe vorher noch nie eine Portiersfrau gesehen. Nicht, soweit ich mich erinnern kann. Nein, habe ich nicht. Neulich habe ich einen weiblichen Müllmann gesehen – eine Müllfrau. Ich habe die Portiersfrau gebeten, Sie nicht anzuklingeln. Ich wollte nicht, daß Sie die Stufen herunterrennen, während ich mit dem Fahrstuhl hochfahre, obwohl ich wahrscheinlich wieder hätte herunterfahren und Sie erwischen können. Das ist einer der schnellsten Fahrstühle, den ich je benutzt habe.»

«Jay ist nicht da», sagte Amanda Becker.

«Ich weiß. Er spielt gerade Tennis.»

«Er hat schon mit der Polizei geredet.»

Neuman seufzte. «Richtig. Kann ich reinkommen?»

Sie biß mit ihren Backenzähnen einmal aufeinander und trat zur Seite. «Ich nehme an, Sie haben einen Hausdurchsuchungsbefehl.»

«Brauche ich nicht, um mit Ihnen zu reden.» Neuman ging durch die Tür und direkt ins Wohnzimmer, das äußerst karg in Leder und Glas und Chrom möbliert war, ohne wie eine Halle zu wirken; bei der Miete, die Dillen für den französischen Namen und den Überschallfahrstuhl und die abstrakten Gemälde an den Wänden im Flur bezahlen mußte, hätte Neuman eine Halle erwartet. Er nahm seinen Hut ab und ging hinüber zum Aussichtsfenster, aus dem man in die entgegengesetzte Richtung von Viv Thib Wynds Fenster hinaussah, auf den East River, Queens und Europa.

«Ich bin verwirrt.» Amanda Becker folgte ihm. «Worüber wollen Sie denn mit mir reden? Jay ist doch der –»

Neuman drehte sich um. «Jay ist doch der was?»

Sie biß sich auf ihre Lippen – nicht süß, hart.

«Der Verdächtige? Ja, er ist ein Verdächtiger. Und nun raten Sie mal – Sie sind's nämlich auch.»

Sie lachte.

Neuman lachte auch. «Ich weiß. Es klingt abgedroschen, nicht? Wenn ich ein Buch oder so etwas schriebe, oder ein Stück, würde ich's nicht verwenden. Nur ein paar Wochen vor ihrem Broadway-Debüt in einem Stück über eine Schauspielerin, die ein paar Wochen vor ihrem Broadway-Debüt umgelegt wird in einem Stück über eine Schauspielerin, die umgelegt wird und so weiter, wird eine Schauspielerin umgelegt, und zwar eine Schauspielerin, die die Rolle von einer anderen Schauspielerin bekommen hat, die die Freundin des Regisseurs ist und von der jeder dachte, sie würde mit Sicherheit die Rolle kriegen, weil sie die Freundin des Regisseurs ist.

Was außerdem noch abgedroschen ist: Die Schauspielerin, die die Freundin des Direktors ist, geht nach Kalifornien, nachdem sie die

Rolle nicht bekommen hat, kommt aber genau an dem Nachmittag zurück, an dem Schauspielerin, die die Rolle bekommen hat, umgebracht wird, nur hat sie das niemandem mitgeteilt, jedenfalls ihrem Antwortdienst nicht. Meine Kenntnisse über Schauspielerinnen, die allerdings nicht sehr groß sind, besagen, daß, wenn sie irgendwohin fahren oder irgendwoher kommen, es ihr Antwortservice immer zuerst weiß. Was ist denn so komisch?»

Amanda lachte, bis ihr die Tränen herunterliefen. Sie wischte sie mit ihrem Handrücken weg und stützte ihre Hände auf ihre Hüften. Sie hatte tolle Hüften. «Jessie hat Ihnen das erzählt, nicht?»

«Wer ist Jessie?»

«Die Portiers*frau*. Sie haßt mich.»

«Oh?»

«Sie ist eine *Schau*spielerin?»

«Sind das nicht alle?»

Amanda lachte wieder, etwas bitterer. «Nein, Lieutenant Neuman. Alle nicht. Ein paar von uns ja; viele, viele tausend wünschen es sich bloß. Sie kellnern oder fahren Taxi oder putzen Wohnungen, bis ihre Chance kommt oder ihr Traum verpufft ist.»

«Oder arbeiten als Portiersfrau.»

«Ja.»

«Dann gibt's noch 'ne andere Art von Schauspielerin, nicht?» sagte Neuman. «Ich meine, wie gesagt, ich weiß nicht viel über Schauspielerinnen, ich gehe nicht so viel in Shows oder so. Ich habe allerdings *42nd Street* gesehen. Eine von den Schwestern meiner Frau war zu Besuch, und sie wollte eine Show sehen, also haben wir uns *42nd Street* angeguckt. Es war okay. Gibt's da nicht noch 'ne andere Art von Schauspielerin, die gar keine richtige Schauspielerin ist, aber auch nicht kellnert oder Taxi fährt oder Wohnungen saubermacht oder Portiersfrau ist, bis ihre Chance kommt oder ihr Traum verpufft ist? Gibt's da nicht noch 'ne andere Art von Schauspielerin, die irgendwie – wie würden Sie's nennen? – eine Persönlichkeit ist, die eine Rolle bekommt, weil sie, wissen Sie, jemand ist? Es muß hart für jemand wie Sie sein, eine Schauspielerin – Sie haben wahrscheinlich studiert und alles, sich von von der Pike hochgearbeitet oder wie man das nennt, Off-off-Broadway –, auszuhalten, daß so jemand eine Rolle in einem Stück bekommt, das muß härter sein, als all die Leute zu ertragen, die kellnern oder Taxi fahren oder Wohnungen saubermachen oder als Portier arbeiten, bis ihre Chance kommt oder ihr Traum verpufft ist.»

Amanda Beckers Nüstern zogen sich zusammen. «Ich habe Dimanche nicht umgebracht, Lieutenant.»

«Wissen Sie, wer es war?»

«Ich weiß, daß Jay es nicht war.»

«Weil Sie es waren und er es nicht mehr mußte?»

«Ich habe Ihnen gesagt, daß ich es nicht war.»

«Ich bin Cop seit dreiunddreißig Jahren –» *Halt's Maul, Jake, Herrgott* –, «und wissen Sie, wie viele Leute mich mit der einen Hälfte ihres Mundes angelogen haben, während sie mir mit der anderen versicherten, daß sie mir die Wahrheit sagen? Eine Menge, also entschuldigen Sie, wenn ich nicht gleich auf die Knie falle und Ihnen dafür danke, daß Sie so, wissen Sie, ehrlich sind. Mit welcher Fluggesellschaft sind Sie Dienstag geflogen?»

«American. Ich habe den Kontrollabschnitt.»

«Gut. Sie werden ihn brauchen. Welcher Flughafen?»

«Kennedy. Ich habe ein Taxi genommen.»

«Direkt hierher?»

«Ja. Es herrschte sehr viel Verkehr. Es hat über eine Stunde gedauert. Die Maschine ist um zwei gelandet, und ich war erst nach drei hier.»

«Sie waren hier um drei Uhr dreiunddreißig, was Ihnen genug Zeit ließ, um am Kean Theater zu halten und Dimanche umzubringen.»

Sie lächelte. «Nur, daß ich Dimanche nicht umgebracht habe.»

«Welches Taxiunternehmen?»

«Ich hab nicht drauf geachtet. Es wäre *verdächtiger, wenn* ich drauf geachtet hätte, nicht wahr?»

«Ich werde darüber entscheiden, was verdächtig ist, Miss Bekker.»

Sie lachte. «Mein Gott, Sie sind wie aus einem schlechten Film.»

Das tat weh. Wie aus einem Film zu sein, war schon schlimm genug, aber aus einem schlechten Film... «Den Namen des Fahrers haben Sie sich auch nicht gemerkt?»

«Nein.»

«Sie müssen sich doch an irgendwas erinnern. War er schwarz, weiß, *hispanic*? War er eine Sie?»

«Er war weiß. Oh, ja, und ich erinnere mich an Elliott Gould.»

«Elliott Gould fährt jetzt Taxi?»

«Der Taxifahrer hat mich erkannt, oder er dachte es jedenfalls. Er sagte, er hätte kürzlich Elliott Gould gefahren... Ich war nicht Dimanches einziger Feind, Lieutenant.»

Er sackte zusammen. «Richtig.»
«Haben Sie...?»
«Habe ich was?»
«Haben Sie mit Charly Johnstone gesprochen?»
«Ja, ich habe mit Charly Johnstone gesprochen.» Und habe mir dabei meinen Arsch, mein Kinn, meine Ellbogen, meinen Magen, meine Nase und meine rechte Hand ruiniert. «Warum?»
Eine lange Pause.
«Warum?»
«Charly war verliebt in Dimanche.»
«Charly Johnstone?»
«Ja.»
«Verliebt in Dimanche?»
«Ja.»
«Soll das heißen, daß sie...?»
«Ja.»
«Nun gut, na und? Ich meine, Dimanche ist es nicht, oder? Ich meine, war es nicht. Oder war sie's doch?»
«Dimanche war eine Hedonistin. Sie suchte Genuß, wo immer sie ihn finden konnte.»
«Richtig, ich meine, okay, aber... Charly Johnstone ist, äh...»
«Alt und fett und häßlich – verglichen mit Dimanche. Ich will damit auch nicht sagen, daß ihre Liebe erwidert wurde. Ich will damit im Gegenteil sagen, daß sie es nicht wurde und daß, na ja...»
«Sie waschen schmutzige Wäsche, Miss Becker.»
«In der Tat, Amanda. Ich bin schockiert.» Jay Dillen war auf Katzenpfoten hereingekommen – oder besser, auf Reebok-Turnschuhen. Er trug einen königsblauen Fila-Trainingsanzug, hatte Schweißbänder an beiden Handgelenken und um die Stirn und hatte vier Prince-Tennisschläger dabei. Er sah nicht schockiert aus; er sah fit und rosig aus, und das, was er mitgehört hatte, schien ihn keineswegs zu erregen. Der Glanz in seinen Augen besagte, ‹kein Geschäft ist wie das Showgeschäft›. Amanda Becker nahm sein Stichwort auf. «So findet die Polizei doch 'ne Menge heraus, Lieutenant – von Informanten, oder nicht?»
«Ja, schon. Es gibt Informanten und Informanten. Es gibt Informanten, denen man einen Gefallen getan hat – vielleicht hat man ihren Schwager vorm Knast bewahrt, oder sie –, dann schulden sie jetzt einem einen Gefallen; es gibt Informanten, die hoffen, daß man ihren Schwager vorm Knast bewahrt, oder sie, also tun sie einem einen Gefallen und hoffen, man tut ihnen auch einen; es gibt

Informanten, die denken, daß die Zeit noch kommen wird, wo sie ihren Schwager vorm Knast bewahren wollen, oder sich, also tun sie einem einen Gefallen, als eine Investition sozusagen; es gibt Informanten, die nichts für sich selbst wollen, sie sind bloß, wie soll ich sagen, besorgte Bürger oder so, die zufälligerweise einen Kreis von Freunden haben, die Dinge wissen, die die meisten Leute nicht wissen – wer wen umgebracht haben will, wer was wohin schafft, so in der Art –, und sie erzählen das den Cops, weil sie meinen, die Cops sollten über solche Dinge ruhig Bescheid wissen; und dann gibt es Informanten, die bloß schmierig sind, die reden, weil sie den Klang ihrer Stimme lieben, die kein Geheimnis für sich behalten können, die denken, es ist irgendwie komisch, daß einige anders sind als der Rest von uns – Laster oder Verschrobenheiten oder, äh, Hobbies haben, die etwas ab vom Normalen sind –, sich gern merkwürdig anziehen oder merkwürdige Sachen mit anderen Leuten machen. Sie sind immer noch eine Verdächtige, Miss Becker. Komischerweise haben Sie sich eben noch verdächtiger gemacht, als wenn sie den Mund gehalten hätten. Ich werde wieder mit Ihnen reden wollen, also fahren Sie nicht weg – zurück nach Kalifornien oder sonstwohin. Bleiben Sie hier. Schön erreichbar. Dillen, ich will mich irgendwo hinsetzen und mit Ihnen reden.»

Sie saßen in der Küche, in der vielleicht schon mal Wasser aufgesetzt, aber niemals ernsthaft gekocht worden war. Dillen trank aus einer Flasche Gatorade, die sich den Kühlschrank mit der letzten eines Sechserpacks Tab und zwei Packungen mit chinesischem Essen teilte, und erzählte die üblichen Sachen, daß er schon mit den Cops geredet und daß Dimanche Feinde gehabt hätte. Er lobte sich selbst dafür, daß er Dimanche trotz seiner Beziehung zu Amanda die Rolle gegeben hatte, und wies die Anschuldigung zurück – die er schon vorwegnahm –, daß er Dimanche sabotiert hätte, indem er sie einfach machen ließ.

«Sie sind in dem Zeitraum, in dem Dimanche umgebracht wurde, auf die Toilette gegangen», sagte Neuman. «Wie lange, würden Sie sagen, waren Sie weg?»

«Eine Minute oder höchstens zwei. Ich habe uriniert, Lieutenant, wenn Sie's ganz genau wissen wollen.»

«Ich will's eigentlich nicht, nein. Haben Sie irgend jemand gesehen, während Sie auf dem Klo waren?»

«Es ist eine kleine Toilette, Lieutenant, für einen Benutzer.»

«Aha. Nun gut. Haben Sie dann vielleicht irgend jemanden auf dem Flur gesehen? Irgend jemand, den Sie kennen, irgend jemand, den Sie nicht kennen?»

«Wie ich bereits Ihren Genossen gesagt habe, habe ich niemanden gesehen.»

«Und, Sie wissen schon, privat? Sehen Sie jemanden privat? Jemand anders, meine ich?»

Dillen schüttelte den Kopf. «Ich kann Ihnen nicht folgen, Lieutenant.»

«Ficken Sie noch jemand anders als Amanda? Eine, die vielleicht Amanda nicht mochte, die vielleicht dachte, wenn sie Dimanche umbrächte, dächten die Leute, daß es Amanda getan hat, und Amanda wäre aus dem Rennen.»

«Mein Gott, Lieutenant – was für eine blühende Phantasie.»

«Ja, gut. Tun Sie's?»

«Ich finde nicht, daß Sie das irgendwas angeht.»

«Das heißt, daß Sie's tun.»

«Das heißt, daß ich's Ihnen auch nicht sagen würde, wenn's so wäre.»

«Das heißt, daß Sie jemanden schützen.»

«Das heißt, daß es Ihre Sache ist, das rauszukriegen.»

«Das heißt, daß Sie jetzt mit mir kommen, Dillen, und ein paar mehr von meinen, äh, Genossen treffen, und zwar die, die wir auf der Wache lassen müssen, die haben so eine Art, Leute durch Spiegelglas zu werfen, wenn wir sie auf die Straße lassen.»

Dillen lachte. «Es läuft immer auf so was hinaus, oder nicht? Die Drohung mit Gewalt versus das Recht des Bürgers auf Leben, Freiheit und das Streben nach Glück.»

Neuman zuckte mit den Schultern. «Ja, gut.»

Dillen schob den Gatorade zur Seite und lehnte sich über den Tisch. «Kann ich Ihnen vertrauen, Lieutenant, daß Sie diese Information nur insoweit benutzen, als sie den Mord an Dimanche betrifft? Das soll heißen, wenn Sie herausfinden, daß meine, äh, Beziehung zu dieser speziellen Frau keinen Bezug zum Mord an Dimanche hat – was Sie mit Sicherheit herausfinden werden –, kann ich mich darauf verlassen, daß Sie die Information in dem Teil Ihres Gehirns speichern, der vergibt und vergißt?»

War das so etwas wie der Teil von New York, der eine Menge zählte? «Sicher. Ja. Warum nicht?»

«Vielleicht haben Sie auf Ihrem Weg hierher bemerkt – Sie konnten gar nicht anders; Jessica ist eine außerordent-»

«Nein.» Neuman setzte sich zurück und winkte ab. «Erzählen Sie mir nichts davon. Ich will's nicht hören. Sie haben recht – es geht mich nichts an. Vergessen Sie's. Tut mir leid, daß ich gefragt habe. Nichts für ungut.»

Diesmal sah Dillen schockiert aus. «Ich hoffe, Jessica ist nicht...»

«Nein. Sie ist nicht meine Freundin, meine Tochter, meine Nichte, meine Irgendwas. Sie ist bloß ein nettes Mädchen, mit dem ich mich nett unterhalten habe, und es kotzt mich an, mir dreht sich der Magen um – oder vielleicht ist es auch mein Herz; jedenfalls *hier* –, daß sie mit einem Haufen Arschlöcher wie Sie und dem Rest Ihrer Clique zu tun hat. Ich habe noch mehr Fragen an Sie, aber die können warten, weil Sie auch nicht irgendwohin fahren werden. Verstehen Sie? Sie stehen unter Hausarrest, Dillen, bis ich Ihnen etwas anderes mitteile. Wenn ich höre, daß Sie dem Mädchen da unten auch nur irgend etwas antun; wenn ich höre, daß sie wegen Ihnen den Job verloren hat oder keine Rolle bekommen hat, die sie bekommen sollte, weil Amanda von ihr erfahren hat und ihre Klauen gebraucht hat, um sie daran zu hindern; wenn ich *irgend* etwas höre, das ich nicht gern höre, und Sie sind der Grund dafür, daß es stinkt, dann werde ich hierher zurückkommen mit meinen, äh, Genossen und Sie aus dem Scheißfenster werfen. Bleiben Sie sitzen. Ich finde den Weg allein.»

«Sie sagten, Ihr Name wäre Neuman?» Jessie sah ihn nicht an, als ob sie wüßte, daß er wußte.

«Äh, ja.»

«Paar Leute warten auf Sie draußen. Sie sehen aus wie die Guten, aber dann könnten es auch wieder die Bösen sein.»

Neuman folgte ihrem Hinweis und sah einen weiteren nicht gekennzeichneten Streifenwagen, der in einem praktischen Braun gestrichen war, das genausogut Orange-Leuchtfarbe gewesen sein könnte mit COPS in leuchtendem Blau auf beiden Seiten. Tim McIver saß hinterm Steuer; ein kleiner Mann paßte auf, las in einem dicken Buch. «Ja, das sind die Guten. Sie haben trotzdem recht; sie könnten auch die Bösen sein. Zu einer bestimmten Tageszeit, in einem bestimmten Licht, bei einer bestimmten Gemütsverfassung könnten Sie auch die Bösen sein.»

Jessie lachte. «Sind Sie'n Dichter – wenn Sie nicht gerade Cop sind?»

«Wer ist das nicht?» sagte Neuman und ging zur Tür hinaus, die

Stufen der teuren Eingangstreppe von La Rive Gauche hinunter und über die Straße.

«Jake, lange nicht gesehen.» McIver hatte ihn entdeckt und war aus dem Wagen gestiegen.

«Tim. Bist du fertig mit der Durchsuchung der Wohnung von Wie-hieß-er-noch – Last?»

«Bloomfield ist immer noch da, Jake, mit 'nem Haufen anderer Leute, deren Namen ich nicht kenne. Weißt du, wie viele Leute es im Department gibt, deren Namen ich nicht weiß? Manchmal denk ich, ich bin beim verkehrten Job gelandet oder so. Unordnung. 'ne Menge Unordnung... Sie haben mich gebeten, es dir zu erzählen, Jake.»

Neuman brauchte nicht zu fragen, wer *sie* waren; *sie* waren die Guten, die zu einer bestimmten Tageszeit, in einem bestimmten Licht, in einer bestimmten Gemütsverfassung die Bösen sein konnten. Er brauchte nicht zu fragen, was er ihm erzählen sollte. Schlechte Nachrichten waren die einzigen Nachrichten, für die die Leute einen auf der Straße suchten, um sie mitzuteilen. Wie *hatte* McIver ihn gefunden? Bloß, indem er herumgesucht hatte – in dem Teil von New York herumgefahren war, der eine Menge zählte? Oder war dies der Teil, der überhaupt nicht zählte?

«Hast du heute Zeitung gelesen, Jake?» sagte McIver. Sie standen jetzt auf dem Bürgersteig, und der kleine Mann, der einen großen Anzug trug, war an seiner Seite aus dem Wagen gestiegen, das dicke Buch – *Texas* – immer noch in der Hand. Ein Finger markierte die Stelle, an der er gerade war. Da der kleine Mann mit McIver als Sicherheitsbeamter mitfuhr und da McIver vor dem kleinen Mann redete, nahm Neuman an, daß der kleine Mann zu McIver gehörte, aber McIver stellte ihn nicht vor, als ob jemand, der dicke Bestseller las, keiner Vorstellung bedurfte.

«Ja. Ich mein, ein bißchen.» Er hatte nicht die Sportseite gelesen, weil er die Dodgers und die Mets wieder aufgezeichnet hatte und hoffte, das Spiel zu Hause anschauen zu können – wenn er je damit aufhörte, uptown, downtown, durch die ganze Stadt zu laufen; wenn er je nach Hause kam. Aber McIver war nicht in diesem Teil von New York herumgefahren, um ihm die Baseball-Ergebnisse mitzuteilen. McIver bevorzugte Boxen.

«Es gab einen Mord Dienstag morgen. SoHo. Ein Typ in Joggingkleidung. Kein Ausweis, keine Schlüssel, kein Nichts, bloß ein Paar Shorts und ein Hemd und Socken und Schuhe. Die Zeitungen nennen ihn *Nowhere Man*. Ihm wurde mit einer Fünfundvierziger ins

Gesicht geschossen, also sieht er nicht mehr allzu attraktiv aus, wenn du verstehst, was ich meine.»

«Ich bin im Ruhestand, Tim», sagte Neuman. «Ich helfe, äh, bloß ein bißchen bei dieser Dimanche-Sache aus. Matt McGovern hat irgendwelche Probleme mit seinem Darm, und ich nehme an, es fehlen ihnen irgendwie die Leute. Du arbeitest jetzt auch an diesem Fall und an dieser Dimanche-Sache? Denen müssen aber viele Leute fehlen.»

«Der M.E. hat 'ne schöne Kugel aus dem Typen rausgeholt, Jake, und Crime Scene hat ein paar gute Ballistiker. Dann hatten wir wirklich Glück, Jake: Ein paar Leute, die auf einer Baustelle an der Thompson und West Third arbeiteten, nicht weit davon, wo der Jogger umgelegt wurde, fanden eine Waffe in einem ihrer Zementmixer – nicht die großen, die Laster, sondern diese kleinen, in denen sie immer Zement machen. Ein fünfundvierziger Colt. Ja, es ist dieselbe Waffe, Jake, und hier ist nun der Punkt –»

«Wer ist der Typ?» sagte Neuman, als ob es plötzlich das Wichtigste auf der Welt wäre, dem kleinen Mann einen Namen zu geben, der dicke Bestseller las.

«Detective Winger, Lieutenant.» Der kleine Mann steckte das Buch unter seine linke Achsel und streckte seine rechte Hand aus. «Sixth Squad, Lieutenant.»

Neuman ignorierte die Hand.

«Jake.» McIver legte eine Hand auf Neumans Schulter. «Vielleicht ist es gar nichts. Sieh mal. Also folgendes ist passiert. Steve Federici hat eine seiner Knarren verloren – oder sie ist gestohlen worden; er weiß es nicht genau. Er hat es gemeldet. Sagte, er hatte sie im Handschuhfach seines Wagens, und dann hatte er sie nicht mehr. Ungefähr einen Monat her. Er sagte, vielleicht hat er sie in das Handschuhfach getan und vergessen, den Wagen abzuschließen, und jemand hat sie genommen, oder vielleicht hat er sie nicht ins Handschuhfach getan, sondern sie woandershin getan, aber er konnte sich nicht erinnern wohin, oder vielleicht hat sie jemand genommen, egal wo er sie hingetan hat. Ich weiß es nicht. Er wußte es nicht; ich weiß es nicht. Aber er hat es gemeldet. Und sie ist aufgetaucht. In einem Zementmixer. Und sie hat einen umgebracht. *Nowhere Man.*»

Der Bürgersteig war kein Bürgersteig mehr; er war ein Zimmer in einem Horrorkabinett, mit einem Zerrspiegel und einem schrägen Fußboden und schräger Musik und einem Schachtelmännchen, das einen ansprang. Neuman stützte seine Hände auf den Kotflügel des

Wagens und kam nach einer Weile wieder zu Atem, fand sein Gleichgewicht wieder, und der Bürgersteig war wieder ein Bürgersteig; der Spiegel war bloß ein Schaufenster, und der Boden war fest, und die Musik war der Lärm eines Müllwagens am Ende des Blocks, und das Schachtelmännchen war der kleine Mann im großen Anzug, der ein breites Lächeln lächelte. «Eine Fünfundvierziger?» Wenn du nichts zu sagen hast, stelle eine Frage, auf die du die Antwort bereits weißt.

«Eine Fünfundvierziger», sagte McIver.

Das könnte eine weitere Lottozahl sein, nur, daß er 45 schon hatte – 54 umgedreht, 54 war sein Alter; vierzehn Jahre verheiratet, dreiunddreißig Jahre Cop, vierundfünfzig Jahre alt.

«Was macht er hier?» Neuman deutete mit dem Kopf auf Winger. «Er arbeitet an dem Dimanche-Überfall, richtig?»

Winger schnaubte. «Dimanche wurde nicht überfallen, Lieutenant. Sie wissen das, und ich weiß es, also warum sollen wir es dann einen Überfall nennen, Lieutenant? Sie ist von einem ihrer Freunde verprügelt worden, Lieutenant. Raten Sie mal von wem, Lieutenant.»

Neuman holte mit dem Arm aus, um den ‹Lieutenant› aus Winger herauszuprügeln, aber McIver fing die Faust mit seiner Hand ab. «Ganz ruhig, Jake. Es ist nur Rätselraten, was wir hier machen. Niemand weiß irgendwas mit Sicherheit. Aber Steve kannte sie. Sein Name stand in ihrem Notizbuch. Zusammen mit den Namen von hundert anderen Typen, aber er ist einer von ihnen.»

«Steve Federici?»

«Ja.»

«Ihr wollt sagen, daß Steve Federici auch Dimanche umgebracht hat?»

«Wir sagen das nicht, Jake, aber wir müssen es zumindest annehmen.»

«Und diesen *Nowhere Man* umgebracht hat?»

«Es war seine Waffe, Jake. Kein Zweifel.»

«Steve Federici hat *zwei* Leute umgebracht?»

«Jake –»

«Steve Federici, mein Partner?»

«Oh, Scheiße, Jake. Warum willst du die Sache unbedingt so sehen? Ich meine, du hilfst doch bloß bei dieser Dimanche-Sache aus, wie ich höre. Matt McGovern hat irgendwelche Probleme mit seinem Darm, und wir haben nicht genug Leute. Du bist im Ruhestand, richtig?»

12

«Jacob?»

«Ja, Babe?»

«Ist alles in Ordnung mit dir? Ich habe dich nicht hereinkommen hören.»

«Ja, ich schau mir diese Fernsehsendung an.»

«Oh? Dann will ich dich nicht stören.»

«Das ist okay. Es ist zu Ende, denke ich. Ja. *Miami Vice*. Du schaust dir freitags um neun normalerweise *Dallas* an, aber eine Menge Leute sehen *Miami Vice*. Ich dachte, ich schau es mir mal an. Ich nehme an, ich hätte dich fragen sollen, ob du *Dallas* sehen willst; ich hätte *Miami Vice* aufzeichnen und es mir später anschauen können.»

«*Dallas* war eine Wiederholung heute abend. Die neue Folge beginnt in ein paar Wochen. Ich habe sowieso gelesen.»

«Ja, gut. Ich denke, dies *Miami Vice* war auch eine Wiederholung. In der Zeitung stand W dahinter. Das heißt Wiederholung, oder? Oder vielleicht heißt es *wertvoll*. Ich weiß es nicht.»

«Jacob, ich habe das über Steve im Radio gehört.»

«Ja, gut, es hätte nicht im Radio kommen sollen, denn alles, was sie haben, ist eine Waffe, von der er sagt, daß sie ihm gestohlen worden ist, sonst haben sie nichts, nur daß er diese Frau irgendwie kannte, Dimanche, die ebenfalls umgelegt worden ist, aber nicht mit seiner Waffe. Es sieht so aus, als ob das Department ungefähr so loyal ist wie eine Boa Constrictor, wenn ein Cop was Falsches getan hat, nur für den Fall, daß die Politiker und die Presse und die ‹Freiheit-für-Bürger›-Typen anfangen, herumzuschreien und sich zu beschweren, weil er besondere Behandlung bekommt. Sie vergessen, daß Cops auch Rechte haben. Es wundert mich, daß sie ihn nicht erschossen haben.»

«Jacob.»

«Ja, ich weiß. Steve mag *Miami Vice*; er sagt, es ist ziemlich gut, was die Arbeit der Polizei anbelangt. Ich weiß nicht. Zuerst dachte ich, die Cops wären die Bösen, sie hatten alle weiße Hosen an und so, und T-Shirts und diese Slipper, also, und keine Socken – der weiße Typ jedenfalls, und der wohnt auf einem Segelboot und hat einen Alligator als Haustier, oder vielleicht ist es ein Krokodil, und fährt einen Ferrari. Ich wußte nicht, daß es ein Ferrari war – ich meine, ich kann keinen Sportwagen von einem anderen unterscheiden –, aber er redete dauernd von seinem Ferrari, der weiße Typ, der außerdem eine Bren Ten mit sich herumschleppt, das ist ein ziemlich schweres Kaliber. Ist so die Arbeit der Polizei? Ich weiß nicht. Wenn ich weiße Hosen bei der Arbeit anhätte, wären sie schon vom bloßen Herumsitzen im Dienstraum dreckig, nicht zu sprechen vom Herumkriechen auf meinem Bauch, wenn ich sehen will, ob irgendein Böser seine American Express-Karte hat fallen lassen oder so, damit ich weiß, wer er ist. Wenn ich eine Bren Ten hätte, würde ich wahrscheinlich eine Menge Leute erschießen, bloß um zu rechtfertigen, daß ich so ein schweres Kaliber bei mir trage. Der Schwarze trägt Schlips und Anzug.

In dieser Folge versuchen die Cops, diesen Koksdealer zu schnappen, und tun so, als wären sie die größten Macher aus New York, die hundertfünfzig Kilo Stoff kaufen wollen – eine Menge Stoff. Sie erzählen ihrem Boss – er heißt Lieutenant Castillo; er trägt normale Anzüge, normale Schlipse, sieht fast wie'n richtiger Cop aus, hat schlechte Haut, redet fast gar nicht, ein bißchen wie ich. Ha. Ich mochte ihn irgendwie, nur daß ich ihn nicht wütend auf mich erleben möchte –, sie erzählen ihm, sie brauchen das Geld für den Stoff *und* fünfundzwanzig Riesen als Einsatz für das Bootsrennen, das dieser Koksdealer nach Bimini und zurück veranstaltet – diese riesigen, lauten Boote, die wir damals gesehen haben, als wir nach Greenport rausfuhren und in dem Motel blieben, wo nur Griechen waren und wir Witze machten, daß wir schließlich doch noch Ferien am Mittelmeer machten; Zigarettenboote –, weil, wenn sie beim Bootsrennen mitmachten, sähen sie aus wie Reiche, und der Dealer würde nicht mißtrauisch werden. Ihr Boss sagt – ich habe laut darüber gelacht, ich schwöre es dir, Maria –, er sagt: ‹Ihr seht zu, daß ihr beim Rennen mitmacht, um das Geld kümmere ich mich›. Ich höre schon Lou Klinger oder Miles Easterly sagen, wenn ich zu denen komme und um Geld bitte für hundertfünfzig Kilo Kokain und den Einsatz für ein Bootsrennen nach Bimini und zurück: ‹Klar, Jake. Du siehst zu und arrangierst alles. Ich kümmere mich um das Geld.› So ist Polizeiarbeit nicht; Polizeiarbeit heißt, daß einer sagt: ‹Du willst ein bißchen Kokain kaufen, Jake? Klar, hier sind zwei Blaue, kauf dir ein paar Gramm. Du willst mit 'nem Boot fahren, Jake? Sicher, fahr nach Staten Island und zurück.› Wo ist Bimini? Bermuda? Ich wußte nicht, daß Bermuda so dicht bei Miami ist. Wie auch immer, Castillo kann das Geld für den Einsatz beim Bootsrennen *nicht* kriegen, und so *ist* Polizeiarbeit. Er sagt zu dem weißen Cop – er heißt Sonny; er soll das Boot fahren –, er sagt: ‹Die Zentrale hat nicht genügend Vertrauen in deine Fahrkünste, Sonny.› Und Sonny sagt: ‹Das tut weh›. Darüber habe ich auch gelacht; ich weiß allerdings nicht, ob es komisch sein sollte. Aber dann sagt Castillo, es gibt diese zwei Polizistinnen, die zufällig gerade fünfundzwanzig Riesen haben, die sie für 'nen Drogen-Einsatz benutzen wollen, und wenn Sonny und der schwarze Cop das Geld zufällig für eine Weile leihen, also für die Zeit zwischen dem Einsatz der Polizistinnen und dem Zeitpunkt, wo das Geld wieder bei der Behörde sein soll oder wo immer man zum Teufel fünfundzwanzig Riesen herkriegt, würde er keine Fragen stellen, der Castillo. Also hängen Sonny und der schwarze Cop in diesem Hotel rum, wo der Drogendeal über die Bühne geht, und sobald die Frauen den Coup landen, schnappen sie sich das Geld und hauen ab. Wenn jemand wie Tim McIver oder jemand anders die Erlaubnis hätte, fünfundzwanzig Riesen mit sich herumzuschleppen, um einen Deal zu machen, und ich versuchte, sie von ihm zu leihen, weiß du, was er dann täte? Er würde mich erschießen.

Also rasen sie nach Bimini und zurück, und es stellt sich heraus, daß der Dealer das Rennen als Vorwand benutzt, um Koks einzuschmuggeln. Er hat dieses zweite Boot, verstehst du, genau wie das Boot, mit dem er startet, gleiche Nummern und Zeichen drauf und alles, die Tpyen darauf tragen die gleichen Schutzhelme und alles, und auf dem Weg zurück von Bimini fährt er hinter eine Insel, und das andere Boot kommt auf der anderen Seite wieder hervor, vollbeladen mit Kokain, und wenn es wieder zurück am Kai ist, stellt keiner Fragen. Aber Castillo ist da und ein Haufen DEA-Leute, und sie schnappen den Dealer und auch diese schwarze Frau, die ich vergessen hatte zu erwähnen, sie ist die Freundin des Dealers, und obwohl sie die Freundin des Dealers ist, geht der schwarze Cop mit ihr ins Bett, was auch nicht gerade Polizeiarbeit ist.»

Maria stand jetzt an der Lehne des bequemen Sessels. «Jacob?»

«Ich weiß, Babe. Ich rede zuviel.»

«Bist du wieder im Dienst, Jacob? Du hast noch kein Wort darüber gesagt.»

«Ja, also. Ich weiß nicht, ob die Tatsache, daß ich's bin, der Grund dafür ist, daß ich's noch nicht getan hab. Ich sollte Easterly anrufen, aber ich hab's nicht getan. Ich sollte zur Personalabteilung gehen, aber ich hab's nicht getan. Ich sollte einen Schießtest machen, aber ich hab's nicht getan. Also ich weiß es nicht. Ich meine, da ist diese merkwürdige Sache passiert. Diese Frau, Dimanche, wurde ermordet, und ihr Name war auf der Liste, die Steve in dem Schreibtisch fand, den Bobby immer benutzt hat, und darum sah es so aus, ich weiß nicht, als ob es da irgendeine Verbindung zu Bobby gab, nur wie sollte es da eine geben – Bobby ist tot, richtig? Aber ich mußte herausfinden, ob es da eine Verbindung gab. Ich mußte es, weil – ich weiß es nicht –, weil, wenn es *keine* Verbindung gäbe, die es nicht geben konnte, weil Bobby tot war, dann könnte Bobby wenigstens in Frieden ruhen. Dann passierte diese Sache mit Steve. Ich meine, er ist nicht wirklich mein Partner, weil ich nicht wirklich arbeite, oder? Aber auf einmal sieht es so aus, als ob er vielleicht jemanden umgelegt hat, oder wenigstens hat es seine Waffe getan. Und... Scheiße, ich weiß es nicht. Ich weiß es nicht, ich weiß es nicht, ich weiß es nicht.»

«Jacob?»

«Ja, Babe?»

«Hast du je bei einem Fall mit einer Frau geschlafen?»

Neuman lachte. «Hey, Babe, ich weiß, daß die Dinge zwischen uns, weißt du, im Moment etwas schlecht laufen, aber wenn du über diese Sache aus *Miami Vice* redest, dieser schwarze Cop ist ein gutaussehender Typ, weißt du? Er ist jung, er hat eine gute Figur, er ist ein guter Tänzer und so. Ich bin bloß ein Fettwanst, der zuviel redet.»

«Würdest du es tun, wenn du glaubst, daß es helfen kann, einen Fall aufzuklären?»

«Hey, Babe, wenn ich eine Million Dollar hätte, wäre ich ein Millionär, aber ich habe sie nicht, also ist das ein großes ‹Wenn›. Das erinnert mich an etwas, hast du einen Lottoschein gekauft? Die Ziehung ist morgen abend, glaube ich. Ja, Samstag. Wenn wir gewinnen, brauchen wir uns über nichts mehr Sorgen zu machen.»

«Wenn», sagte Maria.

«Ja, gut.»

«Nell Ward hat heute abend wieder angerufen.»

«Himmel, Maria. Ich hab sie einmal getroffen, für ungefähr dreißig Sekunden.»

«Sie ist sehr hartnäckig – und sehr einnehmend. Wir haben ein langes Gespräch geführt.»

Himmel.

«Sie sagte, es wäre sehr wichtig, daß sie einen berühmten Detective wie dich in ihrem Film hat.»

«Ja, gut.»

«Das ist etwas sehr Schmeichelhaftes. Ich dachte, vielleicht –»

«Maria, Himmel.»

«– daß das vielleicht der Grund war, warum du in letzter Zeit kein Interesse hattest –»

«Können wir über etwas anderes reden, Maria? Okay? Das heißt nicht, daß ich nicht irgendwann darüber reden will. Es ist bloß so, daß da diese Sache mit Steve ist, und ich weiß nicht, ob er mein Partner ist oder nicht, weil ich nicht weiß, ob ich wieder im Dienst bin oder nicht, aber es beschäftigt mich, warum ich mir *Miami Vice* angeschaut habe, ich dachte, das würde mich auf andere Gedanken bringen.»

«Miles hat auch wieder angerufen», sagte Maria.

«Ja, gut. Ich dachte mir das schon.»

«Er hat mir eine Nachricht für dich hinterlassen. Er sagte, er würde nicht gerne die Ehefrauen in Polizeiangelegenheiten mit reinziehen, aber er befürchtete, du würdest nicht zurückrufen, wenn er es nicht täte.»

«Ja, gut. Miles tut alles nach Vorschrift; Miles geht aufs Klo nach Vorschrift. Und er hat wahrscheinlich recht; ich würde ihn wahrscheinlich nicht zurückrufen.»

«Er ließ ausrichten, daß der Dimanche-Fall abgeschlossen ist.»

«Oh?»

«Er sagte, B. G. Harris hat Dimanche umgebracht.»

«Wer? Oh, richtig – die Autorin des Stückes. Ich wollte morgen mit ihr reden. Ich nehme an, jemand hat mir den Ärger erspart. Hat Miles gesagt, wem sie es gestanden hat? Er hat's wahrscheinlich nicht – das wäre nicht nach Vorschrift.»

«Er sagte, sie hat eine Notiz geschrieben, bevor sie sich umgebracht hat.»

13

«Heilige Scheiße.»

«Vielleicht sollten wir gleich nach Maui, und Honolulu vergessen wir einfach. Ich mein, Honolulu haben wir doch oft genug gesehen, oder – in *Hawaii Five-O, Magnum*?»

«Artie, sieh dir das an. Dieser Typ, dieser Reporter, der neulich abends vorbeigekommen ist, Terry Niles? Er hat den Mann vom Zeitungskiosk gefunden.»

«Honolulu ist auch nur so 'ne verrottete Stadt. Wie New York. Die haben Kriminalität, die haben Junkies. Wer braucht das schon?»

«Artie, er hat den Mann vom *Zeitungs*kiosk gefunden.»

«Hör endlich auf, Zeitung zu lesen, Jer, und dich verrückt zu machen, ja? Besonders wegen diesem Glatzkopf, Niles. Du liest dauernd Zeitung, besonders wegen diesem Glatzkopf, Niles, und denkst, du liest irgendwas drüber, daß wir den Lottoschein von diesem Kerl genommen haben, du machst dich doch verrückt. Denk mal 'ne Sekunde drüber nach. Wenn wir's niemand erzählen – und wir wären ja verrückt, wenn wir's täten –, wer soll denn dann wissen, daß wir den Lottoschein von dem Kerl genommen haben?»

«Ich... ich hab's ihm erzählt.»

«Wem erzählt?»

«Dem Reporter. Niles.»

«Ihm was erzählt?»

«Daß wir den Lottoschein von dem Kerl genommen haben.»

«Nein.»

«Doch.»

«Nein, Jerry, nein. Sag, daß du das diesem Glatzkopf nicht erzählt hast, Niles, Jerry.»

«Ich hab's ihm aber erzählt.»

«Sag, daß du's nicht getan hast. Sag, daß du mich auf'n Arm nimmst.»

«Ich hab's ihm aber erzählt. *Au!*»

«Sag, daß du mich auf'n Arm nimmst, Jer, oder ich schlag dir die Nase ein.»

«Scheiße, Mann. Ich kann nichts mehr hören. Du hast mein Trommelfell kaputtgemacht.»

«Ich schlag dir die Nase ein, Jerry, wenn du nicht sagst, daß du mich auf'n Arm nimmst.»

«Ich hab's dir schon gesagt. Ich – *Au!*»

«Du bist 'ne Drecksau, Jerry. Eine gottverdammte Drecksau.»

«Er hat überhaupt nichts drüber geschrieben.»

«Ich kann dich nicht verstehen, Jer, wenn du deinen Kopf zwischen deinen Knien hast.»

«Er hat überhaupt nichts drüber geschrieben.»

«Du solltest dir deinen Kopf in den Arsch stecken, du Drecksau.»

«Hier. Hier ist, was er geschrieben hat. Er hat überhaupt nichts drüber geschrieben. Er hat geschrieben, daß er den Mann vom Zeitungskiosk gefunden hat.»

«Her damit... *Auf den Spuren von* Nowhere Man. Scheiße. *Von Terry Niles.* Noch so 'ne Drecksau, 'ne glatzköpfige Drecksau. Man muß schon 'ne Drecksau sein, um mit 'ner anderen Drecksau zu reden... *Wer er war, weiß niemand. Wo er lebte, weiß niemand. Wo er arbeitete, weiß niemand.* Was ist das denn, ein Gedicht oder was?

Mit wem er lebte – wem? *–, arbeitete, seine freie Zeit verbrachte, seine Ideen teilte, wen er liebte, beneidete, idealisierte – weiß niemand. Oder niemand sagt es.* Fuck, was meint er denn damit?»

«Er meint uns, Artie, uns meint er damit.»

«Halt deine Scheißfresse, Drecksau. Ich versuche, das hier zu lesen, also halt mal schön ruhig, okay? *Man kennt ihn bloß als* Nowhere Man, *und er starb am frühen Dienstag morgen auf einer verlassenen Straße in SoHo an einer Fünfundvierzig-Kaliber-Kugel im Gehirn, starb, während die Stadt noch schlummerte, sich ein letztes Mal umdrehte, gegen das Bewußtsein ankämpfte, die schwache Ahnung, daß ein neuer Tag bald anbräche, daß süße Träume bald der harschen Realität weichen müßten.* Dieser Typ ist ein glatzköpfiger, schwuler Dichter... *Nein, nicht ganz, nicht vollständig.* Fuck, was meint er denn damit? *Die ganze Stadt schlief nicht, denn die ganze Stadt schläft nie – nicht gleichzeitig, nicht en masse.* Fuck, was bedeutet denn en masse? Wie ein Masse-Stoß, beim Pool? *Nein, New York, wie Sinatra bigott in jenem Werbefilm im Fernsehen sagt, ist die ganze Nacht geöffnet* – die ganze *Nacht* –, bigott heißt, wenn man zwei Ehefrauen fickt, richtig? Ich habe den Werbefilm gesehen; da kommt nichts davon vor, daß man zwei Ehefrauen fickt. Fuck, worüber redet der Glatzkopf eigentlich? *Geöffnet für Nachtschwärmer, Spieler, Schwindler, Hochstapler, Prostituierte und Zuhälter, Gauner, Räuber, Mörder, die Obdachlosen, die Hilflosen, die Schlaflosen, seine hohen Tiere und seine Plünderer; und auch geöffnet für seine ehrlichen, hart arbeitenden Nachtarbeiter – seine Barmixer und Kellnerinnen; seine Straßenarbeiter und Polizeibeamten; seine Feuerwehrleute und seine Taxifahrer; seine Zeitungsreporter, Fotografen, Drucker und Presseleute; seine Schaffner und seine Wagenführer; seine Busfahrer und seine Nachtwächter; seine Portiers und seine Milchmänner...* Ja, okay, ich glaube, wir haben's kapiert, Niles, du Glatzkopf. Es ist geöffnet für die Leichen auf der Scheiß-Friedhofsschicht. Was ist mit seinen Parkhauswärtern?»

«Wir kommen auch vor.»

«Was?»

«Wir kommen auch vor.»

«Ich habe dich verstanden, Jerry. Fuck, was soll denn das heißen, ‹wir kommen auch vor›?»

«Lies weiter. Wir kommen vor.»

«*...seine Portiers und seine Milchmänner; seine Müllmänner und seine Träger; seine Nachrichtenverkäufer und seine Parkhauswärter –*»

«Siehst du? Das sind wir.»

«Das sind nicht *wir*, Jer. Das ist vielleicht, was wir tun – getan *haben*, in ein paar Stunden, wenn wir diese dreckigen Jacketts auf den Boden geschmissen und Leon ins Gesicht gespuckt haben, getan *haben*, bevor wir nach Hawaii abgedampft sind –, aber das sind nicht *wir*.»

«Lies den Rest.»

Artie warf die Zeitung beiseite. «Ich will's nicht lesen, Jer. Weißt du, warum? Weil's mich langweilt, darum. Ich habe Besseres zu tun, z. B. darüber nachzudenken, ob wir direkt nach Maui fliegen sollten und Honolulu einfach vergessen, weil wir Honolulu oft genug gesehen haben in *Five-O*, in *Magnum*, es ist bloß noch so 'ne verrottete Stadt wie New York.»

Jerry hob die Zeitung wieder auf und glättete die Falten mit seinem Handrücken. «*Es ist schwer, durch die Straßen von New York um Mitternacht zu gehen, um zwei, um vier, um sechs, und niemanden zu sehen – und nicht gesehen zu werden. In den letzten beiden Nächten hat dieser Reporter genau das getan – ist durch die Straßen von New York um Mitternacht, um zwei, um vier, um sechs gegangen – und hat, wenn nicht Millionen Leute, wenn nicht Tausende, doch so mit Sicherheit Hunderte gesehen, von denen viele, mindestens Dutzende, ihn gesehen, bemerkt, wahrgenommen haben – ihn manchmal prüfend gemustert haben, um sicherzugehen, auf welcher Seite er stehe, auf welcher Seite des Gesetzes. Kann sich einer von ihnen daran erinnern, diesen Reporter gesehen zu haben? Kann einer von ihnen ihn genau beschreiben? Könnte einer von ihnen mit Sicherheit sagen, woher er kam, als sie ihn bemerkten, wohin er ging? Unmöglich zu wissen, ohne sie um Briefe und Anrufe zu bitten. Aber dieser Reporter erinnert sich natürlich an eine ganze Anzahl von ihnen. Einige seiner Erinnerungen sind unauslöschlich, denn bisweilen fürchtete dieser Reporter um seine Brieftasche, sogar ein-, zweimal um sein Leben; einige sind wie Rauchfahnen – greif danach, und sie zerrinnen gänzlich. Aber konfrontiere diesen Reporter mit der grausamen Tatsache, daß auf einer Straße, durch die er ging, jemand ermordet wurde; bitte ihn, sein Gedächtnis zu befragen nach irgendeiner weiteren Tatsache, wie geringfügig auch immer, wie fragil auch immer, die die dunkle Tragödie erhellen könnte, die helfen könnte, den unmenschlichen Täter der Gerechtigkeit zu überantworten, und die Wahrscheinlichkeit ist groß, daß sein Gedächtnis der Aufgabe gewachsen wäre. Solche Überlegungen im Kopf –*»

«Es interessiert mich echt ’nen feuchten Dreck, Jerry. Weißt du das?»

«Solche Überlegungen im Kopf hat dieser Reporter, bei seinen Gängen durch die Straßen der Stadt, um Mitternacht, um zwei, um vier, um sechs –»

«Um Mitternacht, um zwei, um vier, um sechs», leierte Artie. «Der Typ ist’n schwuler Dichter, gar kein Zweifel.»

«– den Barmixern und Kellnerinnen, Feuerwehrleuten und Taxifahrern, Busfahrern und Nachtwächtern, Portiers und Milchmännern und Müllmännern und Trägern Fragen gestellt – sogar den Nachtschwärmern und Prostituierten und Zuhältern, den Obdachlosen, den Hilflosen und Schlaflosen, den Nachrichtenverkäufern und Parkhauswärtern –, hat sie gefragt, ob sie irgend etwas wüßten oder gesehen hätten von dem Mann, den man als Nowhere Man *kennt. Interessanterweise, merkwürdigerweise, fast unerklärlicherweise war dieser Reporter der erste, der mit den Leuten geredet hat, denen er sich näherte. Außer den beiden Parkhauswärtern, die* Nowhere Mans *Leiche auf der verlassenen SoHo-Straße in der Nähe der Tag-und-Nacht-Garage gefunden hatten, wo sie ihre ehrliche Arbeit tun* – damit sind wir gemeint, Artie.»

«Ich weiß, daß wir damit gemeint sind, Jerry. Fuck, bin ich etwa behindert?»

«Außer den beiden Parkhauswächtern, die Nowhere Mans *Leiche auf der verlassenen SoHo-Straße in der Nähe des Tag-und-Nacht-Parkhauses gefunden hatten, wo sie ihre ehrliche Arbeit tun, ist nicht ein einziger von ihnen bis jetzt von irgendeinem der Polizeibeamten oder Detectives, die mit dem* Nowhere-Man-*Fall betraut sind, angesprochen worden; bis jetzt ist kein einziger von ihnen gebeten worden, sein Gedächtnis nach irgendeiner weiteren Tatsache zu erforschen, wie geringfügig auch immer, wie fragil auch immer, die diese dunkle Tragödie vielleicht erhellen könnte, die helfen könnte, den unmenschlichen Täter der Gerechtigkeit zu überantworten. Warum hat die Polizei nicht das getan, was dieser Reporter getan hat? Weil sie einen Verdächtigen hat, einen ihrer eigenen Leute, Detective Second Grade Steven Federici, dreiunddreißig, ein Veteran von acht Jahren Streifendienst, der Besitzer einer Fünfundvierzig-Kaliber-Pistole, die* Nowhere Man *getötet hat, eine Pistole, von der Federici behauptet, sie sei ihm gestohlen worden von der –»*

Artie schnappte die Zeitung und schleuderte sie, flatternd wie ein aufprallender Vogel, in den Rinnstein. «Ich *sachte* dir doch, Jerry, es interessiert mich ’nen Scheißdreck.»

Jerry rieb sich die Druckerschwärze von seinen Fingerspitzen. «Wie auch immer, er hat den Mann vom Zeitungskiosk gefunden. Den Mann vom Zeitungskiosk, der *Nowhere Man* den Lottoschein verkauft hat. Er erinnerte sich an ihn, wie ich gesagt hab, er erinnerte sich an ihn, weil er Joggingshorts trug.»

Artie nahm einen Reiseprospekt aus seiner Hosentasche. «Vielleicht sollten wir, sobald wir aus dem Flugzeug raus sind, gleich ein Schiff nehmen, einer von diesen riesigen Kabinenkreuzern oder so, und 'ne Inseltour machen, dann brauchen wir uns keine Gedanken übers Fliegen, Reservierungen und so zu machen. Wir könnten uns 'n paar Schicksen besorgen, die uns fahren, 'n paar Blondinen.»

«Ich gehe zu den Cops, Artie.»

«Oder vielleicht 'n Segelboot, wie Crockett eins hat, in *Miami Vice*.»

«Ich erzähl ihnen das von der Pennerin. Sie verhören diesen Cop, um Himmels willen. Sie denken, er hat's getan. Ich glaube nicht, daß er's getan hat. Ich glaube, daß die Pennerin es getan hat. Sie sollten das mit der Pennerin wissen.»

«Oder vielleicht 'n paar Hawaii-Schicksen. Du weißt schon, 'n bißchen dunkles Fleisch.»

«Ich geh, sobald wir Feierabend haben, Artie.»

«Denk doch mal nach, Jer. Denk mal, wie es wär, wenn der Typ den Lottoschein *fallen lassen* hätte? Was, wenn *Nowhere Man* gar nicht erschossen worden ist oder so. Er ist hier vorbeigerannt, wie er jeden Morgen hier vorbeigerannt ist, hast du doch selbst gesagt – ich kann mich nicht an ihn erinnern, aber du sagst, du hättest ihn einmal fast übern Haufen gefahren mit dem blauen Marquis –, er ist hier vorbeigerannt und hat den Schein *fallen lassen*, er ist ihm aus der Tasche gefallen. Wer's findet, kann's behalten, Jer. Wer Geld hat, der hat auch recht, Jer. Das hast du doch im Fernsehen gesehen, oder? Wer Geld hat, der hat auch recht.»

«Er hat ihn nicht fallen lassen, Artie. Wir haben ihn genommen.»

«Wer soll'n das wissen, Jer, ob er ihn fallen lassen hat oder ob wir ihn genommen haben? Wenn er ihn fallen lassen hat, und wir haben ihn gefunden, wissen wir ja gar nicht, wer ihn fallen lassen hat, außer wenn wir gesehen haben, daß er ihn fallen lassen hat, was wir ja auch nicht haben, weil wir ja den blauen Marquis, den grauen Fleetwood und so holen mußten.»

«Niles weiß es.»

«Da kann er sich bei dir bedanken, du Drecksau.»

«Die Cops werden das hier lesen, Artie. Sie werden das lesen, sie werden mit dem Mann vom Zeitungskiosk reden, sie werden überlegen, was mit dem Lottoschein passiert ist, sie werden uns ausquetschen, weil wir die Leiche gefunden haben, ob wir den genommen haben. Sie werden uns nicht *ausquetschen*, sie werden uns das *auf den Kopf zusagen* – ihr habt den Typ ermordet, ihr habt seinen Lottoschein genommen –»

«Jerry.»

«Ihr habt uns angelogen, als wir euch ausgequetscht haben, ob der Typ irgend'nen Ausweis dabei hatte, ob ihr irgend'nen Ausweis auf dem Boden gefunden habt, wo der Typ lag –»

«Jerry.»

«Was?»

«Du bist eine Drecksau. Die Cops werden das also lesen, na und? Also reden sie mit dem Mann vom Zeitungskiosk, na und? Also hat er Niles erzählt, daß er *Nowhere Man* einen Lottoschein verkauft hat, na und? Weiß er, welche Zahlen *Nowhere Man* angekreuzt hat? Weiß er, daß er auf die Gewinnzahl gesetzt hat?»

«Wir wissen nicht, ob's die Gewinnzahl ist, Artie.»

«Heute abend um zehn werden wir's wissen, Jer. Heute abend um zehn wird's die ganze Stadt wissen. Ich, ich weiß es jetzt schon. Ich hab auch Zeitung gelesen, Jer, und weißt du, was ich gelesen habe? Ich habe Will Wynns Lotto-Info in den *News* gelesen, wo sie diese Computeranalyse der Gewinnzahlen machen. Und rate mal, Jer? Die Zahlen, die wir haben – 2, 5, 8, 9, 42, 44 –, die waren ingesamt vierundfünfzigmal Gewinnzahlen. 2 hat elfmal gewonnen, 5 zehnmal, 8 achtmal, 9 sechsmal, 41 elfmal, 44 achtmal. Ich sag's dir, Jer, 2, 5, 8, 9, 42, 44 ist die Gewinnzahl, was sechzig Millionen Dollar bringt, Jer, mindestens, denn so viel ist im Jackpot, weil so viele Leute in den letzten Tagen Lose gekauft haben, dreißig Millionen für mich, dreißig Millionen für dich, mindestens. 2, 5, 8, 9, 42, 44, und wir haben's. Der Mann vom Zeitungskiosk wußte, daß *Nowhere Man* diese Zahlen angekreuzt hat?»

«... Nein. Niles sagt, er weiß es nicht.»

«'türlich weiß er's nicht, Jer. Woher zum Teufel soll er das wissen? Er verkauft Hunderte von Lottoscheinen. Tausende. Er weiß nicht, welche Zahlen die Leute ankreuzen, er nimmt bloß ihr Geld, den Zettel, wo sie ihre Zahlen drauf ankreuzen, den Zettel schiebt er in eine Maschine, und die Maschine spuckt ein Los aus. Er weiß nicht, was für Zahlen sie ankreuzen. Klar, er erinnert sich, daß er *Nowhere Man* ein Los *verkauft* hat, und er erinnert sich vielleicht daran, daß er eins an 'n paar gutaussehende Titten verkauft hat, oder an 'nen Typ ohne Beine, eine Frau mit einem Auge oder so, aber er weiß nicht, *welche* Zahlen er angekreutzt hat. Wenn er die wüßte, wenn er sich an die erinnern würde, wenn er so'n pornographisches Gedächtnis hätte, würde er für'n FBI arbeiten oder so, den CIA, sich an Dinge über die Russen erinnern oder die Chinesen.»

«Er ist I-raner.»

«Wer?»

«Der Mann vom Zeitungskiosk.»

Artie breitete seine Hände aus. «Dann ist es ja perfekt, oder nicht, Jerry? Ich meine, wer zum Teufel glaubt schon einem I-raner, daß er *Nowhere Man* einen Lottoschein verkauft hat? Meinst du, die Leute erinnern sich nicht mehr an die Geiselnahmen, Jer? Meinst du, sie erinnern sich nicht daran mehr, wie es jeden Abend war – für wie lange? ein Jahr? –, zuzusehen, wie 'ne Million von diesen I-ranern im Fernsehen auf und nieder hüpften, schrien, mit Schildern wedelten und Bildern vom Eiertolla Kochmichnie? Meinst du, die erinnern sich nicht mehr daran? Die erinnern sich. *Ich* erinnere mich. Ich meine, wer zum Teufel glaubt schon 'nem I-raner? Also schreibt der Glatzkopf Niles in der Zeitung, daß 'n I-raner *Nowhere Man* 'nen Lottoschein verkauft hat, na und? Davon wird es nicht wahr. Alles, was es wird, ist etwas, daß 'n I-raner dem Glatzkopf Niles erzählt hat, und Niles hat's in die Zeitung gesetzt. Ein I-raner. Perfekt. Wirklich perfekt.»

«Steve Federici, bitte.»

«Wer ist da?» Ohne Zweifel wieder ein Reporter. Oder vielleicht sein Yuppie-Anwalt, der ihn ermahnen wollte, nicht mit Reportern zu reden.

«Sie kennen mich nicht. Es wundert mich, daß Sie zu Hause sind und nicht im Gefängnis oder so. Es wundert mich, daß Sie im Telefonbuch stehen. Ich hab Sie nicht aufgeweckt, oder? Ich weiß, daß es ziemlich spät ist, aber ich komme gerade erst von der Arbeit.»

Er lächelte über ihr hastiges Durcheinander. Sie hörte sich süß an – klein und süß. «Es ist spät, ja, also wenn Sie nichts dagegen haben –»

«Ich möchte Ihnen helfen, Steve.»

Sein Yuppie-Anwalt hat gesagt, daß Anrufe von solchen Frauen kommen würden – mütterlichen Typen, Krankenschwester-Typen –, sagte es, indem er ihm vorschlug, sich eine Telefonnummer zu besorgen, die nicht eingetragen war, oder wenigstens einen Anrufbeantworter.

«Gut. Danke für den Anruf.»

«Dieser Mann – *Nowhere Man*? –, vielleicht kenne ich ihn.»

Und Spinner. Sein Yuppie-Anwalt hatte gesagt, er müßte mit Spinnern rechnen. «Wer ist da?»

«Ich werde Ihnen nicht meinen Namen sagen, Steve. Das muß auch so gehen.»

«Werden Sie mir seinen Namen sagen?»

«Ich weiß seinen Namen nicht.»

«Alles klar. Gute Nacht.»

«Okay, ich *kenne* ihn nicht, aber ich denke, ich weiß etwas *über* ihn. Er ist ein Jogger, er läuft, ich laufe auch.»

Federici schnaubte. «Ich laufe auch. Na und? Es gibt ungefähr eine Million Jogger.»

«Nicht um halb fünf morgens, Steve. Sie laufen auch? Darüber stand nichts in der Zeitung. Laufen Sie beim Marathon mit?»

«Dieses Jahr zum erstenmal. Hoffe ich.»

«Ich bin sicher, daß es klappt. Bei mir ist es das vierte Jahr. Ich bin letztes Jahr drei dreiunddreißig gelaufen.»

«Nicht schlecht. Ich peile vier Stunden an.»

«Peilen Sie drei Stunden an. Wenn Sie die Strecke in vier Stunden laufen können, schaffen Sie's auch in drei dreißig. Wenn Sie an Neuner-Runden denken, sollten Sie an Achter denken. Sie laufen wahrscheinlich Achter im Training, oder?»

Er lief Siebener im Training, aber er konnte sich nicht vorstellen, sechsundzwanzig hintereinander zu laufen, oder sechsundzwanzig Achter. «Wo laufen Sie? Downtown?»

«Das ist doch nicht wichtig. Aber Sie tun's bestimmt, wenn Sie an der Perry Street wohnen.»

«Ich laufe im McBurney Y, an der Twenty-third Street.»

«Auf einer Bahn?»

«Ja. Auf einer ausgebauten Bahn.»

«Wie viele Runden pro Meile?»

«Sechzehn.»

«Ich könnte das nicht, Steve. Ich würde durchdrehen. Ich laufe gern irgendwo hin und wieder zurück. Damit ich nicht in Versuchung gerate, aufzuhören.»

«Sie laufen um vier Uhr morgens?»

«Ich bin erst um eins mit der Arbeit fertig. Ungefähr um halb zwei bin ich zu Hause, oder Viertel vor zwei. Ich bin zu überdreht, um einzuschlafen und sehe mir deshalb meistens einen alten Film an. Wenn ich immer noch nicht müde bin, wenn der Film vorbei ist, gehe ich laufen.»

«Downtown?»

«Das ist nicht wichtig.»

«Was für eine Arbeit machen Sie?»

Sie lachte. «Sie versuchen herauszufinden, wer ich bin, Steve. Es ist nicht wichtig, wer ich bin. Bloß, mit wem ich bekannt bin.»

Wem? Sein Yuppie-Anwalt hatte nicht gesagt, daß Anrufe von Leuten mit Grammatikkenntnissen kämen. «*Über* wen Sie etwas wissen, meinen Sie wohl.»

«Haben Sie den *Dispatch* gesehen? Da ist ein Artikel drin, in dem es heißt, daß *Nowhere Man* einen Lottoschein an einem Kiosk an der Sixth Avenue und Fourth Street gekauft hat, am Anfang seiner Runde.»

Er hatte ihn nicht gesehen, weil er, obwohl in seiner Bewegungsfreiheit nicht eingeschränkt, keine Lust hatte, mit einem Aufpasser hinter sich her spazierenzugehen, obwohl er ihn noch nicht entdeckt hatte. Oder sie. Aber sein Yuppie-Anwalt hatte ihm den Artikel vorgelesen. «Am Anfang?»

Sie kicherte. «Ich nehme an, der Reporter, der das geschrieben hat, ist kein Jogger. Wo ist es? Ich hab's. Terry Niles. Wenn Terry Niles Jogger wäre, dann hätte er den Zeitungsverkäufer gefragt, ob *Nowhere Man* sehr geschwitzt hat, was bedeuten würde, daß er schon ziemlich lange gelaufen wäre. Er hat nicht geschwitzt, und an dem Morgen war es warm. Ich habe an dem Morgen länger gearbeitet, Überstunden gemacht, und ich erinnere mich, daß ich mir gewünscht hatte, laufen zu können, bevor es zu warm wurde.»

«Wenn Terry Niles nicht gefragt hat, ob *Nowhere Man* schwitzte, woher wissen Sie, daß er's *nicht* tat?»

«Ich habe den Zeitungsverkäufer gefragt.»

«Oh?»

«Er bekommt seine fünfzehn Minuten Ruhm. Bild von ihm in der Zeitung und so. Eine Menge Leute haben da mit ihm geredet, also habe ich meinen Kopf dazwischengesteckt und gefragt, ob *Nowhere Man* geschwitzt hat.»

«Auf dem Weg nach Hause von der Arbeit?»

Wieder Gekicher. «Also gut, Steve, ich wohne in Downtown. Ich bin an der Eighth Street aus der Subway gestiegen und am Kiosk vorbeigegangen. Hörn Sie, Steve, ich glaube, daß *Nowhere Man* irgendwo im Village wohnte, sagen wir zwischen Eighth Street und Fourteenth Street und zwischen Fifth Avenue und dem Fluß –»

«Das ist aber großzügig gedacht.»

«Hörn Sie mir bloß zu. Er lief Richtung Downtown, Richtung Kiosk, weil er wußte, daß der die ganze Nacht aufhat, und dachte, er könnte sich einen Lottoschein kaufen, ohne Schlange stehen zu müssen. Er schwitzte nicht, als er dort ankam, was, wie der Zeitungsverkäufer sagte, gegen Viertel nach vier war, weil er genau um Viertel nach vier täglich die neue Lieferung kriegt und der Laster gerade hielt, als er das Los verkauft hat, also ist er wahrscheinlich nicht mehr als einen halben oder dreiviertel Kilometer gelaufen. Ich fange an zu schwitzen nach dreiviertel Kilometern, kann man fast die Uhr nach stellen, ganz egal, wie warm oder kalt es ist. Nachdem *Nowhere Man* das Los gekauft hat, ist er Richtung Downtown weitergelaufen. Ich denke, wenn er um vier Uhr morgens läuft, dann ist er ein ernsthafter Jogger, er läuft Siebener oder weniger. Er ist von diesen Parkhauswärtern um halb fünf tot aufgefunden worden, was bedeutet, daß er weitere fünfzehn Minuten gelaufen ist oder kaum mehr als vier Kilometer. Er hätte überall hinlaufen können, wenn er Richtung Süden gelaufen wäre, aber wenn er bloß vier Kilometer gelaufen ist – vergessen Sie nicht, daß er auf der Crosby Street Richtung Norden gelaufen ist. Doch so weit südlich ist er nicht gelaufen, wahrscheinlich nur bis zur Canal Street, also einen Kilometer von der West Fourth entfernt, wenn er die Sixth Avenue gerade hinunterliefe. Er ist östlich zur Crosby gelaufen, also nur ein bißchen mehr als ein halber Kilometer, dann Richtung Norden bis südlich der Houston, noch mal tausend Meter oder so, insgesamt ein bißchen unter vier Kilometer. Er war entweder langsamer, als ich dachte, oder weiter westlich gelaufen, als ich dachte, oder weiter südlich. Ein anderer Faktor ist, daß es auf der Canal Street sogar morgens um vier Verkehr gibt, wahrscheinlicher ist also, daß er östlich auf der Broome oder Grand lief – wahrscheinlich Grand. Wenn ich morgens um vier da runterlaufe, laufe ich auf der Grand; ich laufe erst die ganze Strecke bis zur Bowery, dann Richtung Uptown. Ich werde Ihnen nicht sagen, wie weit, weil wenn ich's tue, werden Sie wieder versuchen, Dinge über mich herauszukriegen, z. B. wo ich wohne, was nicht wichtig ist. Was wichtig ist, ist dies, Steve: Wenn jemand joggen geht, ganz egal wann, und keine Schlüssel mitnimmt, was heißt das für Sie?»

«Es heißt, daß er mit jemand zusammenlebt, jemand, der ihn hereinläßt, wenn er nach Hause kommt. Darauf läuft alles hinaus.»

Federici war erleichtert, daß er das jemandem sagen konnte, jemand anderem als seinem Yuppie-Anwalt, der, als er ihm das sagte, bloß auf dem Bügel seiner Hornbrille herumgekaut, Notizen auf einem Yellow-Pad gemacht und nichts erwidert hatte.

«Ich glaube nicht, Steve. Ich meine, niemand hat ihn vermißt gemeldet, oder? Wenn er mit jemand zusammengelebt hätte, hätte der ihn doch inzwischen vermißt gemeldet, oder?»

«Ja. Ja, Sie haben recht.»

«Ich weiß, daß ich recht habe, Steve. Ich hab mir folgendes gedacht. Er könnte seinen Schlüssel in eins von diesen magnetischen Dingern oder in eine Blumenschachtel oder unter einen Fußabtreter gelegt haben – aber das ist riskant. Das tun Leute in Kleinstädten, wo sie ihre Türen sowieso nicht abschließen müssen, aber nicht in New York City. Nein, ich denke mir folgendes – er wohnte in einem Haus mit Portier, also brauchte er keinen Schlüssel für die Eingangstür, und seine Wohnungstür hat er entweder nicht abgeschlossen, oder er hat *den* Schlüssel unter den Fußabtreter gelegt oder so. Das ist nicht so riskant, wenn man einen Portier hat und nicht so lange weg ist. Also alles, was Sie tun müssen, um herauszufinden, wer er ist, ist, die Häuser mit Portiers zwischen Eighth Street und Fourteenth Street und zwischen Fifth Avenue und dem Fluß zu überprüfen. Und sagen Sie nicht, ‹das ist aber sehr großzügig gedacht›, ist es nämlich nicht; es sind meistens Brownstones; es können nicht mehr als fünfzehn oder zwanzig Häuser mit Portier sein, und die meisten sind auf der Fifth.»

Federici schüttelte seinen Kopf, als ob sie vor ihm stehen würde.

«Portiers wissen alles, was in einem Haus vor sich geht. Wenn ein Mieter vermißt wäre, wüßten sie das.»

«Ich habe darüber nachgedacht. Wissen Sie, ich wohne in einem Haus mit Portier – versuchen Sie nicht herauszukriegen, welches, es ist nicht wichtig, Steve –, und, ja, die Portiers wissen eine Menge darüber, was im Haus so läuft, aber die Portiers faulenzen auch gern: Sie schlafen, sie gehen in den Keller, um Kaffee zu trinken, um Fernsehen zu gucken und aufs Klo. In einigen Häusern haben die Nachtportiers noch mehr zu tun, als bloß auf die Tür aufzupassen; sie müssen die Fußböden schrubben, Müll beseitigen, Dreckarbeit tun. Ich sagte Ihnen schon, ich komme nach Hause gegen halb zwei, Viertel vor zwei. Oft ist mein Portier nicht da; wenn die Tür verschlossen ist, muß ich selbst öffnen; aber manchmal ist sie nicht verschlossen, und ich gehe einfach hinein. Das ist der Nachtportier, über den ich rede, und der weiß also nicht, ob ich drin bin oder draußen, weil ich um halb drei oder drei zur Arbeit gehe, und er fängt nicht vor halb zwölf oder zwölf an. Und wenn er nicht da ist, wenn ich zurückkomme, ob ich mich nun selbst hereinlasse oder einfach hineingehe, dann weiß er von nichts. Ich würde sagen, vier oder fünf Tage vergehen manchmal, ohne daß ich meinen Nachtportier sehe – und es gibt nicht bloß einen Nachtportier, es gibt zwei, weil der Mann, der es normalerweise macht, Dienstag und Mittwoch frei hat, und an den Tagen kommt eine Vertretung, und es ist nicht immer derselbe, es gibt eine Art von Rotation. Also ich glaube, daß *Nowhere Man* in einem Haus mit Portier zwischen Eighth und Fourteenth und zwischen Fifth Avenue und dem Fluß gewohnt hat, und daß er losgegangen ist und seine Wohnung nicht abgeschlossen hat und auf dem Weg nach draußen den Portier nicht gesehen hat, weil der Portier im Keller herumhing oder schlief oder auf dem Klo war oder Dreckarbeit machte und deshalb nicht wußte, daß *Nowhere Man* weg war, und es immer noch nicht weiß, weil es vielleicht nicht mal der normale Portier war, sondern die Vertretung.»

Federici lachte. «Sie hören sich an wie ein Portier. Portiersfrau.»

«Es ist nicht wichtig, was ich bin, Steve. Oder wer. Wichtig ist, daß –»

«Wollen wir uns treffen? Einen Kaffee trinken und uns darüber noch ein bißchen weiter unterhalten?»

«...Ich denke, besser nicht, Steve. Ich denke, das Beste für Sie wäre, daß Sie sich auf die Beine machen und anfangen, die Häuser mit Portiers abzuklappern zwischen Eighth Street und –»

«Warum machen Sie das? Warum erzählen Sie mir das?»

«Ich sagte es Ihnen schon, Steve. Ich möchte helfen. Und jetzt gute Nacht.»

«Hey, warten Sie. Nein...» Federici drückte ein paarmal auf die Unterbrechungstaste, so wie in schlechten Filmen, aber es nützte nichts; sie hatte schon aufgelegt.

Während Nell Ward schlief, durchwühlte der fette Mann ihre Hunting World-Schultertasche: In der Lamston-Tasche waren ein Fotorahmen, Ausgaben der *Voice*, des *American Cinematographer*, von *Vanity Fair*, eine Kassette von *The Flamingo Kid*, von Video-Hault ausgeliehen, eine Audiokassette von Tom Petty and the Heartbreakers, ein Fläschchen mit Vitamin-C-Kapseln, eine 35-Millimeter-Filmdose mit irgendeiner Hautcreme drin – Noxzema? Eine weitere mit irgendwelchen Pillen – Bufferin und einige mit einem M markierte; eine weitere, leer; ein Schminkset aus Plastik mit Reißverschluß; ein Fernabfragepieper für einen Sanyo-Anrufbeantworter; zwei Schlüsselringe, einer mit zwei Schlüsseln dran, der andere mit einem Dutzend; ein Day-Runner-Kalender mit einem lila Vinylumschlag.

Sie regte sich. «Mark?»

Er goß ein bißchen Jim Beam in sein Glas nach, nahm einen Schluck und wartete.

Das Telefonverzeichnis des Day Runners war ein Palimpsest von Namen und Nummern: Namen und Nummern standen auf dem oberen und seitlichen Rand, Namen und Nummern waren zwischen andere Namen und Nummern gequetscht. Er suchte nach seinem Namen und seiner Nummer und fand sie unter den nächsten Buchstaben des Alphabets.

Der Kalender war das Zeugnis eines erfüllten Lebens: *Pukit/ 4. Lily 6. Dan T. anrufen. Brenda fällig. Costello/ 1. Susan Price/ McBell's/ 8:30. Computer Era anrufen. Jil G. anrufen. Nova angucken/ 9. Film zurück zu VV. Post. Ceco. Trans-Audio. Wäscherei.* MARKS GEBURTSTAG MON*!!!* Das war ein typischer Tag.

Mark, Mark, Mark. Er blätterte langsam durch das Telefonverzeichnis und suchte nach einem Mark. Mark, Mark, Mark. Wenn er ihn gefunden hatte, würde er ihn anrufen und mit seiner allerschrecklichsten Stimme flüstern, daß er die Finger von Nell lassen sollte, oder er würde ihm die Eier abschneiden. Nicht, daß der fette Mann Nell Ward liebte; er wußte gar nicht, was Liebe war. Aber da ihm ihre Nase gehörte und er manchmal in ihren Körper eindrang, war er immer wieder über seine Unfähigkeit frustriert, ihren Geist zu kontrollieren.

Mark Follett, 42 Fifth Avenue.

Der fette Mann nahm das Telefon mit ins Badezimmer und wählte die Nummer. Keine Antwort. Komisch, daß ein Freund von Nell keinen Anrufbeantworter hatte. Komisch, daß er um vier Uhr morgens nicht zu Hause war.

14

«Manchmal, wenn es aussieht wie Selbstmord, ist es bloß der Versuch von jemandem, die Aufmerksamkeit von jemand anders zu bekommen.» Neuman nahm Sachen von B. G. Harris' Schreibtisch in die Hand und legte sie wieder hin: einen gläsernen Briefbeschwerer, der wie ein Ei geformt war, mit dem Flachrelief eines Tritons mit einer Krone, einem Bart und einem Dreizack; drei winzige Eicheln, eine mit einem Stiel, eine mit einem Hütchen, eine kahl; einen signierten Baseball. «Sie wollen gar nicht den Weg bis zu Ende gehen.»

«Sie hat sich eine .38 Special in ihr Ohr gesteckt, Jake.» Miles Easterly steckte eine Fingerspitze in seins. «Wenn du dir eine .38 Special in dein Ohr steckst, kaufst du keine Rückfahrkarte.»

Neuman las die Namen auf dem Baseball: *George Kell, Jude Johnson, Ralph Kliner, Lloyd Waner.* «Wo ist der Brief?»

«Labor. Genau wie ihre Schreibmaschine – eine tragbare Olympia, von der ich, ohne Experte von der Spurensicherung zu sein, sicher bin, daß sie ihn darauf getippt hat. Das kleine Dingsda unten am großen A ist abgenutzt.»

Ted Page, Buddy Lindstrom. «Was nicht heißt, daß sie es getippt hat.»

«Was soll das heißen, Jake?»

Bill Terry, Charlie Gehringer, Warren Spahn. «Was stand drin?»

«Ich habe Dimanche umgebracht, um mein Stück zu retten. Es tut mir leid.» Easterly sprach Dimanche so aus, daß es sich auf *Revanche* reimte.

Neuman legte den Ball wieder hin und öffnete und schloß einige der vielen kleinen Schubladen des Tisches und fand nichts.

«Kommen keine großen A drin vor.»

«Es war in einem Umschlag mit der Aufschrift ‹An alle, die es angeht›, mit einem großen A in ‹An›.»

«Wer hat die Leiche gefunden?»

«Hausmeister. Ein Nachbar beschwerte sich über die Musik. Die Stereoanlage lief den ganzen Tag in voller Lautstärke.»

«Wie ist das möglich?» Neuman ging zur Stereoanlage und beugte sich darüber. «Ich meine, hier liegt nur eine Platte drauf, eine Platte läuft etwa – wie? – eine halbe Stunde, richtig? Fünfundvierzig Minuten, maximal.»

«Fireman hat es rausgekriegt. Sieh mal den Hebel da, der –»

«Was für ein Feuerwehrmann? Es hat gebrannt?»

«*Jim* Fireman. Ein Neuer in Uptown West. Hat vorher in New Jersey gearbeitet – Trenton, glaube ich.»

«Ein Cop, der *Fire*man heißt?»

«Jake, ich kannte einen Cop, der Nurse hieß, einen Cop, der Doctor hieß, einen Cop, der Outlaw hieß. Eines Tages werde ich einen Cop treffen, der Certified Public Accountant heißt, und ich werde mich nicht wundern. Siehst du den Hebel da, dieses Ding aus Plastik? Der ist dazu da, um einen Stapel Platten zu halten.»

«Hier liegt aber nur eine Platte drauf», sagte Neuman.

«Das versuche ich dir gerade zu erklären, Jake. Es lag nur eine Platte drauf, und sie hat den Hebel zur Seite geschoben, so wie du ihn jetzt siehst; wenn er so ist, das hat Fireman rausgekriegt, und die Nadel am Ende der Platte ist, dann geht der Tonarm hoch und geht zurück zum Anfang, und die Platte läuft wieder und wieder. Darum hat sich der Nachbar beschwert – eine Platte, wieder und wieder, volle Lautstärke. Ich fand das ziemlich gut, wie Fireman das rausgekriegt hat. Ich meine, wir hätten vielleicht eine Menge Zeit vergeudet, da der M. E. sagte, daß sie zwischen halb sieben und sieben gestern morgen gestorben ist, und es war halb drei oder drei, als der Hausmeister die Tür aufmachte – wir hätten vielleicht eine Menge Zeit vergeudet, um herauszufinden, wer hier herumgehangen hat und dieselbe Platte immer wieder in voller Lautstärke abgespielt hat, während sie in dem Sessel da saß mit dem, was von ihrem Kopf noch übrig war, auf dem Tisch.»

«Ist diese Stereoanlage abgestaubt worden?» sagte Neuman.

Easterly machte ein Geräusch, als würde etwas naß gemacht. «Ja, sie ist abgestaubt worden, und weißt du was, Jake? Es gibt Fingerabdrücke darauf. Ihre und die von einer Menge anderer Leute. Diese Wohnung wird weitervermietet, der Mieter ist verreist, Florida; er ist Schauspieler, wir haben mit ihm telefoniert, er sagt, wenn er hier ist, hat er eine Menge Leute zu Besuch, sie legen Platten auf, gucken Fernsehen. Die Wohnung ist mit Fingerabdrücken übersät, voll damit, Jake. Worum geht's dir eigentlich? Du hast mich angerufen und gesagt, daß du die Wohnung sehen wolltest, und ich bin mit dir hierhergekommen, ich dachte, du solltest es sehen, weil du ja irgendwie an dieser Dimanche-Sache gearbeitet hast, und jetzt fragst du, ob wir hier abgestaubt haben. Was willst du?»

Neuman ging zurück zum Tisch und öffnete und schloß noch ein paar Schubladen. «Aber hallo.»

Easterly lachte. «Ich weiß, Jake. Du hast gerade den Beweis dafür gefunden, daß wir da ein leeres Valium-Fläschchen entdeckt haben.

Du wirst mich fragen, wie das dazu paßt. Du hast recht, es paßt nicht dazu. Weißt du, warum es nicht dazu paßt? Weil das hier das wirkliche Leben ist und keine Fernsehserie; im wirklichen Leben passen die Dinge nicht immer zusammen. Das Fläschchen war leer, weil sie es geleert hat, so beurteile ich das jedenfalls – nicht auf einmal, sondern im Lauf der Zeit. Das Rezept war sechs Monate alt. Sie stand unter ziemlichem Druck – Kleinstadtmädchen im Big Apple, eine Broadway-Premiere, ihre Eltern sind beide gestorben, als sie klein war, keine Freunde, die aus den Hinterwäldern rausgekommen wären. Ja, wir haben den Apotheker angerufen, ja, wir haben den Arzt angerufen – beide aus, wo immer sie herkommt, Iowa.»

«Indiana.»

«Wie auch immer. Sie sagten, sie wäre keine Pillenschluckerin; sie wäre bloß der Typ des normalen, durchschnittlichen Neurotikers, der ab und zu 'nen Downer braucht. Es waren Blaue-fünf Milligramm pro –, keine Gelben, keine Hämmer.»

«Wann machen sie die Autopsie?»

«Wenn sie Zeit haben. Ein paar Haitianer haben sich letzte Nacht in Washington Heights gegenseitig mit Macheten zerhackt, beim M. E. stehen die Leichen Schlange bis um die Ecke. Jake, sie hat sich eine .38 Special in ihr Ohr gesteckt, die gleiche .38 Special, die Dimanche getötet hat, sie hat abgedrückt, ihre Fingerabdrücke sind überall auf der Waffe – so wie ihr Kopf überall auf dem Tisch verteilt lag. Du kannst froh sein, daß ich das hab saubermachen lassen; es sah verdammt gruselig aus.»

Neuman legte das Beweismittel zurück in die Schublade, aber nicht ohne zu registrieren, daß Dr. Daniel Rookers Rezept von der Addison-Apotheke eingelöst worden war – er registrierte es, schrieb es aber nicht auf, denn so war sie wirklich, die Arbeit der Polizei; manchmal mußte man noch mal altes Gelände abgrasen, ohne denen auf die Füße zu treten, die schon vor einem da gewesen waren. «Bloß eine Beschwerde von Nachbarn oder eine Menge?»

«Eine. Zehn. Ich weiß es nicht.»

«Ich frage mich, was Leute mitten am Tag zu Hause machen.»

«Jake, das hier ist New York City. Was sagt Sinatra noch in diesem Werbefilm? ‹Es hat die ganze Nacht geöffnet – die *ganze* Nacht.› Also vielleicht war's eine Nachteule, die versuchte zu schlafen. Ein Nachtwächter. Ein Typ im Ruhestand. Schau mich nicht so an, Jake. Ich weiß, daß du empfindlich bist, was deinen Ruhestand anbelangt.»

«Was ich wissen will, ist», sagte Neuman, «hat sie einmal vorher die Stereoanlage in voller Lautstärke laufen lassen?»

Easterly seufzte bloß.

«Ist das die Platte, die sie gespielt hat?» Mit einem Knöchel drehte Neuman die Platte, um das Label zu lesen: *The Last Waltz*.

«Ja, das ist die Platte, die lief. Glaubst du, daß wir hier reingekommen sind und eine andere Platte aufgelegt haben, weil wir dachten, es wäre lustig, wenn die Platte, die sie gespielt hat, *The Last Waltz* hieße?»

«Es ist komisch, meinst du nicht? Ich meine, ich hab die Platte nie gehört, aber es ist komisch, du beschließt, dich umzubringen und legst eine Platte namens *The Last Waltz* auf. Nicht komisch, sondern ironisch – ironisch wie eine Schauspielerin, die umgelegt wird bloß ein paar Wochen vor ihrem Broadway-Debüt in einem Stück über eine Schauspielerin, die umgelegt wird, und so weiter; ironisch wie die Tatsache, daß die Schauspielerin, die umgebracht worden ist, die Rolle vor einer anderen Schauspielerin gekriegt hat, die die Freundin des Regisseurs ist und von der jeder dachte, daß sie, weil sie die Freundin des Regisseurs ist, von vornherein die Rolle kriegt. Ironisch wie die Tatsache, daß die Schauspielerin, die die Freundin des Regisseurs ist, nach Kalifornien geht, nachdem sie die Rolle nicht gekriegt hat, aber genau an dem Nachmittag zurückkommt, an dem die Schauspielerin, die vor ihr die Rolle gekriegt hat, umgebracht wird. Ironisch wie die Tatsache, daß die Schauspielerin, die umgebracht worden ist, mit einer .38 Special getötet worden ist und daß eine .38 Special die Waffe war, die sie als Requisite im Stück benutzte. Ironisch wie die Tatsache, daß das Stück, in dem die Schauspielerin, die umgebracht worden ist, spielte, ‹*Sterben ist leicht*› hieß. Ironisch, wenn man es recht bedenkt, daß ‹Sterben ist leicht› etwas ist, was einst Sir Edmund Kean gesagt hatte – ‹Sterben ist leicht, Komödien sind schwer› –, und daß das Stück in einem Theater angesetzt war, das nach Sir Edmund Kean benannt ist. Nur daß es vielleicht gar nicht Edmund Kean war, der das gesagt hat, sondern möglicherweise Edmund Gwenn, Nikolaus in *Das Wunder von Manhattan*. Schau mich nicht so an, als interessiert es dich, woher ich solche Sachen weiß; ich bin eingeweiht worden, daher weiß ich das. Ironisch, daß diese Frau, die ‹*Sterben ist leicht*› geschrieben hat, sich selbst mit einer .38 Special umgebracht hat und ein Fläschchen Valium in diesem Tisch hatte, der, wie ich zufällig weiß – frag mich nicht woher, ich hab's in einer Zeitschrift gelesen oder so –, Apothekertisch genannt wird, Apotheker, d. h. Drogist.

Ich hab's schon mal altbacken genannt, ich sagte, wenn ich ein Buch schriebe oder so oder ein Stück, würd ich so was nicht machen. Aber es ist nicht altbacken, es ist ironisch. Ist das der Name der Band – The Band? Da steht The Band auf dieser Platte. Ist das der Name der Band – The Band?»

«Fireman sagt ja. Er ist noch jung, er kennt sich bei dieser Musik aus.»

«Ja? Kennt er den Song *There's a needle in your arm and it makes you breathless*, oder wie immer es heißt?»

«Was? Oh, ja – Dimanches Spiegel.»

«Hast du der Presse schon das mit B. G. gesagt?»

Easterly schüttelte den Kopf. «Wir haben versucht, ihre nächsten Verwandten aufzutreiben. Wir werden das der Presse vermutlich heute nachmittag sagen, allerdings ist es Samstag, und die Sonntagszeitungen gehen früh zum Druck. Also melden wir ihnen das vielleicht erst morgen, weil es nicht allzu viele Nachrichten am Sonntag für die Zeitungen von Montag gibt, außer, daß es vielleicht einen Lottogewinner gibt. Hast du schon dein Los, Jake?»

So war die Arbeit der Polizei – sie wollten immer auf die Titelseite, sogar wenn das hieß, daß sie nicht ins eigene Horn bliesen. Und, nein, er hatte sein Los noch nicht; er hatte bloß eine Menge Zahlen, die er vielleicht ankreuzen würde oder vielleicht auch nicht. «Wenn ihr ihnen das mit B. G. sagt, sagt ihnen nichts von dem Song.»

«Welcher Song?»

«*There's a needle in your arm and it makes you breathless*, oder wie immer es heißt.»

«Was soll das, Jake?» sagte Easterly.

«Was das soll, ist, daß ich nicht glaube, daß sie sich umgebracht hat. Wenn sie sich nicht umgebracht hat, gibt es eine gute Chance, daß sie Dimanche nicht umgebracht hat. Wenn sie Dimanche nicht umgebracht hat, dann sind es immer noch bloß wir und der Mörder, die von dem Song wissen.»

«Jake. Alter Junge. Hör zu. Ich sage das von Herzen: Du bist eine Weile draußen gewesen; du hast vergessen, wie Polizeiarbeit wirklich ist; es ist verdammt schwer, einen Selbstmord zu inszenieren. Dies war 'ne echte Nummer.»

Neuman schüttelte den Kopf. «Versteh mich nicht falsch, Miles. Ich wünschte, es wär 'ne echte Nummer. Was immer ich, weißt du, auch für schlechte Gefühle für das Department hege, es macht mir bestimmt kein besonderes Vergnügen, Cops auf der Suche nach

Mördern, die sie nicht finden können, im Kreis herumlaufen zu sehen. Wenn dies die echte Nummer wäre, würde das reine Luft bedeuten; aber die Luft ist immer noch zum Schneiden dick. Wie ich dir auf dem Wege hierher gesagt habe, jeder, mit dem ich gesprochen habe, hatte einen Grund, warum jemand anders Dimanche getötet haben sollte, und ich habe noch nicht mal mit jedem geredet. Außerdem –»

«Bitte, Jake, mach mal 'ne Pause.»

«Außerdem, wenn du der Presse das mit B. G. sagst, läßt du dann Steve ziehen?»

«Steve wer? Oh – Federici.» Easterly tätschelte seine Taschen und suchte nach Zigaretten, die da seit Januar nicht mehr waren.

«Bist du nun im Ruhestand, Jake, oder was? Ich habe dich gebeten, bei der Personalabteilung vorbeizugehen, sie sagen mir, du bist nicht dagewesen. Ich habe dich gebeten, einen Schießtest zu machen, sie sagen mir, du hast ihn nicht gemacht.»

«Laß ihn ziehen. Laß ihn mit mir zusammenarbeiten.»

Easterly sank in sich zusammen. «Jake, ich habe niemals gesagt, daß Federici Dimanche umgebracht hat. B. G. Harris hat Dimanche umgebracht und einen Brief geschrieben, in dem sie das selber zugibt, bevor sie sich eine .38 Special ins Ohr gesteckt hat, ein Brief, der mir vollkommen genügt und übrigens auch Klinger, der Borough D's genügt, dem Chief of D's, dem Chief, dem Commissioner, dem Bürgermeister. Genügt heißt: Genug ist genug, Jake. Ich habe niemals gesagt, daß Federici Dimanche umgebracht hat. Ich habe gesagt, ich finde es komisch, daß sein Name in ihrem Notizbuch war –»

«Zusammen mit hundert anderen Typen, sagte mir McIver.»

«Ge*nau*, Jake, das sage ich doch. Ich sage, es wirkt komisch, daß Federicis Name in ihrem Notizbuch stand, aber weil er das mit hundert anderen Typen teilte, wirkt es gar nicht mehr so komisch, nur daß es komisch wirkt, daß er uns das nicht gesagt hat, als wir ihm den Fall übergaben, daß wir seinen Namen vielleicht in ihrem Notizbuch finden, ob zusammen mit den von hundert anderen oder nicht, aber wo wir nun diesen Brief haben, ist es vollkommen egal, ob sein Name in ihrem Notizbuch war oder die hundert anderen Typen. Aber das heißt nicht, daß ich Federici ziehen lassen werde, weil ich nämlich immer noch wissen möchte, wieso seine Waffe diesen Typen in SoHo getötet hat. *Nowhere Man*. Bitte nimm zur Kenntnis, daß ich nicht gesagt habe, wieso *er* diesen Typen in SoHo getötet hat, *Nowhere Man*. Ich sehe das Ganze immer noch sehr locker, er ist nicht eingesperrt, er ist zu Hause, also ist es gar keine Frage von Ziehenlassen, aber bis ich mit Sicherheit Bescheid weiß, auf die eine oder andere Art, werde ich ihn nicht ziehen lassen, wenn er eingesperrt wäre und wenn es eine Frage des Ziehenlassens wäre, nein, und du kannst auch nicht mit ihm zusammenarbeiten, nein. Du bist nicht im Ruhestand, du bist wieder im Dienst, ich habe was für dich zu tun: Du kannst nach Washington Heights hochfahren und herausfinden, warum diese Haitianer sich gegenseitig abgeschlachtet haben.»

«Ist das ihr Baseball, oder was?» Neuman nahm den Ball in die Hand und warf ihn hoch.

«Ich sagte dir schon, Jake, einige der Sachen gehören ihr, andere dem Typen, der die Wohnung gemietet hat. Was für einen Unterschied macht denn das, Jake? Es gab keine Fouls; keinen Einbruch, es wurde nichts weg-»

«Du weißt das doch gar nicht, Miles. Vielleicht hatte sie auch einen signierten Football. Es war kein Einbruch, vielleicht hat sie den Typen hereingelassen oder die Frau, weil sie ihn oder sie kannte. Der Hausmeister hat sie gefunden, das heißt, die Tür war abgeschlossen.»

«Ja, sie war abgeschlossen, Jake. Sie war abgeschlossen, weil sie sie abgeschlossen hat. Das hier ist New York *City*, nicht Iowa. Wenn Leute reingehen, schließen sie die Tür ab.»

«War eine Kette vorgelegt?»

Easterly hob den Finger. «Siehst du die Kette, Jake? Sieht sie zerbrochen aus? Wenn die Kette vorgelegt gewesen wäre, hätte der Hausmeister sie durchtrennen müssen, richtig?»

«Wenn keine Kette vorgelegt war, könnte das auch bedeuten, daß der, den sie reingelassen hat, sich selbst wieder rauslassen mußte und die Kette nicht vorlegen konnte. Oder die. Fehlt ein Schlüssel?»

Easterly seufzte. «Schlüssel werden geprüft. Fireman ist ein guter Cop, Jake. Er hat an alles gedacht.»

«Vielleicht gab es einen Ersatzschlüssel. Hat er daran auch gedacht?»

Easterly lachte. «Du hast zuviel Fernsehen geguckt, Jake. Ich wette, du siehst dir oft *Miami Vice* an, nicht wahr? Du denkst wohl, so ist die Polizeiarbeit, modische Sachen tragen, tolle Autos fahren, mit heißen Schüsseln in die Federn kriechen.»

Nein. So wie hier war sie wirklich, die Polizeiarbeit – mit dem Kopf gegen die Steinwand der Verstocktheit deines Vorgesetzten zu rennen. Neuman las auf dem Ball: *Billy Herman, Bob Lemon.*

«Weißt du, wo der bestimmt her ist – mit all diesen Spielern aus verschiedenen Generationen? Von irgendeinem Oldtimer-Tag oder vielleicht von einem dieser Spiele in Cooperstown – du weißt schon, so'n Halle-des-Ruhms-Spiel. Hast du einen Schlüssel zu Dimanches Haus?»

Easterly atmete durch seine Nase ein und aus. «Du bist eine Nervensäge, Jake, weißt du das?»

«Ich möchte mich bloß mal umsehen. Ich bin noch nie, weißt du, im Haus eines Popstars gewesen.»

«Wo du drin sein solltest, Jake, ist die Halle des Ruhms für Nervensägen.»

15

«Kann ich Ihnen ein Bier ausgeben?» Nell Ward lehnte auf dem Kotflügel von Neumans Wagen draußen vor B. G. Harris' Apartmenthaus und trug eine Ben-Hogan-Golfkappe, ein weißes T-Shirt mit V-Ausschnitt, ausgebeulte braune Herrenhosen mit Bundfalte, braun-weiße Schuhe. Sie sah lächerlich aus – und phantastisch.

Sonny aus *Miamy Vice* hätte etwas Schlagfertiges gesagt, oder der schwarze Cop. Neuman sagte: «Tagsüber trinke ich kein Bier.»

Sie seufzte. «Als ich im College war, kam in der Bibliothek einmal ein Junge zu mir und fragte mich, ob er mir ein Bier ausgeben könnte, und ich sagte: ‹Ich trinke kein Bier›, und er ist wütend und gedemütigt weggegangen und hat nie wieder ein Wort zu mir gesagt, obwohl ich ihn oft herumlaufen sah. Er war ein richtig süßer Junge, er hatte eine hübsche Stimme, er roch gut. Ich hätte ihn unheimlich gerne kennengelernt, aber ich war eine Feministin und unabhängig und eine kastrierende Nervensäge, und ich mußte ihn unbedingt wörtlich nehmen, und was hatte ich davon? Eine verpaßte Gelegenheit.»

«Also trinken Sie inzwischen Bier?»

«Nicht tagsüber. Und Sie auch nicht. Also lassen Sie uns doch einen Kaffee trinken oder ein Glas Milch oder was immer wir trinken.»

In *Miami Vice* hätte Sonny das gesagt und dann noch irgendeine Anspielung auf das, was sie danach tun würden. Neuman sagte: «Okay.» Alles in allem, wenn sie auch eine Nervensäge war, warum sollte er die Gelegenheit dann verpassen? Es gab da ein Lokal am

Ende des Blocks mit einem Straßencafé. Sie saßen draußen, und sie bestellte einen Espresso und Neuman ein Pellegrino-Wasser. Bevor die Kellnerin sie bedient hatte, ging Nell zur Toilette, und Neuman spielte mit dem Aschenbecher und wünschte, er würde rauchen wie Sonny, damit er etwas zu tun hätte und nicht darüber nachdenken mußte, was er zu tun hätte – und darüber, was er tat.

«September ist immer der schönste Monat in New York», sagte Nell, als sie zurückkam.

Besonders jetzt, wo Sie aufgetaucht sind, würde Sonny sagen. Neuman sagte: «Woher wußten Sie, wo Sie mich finden würden?» Sie reckte ihren Kopf, ein bißchen stolz. «Ich bin Ihnen gefolgt. Ich war in der Gegend, habe versucht, mit Steve zu reden. Ich habe gesehen, wie Sie mit Easterly fortgegangen sind. Ich bin Ihnen gefolgt. Ich *verfolge* Sie nicht. Sie rufen nie zurück, wenn man Sie anruft. Ich möchte mit Ihnen reden. Wenn Sie zurückrufen würden, müßte ich so etwas nicht tun.»

«Über was wollten Sie mit Steve reden?»

Sie zuckte mit den Schultern. «Ich wollte nur sehen, ob alles in Ordnung ist. Ob er irgendwas braucht.»

«Sind Sie mit Steve, äh, befreundet?»

«Besser als Sie. Sie sind nicht ein einziges Mal bei ihm gewesen. Sie haben Angst, daß die Leute anfangen zu sagen, Sie würden Ihren Partnern nur Unglück bringen. ‹Arbeiten Sie mit Neuman zusammen, und Sie werden zum Killer.› Ich weiß alles über Sie, Lieutenant, über Sie und Bobby Redfield. Sie haben den Fall des Samariter-Killers bearbeitet: Ein Jugendlicher hatte eine Frau in der U-Bahn mit seinem Messer bedroht, und ein Fahrgast hatte ihn erschossen, war beim nächsten Stop ausgestiegen und verschwunden. Die Zeitungen machten einen Helden aus ihm – Charles Bronson, Bernhard Goetz, nur, daß es vor Bernhard Goetz war –, aber was lange keiner wußte, war, daß der Mann eine Waffe trug, weil er ein paar Leuten aus seiner alten Armee-Einheit nachjagte – um wegen einer Sache, die in Vietnam passiert war, Rache zu üben.

Um die gleiche Zeit wurden ein paar Frauen ermordet, und ihr Mörder schrieb Briefe an die Zeitungen, in denen er drohte, weitere zu töten. Er nannte sich ‹der Dreckfotzen-Killer›, die Zeitungen haben das allerdings nie gedruckt; sie bereinigten das zu ‹Lady-Killer›. Es stellte sich heraus, daß der Gejagte den Jäger jagte: Redfield war einer der Leute, nach denen der Mann aus der U-Bahn auf der Suche war, und Redfield war auch derjenige, der die Frauen umbrachte – ein schlimmer Fall von posttraumatischer Streß-Verwirrung mit einem Schuß Misogynie. Sie haben schießlich diese Zusammenhänge herausgekriegt und Redfield bis zu einer Wohnung an der West Side verfolgt, wo er eine Frau als Geisel genommen hatte; Sie haben versucht, ihn zu überreden, daß er aufgibt, als ein paar Männer vom Special Service die Tür eintraten und Redfield töteten. Sie hörten mit dem Dienst auf; Sie sagten, das Department habe angeordnet, Redfield umbringen zu lassen, um sich die Peinlichkeiten eines Prozesses und der Presse zu ersparen, die fragen würde, wie sie einen Mörder bei der Polizei haben könnten, ohne es zu merken. Sie sagten, Redfield hätte eine Chance verdient, um seine Sicht der Dinge darzulegen. Mein Film ist eine Chance für Sie, seine Sicht der Dinge mitzuteilen, indem Sie Ihre mitteilen, Lieutenant. Verbringen Sie einen Nachmittag mit mir; mehr Zeit brauche ich nicht.»

Neuman sah von seinem Glas Wasser auf, in dem er mit einem Rührstäbchen einen kleinen Mahlstrom verursacht hatte. Es geht nichts über eine nette, ordentliche Darstellung eines Teils vom eigenen Leben, der eigentlich ein Meisterwerk des Chaos gewesen war und in der Retrospektive nicht weniger verworren. «Nicht allzu viele Leute wissen soviel darüber. Mit wem haben Sie geredet?»

Darauf schnippte sie bloß mit einem Finger. «Rechnen Sie mit drei Stunden; zwei, um das zu machen, was wir ein Vorinterview nennen – ich stelle Ihnen ein paar Fragen, Sie antworten mir, ich schlage Ihnen vor, bei welchen Antworten Sie vielleicht etwas ausführlicher sein könnten; wir nennen das dokumentarisches Filmemachen, aber es gehört auch ein gewisses Maß an Kunstfertigkeit dazu –, eine Stunde, um den tatsächlichen Film zu drehen. Ich arbeite gewöhnlich mit drei Leuten – Kamera, Beleuchtung, Ton; ich kann aber den Kameramann auch die Beleuchtung machen lassen und mich selbst um den Ton kümmern, wenn Sie sich dabei wohler fühlen. Wir können in Ihrem Haus drehen, auf der Wache, irgendwo in einem Park – wo immer Sie sich entspannt fühlen.»

«Ist es das, was Steve sagt – daß ich Angst habe, daß die Leute sagen, ich würde anderen nur Unglück bringen?»

«Ich möchte eigentlich sagen, Sie sollten sich von Steve sagen lassen, was er Ihnen zu sagen hat, aber, nein, keineswegs. Nein, das sagt er nicht. Er...»

«Er was?»

«Nichts.»

«Er denkt, ich bin unterwegs und versuche, ihn zu entlasten?»

«Sind Sie's?»

«Sollte ich's?»

«Sollten Sie's nicht? Er ist Ihr Partner. Terry Niles hat mehr getan als Sie. Lesen Sie den *Dispatch*? Er versucht herauszufinden, wer das Opfer war, was ein logischer Weg zu sein scheint, um herauszukriegen, ob Steve ihn getötet hat.»

«Steve ist nicht mein Partner. Ich bin im Ruhestand.»

«Was haben Sie dann in B. G. Harris' Wohnung gemacht? Sie ist tot, nicht? Sie hat sich umgebracht. Ich hörte, wie McIver so was sagte. Hat sie Dimanche umgebracht? Hat sie darum Selbstmord gemacht?»

«Ist McIver auch ein Freund? Klinger? Easterly?»

Sie runzelte die Stirn. «Was meinen Sie?»

«Sie wissen schon.»

Sie schüttelte ihren Kopf. «Nein, sie sind nicht Freunde. Ich drehe einen Film über Cops von der Mordkommission. McIver und Klinger und Easterly sind von der Mordkommission, also kenne ich sie. Was genau fragen Sie mich eigentlich, Lieutenant Neuman?»

Er zuckte mit den Schultern. «Nichts.»

«Sie fragen mich doch, ob ich mit Steve geschlafen habe, oder?»

«Nein.»

«Doch. Sie sind eifersüchtig, oder? Das ist lächerlich. Ich meine, es schmeichelt mir, aber es ist lächerlich.»

Er beobachtete den Verkehr. «Ich weiß nicht, wovon Sie reden.» Sie kicherte. «Männer sind die albernsten Kreaturen. Ich habe eine Theorie darüber.»

«Das kann ich mir denken. Na, es war nett, mit Ihnen zu reden, Miss Ward, aber ich habe einiges zu erledigen, also wenn Sie mich dann entschuldigen...»

«Was haben Sie zu erledigen? Wenn B. G. Harris Dimanche umgebracht hat, warum arbeiten Sie dann immer noch an dem Fall?»

«Das haben Sie mich schon mal gefragt.»

«Und Sie haben nicht geantwortet.»

«Es bedeutet, daß es Sie nichts angeht.»

«Ich habe die Zustimmung von Klinger bekommen, diesen Film zu drehen, Lieutenant. Ich habe die Zustimmung des Commissioners bekommen. Alles, was ich versprechen mußte, war, daß ich nicht im Wege stehe, wenn irgend jemand anfängt zu schießen. Wollen Sie den Brief vom Commissioner sehen, in dem er alle Mitarbeiter auffordert, mir vollste Kooperation zu gewähren?»

«Nein.»

«Ich versuche nicht, die Polizei schlechtzumachen. Ich will bloß einen ehrlichen Film drehen. Wollen Sie etwas für mich tun?

Schauen Sie sich mal einen anderen Film von mir an? Er ist über die Marines. Er hat Preise gewonnen. Es ist ein ehrlicher Film. Ein paar Dinge kommen darin vor, die die Marines nicht mochten, von denen sie wollten, daß ich sie herausnehme, aber alles in allem mußten sie zugeben, daß es ein ehrlicher Film war.»

«Sie sind wohl gern mit Männern zusammen, ist es das? Gruppen von Männern in Uniform? Ich trage keine. Tut mir leid.»

«Warum sind Sie so feindselig, Lieutenant? Haben wir uns schon mal getroffen? Habe ich Ihnen irgendwas getan? Das ist die einzige Erklärung für die Art, wie Sie sich benehmen.»

Nein, es gab eine andere Erklärung: Er *war* eifersüchtig – eifersüchtig auf den Commissioner, auf Klinger und Easterly und besonders eifersüchtig auf Federici, dafür, daß er jemand war, von dem sie wissen wollte, ob er okay war oder irgendwas brauchte. Er war sogar eifersüchtig auf die Marines. «Dieser Film – wann kommt er heraus?»

Sie lachte. «Es ist nicht so ein Film, Lieutenant. Er kommt nicht *heraus*, nicht in Kinos. Er hat ein Ausstrahlungsdatum, das sehr vage ist, im nächsten Herbst im PBS. Das ist das Public Broadcasting – Kanal dreizehn.»

«Sie meinen ungefähr in einem Jahr?»

«Frühestens.»

«Wer zahlt dafür? Ich meine, wo kriegen Sie das Geld für Filme und so her?»

«Ich bettele. Ich kriege ein paar Zuschüsse; ich bekomme ein bißchen Geld von PBS; ein Teil ist mein eigenes Geld.»

«Und Sie wollen wissen, wie die Arbeit der Polizei ist?»

«Ja.»

«Sie wollen mich einfach filmen, wie ich im Sessel sitze und vom Krieg erzähle?»

Sie schüttelte ihren Kopf. «Ich würde Ihnen auch gern ein bißchen folgen –»

«Wie ich in Mülleimer gucke, an Türen klopfe?»

Nell Ward lächelte. «Hören Sie. Ich weiß, daß ich Sie nicht filmen kann, wie Sie Verdächtige befragen, weil es sich herausstellen könnte, daß sie unschuldig sind. Und ich weiß auch, daß ich Sie nicht bitten kann, mir Ihre Verdächtigen zu verraten, weil die bloß Verdächtige wären. Aber ich kann den Arbeitsprozeß zeigen; ich kann zeigen, daß ein Mordfall nicht etwas ist, das in einer Stunde gelöst wird, Werbung nicht eingeschlossen.»

«Wie in *Miami Vice*?»

«Oder in *Hill Street Blues* oder irgendeiner Fernsehsendung oder einem Film oder einem Detektivroman.»

Neuman lutschte an seinem Rührstäbchen. «Das Problem ist, daß ich eigentlich im Ruhestand bin.» Und verheiratet.

«Vielleicht, aber Sie arbeiten *eigentlich* auch am Dimanche-Fall, obwohl B. G. Harris tot ist.»

Neuman wischte das Rührstäbchen an einer Serviette ab, rührte dann wieder in seinem Wasser herum. «Ist Terry Niles auch ein Freund?»

Sie runzelte die Stirn. «Was *haben* Sie denn bloß?»

«Er hat Ihnen die Sache mit Bobby Redfield erzählt, nicht? Er ist der einzige, der soviel davon weiß. Er hat nie darüber geschrieben, weil ich ihn gebeten habe, es nicht zu tun, also müssen Sie mit ihm geredet haben, also muß er ein Freund sein.»

Sie sagte etwas in ihr Glas.

«Was?»

«Ein ehemaliger *Liebhaber*.» Sie sah auf, schob ihre Tasse beiseite und stützte ihre Ellbogen auf den Tisch. «Hegen Sie vielleicht väterliche Gefühle für mich? Männer in Ihrem Alter tun das manchmal. Sie denken, Sie müßten mich vor den großen bösen Wölfen beschützen, die da draußen herumstreichen. Ich kann auf mich selbst aufpassen, Lieutenant; kann ich wirklich. Und ich nehme die Annahme sehr übel, daß ich's nicht könnte.»

«Unterstellung.»

«Was?»

«Sie haben das gesagt, also ist es eine Unterstellung, keine Annahme, und weil Sie das gesagt haben, ist es Ihr Problem, wenn Sie's dann übelnehmen. Hat Terry Ihnen von Bobby erzählt?»

«Ja. Aber werden Sie jetzt nicht sauer auf ihn. Ich sagte ihm, daß Sie jetzt an dem Dimanche-Fall arbeiten, und er hat es nicht gedruckt.»

«Finden Frauen Terry, äh, wissen Sie, attraktiv?»

«Sie meinen, obwohl er eine Glatze hat? Ja.»

«Ein bißchen wie Yul Brunner, nehme ich an.»

Sie setzte sich zurück, die Fingerspitzen auf der Tischplatte, und lächelte. «Sie werden es machen, oder? Ich darf Sie filmen?»

«Lassen Sie uns 'ne Runde Auto fahren. Wo ist Ihr Wagen?»

«Ich fahre mit Ihnen. Ich will nur noch mal eben auf die Toilette. Sagen Sie nicht: ‹Schon wieder?›»

Er winkte ab, wie Sonny. Er sah ihr nach, wie sie zurück ins Restaurant ging, was Sonny nicht getan hätte; er hätte geraucht und ein bißchen müde in die Gegend geguckt, so als wäre eine gutaussehende Frau wie seine Bren Ten – schön, sie dabeizuhaben, aber gleichzeitig auch eine Last.

Sie kam zurück zum Tisch mit einer Röte im Gesicht, von der er sich sagte, daß sie von der Erwartung käme, und er zwang sich, die Schlußfolgerung aus dem zu ignorieren, was er durch das Fenster gesehen hatte, als ein anderer Gast auf die Damentoilette ging, während Nell noch drinnen war: Sie stand vorm Spiegel und rieb ihre Nasenlöcher und ihr Zahnfleisch wieder und wieder mit einer Fingerspitze. Die Unterstellung.

Neuman fand einen Parkplatz genau dort, wo er hinwollte. Wieheißt-er-noch, in *Mike Hammer*, fand immer einen Parkplatz genau dort, wo er hinwollte, aber Neuman eher selten, denn so war sie nicht, die Polizeiarbeit. Andererseits war Mike Hammer ein Privatdetektiv.

«Das ist das Haus von Dimanche», sagte Nell Ward. «Sie glauben nicht, daß B. G. sie getötet hat, oder?»

«Wie Sie schon sagten, Sie können mich nicht bitten, Ihnen meine Verdächtigen zu verraten, weil, mehr wären sie auch nicht, aber sagen wir mal so, ich habe sie. Ich möchte mich drinnen mal umsehen. Manchmal, wenn ich die Wohnung einer Frau durchsuche, habe ich eine Polizistin dabei. Manchmal sehen sie etwas, das nicht in Ordnung ist, mir aber nicht auffallen würde.»

Sie schlang die Arme um ihren Körper und rutschte tiefer in ihren Sitz. «Darum haben Sie mich gebeten mitzukommen – um die Meinung einer Frau zu Ihrem Geschmack zu hören.»

«Wenn Sie eine Meinung haben, bin ich sicher, daß Sie sie mir sagen werden. Ich möchte, daß Sie mir einfach bloß sagen, ob es irgendwas gibt, das sich nicht okay anfühlt. Ich erzähle Ihnen jetzt ein Beispiel. Das ist streng vertraulich und taucht besser nicht in irgendeinem Film auf: Auf dem Plattenteller von B. G. Harris lag eine Platte; ich verstehe nichts von Musik und weiß deshalb auch nicht, ob es die Art von Platte ist, die sie sich anhören würde, oder ob jemand die Platte vielleicht aufgelegt hat, um eine Art Unterschrift, ein Zeichen oder so, zu hinterlassen.»

«Wer?»

«Haben Sie je davon gehört? *The Last Waltz*?»

Sie lachte. «Natürlich. Ich meine, ja. Ja, es ist eine meiner Lieblingsplatten. Oder sollte ich das nicht sagen?»

«Nur, wenn Sie sie nicht getötet haben.»

Sie setzte sich gerade auf und starrte ihn an. «Jemand hat B. G. *getötet*?»

«Erzählen Sie mir was über *The Last Waltz*.»

«Es ist der Soundtrack eines Filmes, eines Dokumentarfilmes von einem Konzert, einem Abschiedskonzert, von einer Gruppe, die The Band heißt. The Band spielen darauf und eine Menge andere Leute – Dylon, Joni Mitchell, Neil Young, Neil Diamond, Van Morrison, Doctor John, Muddy Waters, Paul Butterfield, Emmylou Harris. Es ist eine Art Eloge, ich glaube, so nennt man das, auf einen Teil der Sechziger, der bis Ende der Siebziger dauerte.»

«Und ist die Platte populär?»

«Wenn Sie damit meinen, daß Millionen Exemplare verkauft wurden: Also da wäre ich überrascht. Wenn ich einen Spielfilm drehen würde, und ich hätte eine Figur, die sich *The Last Waltz* anhört, dann wäre das jemand, der ein Hippie gewesen ist und jetzt fast, aber nicht ganz angepaßt wäre – einer, der immer noch Jeans trüge, aber auch eine Rolex, einer, der einen Macintosh-Computer benutzt.»

The Band, Dylan, Joni Mitchell, Neil Young, Neil Diamond, Van Morrison, Doctor John, Muddy Waters, Paul Butterfield, Emmylou Harris, Macintosh-Computer: Dinge, die für sie einen Klang besaßen, waren für ihn schräge Töne. Eine Rolex kannte er, das waren doch die, die die Astronauten trugen. Oder nicht? «Sie sagten ‹er›. Ist es wahrscheinlich, daß ein Mann *The Last Waltz* eher auflegt als eine Frau?»

Sie lächelte. «Ich habe das unbewußt gesagt, aber ich denke, es ist eher eine Platte für Männer. The Band ist auf jeden Fall eine Band für Männer, obwohl Robbie Robertson einer der schönsten Männer ist, die je erfunden worden sind. Terry – Terry Niles – sagte, nachdem er den Film *The Last Waltz* gesehen hatte, daß er sich in Robbie Robertson verknallen könnte.» Er hatte vergessen, eifersüchtig auf Terry Niles zu sein, den glatzköpfigen Scheißkerl. Sollte er eifersüchtig auf die ganze Band sein, oder bloß auf Robbie Robertson? Und was war mit Neil Young, Neil Diamond, Van Morrison, Doctor John, Muddy Waters und Paul Butterfield? Und Dylan? Dylan war doch ein Mann, oder nicht? Und was war mit Männern, die Jeans und Rolex-Uhren trugen und Macintosh-Computer benutzten? Und was war mit den Marines? «Aber eine Frau könnte sie auch anhören.»

Sie zuckte mit den Schultern. «Natürlich.»

Nachdem er ihr nun ein Beispiel erzählt hatte, war er nicht mehr sicher, wofür es ein Beispiel war. «Ja, gut. Wir wollen mal reingehen und uns umsehen.»

«Da stimmt was nicht.» Nell Ward stand über einen Anrufbeantworter in Dimanches Schlafzimmer gebeugt. «Na ja, es stimmt irgendwie – aber es ist komisch.»

Für Neuman stimmte das ganze Haus nicht – es war nicht komisch, es stimmte nicht. Es sah nicht wie das Haus eines Popstars aus, es sah aus wie das Haus einer Großmutter, wie das seiner Großmutter, an der President Street in Brooklyn – nicht im Mafia-Teil der President Street, sondern im jüdischen, in der Nähe des Grand Army Plaza: voll von Chintz und Brokat und Plüsch und Deckchen und Schnickschnack; an den Wänden Bilder von Großmüttern und Großvätern und ihren Großmüttern und Großvätern; Sofas, die nicht gerade dazu einluden, darauf zu sitzen, und Sessel, die nicht so aussahen, als hätte jemand die Einladung angenommen; hohe, schmale Holzbetten, die zur Rekonvaleszenz oder zum Sterben taugten, aber nicht zum Schlafen oder Lieben; dunkle Teppiche, dunkle Vorhänge, dunkle Täfelung, riesige Kronleuchter; Flure, die hallten, und Treppen, die knarrten; es gab, wie es schien, doppelt so viele Türen wie Räume. Die einzigen Spuren davon, daß eine andere Generation als die jener Großmütter und Großväter das Haus bewohnt hatte, waren einige wenige aktuelle Zeitschriften und Zeitungen – keine Bücher –, die hier und da herumlagen, ein High-Tech-Stereoturm im Wohnzimmer, Fernseher in der Küche und im Elternschlafzimmer und der Anrufbeantworter.

«Ja? Was?»

Sie senkte schüchtern ihren Kopf. «Es ist wahrscheinlich nichts.»

«Was?»

«Ich spiele bloß Cop.»

«Spielen Sie.»

«Hat irgend jemand das Haus durchsucht? Irgendein Cop?»

«McIver hat es durchsucht, hauptsächlich um sicherzugehen, daß hier sonst keiner wohnte und darauf wartete, daß Dimanche zum Essen nach Hause kam. Sie hatte eine Hausangestellte, die aber nicht hier wohnte. Warum?»

«Dieser Anrufbeantworter ist an.»

«Na und?»

Sie zuckte mit den Schultern. «Sie haben recht. Es ist nichts.»

«Was?»

«Ich weiß es nicht. Ich hatte bloß diese Idee: Vielleicht hat der, der Dimanche getötet hat, wer immer das war, sie angerufen – um ihr vielleicht zu drohen, oder bloß um hallo zu sagen, wenn man davon ausgeht, daß es jemand war, den sie kannte, was ich allerdings annehme.»

«Ja, gut. Es waren ein Haufen Leute im Theater, als sie starb. Sie alle kannten sie auf die eine oder andere Art.»

«Das ist es nicht, was ich meine. Steve hat mich durch das Theater geführt, damit ich sehen konnte, ob es einen Ort gab, den ich filmen wollte. Dimanche wurde in ihrer Garderobe hinter der Bühne getötet. Um hinter die Bühne zu kommen, muß man durch die Bühnentür gehen; der Portier dort ist keineswegs der nette alte Trottel, den man immer in Filmen übers Theater sieht – er wird immer mit Pop angeredet und gibt der Unschuld vom Lande gute Ratschläge, wie sie die Rolle *und* ihren Freund wiederkriegen kann; dieser Portier ist ein junger Schwarzer, sehr aufmerksam, sehr sorgfältig – und der verärgert über die *Annahme* war –» sie sah auf und lächelte, und Neuman lächelte zurück –, «daß jemand, den er vorbeigelassen hätte, Dimanche getötet haben könnte. Ich glaube nicht, daß er irgend jemanden an sich vorbeiläßt. Ich glaube, Dimanche ist zum Zuschauerraum vorgegangen, durchs Parkett, und hat jemanden durch eine der Foyertüren, die abgeschlossen sind, aber von innen mit einem Schlüssel geöffnet werden können, reingelassen. Jemanden, den sie kannte, jemanden, den sie hergebeten hatte, jemanden, den sie erwartete, jemanden, dem sie gesagt hatte, er solle auf diese Weise kommen, weil *sie* nicht wollte, daß irgendeiner ihn sieht. Ich glaube, daß jemand sie getötet hat und dann auf demselben Weg, auf dem er hereingekommen ist, wieder verschwunden ist; die Tür schließt von selbst: Es ist eins von diesen – ich weiß nicht, wie man die nennt – Schlössern mit einem Metallknopf, den man von innen drückt.»

«Schlösser mit Panikfunktion.»

Nell hob ihren Kopf. «Wirklich?»

Neuman machte sich über sich selber lustig und stellte sich vor, sie hätte sich jetzt in ihn verliebt, weil er das wußte, so wie sie es getan hätte, wenn er Jeans und eine Rolex getragen und einen Macintosh-Computer benutzt hätte. Er saß in einem Sessel, der ein wenig ächzte, aus Überraschung. «Ja, gut. Das einzige Problem dabei ist das: Es gab eine Pause bei den Proben, weil Dimanche einige Schwierigkeiten mit ihrem Text hatte, Schwierigkeiten, die Dillen und Klein und Mrs. Wyndham, der, äh, Frau mit dem Geld, nicht paßten. Die Pause war nicht vorgesehen, also ist es nicht wahrscheinlich, daß Dimanche irgend jemanden erwartete.»

«Okay, also hat sie ihn angerufen, weil sie wütend war. Sie wollte, daß er sie tröstete; die Leute, mit denen sie arbeitete, bereiteten ihr nur Kummer.»

Neuman schüttelte seinen Kopf. «Es gab nicht genug Zeit für sie, einen Anruf zu machen, und für jemanden, ins Theater zu kommen, sie umzubringen und wieder zu verschwinden.»

«Wenn er nicht in der Nähe wohnt oder arbeitet.»

Neuman schob seinen Hut zurück auf seinem Kopf. «Sie sagen wieder ‹er›. Sagen Sie das unbewußt, so wie Sie über *The Last Waltz* redeten, oder was?»

Sie kam und setzte sich auf die Sessellehne, was den Sessel *und* Neuman überraschte. «Dimanche hatte einen Freund, einen neuen Freund, jemanden, den sie traf, aber *mit* dem man sie nicht traf. Es lief schon seit mindestens ein paar Monaten. Sie war immer noch, für die Bedürfnisse der Klatschkolumnisten und der Öffentlichkeit, mit Kevin Last liiert, was wahrscheinlich ihre Heimlichtuerei erklärt. Aber das mußte ihn wurmen – den neuen Freund wurmen, meine ich. Niemand spielt gern die zweite Geige, besonders wenn die erste Geige immer ihr Bild in der Zeitung hat, zusammen mit dem Dirigenten.»

«Sie haben wohl eine Menge darüber nachgedacht», sagte Neuman.

Nell setzte an, etwas zu sagen, unterbrach sich aber und spitzte ihren Mund.

«Was?»

«Oh, nichts. Oh, also gut. Ich habe vor ein paar Tagen Terry besucht, um ein bißchen mehr über Sie zu erfahren. Wir haben lange über Dimanche geredet, über *Nowhere Man* – praktisch Terrys Erfindung. Das tut Terry am liebsten, reden. Er liebt es, in seinem Büro zu sitzen, seine Tür steht offen, er legt seine Füße auf den Tisch und seine Kumpel kommen vorbei und hören zu, wie er spekuliert, doziert und theoretisiert. Er kann das sehr gut. Er erzählte eine Geschichte über einen ehrwürdigen britischen Schauspieler – er dachte, es wäre Ralph Richardson, aber es hätte auch John Gielgud sein können –, der gesagt hat, daß im Theater, aber auch im Leben jede Liebesaffäre ihren Mord verlangt: Der neue Liebhaber muß – im übertragenen Sinne natürlich — alle alten Liebhaber seiner neuen Liebe töten. Terry denkt, daß Dimanches neuer Liebhaber das nicht konnte – weil sie berühmt war, weil ihre früheren Liebesaffären Teil ihrer öffentlichen Geschichte waren – und er *sie* deshalb töten mußte – buchstäblich.»

Dieser spekulierende, dozierende, theoretisierende Scheißkerl.

«Ja, schön. Ich muß Terry demnächst einmal besuchen. Ich hab ihn schon ein paar Jahre nicht mehr gesehen. Ich werde ihn bitten müssen, seine Füße auf den Tisch zu legen und zu spekulieren, damit ich mir Notizen machen kann und vielleicht ein paar Tips bekomme. Ich werde –»

«Jake?» sagte Nell.

«... Ja?»

«Küß mich.»

Sie nahmen ihre Hüte ab. Sie schmeckte nach Kaffee: Kokain, Koffein – war das vielleicht das gleiche? Was wußte er schon? *Was wußte er schon?*

Sie nahmen die Kassette aus Dimanches Anrufbeantworter heraus und nahmen sie mit zu Nell Wards Loft an der Hudson Street, um sie dort abzuhören... danach.

Sie redeten nicht auf dem Weg dahin. Sie sprachen nicht darüber, daß Nells Auto immer noch in Chelsea parkte, in der Nähe von B. G. Harris' Wohnung.

Sie fanden einen Parkplatz genau dort, wo sie hinwollten, genau wie Mike Hammer.

Sie redeten nicht, während Nell die Haustür aufschloß.

Dann sagte Nell: «Laß dich von dem Graffito nicht stören. Es gibt hier einen Punk Rock-Club am Ende des Blocks, und vor ein paar Wochen sind ein paar der Leute hier eingebrochen und haben uns das da gelassen.»

«Ich muß los», sagte Neuman.

«Jake?»

«Ich muß los. Mir ist grade wieder was eingefallen.»

«Oh, Jake. Keine Angst. Ich weiß... ich weiß, daß du verheiratet bist, aber das macht doch nichts. Es bleibt unter uns.»

«Wir sehen uns ja sicher demnächst wieder, denk ich. Okay?»

«Jake.»

Er fuhr Richtung Downtown, völlig ohne Grund. Er landete im Brooklyn-Battery-Tunnel, völlig ohne Grund. Er kam heraus auf den Gowanus und blieb darauf, bis der zum Belt wurde, fuhr an der Cropsey Avenue ab und hinüber nach Coney Island, völlig ohne

Grund. Er fand einen Parkplatz an der Neptune Avenue, genau wie Mike Hammer, und ging am Strand herunter, völlig ohne Grund, und an ihm entlang, Richtung Sea Gate, völlig ohne Grund. Er hob einen Stock auf und zeichnete Muster in den Strand, sinnlose Muster, und sah dann zu, wie die Wellen sie auslöschten. Er wünschte, er könnte die Annahme, die Unterstellung ausradieren, die sich aus dem ergab, was er an der Wand von Nell Wards Flur gelesen hatte:
There's a needle in your arm
and it makes you breathless.

16

«Hey, wart 'ne Sekunde. Das ist nicht Angela. Wo's Angela?»

«Das ist der Mann, der die Lottozahlen zieht. Sie haben das gerade gesagt, als du auf'm Klo warst.»

«Ich will keinen Mann im Anzug angucken, der Lottozahlen zieht. Ich will Angela sehn.»

«Ich hab's dir doch grade ge*sacht*, Artie. Das ist der Mann, der die Lottozahlen zieht. Sie haben das grade gesagt, als du auf'm Klo warst.»

«Geht dir das eigentlich nie auf'n Wecker, dir selber zuzuhören, wie du immer dasselbe sagst, Jer? *Mir* geht das auf'n Wecker, dir zuzuhören, wie du immer dasselbe sagst.»

«Vielleicht hat Angela mit jemand anders 'n Deal gemacht, Art, für 'nen Teil von den zweiundfünfzig Mille. Vielleicht ist sie schon in Hawaii und wartet auf irgend 'nen Typen, der ihr ihren Anteil vorbeibringt, irgendeiner, der schon mal mit ihr ausgegangen ist, keiner wie du, dessen Schwester bloß ihre Schwester kennt.»

«Hey, ich hab dir doch gesacht, Jer, wenn ich mit ihr ausgehen will, kann ich's auch. Ich hab beschlossen, ich will nicht, das ist alles, ich brauch's nicht, das ist alles. Warum soll ich ihr was von den sechzig Mille abgeben – es sind sechzig Mille, Jer, weil so viele Leute in den letzten Tagen Lose gekauft haben –, wenn ich's auch alles selber behalten kann?»

«Wenn du die Hälfte behalten kannst, meinst du. Ich kriege auch 'ne Hälfte, vergiß das nicht.»

«Hey, hör dir doch selbst mal an, Jer, wie du plötzlich davon redest, daß du auf jeden Fall deine Hälfte willst. Vor'n paar Stunden hast du davon geredet, zu den Cops zu gehen und ihnen zu erzählen, daß wir das Los von dem Kerl genommen haben, weil du nichts damit zu tun haben wolltest. Jetzt auf einmal redest du davon, daß du auf jeden Fall deine Hälfte willst.»

«Halt's Maul, ja? Der Mann zieht die Zahl.»

«Wenn's bloß Angela wäre. Angela sieht gut aus. Außerdem hat sie tolle Titten.»

«Halt's Maul, ja?»

«Gleich ist es soweit. Sie erzählen einem, die Ziehung ist um zehn, du stellst deine Glotze an, und dann mußt du erst mal Nachrichten sehen, Flugzeugabsturz in Guacamole, wen interessiert denn das?»

«Guatemala.»

«Dann mußt du dir die Sportnachrichten ansehen, das Wetter, die Yanks haben verloren, die Mets haben verloren, was soll's, morgen wird's schön sein, schön für uns, weil wir sechzig Millionen gewonnen haben – Fünf! Super! Fünf! Ich hab's dir gesacht, Jerry. Wir haben die Gewinnzahl. Ich hab's dir gesacht, Mann. Fünf! Super!»

«Reg dich ab, Artie. Ich höre nichts. Was hat er grade gesagt? Irgendwas darüber, daß man den Schein unterschreiben muß. Hast du den Schein unterschrieben, Artie?»

«Er redet davon, daß man's hinterher macht, wenn man gewonnen hat, damit keiner ihn fälschen – Vierundvierzig! Kannst du dir das vorstellen, Jer? 5 und 44! Wir haben beide. Kannst du dir das vorstellen?»

«Ich versteh überhaupt nichts, Artie, hör auf, hier rumzuhüpfen. Was hat er gerade gesagt? Irgendwas darüber, daß man erst morgen nachmittag weiß, wer gewonnen hat?»

«*Sie* wissen es erst morgen nachmittag. Wir werden's in ein paar Sekunden wissen – Neun! Heilige Scheiße! Neun! Ich kann's nicht fassen – 5, 9, 44. Und die haben wir – 5, 9, 44.»

«Bleib mir vom Leibe, du Arschloch. Ich seh absolut nichts.»

«Zwei! Zwei! Zwei! 2, 5, 9, 44! Wir haben sie! 2, 5, 9, 44!»

«Reg dich ab, Mann. Die Nachbarn. Willst du, daß die Nachbarn alles mitkriegen?»

«Zweiundvierzig! Ich kann's nicht fassen. Wir brauchen bloß noch 'ne Acht, Jer. Acht, und wir haben's. Oh, Scheiße. Ich kann's nicht fassen. Oh, Scheiße, wir werden's nicht packen. Ich spür das. Acht und Neun sind so dicht beieinander. Ich hätte nie auf die Acht und Neun gesetzt; sie sind zu dicht beieinander.»

«Halt's Maul, Artie.»

«Wir werden's nicht packen.»

«Halt's Maul.»

«Wir werden's nicht packen.»

«Halt's Maul.»

«Wir werden's nicht packen... Acht! Acht, Acht, Acht, Acht, Acht, Acht, Acht! Wir haben's gepackt. Wir haben gewonnen, Jerry! Wir haben gewonnen! Sechzig Millionen Dollar. Wir haben gewonnen, wir haben gewonnen, wir haben gewonnen!»

«Reg dich ab, Mann, die Nachbarn.»

«Wir haben gewonnen, wir haben gewonnen, wir haben gewonnen!»

«Artie?»

«Wir haben gewonnen, wir haben gewonnen, wir haben gewonnen! 2, 5, 8, 9, 42, 44! Wir haben gewonnen, wir haben gewonnen, wir haben gewonnen!»

«Artie?»

«Wir haben gewonnen, wir haben gewonnen, wir haben gewonnen!»

«Was hat er gemacht, Artie? Er hat noch 'ne Zahl gezogen. Er hat 22 gezogen. 22 ham wir nich.»

«Das ist die Zusatzzahl. Das ist für die Verlierer. Wenn sie die haben und wenn sie dann noch ein paar andere Zahlen haben, gewinnen sie ein paar Bucks. Uns interessiert das nicht. Wir haben die Gewinnzahl – 2, 5, 8, 9, 42, 44. Ich kann's nicht fassen.»

«Artie?»

«*Aloha,* Waikiki.»

«Das Telefon klingelt, Artie.»

«Ich kann's nicht fassen, Jer. Als wir bloß noch 'ne Acht brauchten, Jer, als wir boß noch 'ne Acht brauchten, dachte ich nicht, daß wir die kriegen. Ich dachte, oh, Scheiße, wir werden's nicht pakken. Acht und Neun sind zu dicht beieinander, Mann. Ich hab's nie gemocht, daß Acht und Neun so dicht beieinander waren. Ich hätte nie auf Acht oder Neun gesetzt; die wären zu dicht beieinander. Aber wir haben's gepackt, wir haben's gepackt, wir haben's gepackt! Wir haben gewonnen, wir haben gewonnen, wir haben gewonnen!»

«Artie, das Telefon klingelt.»

«Dann geh doch ran.»

«Es ist dein Telefon, Artie.»

«Wahrscheinlich für meine Schwester, meine Mutter.»

«Die sind nicht zu Hause.»

«Und bin ich etwa ihr Sekretär? Wir haben gewonnen, Jerry. Wir haben gewonnen, wir haben gewonnen!»

«Vielleicht ist es Terry Niles», sagte Jerry. «Er kennt die Lottozahl.»

«Wie sollte er die Zahl kennen? Sie haben die Zahl gerade erst gezogen.»

«Er hat zugeguckt. Er muß zugeguckt haben. Wir haben zugeguckt, oder? Er muß auch zugeguckt haben. Er kennt die Gewinnzahl, er weiß, daß wir sie haben.»

«Seit wann weiß er die?»

«Seit ich sie ihm gesagt hab.»

«Jetzt wollen wir das aber mal ganz klarstellen, Jerry. Du hast Niles die Zahl *gesagt*, die wir angekreuzt haben?»

«Wir haben sie nicht angekreuzt, Artie. *Nowhere Man* hat sie angekreuzt.»

«Du hast ihm *gesagt*, daß wir das Los von dem Kerl genommen haben *und* ihm gesagt, welche Zahl es war?»

«Er hat mich in die Mangel genommen.»

«Richtig, er hat dich in die Mangel genommen. Also sag mir jetzt, daß du's ihm nicht gesagt hast, Jerry.»

«Ich habe gerade –»

«*Sag* mir, daß du's nicht hast, Jer.»

«Ich hab dir gerade gesacht, ich – *Au*!»

«Du Drecksau, Jerry.»

«*Au*! Hey, laß das, Mann. *Au*!»

«Du Drecksau. Du hast Niles *erzählt*, daß wir das Los von dem Kerl genommen haben, *und* du hast ihm erzählt, welche Zahl es war, *und* du hast ihm meine Telefonnummer gegeben?»

«Nein, Mann. Hey – *Au*!»

«Was meinst du, *nein*, Jerry? Das Telefon klingelt, oder nicht, Jer? Du meinst *ja*, nicht, Jer? Du meinst *ja*, du hast Niles erzählt, daß wir das Los von dem Kerl genommen haben, *ja*, du hast ihm erzählt, welche Zahl es war, *ja*, du hast ihm meine Telefonnummer gegeben. Du Drecksau.»

«Vielleicht ist es gar nicht Niles. Vielleicht solltest du rangehen. Es klingelt immer noch. Vielleicht ist es ein Notfall.»

«Der einzige Notfall, Jer, bist du. Du wirst einen Krankenwagen für den Rest deines Lebens brauchen, Jer.»

«Ich werde rangehen.»

«Geh nicht ran, Jer.»

«Vielleicht ist es gar nicht Niles.»

«Das hast du gesagt. Jerry. Erst hast du gesagt, es *wär* Niles, jetzt sagst du, es ist vielleicht *nicht* Niles. Geh nicht ran, Jerry.»

«Hallo?»
«Du Drecksau.»
«... Ja... Ja, ich dachte mir, daß Sie's wären.»
«‹Ich dachte mir, daß Sie's wären›», äffte Artie nach.
«... Ja. Ja, wir haben die Zahl... Ja, 2, 5, 8, 9, 42, 44.»
«Erzähl's doch gleich der ganzen Welt, warum nicht, Jer? Erzähl's der ganzen Welt.»
«... Ich weiß nicht, was wir tun werden. Wir wissen nicht, was wir tun werden... Wann?... Ja, ich denke das könnten wir... Okay, ja... Ja, ja, okay, ja... Ja, ich bring ihn mit.»
Jerry legte auf. «Das war Niles.»
«Was du nicht sagst, Kojak.»
«Er hat deine Nummer aus'm Telefonbuch.»
«Du hast sie ihm gegeben, meinst du.»
«Er hat sie aus'm *Telefon*buch.»
«Dabei fällt mir ein, ich muß mir'n nichtregistriertes Telefon besorgen, die Leute werden aus den letzten Löchern angekrochen kommen und mich wegen der Kohle anhauen. Ich muß mir auf meiner Yacht auch 'n nichtregistriertes Telefon besorgen, in meinem Benz, in meinem Flugzeug. Ich werd die Nummer bloß Blondinen geben. Und vielleicht Rothaarigen.»
«Er will uns treffen.»
«Und weißt du was, Jerry? Ich denke, du hast dein Maul so weit aufgerissen, daß ich dir nicht die Hälfte von den sechzig Mille geben werde. Ich denke, du könntest vielleicht 'ne Lektion darüber gebrauchen, wie man die Fresse hält.»
«Er will uns treffen, Artie.»
«Ich meine, du redest zuviel, Jer. Das wollen wir mal klarstellen.»
«Er ruft zurück und sagt, wann.»
«Jemand, der so viel redet, also, das ist nicht gesund, verstehst du, was ich damit sagen will?»
«Ich glaube, er will was davon abhaben, Artie.»
«Ich sage nicht, daß ich dich reinlegen werde, Jer. Ich werde dir was abgeben. Aber ich werd dir wohl nich die Hälfte geben, nee, werd ich wohl nich.»
«Was von den sechzig Mille, Artie. Weil er sonst, sagt er, den Cops erzählt, daß er weiß, wer *Nowhere Man* ist.»
«... Das hat er gesagt?»
«Ich hab's dir doch grade *gesacht.*»
«Er hat gesagt, er weiß, wer *Nowhere Man* ist?» Artie ging zu einem Wandschrank und tastete in einem Fach herum.

«Was machst du da, Artie?»

«Ich kann dich nicht verstehen, Jerry. Meinst du nicht, daß ich dich vielleicht nicht so gut verstehe, wenn ich meinen Kopf grad im Schrank habe?»

«Ich sagte, was machst du – Fuck, was ist das denn?»

«Fuck, wie sieht es denn aus, Jerry?»

«Es ist 'ne Waffe. Wo hast du denn die Waffe her?»

«Ich hab sie mir besorgt. Fuck, ist doch egal wo, oder?»

«Fuck, was willst du denn damit machen?»

«Ich werde ihn umpusten. Fuck, was glaubst du?»

«Wen umpusten?»

«Fuck, wen glaubst du wohl, Jerry?»

«Niles?»

«Bingo. Das ist deine Nacht heute, Jerry. Erst gewinnst du die Hälfte vom Lotto, dann kriegst du Bingo. Das ist deine Nacht heute.»

17

«Hallo, Lieutenant.»

«Hallo Steve. Danke, daß ich schnell mal vorbeikommen konnte. Das ist 'ne hübsche Wohnung hier. Klein, aber fein. Und ich bin Jake, verdammt noch mal.»

Federici lächelte. «Und wie läuft's so, Jake? Ich hörte, die Dimanche-Sache ist gegessen.»

«Wo hast du das gehört?»

«McIver. Er untersucht, weißt du, diese *Nowhere Man*-Sache, aber er behandelt mich immer noch wie ein Cop, nicht wie, weißt du, Rattenscheiße. Möchtest du etwas zu trinken, Jake? Kaffee? Alk? Ein Bier?»

«Nein. Nein, danke.»

«Etwas zu essen? Ich habe Hähnchen, du kannst es kalt haben, Auberginen mit Parmesan, kann ich warm machen. Oder ein bißchen Popcorn? Ich wollte gerade etwas Popcorn machen.»

«Ich habe gegessen, danke.» Hatte er? Nein – er war bloß gefahren.

«Ich denke, ich werde auf jeden Fall Popcorn machen. Komm mit in die Küche.»

Neuman lehnte sich an die Küchentür, während Federici eine

Pfanne aus rostfreiem Stahl unter dem Waschbecken hervorholte, eine Flasche Safloröl aus dem Küchenschrank nahm, eine Butterdose aus dem Kühlschrank, einen Topf mit Popcorn aus dem Gefrierfach.

«Ich hab in letzter Zeit 'ne Menge Popcorn gegessen», sagte Federici. «Die Nerven, denke ich. Gott sei Dank rauche ich nicht. Hast du je geraucht, Jake?»

«Ich glaube nicht. Nein, habe ich nie. Hast du dein Popcorn immer im Gefrierfach?»

«So soll es angeblich frisch bleiben.» Federici lachte. «Frag mich nicht, wer das gesagt hat. Ich hab's bloß irgendwo gelesen.» Er goß etwas Öl in die Pfanne und legte ein einzelnes Korn hinein. «Und jetzt bist du also nicht mehr im Ruhestand, Jake? Du arbeitest an dieser *Nowhere-Man*-Sache?»

«Wer? Oh – nein. Nein, tue ich nicht. Ist das alles, was du machst?»

«Das hab ich auch irgendwo gelesen – darüber, wie man das beste Popcorn macht. Tu ein Korn hinein, und füge den Rest erst hinzu, wenn es knallt. So weißt du, daß das Öl heiß ist und daß die Körner nicht bloß in der Pfanne liegen und das ganze Fett aufsaugen. Ich habe einen Anruf bekommen, Jake – einen merkwürdigen Anruf. Ich überlege, ob ich McIver davon erzählen soll, oder vielleicht was auf eigene Faust deswegen unternehme. Von einer Frau. Sie wollte mir nicht sagen, wer sie war oder sonstwas, nur daß sie ernsthaft joggt, so wie *Nowhere Man* wahrscheinlich, aber sie hatte ein paar Ideen dazu, wer *Nowhere Man* ist und wo er vielleicht gewohnt hat...» Er erzählte noch mal alles, aber eine Hälfte von Neuman hörte nicht zu. Diese Hälfte überlegte: Wenn die Sonne die Größe des Globus in der Halle des *Daily News*-Gebäudes besäße und die Erde entsprechend die Größe einer Walnuß und sich am Eingang vom Grand Central Terminal befände, würden Leute, deren Job es war, Fälle zu lösen, den Betrachtungen von Hirnis und Vollidioten immer noch soviel Glauben schenken? Aber andererseits war Federici jetzt gar nicht dabei, irgend etwas aufzulösen; er war Teil eines Knotens.

«Meinst du, daß ich McIver davon erzählen sollte, Jake?» sagte Federici.

«Weiß ich nicht», sagte Neuman. «Ich meine, du könntest es tun.»

Das Korn knallte. Federici schüttete soviel Körner hinein, daß sie den Boden der Pfanne bedeckten und tat den Deckel darauf.

«Bist du sicher, daß du nichts davon möchtest?»

«Ja. Ich meine, nein – nein, danke.»

«Ich habe nicht im Lotto gewonnen, Jake. Hast du gewonnen?»

«Ich weiß nicht. Ich meine, ich glaub's nicht. Ich hab kein Los gekauft. War die Ziehung schon?»

Federici nahm die Pfanne von der Flamme und schüttelte sie leicht.

«Ungefähr vor einer Stunde. 2, 5, 8, 9, 42, 44 waren die Gewinnzahlen. Sie haben 5 zuerst gezogen, was eine meiner Zahlen war, und ungefähr zehn Sekunden lang habe ich gedacht, auf Wiedersehen NYPD und hallo Rock 'n' Roll für immer, aber ich hatte keine der andern.»

Es lief aufs gleiche hinaus, daß Neuman gar kein Los gekauft hatte; er hatte einen Dollar gespart, denn er hätte diese Zahlen nicht angekreuzt. Oder? Er hatte daran gedacht, Acht anzukreuzen – für die Buchstaben in Nell Wards Namen. Nell Ward – Jesus.

«Die knallen jetzt wirklich, nicht?»

«Weil das Öl jetzt schön heiß ist.» Federici konzentrierte sich auf das Knallen, bis es aufgehört hatte. Er schüttete das Popcorn in eine große blaue Schüssel und tat sie auf den Küchentresen. Er stellte die Pfanne zurück auf den Herd und drehte die Flamme ab.

«Benutzt du keine Butter?» sagte Neuman.

«Die Pfanne ist im Moment zu heiß dafür. Es würde anbrennen. Es wird zum Schmelzen gleich immer noch heiß genug sein. Ich brauche keine andere Hitze mehr.»

«Du hast daraus, weißt du, fast so was wie 'ne Wissenschaft gemacht, oder?» sagte Neuman.

«Jake?»

«Ja?»

«Es tut mir leid, daß ich dir nichts von Dimanche erzählt habe, Jake. Es war nichts, was ich mit ihr hatte. Ich meine, ich hatte überhaupt nichts mit ihr. Ich habe sie auf dieser Party getroffen, zu der Nell mich mitgenommen hat – was ist los?»

«Nichts.»

«Du siehst aus, als hätte dir jemand in die Eier getreten.»

Jemand wie du. «Ihr seid Kumpel, was? Du und Nell Ward?»

Federici sah ihn wieder an, als hätte er seine Kanone gefressen. «Nell ist eine Freundin, ja. Ich meine, weil sie immer in der Nähe war und ihren Film vorproduziert hat, hab ich sie ganz gut kennengelernt. Sie wollte zu so 'ner Party von irgendwelchen Leuten aus der Filmbranche, also ihrer Branche, und sie fragte mich, ob ich mitkommen will. Es war unten im TriBeCa, ein großes Loft. Es waren 'ne Menge berühmte Leute da. Nicht richtig berühmt, aber, du weißt schon – Punker, Rocker, Tänzer, Maler, Schriftsteller, Filmemacher wie Nell. Ich weiß nicht. Ich meine, ich denke, ich hab was für solche Leute übrig. Ich meine, manchmal denke ich, ob sie nicht was tun, das ich eigentlich auch tun sollte. Nicht, als ob ich nun der große Künstler wäre, aber, na ja... Wie auch immer, ich lernte Dimanche kennen, wir haben getanzt, wir haben geredet, ich mochte sie. Sie ist eine wunderschöne Frau, Jake. Mein Gott. Sie hat mir ihre Telefonnummer gegeben. Ich war überrascht. Ich meine, eine Frau wie sie, und Männer, die sie ununterbrochen anmachen. Ich habe sie ein paarmal angerufen. Wir haben geredet. Sie hatte aber immer was zu tun. Ich meine, sie konnte nicht ausgehen oder so. Es ist komisch, weißt du – sie hatte diesen Freund, Last, aber sie hat nie gesagt, daß er der Grund wäre, warum sie nicht ausgehen könnte, nie gesagt, ‹Ich kann mit dir nicht ausgehen, weil ich einen Freund habe...› Wahrscheinlich ist's sowieso egal. Ich meine, wo hätte ich sie denn mit hinnehmen sollen? Ins *Blue Mill*? Da gehe ich immer das ersten Mal mit einer Frau hin. In einen Film? Ich kann mir nicht vorstellen, daß sie vorm Waverley Schlange steht, du etwa? Zu McBell's? Da gehe ich gern einen trinken. Kennst du das, Jake? Das ist im Village. Habe ich dir gesagt, daß ich ins Village gezogen bin – von Bay Ridge? Ich glaube, ich hab's, als ich dir erzählt hab, wie ich Bobbys Liste gefunden habe, und irgendwie haben wir dann angefangen, übers Lotto zu reden, und du hast mich gefragt, welche Zahlen ich angekreuzt habe, und ich hab dir gesagt, 1, 5, 6, 12, 22, 35 – 1, 22, 35, was 53 umgedreht ist, für meinen Geburtstag, 12, 5, 6 für den sechsten Stock, 12 Perry Street - fünf Buchstaben –, vom Village. Was rede ich denn? Natürlich habe ich's dir erzählt. Du bist ja jetzt hier. Im Village...» Er weinte jetzt. «Jake, ich habe den Mann nicht umgebracht. *Nowhere* Man. Warum sollte ich einen umbringen? Ich meine, wer zum Teufel war er denn eigentlich? Es hat ihn nicht mal jemand vermißt. Leute, mit denen er gearbeitet hat, Nachbarn, Freunde, Familie, der Kaufmann um die Ecke. Niemand. Wer würde so jemand denn umbringen, Jake? Ich meine, er war doch schon tot.» Wo war Charly Johnstone jetzt, die Detective Federici reden hören wollte? «Hast du Dimanche je erzählt, daß ihr Name auf Bobbys Liste war, Steve?»

Federici riß ein Papiertuch von der Rolle und schneuzte sich. «Warum sollte ich ihr Angst machen? Bobby war tot.»

«Hast du je mit ihr über Bobby geredet?»

Federici lächelte. «Du weißt, wie es ist, Jake – oder vielleicht weißt du's auch nicht; du bist schon lange verheiratet...»

Vierzehn Jahre.

«Du lernst eine Frau kennen, und du stellst dir vor, daß du der erste Mann bist, der je durch die Stadt gefahren ist, um's mal so auszudrücken; du möchtest nicht so allzuviel über die anderen Männer wissen, die vor dir zum Zuge gekommen sind.»

Neuman wußte, wie es war: Er wollte nicht allzuviel über Nell Ward und den Commissioner, Klinger, Easterly, Federici, Terry Niles, The Band, Robbie Robertson, Neil Young, Neil Diamond, Van Morrison, Doctor John, Muddy Waters, Paul Butterfield, Dylan, Männer, die Jeans und Rolex-Uhren trugen und Macintosh-Computer benutzten, und die Marines wissen. «Wo ist Bobbys Liste, Steve?»

«B. G. Harris hat Dimanche umgebracht. Wen interessiert das jetzt noch?»

«Wo ist sie?»

«Auf der Wache. McIver hat sie.»

«Hast du je mit Nell Ward darüber gesprochen?»

«Nein.»

«Denk nach, Steve. Hast du?»

«Hey, Jake. Mach mal 'ne Pause.»

«Mit wem hast du darüber geredet?»

Federici tat etwas Butter in die Pfanne. «McIver, Easterly, Klinger – du weißt schon.»

«Matty McGovern?»

«Matty ist krankgeschrieben. Irgendwas nicht in Ordnung mit seinem Darm.»

«Du hast die Liste gefunden, bevor er krankgeschrieben worden ist.»

«... Ich nehme an, ich hab's ihm erzählt. Ja, ich hab's ihm erzählt.»

«Hast du's jemand erzählt, der nicht zum Department gehört? Irgendwelchen Reportern?»

«... Nein.»

«Du bist nicht sicher.»

«Scheiße, Jake, ich weiß es nicht. Ich denke, vielleicht hat Matty ...»

«Er trinkt ab und zu mit Terry Niles. Ich denke, daß er ihm vielleicht davon erzählt hat. Niles hat aber nie was drüber geschrieben. Er ist ziemlich in Ordnung.»

«Du sagtest, Nell Ward hat dich zu dieser Party mitgenommen, wo Dimanche war. Waren sie und Dimanche befreundet?»

«Nell kannte sie. Sie gehörten zu Cliquen, die sich überschnitten, die manchmal bei den gleichen Partys landeten, aber sie waren nicht befreundet, nein. Nell war nicht besonders erschüttert oder sonstwas, als sie hörte, daß Dimanche tot war.»

«Wie war's, als du sie mit zum Theater genommen hast? Hat sie sich da komisch benommen?»

«Woher weißt du das?»

«Hat sie?»

«Nein. Woher weißt du das?»

«Hat sie irgendwas von ihrer Haupteingangs-Theorie zu dir gesagt?»

«Wovon redest du eigentlich, Jake?»

«Hast du je den Song *The Last Waltz* gehört?»

«Das ist kein Song. Das ist, weißt du, ein Instrumentalstück, auf einem Album, das *The Last Waltz* heißt.»

«Also kennst du es.»

«Jake.»

«Hast du's je bei Nell Ward gehört, zufällig? Du bist bei ihr gewesen, richtig, in ihrem Loft?»

«Jake, ich hab das Gefühl, als ob ich ausgequetscht werde.»

«Richtig?»

«Ich bin bei ihr gewesen, ja.»

«Hat sie je die Platte gespielt, während du da warst?»

Federici lachte. «Ich habe gerade daran gedacht, wie ich dir sagte, du solltest mal *Miami Vice* angucken, daß es manchmal ziemlich gut ist, was die Arbeit der Polizei anbelangt. Wenn sie je so 'ne Szene wie jetzt in *Miami Vice* hätten, würden die Leute entweder den Fernseher ausmachen oder dabei einschlafen.»

«Ja, schon gut. Hast du ein Boot, Steve? Wir können 'n kleines Rennen veranstalten, einmal Bimini und zurück. Oder vielleicht bloß rüber nach Weehawken.»

Wieder der Blick, als hätte er seine Kanone gefressen.

«Wie lange ist es her, daß du bei Nell Ward warst?»

«Ein Monat. Sechs Wochen.»

«Also war das Graffito nicht an der Wand?»

«Welches Graffito?»

«Als du sie mit zum Theater genommen hast, hast du ihr die Botschaft auf Dimanches Spiegel gezeigt?»

«Hey, Jake. Das war der Tatort, Ich hab sie durch die Teile des Theaters gehen lassen, die kein Tatort waren.»

«Das ganze Theater war ein Tatort, Steve. Wer weiß, auf welchen

Indizien sie herumgetrampelt ist und ihre Fingerabdrücke drauf hinterlassen hat?»

Federici sank in sich zusammen.

«Hast du ihr von der Botschaft auf dem Spiegel erzählt?»

«Nein.»

«Ich hab dich nicht verstanden, Steve.»

Federici starrte ihn bloß an.

Neuman griff in seine Tasche. «Hast du einen Kassettenrecorder?»

«Ein Deck, ja.»

«Ein Deck? Du meinst 'ne Dosis Heroin?»

«Ein Tapedeck.»

«Kann man damit eine von diesen abspielen?» Neuman hielt die Kassette hoch.

Federici lachte. «Mein Gott, Jake.»

«Ja, schon gut. Spiel das mal ab, ja? Die ist aus Dimanches Anrufbeantworter.»

«Was ist denn los, Jake? Hat B. G. Harris Dimanche nun umgebracht oder nicht?»

«Spiel das einfach ab, Steve.»

Federici schnappte die Kassette aus Neumans Hand und glitt an ihm vorbei in das Wohnzimmer. Er schob die Kassette in das Tapedeck, drückte Tasten, drehte Knöpfe, hörte zu. «Du hast die falsche Kassette erwischt, Jake.»

«Wer sagt das?»

«Die ist nicht aus einem Anrufbeantworter. Da ist Musik drauf.»

«Was für Musik?»

«Hör zu.»

Sie hörten zu.

Federici drückte die Stoptaste. «Hast du *The Last Waltz* gesagt?»

«Warum soll ich *The Last Waltz* gesagt haben?»

«Bitte, Jake. Du hast mich vorhin nach *The Last Waltz* gefragt. Wieso?»

«Weil es auf dem Plattenteller von B. G. Harris lag.»

«Gut, und dieser Song ist von *The Last Waltz.*»

«Welcher Song?»

«Dieser Song.» Federici ließ wieder die Kassette laufen.

«Ich kann die Worte nicht verstehen», sagte Neuman.

«Who Do You Love? Ronnie Hawkins. Er hatte eine Band, die The Hawks hieß, aus der The Band wurde – die Band, die The Band hieß.»

«War's das?» sagte Neuman. «Das ist ein kurzer Song.»

«Die Kassette ist zu Ende. Manche Anrufbeantworter nehmen bloß ungefähr dreißig Sekunden von einem Anruf auf.»

«Willst du damit sagen, daß jemand sie angerufen hat und den Song am Telefon abgespielt hat?»

«So hört es sich jedenfalls an. Die Qualität ist wirklich schlecht. Hör zu. Hier ist wieder was.»

Sie hörten zu.

«Ist das auch von *The Last Waltz*?» sagte Neuman.

Federici schüttelte den Kopf. «Billy Ocean. *Loverboy*.»

«Heißt so jemand? Billy Ocean?»

«Ich glaube nicht, daß das sein richtiger Name ist – Dimanche war auch nicht ihr richtiger Name.»

Sie hörten zu.

«Ich kann die Worte nicht verstehen», sagte Neuman.

Federici übersetzte: «Es ist ein Mann, der sagt, daß er es nicht erträgt, sein Mädchen mit jemand anders zu sehen, er will ihre Liebe ganz für sich haben.»

«Also ist der Mann, weißt du, eifersüchtig? Besitzergreifend?»

«Welcher Mann?»

Ich. «Der Mann, der Dimanche angerufen hat und den Song am Telefon abgespielt hat.»

«Was willst du damit sagen?»

«Hör zu.»

Sie hörten zu.

«Pat Benatar», sagte Federici. «*Love Is a Battlefield*.»

«Woher kennst du all diese Songs, Steve? Was tust du eigentlich, hörst du die ganze Zeit Radio?»

«Während ich jogge. Ich habe einen Walkman. Hör zu.»

Sie hörten zu.

«Dies hört sich an wie ein Countrysong», sagte Neuman.

«Das ist Wieheißternochgleich –» Federici schnippte mit seinen Fingern. «Es fällt mir nicht ein. Der Mann war immer in *Maverick*.»

«Ed Bruce», sagte Neuman.

«Woher weißt du das denn, Jake?»

Neuman zuckte mit den Schultern. «Er hat die Erkennungsmelodie geschrieben. Außerdem hat er *Mamas Don't Let Your Babies Grow Up To Be Cowboys* geschrieben.»

«Woher weißt du denn *das*?»

«Erinnerst du dich an Sam Branch?» sagte Neuman.

«Ich hab von ihm gehört. Ich kannte ihn nicht. Das war vor meiner Zeit. Er hat sich lieber in Ruhestand versetzen und was auszahlen lassen, als weiter für irgendwelche Vorgesetzten den Tanzbär zu mimen, richtig?»

«Ich bin immer mit ihm zusammen gefahren, als wir angefangen haben», sagte Neuman. «Er hat die ganze Zeit Country Music gehört. Wie heißt dieser Song? *If It Was Easy*?»

«Hört sich so an, ja. *If it was easy, everyone would fall in love.* Hör zu.»

Sie hörten zu.

«Blues», sagte Federici.

«Ich kann die Worte nicht verstehen», sagte Neuman.

«Warte, den Song habe ich schon mal gehört», sagte Federici. «Das ist – oh, Scheiße. Wie heißt er noch? Johnson. Robert Johnson.»

«Ich kann die Worte nicht verstehen.»

«Er sagt, wenn sie anfängt, aufsässig zu werden, wenn sie dich nicht will, wird er seine Zweiunddreißig-zwanzig holen und sie zweiteilen.»

«Das ist ein Song?» sagte Neuman.

«Hör zu, Jake. Hör zu. Er sagt, sie hat eine .38 Special. Eine .38 Special, Jake. Dimanche hatte eine .38 Special in dem Stück, und mit so was ist sie auch umgebracht worden.»

«B. G. Harris auch», sagte Neuman. «Irgendwie.»

«Was heißt, daß sie Selbstmord gemacht hat.»

«War's das?»

Das war's.

«Scheiße», sagte Federici.

«Was?»

«Ich weiß, wo ich diesen Robert-Johnson-Song gehört habe.»

«Wo?»

«Bei Nell. Was ist los mit Nell, Jake? Warum warst du in ihrem Loft? Was soll das mit dem Graffito?»

«Auf der Party, auf der du warst, Steve – gab's da Drogen?»

«Ja. Ja, ich denke schon. Du weißt schon, Grass, Koks.»

«Hat Nell irgendwas genommen?»

«Nein. Ich meine, ich weiß es nicht. Warum?»

«Wie konntest du da einfach bleiben, Steve, wenn Leute Drogen nahmen? Ich meine, du bist doch ein Cop, oder?»

«Hey, Jake, warst du schon mal auf 'ner Party, wo die Leute getrunken haben?»

«Trinken ist nicht illegal.»

«War's aber mal. Und Trunkenheit am Steuer ist illegal. Werd jetzt nicht moralisch, Jake. Die Zeiten ändern sich, und du mußt dich dem stellen. Die Leute nehmen jetzt Drogen, ob illegal oder nicht, Leute, die keine Kriminellen sind. Du bist ein altmodischer Typ, Jake. Du weißt nicht, was ein Tapedeck ist; du hast nie von Billy Ocean, Pat Benatar, *The Last Waltz* gehört. Du kennst Ed Bruce – *Maverick*, um Himmels willen.»

«Ja, gut.» Neuman nahm die Kassette aus dem Deck und steckte sie in seine Tasche.

«Willst du mir sagen, was mit Nell los ist, Jake, oder nicht?»

«Wo war Nell, als Dimanche umgebracht wurde, Steve?»

«Du meinst, ob sie ein Alibi hat?»

«Okay, ja. Hat sie eins?»

«Ich bitte dich, Jake. Warum sollte sie Dimanche umbringen?»

«Hat sie ein Alibi?»

«Ich weiß es nicht, Jake, aber ich sage dir eins – sie hat sie nicht umgebracht.»

«Ja, gut. Genau das habe ich den Leuten über dich und *Nowhere Man* erzählt.»

«Gute Nacht, Jake.»

«Es tut mir leid, Steve. Ich hab's nicht so gemeint. Ich bin einfach müde. Es war ein langer Tag.»

«Weißt du, was ich glaube, Jake? Ich glaube, du hast Ärger zu Hause und läßt ihn an jedem aus, den du finden kannst. Wenn du Ärger zu Hause hast, Jake, dann bring das in Ordnung und geh nicht auf die Straße und laß ihn an jedem aus, den du finden kannst. Ich hatte recht, weiß du das? Zuerst dachte ich, als ich in diese *Nowhere-Man*-Sache verwickelt wurde, keine Angst, Jake wird mich da rausholen, Jake ist mein Partner, auch wenn er immer noch im Ruhestand ist, jetzt ist er mein Partner, er wird mich schon rausholen. Die anderen Typen, McIver, sie werden mich behandeln wie Rattenscheiße, aber Jake ist ein Mann, der zu seinem Partner steht. Schau dir an, wie er zu Bobby gestanden hat, sogar nachdem Bobby schon tot war; als eine Menge anderer Männer nur noch auf Bobbys Grab pissen wollten, stand Jake immer noch zu ihm. Dann dachte ich, nein – nein, warte mal, Jake wird mich nicht rausholen, er wird nicht zu mir stehen, er wird den Schwanz einziehen, weil er Angst hat, daß die Leute anfangen zu reden und sagen: ‹Arbeiten Sie mit Neuman, und Sie werden zum Killer.› Hau bloß ab hier, Jake. Verpiß dich. Geh nach Hause. Geh nach Hause und wein über dich selbst. Du bist kein Cop mehr, Jake; du bist ein...»

Aber Neuman war fort.

Federici ging in die Küche. Das Popcorn war kalt; die Butter war geschmolzen und geronnen.

18

«Das ist hier ja beinahe wie bei Agatha Christie.» Charly Johnstone zündete sich eine neue Sherman's mit einer alten an. «Die Hauptdarsteller versammeln sich im Salon, um auf die Ankunft Hercule Maigrets zu warten, der sie und den Leser mit einer Darstellung des labyrinthischen Weges, den sein genialer Verstand zurückgelegt hat, verblüfft und den Mörder demaskiert. Sehr oft – zu oft – hat es etwas mit Uhren zu tun: Leute, die die Zeiger der Uhren zurückdrehen, so daß ganze Haushalte, Dörfer, *Nationen*, dazu verleitet werden zu denken, daß es elf ist, wenn es tatsächlich schon zwölf Uhr mittag ist, und der, äh, Täter, in dieser weggemogelten Stunde zugeschlagen hat. Hat einer von euch die Uhren im Kean zurückgedreht? Ich kann mir nicht vorstellen zu welchem Zweck. Und wer soll den Hercule spielen? Ich *kenne* seinen richtigen Nachnamen, Jay. Guck mich nicht so an.»

Jay Dillen zupfte die Aufschläge seines Bush-Jacketts zurecht. «Seht mal. Charly, Kevin, Marty – wir haben hier ein Problem, Leute. Dimanche ist tot, und wir sind Verdächtige. Ihr habt alle mit diesem Cop geredet, Neuman, richtig? Er ist ein schlauer Mann, und er redet keinen Scheiß – oder bist jetzt nicht, wie auch immer. Solche Sachen brauchen Zeit – Wochen, Monate; das ist nicht wie im Film oder im Fernsehen. Neuman hat Zeit; er kann den Killer durch Warten zermürben, er kann warten, bis alle Teile an der richtigen Stelle sind, warten, bis er gefunden hat, welche Teile ihm fehlen. Während er sich Zeit läßt, sind wir alle unter Druck. *Ich* weiß, daß ich unschuldig bin, aber ich fühle, wie die Leute mich komisch anglotzen – im *Vertical Club*, im ‹21›, auf der Straße –»

«Ich *dachte*, ich wäre unschuldig», sagte Martin Klein. «Dann habe ich mit dem Versicherungsvertreter geredet und herausgefunden, daß ich nicht bloß *Dimanche* umgebracht habe, sondern auch die *Titanic* versenkt, die *Hindenburg* in die Luft gejagt und die World Series von 1919 getürkt habe. Wo ist Amanda, Jay, wenn wir schon von Verdächtigen reden? Ist sie nicht auch eine Verdächtige? Ist angeblich an der Westküste, um über einen Roeg-Film zu verhandeln – du hast versucht, sie anzurufen, um Himmels willen. Taucht auf, ohne es irgend jemandem zu sagen – nicht einmal dir, Jay –, und zwar früh genug, um Di*manche* umgelegt zu haben. Und wo sind die Bee Gees? Sind sie wieder in Australien?»

Dillen wartete ein paar Takte, um dann klarzustellen, daß er der Regisseur war und daß es seine Show war. «Der Zweck dieser kleinen Versammlung ist es, ein paar Mußtmaßungen in unterrichteten Kreisen zur Identität von Dimanches Mörder anzustellen – Mutmaßungen, die Neuman nicht in der Lage ist, zu machen, weil er nicht zu den großen Mutmaßern gehört. Ich habe B. G. ausgelassen, weil sie buchstäblich die Unschuld vom Lande ist; sie kennt die Stadt nicht und keinen, der hier lebt.»

«Und wo ist Viv Thib Wynd?» sagte Charly. «Wahrscheinlich in der Kirche, an diesem wundervollen Sonntag morgen – in Saint Bart oder irgend so einer Episkopalfestung –, und begleicht ihre Rechnung mit dem Herrn. *Sie* hättest du wirklich einladen sollen, Jay; denk an die schicken Namen, die sie zu unserer Liste hinzugefügt hätte. Und was für eine Liste das sein wird, denn, wie Leftenant Neuman es in seinem unnachahmlichen Argot ausgedrückt hat, eine Frau wie Dimanche, gutaussehend, intelligent, erfolgreich, wohlhabend – muß es nicht eine Menge Leute gegeben haben, die sie umpusten wollten?»

Dillen drehte seine Omega herum, um nach der Zeit zu sehen. «Ich habe außerdem Terry Niles eingeladen, mal vorbeizukommen –»

«Wunderbar.» Klein sah zur Decke von Dillens Wohnung hoch – und hindurch, auf Jahwe. «Und morgen wird die ganze Stadt zu lesen bekommen, wir wir herumsitzen und Leute verpfeifen.»

«– weil ich gern möchte, daß er etwas darüber schreibt, wie die Show weitergehen wird und wie Theaterleute mit Feindseligkeit fertig werden –»

«Die Art von Artikel, die sich ein Presseagent ausdenken könnte», sagte Charly. «Hat irgend jemand daran gedacht, die Pressestelle vor einer solchen Unternehmung zu konsultieren?»

«– die Art von Artikel, die, nebenbei, auch unsere Alibis belegen kann – etwas, an das wiederum Neuman nicht denkt. Ich habe Niles außerdem deshalb gebeten, weil er vor sechs Monaten oder so ein Interview mit Dimanche gemacht hat –»

«Vor dem er, meines Wissens nach, niemals einen Fuß in ein anständiges Theater gesetzt hatte, da er mehr der Typ ist –»

«– gleich nachdem wir die Besetzung bekanntgegeben haben.»

«– der lieber Theater wie das Pussycat besucht.»

«Vielleicht kann er etwas Licht in den Bereich bringen, der immer noch im Schatten liegt – namentlich, wer ist dieser Mann, mit dem Dimanche sich immer traf? War er der Mann, der sie geschlagen hat –»

«Ihr tierisch die Fresse poliert hat», sagte Klein.

«– und wenn das so war, hat er sie vielleicht auch umgebracht? Kevin, du sagst, du hast *keine* Ahnung, wer dieser Bursche war. Wie ist das möglich?»

Last zuckte bloß mit den Schultern, und wie das möglich war, stand ihm ins Rot, das seine Augen umrandete, geschrieben, die Augen eines Solipsisten, dessen einzige Neugierde sich darauf bezieht, wie man möglichst schnell von null auf hundert kommt.

«Wo *ist* Amanda, Jay?» Charly blies einen Rauchring und sah hindurch auf Dillen.

«Draußen im Sagaponack-Haus. Morgen werden die Previews wiederaufgenommen. Sie braucht Ruhe, um ihren Text zu lernen.»

«Ich frage nicht so sehr, um die Antwort zu hören – ‹das Sagaponack-Haus›; das hört sich so … vornehm an –, sondern um die Aufmerksamkeit auf die Glaubwürdigkeit – oder sogar die Logik – davon zu lenken, daß Kevin angeblich überhaupt nichts über Dimanches, äh, Affäre mit diesem mysteriösen Fremden weiß. Wir, die wir dich so gut kennen, die wir an deiner Seite beinahe jede wache Minute, so scheint es, während der Schwangerschaft des lebenden, atmenden Organismus' mit Namen *Sterben ist leicht* verbracht haben – Leftenant Neuman hatte recht; es verstärkt *tatsächlich* die Leichtgläubigkeit, wenn man eine hat –, wir wußten nach alledem nichts, wissen nichts, über das, äh, na ja, Mädchen für alles, das du nebenbei hast. Auch Amanda, nimmt man an, nicht. Weiß sie es jetzt, und hat sie sich deshalb ins … Sagaponack-Haus zurückgezogen?

Weißt du, Jay, an was ich erinnert wurde, als ich vor ein paar Minuten aus dem Taxi stieg und sah, wie du mitten in der Halle an ihrem Nacken rumknabbertest? Du hast uns für zehn hergebeten, Jay; ich war hier um Punkt zehn und sah mich mit der Notwendigkeit konfrontiert, eine Runde um den Block zu drehen, damit ich dich nicht … in Verleg*en*heit bringe? Ist das das Wort, nach dem ich suche? Ich mußte an die Szene in *Tootsie* denken, ein Film, den du, wenn ich mich recht entsinne, gebrandmarkt hast, weil er den Regisseur der Seifenoper mit so groben, wenig schmeichelhaften Strichen porträtierte – die Szene, in der Tootsie eben diesen Regisseur dabei sah, wie er hinter der Bühne auf dem Hals der Schauspielerin rumknabbert, mit dem sie eine Garderobe teilt, eine Szene, die mir damals beste Noten für Wahrscheinlichkeit zu verdienen schien und heute noch zu verdienen scheint.»

«Welches Mädchen für alles?» sagte Klein.

Dillens Gesicht war glühend rot. «Ich weiß nicht, wovon du redest, Charly.» Er lachte. «Aber das ist ja auch nicht ungewöhnlich.»

«Welches Mädchen für alles?»

Wieder ein Lacher, noch affektierter. «Sieh mal, wir haben alle unsere Geheimnisse, richtig? Jeder hat Geheimnisse. In Zeiten wie diesen wirken die Geheimnisse, nun, dunkler, als sie wirklich sind. Alles, was wir tun, alles, was wir getan haben, beginnt, verdächtiger auszusehen. Es sah vermutlich verdächtig aus, daß ich einen Lottoschein gekauft habe, sah aus, als hoffte ich auf das große Los, damit ich aus der Stadt abhauen könnte oder so. Ich hab verloren, Marty. Ich hatte nicht eine richtige Zahl. Du hattest wahrscheinlich recht – es ist eine Form, den Hoffnungslosen Hoffnung zu geben. Nie wieder. Nicht mal für einen Dollar.»

«Welches Mädchen für alles, Jay?»

«Ich meine, nur als Beispiel, Charly, wenn man von denen spricht, die während der Schwangerschaft eines lebenden, atmenden Organismus' an unserer Seite waren, wer hätte gedacht, daß du eine Verdächtige wegen deiner sexuellen Vorlieben wärst?»

«Nett, Jay.» Charly blies eine Rauchwolke von ihrem Gesicht fort. «Sehr nett.»

«Deine was?» sagte Klein.

Last schnaubte, aber nicht wegen der Ereignisse, sondern wegen etwas, das ihm seine eigenen Gedanken gerade eröffnet hatten.

Dillen stand auf, um die Gegensprechanlage zu beantworten.

«Schenk ihr meine Liebe, du Scheißkerl», sagte Charly.

«Wem soll er deine Liebe schenken?» sagte Klein. «*Was* für sexuelle Vorlieben?»

Charly nahm eine Brust in ihre Hand. «Lutsch an meiner linken, Martin.»

«Welches Mädchen *für alles*?»

Sie drehte ihm den Rücken zu, sah aus dem Fenster hinaus auf Queens, das düster und verschwommen im Morgendunst lag, der noch in der Luft hing.

«Weißt du, welches Mädchen für alles?» sagte Klein zu Last. «Weißt du, welche sexuellen Vorlieben?» Aber Last schlief, oder es schien jedenfalls so.

Getragen vom Überschall-Fahrstuhl, war Terry Niles, mit dem unvermeidlichen Schlips und unvermeidlich kahl, in Sekundenschnelle an der Tür und dann im Wohnzimmer der Wohnung ohne Halle.

«Jeder kennt jeden, denke ich», sagte Dillen.

«Ich habe Sie alle kennengelernt, als ich Dimanche interviewt habe», sagte Niles.

Dillen führte ihn zum Thron des Zimmers, einem hypermodernen Sessel aus Leder und Chrom. «Darüber wollten wir mit Ihnen reden, Terry. Charly hier und Marty und besonders Kevin und ich – wir waren Dimanche alle nah, und doch haben wir keine Ahnung, wer dieser Bursche ist, den sie angeblich in letzter Zeit häufig getroffen hatte. Es scheint – mir jedenfalls – sehr wahrscheinlich zu sein, daß er, nun ja, Sie wissen schon –»

«Sie umgebracht hat?» sagte Niles.

«Ja.»

Niles setzte sich und legte seine Beine über Kreuz. «Hat irgend jemand eine Zigarette?»

«Kevin, gib Terry 'ne Kippe, ja?» sagte Dillen und schlüpfte in den Jargon, den er für journalistisch hielt. «... Kevin?»

Last öffnete seine Augen. «Er macht Musik.»

Sie warteten, aber das war's.

«Wer, Kevin?» Dillen war der einzige, der stand, und wirkte deshalb betreten.

«Das Arschloch, das Dimanche fickte.»

«Er ist Musiker?»

Last kicherte. «Wer ist das nicht?»

Martin Klein beugte sich in seinem Stuhl vor. «Hey, Kev. Du bist derjenige, der gesagt hat, daß er Musik macht, also veranstalte hier jetzt nicht plötzlich 'ne Quizsendung. Macht er Musik, oder macht er keine Musik?»

Last nahm eine Packung Rothmans aus seinem Members-Only-Jackett und warf sie in einem niedrigen Bogen zu Niles, der sie auffing, als hätten sie seit Wochen geübt. «Er hat sie gern angerufen und Musik am Telefon abgespielt.»

Dillen rückte näher an ihn heran. «Hat sie dir das erzählt, Kevin, und dir nicht seinen Namen gesagt?»

«Ich hab's gehört.»

«Du hast es gehört?»

«Jap.»

«Du meinst, über einen zweiten Anschluß oder so was? Gelauscht?»

«Ich hab die Kassette angehört.»

«Welche Kassette, Kevin?»

«Die Kassette aus dem Anrufbeantworter.»

«Kevin, erklär uns, wovon du redest. Laß dir doch nicht alles aus der Nase ziehen.»

Last trat mit einem Lizard-Stiefel nach etwas, das nur er sah. «Er hat sie Scheiße noch mal angerufen, wenn sie Scheiße noch mal nicht zu Hause war und Scheiße noch mal Scheißmusik am Scheißtelefon abgespielt auf die Scheißkassette von ihrem Scheißanrufbeantworter. Kapiert?»

«Und du hast dir die Kassette angehört?»

«Scheißrichtig.»

Niles beugte sich zwischen sie. «Was für Musik, Kevin?»

Last zuckte mit den Schultern, als ob Musik keine Musik war, wenn es nicht seine Musik war.

«Hast du Feuer?» sagte Niles.

Last gab ihm ein Cricket-feuerzeug, und als er seine Zigarette angezündet hatte und die Zigaretten und das Feuerzeug zurückgegeben hatte, sagte Niles: «Ich überlege nur, was für Musik es war, weil die Cops bis jetzt nicht in der Lage waren, irgend etwas mit der Botschaft auf Dimanches Spiegel anzufangen – Worte aus einem Punkrock-Song, wie mir scheint.»

Dillen lachte nervös. «Hey, Terry, ich weiß, daß du ein guter Reporter bist, aber woher weißt du von der Botschaft? Wir wissen es alle, aber die Cops haben uns gebeten, es nicht weiterzuerzählen.»

«Eine Quelle», sagte Niles. «Obwohl es nichts mehr ausmacht – jetzt.»

«Hey, Terry. Natürlich macht es was aus. Wir sind hier etwas auf die Schliche gekommen.»

Niles rutschte wieder zurück und kreuzte seine Beine. «Ich denke, ihr habt noch nichts gehört. Natürlich habt ihr's nicht. Es ist noch nicht publik gemacht worden. Es wird diesen Nachmittag publik gemacht werden, meiner Quelle nach.»

«Was wird publik gemacht?» sagte Klein. «Willst du *jetzt* damit anfangen – ‹Ich sehe was, was du nicht siehst› mit uns spielen?»

«Kann ich Ihnen vertrauen, daß Sie Schweigen bewahren?»

«Hey, Terry. Natürlich.» Dillen sah aus wie das Symbol der Aufrichtigkeit.

«B. G. Harris hat Dimanche umgebracht.»

Das einzige Geräusch war das Geräusch des Sonntagsverkehrs, träge und zeitweilig aussetzend.

«Das war mein erster Fehler», sagte Klein. «Ein Stück zu finanzieren, das von einer Frau geschrieben wurde.»

Last steckte eine Rothmans in seinen Mund, aber zündete sie nicht an.

Charly drehte den anderen weiterhin ihren Rücken zu, aber ihre Schultern waren vor Erwartung gespannt.

Dillen hob seine Hände und ließ sie wieder fallen. «Hat B. G. gestanden, Terry, oder was?»

«Sie hat eine Nachricht hinterlassen», sagte Niles. «Nach ihrem Selbstmord.»

«Frauen», sagte Klein. «Sie bringen jemanden nicht nur um, sie müssen auch Nachrichten hinterlassen und erklären, warum.»

«Die Cops haben das bis jetzt zurückgehalten, solange sie versucht haben, ihre nächsten Verwandten ausfindig zu machen. Es war ziemlich häßlich, wie aus meiner Quelle verlautete; sie hat sich selbst mit der gleichen .38 Special in den Kopf geschossen, die sie auch benutzt hat, um Juliet umzubringen. Wo wir schon von Musik reden, die Platte, die auf ihrem Plattenteller lag, war *The Last Waltz* – nicht gerade ein Punk-Klassiker.»

«*Ju*liet?» sagte Klein. «Wer ist Juliet?»

Niles hielt seine Hand unter seine Zigarette, als ob die Asche gleich herunterfallen würde, sah dann auf und lächelte. «Das war Dimanches richtiger Name – Juliet Marko. Ich denke in letzter Zeit an sie immer als Juliet; ich habe daran gedacht, eine Kolumne darüber zu schreiben, wie ihr Tod ihren Bühnennamen hat... nicht extravagant erscheinen lassen, aber... ich weiß es nicht. Wie auch immer, wenn der Grund, daß Sie mich hergebeten haben, der war, ein wenig Einblick darin zu bekommen, wer sie getötet hat, nun ja, da habe ich, wie ich schon sagte, mehr als Einblick.» Er holte ein Notizbuch heraus. «Wo ich nun schon mal da bin, was können Sie mir über B. G. Harris erzählen? Ehrlich gesagt, ich dachte, daß Sie mich deswegen eingeladen haben. Ich dachte, Sie hätten das gehört und Sie wollten sich, nun, trennen von –»

«Bitte Charly, Charly, hey. Es tut mir leid.» Dillen folgte Charly, die aus ihrem Sessel hochgeschossen war und im Wandschrank nach ihrem Mantel stöberte.

«Hau ab, du Scheißkerl.»

Dillen trat einen Schritt zurück, die Hände abwehrend erhoben. «Sag, du und B. G. waren doch nicht...? Oder doch?»

Charly knallte die Tür hinter sich zu und verursachte einen Sturm in der Wohnung ohne Halle.

«Arbeiten viele Frauen bei Ihrer Zeitung?» sagte Klein zu Niles. «Wenn nicht, haben Sie Glück gehabt. Diese alten Seeleute hatten recht. Es bringt Unglück wenn man sie dabeihat.»

Niles nahm einen Stift heraus. «Darf ich Sie zitieren?»

«Mich zitieren? Nein, Sie dürfen mich nicht zitieren. Wenn Sie mich zitieren wollen, zitieren Sie, daß ich gesagt habe, daß der Tod von B. G. Harris ein großer Verlust für das neue amerikanische Theater wäre. Sie war eine Pionierin, die neues Land eroberte, in der Tradition von David Mamet, Sam Shepard und Wiehießsienochgleich – das Frauenzimmer, das das Stück über das Mädchen geschrieben hat, das Selbstmord macht. Hat sie wirklich Selbstmord begangen? B. G.? Mein Gott.»

«Mr. Niles?» Jessica nahm ihren Hut ab und ließ ihn auf einem Finger kreisen.

«Ja?»

«Ich habe Sie schon mal angekündigt, erinnern Sie sich? Sie sind zu Dillen hochgegangen, sechsunddreißig B. Ich wußte sowieso, wer Sie sind. Ich habe Ihr Bild auf den Zeitungslastern gesehen. Es ist ziemlich schwer, Sie nicht, äh...»

Sie fuhr mit einer Hand über ihr Haar.

Niles lächelte. «Wenn ebenso viele Leute die Zeitung läsen wie die Werbung auf den Lastern...»

Jessica beugte ihren Kopf vor. «Ich habe bloß überlegt...»

«Ein Autogramm?» Niles griff nach seinem Notizbuch. «Klar.»

Sie lachte. «Nein. Kein Autogramm – und kein Ärger. Ich habe bloß überlegt, ob Sie etwas mehr über *Nowhere Man* herausgefunden haben?»

«Etwas mehr als *was*?»

«Als was Sie in der Zeitung geschrieben haben. Noch mal, kein Ärger, aber ich glaube nicht, daß Sie irgend etwas übers Joggen wissen. Habe ich recht?»

«Völlig recht. Ich habe entfernt davon gehört, daß manche Leute das tun, aber ich jogge eigentlich nur, wenn ich etwas erreichen will, wo ich mich hinsetzen kann – und vorzugsweise einen Drink kriegen kann. Oder hinter hübschen Mädchen her.»

«Hören Sie sich nur mal an, was ich überlegt habe. Es dauert bloß eine Minute. Dieser Mann vom Kiosk, über den Sie geschrieben haben? Sie haben ihn nicht gefragt, aber ich hab's, ob er geschwitzt hat, als er da angekommen ist – *Nowhere Man*, nicht der Mann vom Kiosk. Der Mann vom Kiosk hat nein gesagt, also war er noch nicht sehr weit gelaufen. Das heißt, daß er irgendwo im Village wohnte, in einem Haus mit Portier, so daß er keinen Schlüssel für die Eingangstür brauchte, und er hat entweder seine Wohnungstür nicht abgeschlossen, oder er hat diesen Schlüssel versteckt – unter dem Türvorleger auf dem Flur vielleicht. Es kann nicht mehr als fünfzehn oder zwanzig Häuser mit Portier im Village geben, und die meisten von ihnen sind auf der Fifth Avenue. Ich habe schon ungefähr zehn von ihnen überprüft.»

Niles lache. «Sie? Warum?»

«Und wissen Sie, was merkwürdig ist? Sie wissen doch, wie Sie darüber geschrieben haben, daß niemand mit dem Mann vom Kiosk geredet hat – keine Cops, meine ich – oder mit irgend jemand anders, der vielleicht zu der Tageszeit an dem Tag einen Jogger gesehen haben könnte? Nun, es hat auch kein Cop mit den Portiers geredet, mit denen ich geredet habe. Es ist, als ob sie's irgendwo, tief unten, gar nicht wissen wollen.»

Niles legte eine Hand auf die Wand hinter ihr. «Wissen Sie, was ein Freund von mir, der Cop ist, sagt? Er sagt, ein Cop geht auf einem so schmalen Grat zwischen dem Gesetz und der Gesetzlosigkeit, daß jedesmal, wenn er einen Fall übernimmt, es einen Augenblick gibt, wo er sich selbst verdächtigt. Nicht buchstäblich natürlich, aber das ist der Grund, warum er eine Weile braucht, um seinen Arsch hochzukriegen.»

«Jake Neuman, richtig?» sagte Jessica. «Er ist Ihr Freund, oder nicht?»

«Warum glauben Sie das?»

«Weil das seine Art ist, zu reden. Er hat die Seele eines Dichters.»

Niles lachte. «Ich werde Jake erzählen, daß Sie das gesagt haben. Woher kennen Sie ihn?»

«Er war mal hier, um mit Dillen zu reden – und mit Amanda Becker.»

Niles nickte. «Sie haben nicht zufällig eine Zigarette, oder? Nein, natürlich nicht. Sie joggen ja. Wie war Ihr Name noch gleich?»

«Jessica.»

«Jessica was?»

«Frank. Aber ich möchte nicht, daß mein Name in der Zeitung auftaucht.»

Er lächelte. «Und daß Sie auf eigene Faust nach *Nowhere Man* suchen?»

Sie tätschelte die Tasche ihrer Uniformjacke. «Hätten Sie Interesse, das hier zu sehen?»

«Ich weiß es nicht. Hätte ich?»

«Sie wissen wahrscheinlich auch nichts über Portiers, was verständlich ist. Ich denke, der Portier von *Nowhere Man* weiß nicht, daß *Nowhere Man* zum Joggen das Haus verlassen hat, weil er gerade herumgefaulenzt hat oder geschlafen oder auf dem Klo war oder Dreckarbeit gemacht hat, und er weiß es immer noch nicht, weil es vielleicht nicht mal der Portier war, sondern die Vertretung. Also ist diese Liste erst der Anfang.»

Niles stand jetzt ganz gerade, mit seinen Händen in den Taschen. «Eine Liste der Männer, die in Häusern mit Portier zwischen Eighth und Fourteenth und zwischen Fifth und dem Fluß leben und die seit letzten Dienstag vermißt werden?»

«Ich sagte Ihnen schon, ich habe nur zehn Gebäude überprüft. Die auf der Fifth Avenue, beginnend mit One-fifth bis zu Fifty-one. Und ich konnte nicht wirklich sagen *vermißt*; ich habe bloß gefragt, wer eine Weile nicht gesehen worden ist. Ich sagte ihnen, ich wäre Privatdetektiv und arbeitete an einer Scheidungssache. Portiers haben damit manchmal zu tun; niemand hat nach einem Ausweis gefragt.»

«Warum machen Sie das? Kennen Sie den Mann ?» Sie schüttelte den Kopf. «Wir wollen mal so sagen: Ich habe etwas getan, auf das ich nicht sonderlich stolz bin. Ich dachte, wenn ich eine gute Tat täte, könnte ich... ich weiß es nicht... besser schlafen.»

«Und Sie haben wie viele Namen?»

«Neun. Aber...»

«Aber was?»

«Ich bin Mitglied im Road Runners Club. Sie haben eine Computerliste der Mitglieder – eine Liste von jedem, der in den letzten Marathons mitgelaufen ist. Eine Freundin von mir arbeitet dort, ich habe sie gebeten, meine Namen in den Computer einzugeben, und bei einem von ihnen hat's geklingelt. Wollen Sie ihn hören?»

«Wollen Sie ihn mir sagen?»

«Ich weiß es nicht. Ich nehme an, ich empfinde ein bißchen wie Neuman – wenn er der Cop *war*, den Sie mir gegenüber zitiert haben. Ich fürchte, wenn ich den Namen nenne, dann hat er den plötzlich, dann ist *Nowhere Man* plötzlich jemand.»

«Wollen Sie mir einfach Ihre Liste geben und auf den Namen zeigen? Auf diese Weise würden Sie ihn nicht nennen, genaugenommen.»

Jessica griff mit ihrer Hand in die Tasche und zog ein Stück Papier heraus, das mehrfach gefaltet war, bis es nur noch ein Viertel seiner Größe besaß. «Ein Sternchen ist daneben.»

Niles hielt sie einen Moment in der Hand, dann steckte er sie in die Kleingeldtasche seiner Anzugjacke. «Haben Sie versucht, die Nummer von diesem Mann zu wählen?»

«Sie steht nicht im Telefonbuch.»

«Okay, gut, ich kann sie wahrscheinlich bekommen. Wenn es sich herausstellt, daß er immer noch lebt, und ich weitermache und bei anderen Häusern mit Portier in der Nachbarschaft herumfrage, ist es eventuell möglich, daß Ihre Freundin die Namen, die ich bekomme, in den Road Runners-Computer eingibt?»

«Klar.»

«Fühlen Sie sich jetzt besser, nachdem Sie nun Ihre gute Tat getan haben?»

«Nein.»

Niles lachte. «Wann sind Sie fertig mit der Arbeit?»

«Ich arbeite heute doppelt. Der Bruder von dem Mann, der tagsüber da ist, heiratet heute.»

«Vielleicht haben Sie mal Lust, mit mir einen zu trinken.» Niles nahm sein Notizbuch heraus und schrieb seine Telefonnummer auf. «Wir können über etwas anderes reden. Wir können übers Wetter reden.»

Jessica fröstelte, obwohl es mild war. «Ich bin noch nicht auf den Winter eingestellt. Ich war sicher, daß ich im Lotto gewinnen würde und 'ne Fliege machen könnte. Zwei der Zahlen hatte ich aber – 2 und 5. Hat irgend jemand gewonnen? Sie sind von der Zeitung; Sie müßten davon gehört haben.»

«Es ist komisch, daß Sie das jetzt erwähnen, Jessica.»

«Oh, Sie haben gewonnen – richtig?»

Niles riß das Stück Papier ab und gab es ihr. «Rufen Sie mich mal an.»

Sie faltete das Papier mehrfach zusammen, bis es Viertelgröße hatte.

«Vielleicht. Okay. Vielleicht.»

«Fuck, was ist denn los?»

«Ganz ruhig, Jerry. Wir haben den Kahlkopf in Sicht.»

«Guck doch mal auf'n Taxometer, Artie, und dann erzähl mir, ich soll ruhig sein. Der Kerl nimmt Taxis durch die ganze Stadt.»

«Was hast'n erwartet? Der Kahlkopf ist ein Spesenritter. Wie auch immer, Jer, was scheren uns 'n paar Bucks fürs Taxi? In ein paar Tagen sammeln wir sechzig Millionen Dollar ein, Jer. Was machen da ein paar Scheißbucks für'n Taxi noch aus?»

«Ja, schon gut. Was ist, wenn jemand anders auch die Zahlen hatte?»

«Erst mal, Jerry, red nicht so laut. Glaubst du nicht, daß dieser Taxifahrer froh wäre, gegen einen Laternenpfahl zu fahren, uns windelweich zu prügeln, uns den Lottoschein zu rauben und die ganzen sechzig Mille selber zu kassieren? Guck mal, er's ein I-raner wahrscheinlich, wie der Typ vom Kiosk. Zweitens, wie ich dir schon ge*sacht* hab, wenn jemand anders dieselbe Zahl hat, was soll's? Dann sind das dreißig Mille für ihn, dreißig Mille für uns, fünfzehn für dich, fünfzehn für mich. Wenn *zwei* andere dieselbe Zahl haben, sind's zwanzig für jeden von ihnen, zwanzig für uns, zehn für dich, zehn für mich, schöne gerade Zahlen, Jer, nicht, wie wenn es siebzehn, drei dreiunddreißig, drei dreiunddreißig für jeden von ihnen wären, siebzehn, drei dreiunddreißig, drei dreiunddreißig für uns; acht, sechs sechsundsechzig, sechs sechsundsechzig für dich, acht, sechs sechsundsechzig, sechs sechsundsechzig für mich. Ich sage dir, ich hab ein pornographisches Gedächtnis für solche Sachen. Guck mal, er hält an.»

«Fuck, wo sind wir denn?»

«Das Village, Mann. Kennst du nicht das Village? Du solltest mehr aus'm Haus kommen.»

«Ich kenn das Village. Ich mein doch bloß, welche Straße, eh?»

«Hey, Fahrer! Welche Straße ist das hier?»

«Dies ist Bonk Street.»

«Bonk Street, Jerry. Da – bist du zufrieden?»

«Bonk Street? Hab noch nie was von 'ner Bonk Street gehört.»

«*Bank* Street, du Drecksau. Hier. Abdul. Behalt das Wechselgeld, Mann. Kauf dir 'ne Decke für dein Kamel oder so.»

«Das ist'n Zwanziger, Artie. Du hast ihm 'n *Zwanziger* gegeben?»

«Fuck, was soll's, Mann? Paar Tage noch, und ich wisch mir den Arsch mit Zwanzigern ab. Fuck, wo ist Niles hingegangen?»

«Da oben. Das rote Haus mit den gestreiften Jalousien.»

«Das sind Markisen, Drecksau. Keine Jalousien.»

«Heilige Scheiße. Er *wohnt* da. Kein Wunder, daß er überall mit 'nem Taxi rumfährt.»

«Der wohnt da nicht, Jerry.»

«Er hat einen Schlüssel. Er hat die Tür damit aufgemacht.»

«Der Kahlkopf wohnt da nicht.»

«Ja? So, wer denn?»

«Guckst du keine Nachrichten, Jer? Du mußt dir öfter die Nachrichten angucken, Mann, weil du 'ne ignorante Drecksau bist. Wenn du die Nachrichten statt Catchen angucken würdest, wüßtest du, wer da wohnt.»

«Ja? So, wer wohnt denn da?»

«Niemand.»

«Fuck, was redest du denn? Er hat einen *Schlüssel.*»

«Wenn du die Nachrichten statt Catchen angucken würdest, wüßtest du, wer da gewohnt *hat.*»

«Wer?»

«Dimanche, Drecksau. Das ist, wer.»

19

Wenn die Sonne die Größe des Globus in der Eingangshalle des *Daily-News*-Gebäudes besäße und die Erde entsprechend die einer Walnuß und sich am Haupteingang des Grand Central Terminal befände, würden Weihnachtskataloge vom Postversand dann immer noch im September kommen?

Es war doch September, oder? Es mußte so sein: Sie spielten immer noch Baseball. Oder nicht? Neuman konnte sich nicht mehr daran erinnern, wann er das letzte Mal auf die Baseball-Ergebnisse geachtet hatte, es sei denn, es war das Mal, als die Dodgers Doctor K vom Platz fegten, was ungefähr vor hundert Jahren war. War's nicht so? Vierzehn Jahre verheiratet, dreiunddreißig Jahre Cop, vierundfünfzig Jahre alt und hundert Jahre hinterher bei den Baseball-Ergebnissen. Oder war er jetzt hundertundvierundfünfzig Jahre alt? Er fühlte sich wie hundertvierundfünfzig; er fühlte sich wie hundertsechzig.

Er trank noch mehr Teacher's aus der Flasche und öffnete den ‹Spiegel›-Weihnachtskatalog auf einer Seite, in die jemand ein Eselsohr gemacht hatte. Maria? Ein Einbrecher? Der Geist von Schloß Neuman? Es war eine Seite im Abschnitt über Damenunterwäsche, überschrieben mit *Wie Sie Den Mixer Vom Letzten Jahr Wieder-Gutmachen.* Wie man den Vibrator von diesem Jahr – daß man den Vibrator dieses Jahr nicht bekommen hatte – wiedergutmachte, das war doch die Frage. Oder war die Frage, wie man es wiedergutmachte, daß man dieses Jahr einen Vibrator *gebraucht* hatte? Hatte er Maria letztes Weinachten einen Mixer geschenkt? Nein – er hatte ihr … Socken geschenkt. Nein – sie hatte ihm Socken geschenkt, Acrylsocken, wie Nell Wards Sweater. Wo waren diese Socken? Wenn er sie fände, würde er sie wegschmeißen.

Bequemes Leinen-Flanell-Hauskleid: Mit dem nüchternen Kuschelhaut-Hauskleid von Lynne Greene für Lady Lynne werden Sie sich so verwöhnt fühlen, am ganzen Körper. Provozierend, das Komma. Wenn Sie verwöhnt würden, am ganzen Körper, wie nüchtern wären Sie dann? Nicht sehr nüchtern wohl.

Hübsche Wonder-Maid-Strumpfhosen, Après-Party-Slipper mit verziertem Keilabsatz. Après welcher Party? War nicht für die, die verwöhnt wurden, am ganzen Körper, die Après-Party die Party? *Satin Teddy – ein verführerisches Teil für die Nacht, ein Nachthemd aus Seide und Charmeuse, nicht nur zum Schlafen.* Wozu dann? Um verwöhnt zu werden, am ganzen Körper? Bis man vibrierte? *Verlängertes Jäckchen und French Knickers – unsere kleinen Notwendigkeiten tragen jetzt mehr Spitze. Berlei fördert den Trend mit seinen neuen BHs mit Bügel und seinem Slip-Set. Vollkommen durchsichtig mit einer unterstützenden Nylon-Stretch-Spitze, die phantastisch aussieht unter Feiertagskleidung, die großzügig Einblicke gewährt.* Berlei fördert den Trend mit *ihren* neuen BHs mit Bügeln. Komm schon, ‹Spiegel›. Werd grammatisch. Gewährte Feiertagskleidung großzügig Einblicke? Vielleicht die Kleidung am Fourth of July, aber Weihnachten? Aber was wußte er schon?

Mehr Teacher's.

Eine Mütze. Er hatte Maria letzte Weihnachten eine Mütze geschenkt. Eine Wollmütze genaugenommen – eine Wollmütze, die manchen Einblick gewährte; sie gewährte Einblick auf Marias Nase, ihren Mund und etwas von ihrer Stirn und ihre Wangen. Sie war sehr dankbar dafür gewesen im Februar … Nein, er hatte ihr die Wollmütze vor einem Jahr zu Weihnachten geschenkt.

Body mit großem Rückendekolleté. Einen Body konnte er schon gebrauchen, ob mit oder ohne Rückendekolleté.

Calvin Kleins süße gerippte Thermal-Unterhemden und -Unterhosen: weit entfernt von traditioneller langer Unterwäsche. Was war so schlecht an traditioneller langer Unterwäsche? Er trug traditionelle lange Unterwäsche – grau, obwohl er irgendwo ein rotes Paar hatte. Er hatte sich darin wunderbar gefühlt, am ganzen Körper – und manchmal sogar süß. Wo waren diese roten langen Unterhosen? In einer Schublade irgendwo zusammen mit seinen Acrylsocken wahrscheinlich. Er würde sie schon aufspüren mit seinen fragenden Augen.

Kurze Pyjamas – besonders verlockend schulterfrei und mit feiner Spitze am Hals. Spitzenbordierte French Knickers sind hochgeschnitten, um noch mehr Bein zu zeigen. Noch mehr Bein als was? Als French Knickers, die eng geschnitten sind? Als French Knickers ohne Spitze? Als lange Pyjamas? Noch mehr Bein als Arm? Komm schon, ‹Spiegel› – sei präzis.

«Jacob?»

Vielleicht hatte er Maria letzte Weihnachten einen Mixer geschenkt. Sie hatten einen Mixer; er benutzte ihn im Sommer, um Banana Daiquiris zu machen, und hatte seine Fourth-of-July-Kleidung an, die großzügig Einblick gewährte – ein Unterhemd und Bermudashorts. *War* Bimini auf Bermuda? Wenn nicht, gab es Biminishorts? Wenn es so war, sollte er sich ein Paar besorgen. Wenn er nicht im Ruhestand wäre, müßte er Klinger oder Easterly sagen, daß er wegen eine paar Shorts mal nach Bimini und zurück müßte. Sie würden sagen: *Klar, Jake. Hier sind 25 Riesen. Besorg dir ein Kilo Hasch, wenn du schon da unten bist – für Maria zu Weihnachten, um den Mixer vom letzten Jahr wiedergutzumachen.* Er würde nach Bimini fahren, ein paar Shorts besorgen und nie zurückkommen; er würde von den fünfundzwanzig Riesen leben, weil er gar nicht Hasch rauchte. Vielleicht sollte er's mal versuchen. Vielleicht – wie hatte Nell Ward das ausgedrückt – verpaßte er eine Gelegenheit. Eine Gelegenheit, es mit ihr zusammen zu versuchen. War er im Ruhestand?

«Jacob, es hat geklingelt. Bist du nüchtern genug, um an die Tür zu gehen?»

Nüchtern genug? Er war zu nüchtern. Deshalb ging er nicht an die Tür. Er wußte, daß es geklingelt hatte, aber er würde nicht an die Tür gehen, bevor er nicht ein ganzes Stück weniger nüchtern war. Es könnte jemand sein, der ihm etwas erzählen wollte, das er gar nicht wissen wollte. Etwas anderes, das er gar nicht wissen wollte.

Noch mehr Teacher's.

Maria produzierte ein Geräusch in ihrer Kehle und ging durch das Wohnzimmer in die Diele. Sie trug ein Flanell-Nachthemd. Fühlte sie sich davon verwöhnt, am ganzen Körper?

Bettücher. Das war's. Flanell-Bettlaken. Letzte Weihnachten hatte er Maria Flanell-Bettlaken geschenkt. Er hatte sich selbst auch Flanell-Bettlaken geschenkt, nahm er an, da die Laken King-size waren und sie ein King-size-Bett hatten, in dem sie zusammen schliefen – oder geschlafen hatten, bis Maria beschlossen hatte, lieber mit einem Vibrator zu schlafen.

Vielleicht hatte der Mixer einen Vibrator-Anschluß. Dann müßte er ihn nicht wiedergutmachen. Ein Mixer mit einem Vibrator-Anschluß – also das wäre ein echter Verkaufsschlager! Frauen würden nicht mehr dadurch in Verlegenheit geraten, daß sie in einen Laden gingen und nach einem Vibrator fragten und damit zum Ausdruck brächten, daß ihre Ehemänner sie nicht richtig verwöhnen konnten, am ganzen Körper. Sie könnten einfach zum Tresen gehen und nach einem Mixer mit allen lieferbaren Anschlüssen fragen, und wenn der Verkäufer dächte, daß sie ihn eher zum Masturbieren als zum Zubereiten von Banana Daiquiris benutzen wollten – nun, sogar wenn die Sonne die Größe des Globus in der Eingangshalle des *Daily-News*-Gebäudes besäße und die Erde entsprechend die einer Walnuß und sich am Haupteingang des Grand Central Terminal befände, gäbe es auf der Walnuß immer noch den üblichen Anteil von Leuten mit schmutzigen Gedanken. Oder nicht?

«Hallo, Lieutenant. Äh, Jake.»

Da standen vier Federicis, jeder von ihnen anders gekleidet – einer in einem königsblauen Adidas-Sportjackett und Designer-Jeans, einer in einem Anzug, der zu groß war, einer in einem kastanienbraun und weiß gestreiften Rugbyhemd und weiten Chinos, einer in einem Smoking. Wie machte Federici das?

«Entschuldige, Jake, daß wir so spät vorbeikommen, aber wir wollten darüber nicht am Telefon reden. Außerdem funktioniert dein Telefon nicht. Es ist kaputt oder so.»

«*No está roto. Algún borracho lo descolgo.*» Maria sagte das wie ein Maschinengewehr, während sie zwischen ihnen durch das Wohnzimmer ging. Ihre Slipper schlappten gegen ihre Hacken, während sie die Treppe hochging.

Neuman kicherte. «Sie sagte, es ist nicht kaputt. Sie sagte, irgendein Betrunkener hätte den Hörer danebengelegt.» Woher wußte er das? Er konnte überhaupt kein Spanisch. Vielleicht hatte er gar keinen Scotch getrunken; vielleicht war es Tequila. «Tierische Meldung, was, Besoffene kommen einfach ins Haus und fummeln an deinem Telefon rum.» Er verrenkte sich sein Gesicht, als er versuchte, schärfer zu sehen. Sie waren gar nicht alle Federici; sie waren alle verschieden: Federici, im Adidas-Sportjackett; Wieheißternochgleich – der Cop aus dem sechsten Squad – Winger, im großen Anzug; Matt McGovern, im Rugbyhemd; im Smoking, Nell Ward.

Er nahm einen Schluck, hielt dann die Flasche hoch. «Will irgendwer 'nen Schluck? Du solls 'scheinlich nich, Matty. Ich hab gehört, bei dir is was nich in Ordnung mit deim Darm.»

«Gut dich zu sehen, Loo», sagte McGovern.

«Schauen Sie...» Nell Ward stand genau vor seinem Sessel, so nahe, daß er sie küssen konnte, sie treten, sie erschießen, wenn er eine Waffe dabeigehabt hätte, was der Fall gewesen wäre, wenn er nicht im Ruhestand gewesen wäre. War er im Ruhestand?

«... Ich will hier nicht herumstehen, während Sie Ihre Gavotte aufführen und alle vor Neuman einen Knicks machen, weil er der letzte der großen Bandenknacker ist. Ich will, daß Sie ihm erklären, was wir ihm erklären wollten, weshalb wir ja hergekommen sind. Wenn Sie es nicht tun, werde ich es tun.»

«Was willssu ssu Weihnachn?» sagte Neuman. «Willssu Paar lange Unnerhosn?» Er lachte.

«Scheiße. Er ist besoffen. Laßt uns gehen.»

«Jake.» Federici legte seine Hände auf Nells Arm, um sie beiseite zu schieben. «Jake, rede nicht, hör bloß zu. Wir wissen, warum du so sauer bist. Nell hat uns erzählt, was, du weißt schon, passiert ist. Keine Sorge, wir sagen nichts, falls Maria... du weißt schon.» Er hob seine Hand ans Ohr, machte jemanden nach, der an der Tür lauscht. «Kannst du einfach zuhören, Jake? Kannst du's?»

Nell stapfte in eine Ecke. «Nun erzähl's ihm schon, um Himmels willen. Warum brauchst du dazu seine Erlaubnis? Ihr seid alle solche Kinder.»

«Hey, warte mal, Schwester.» Winger blähte sich auf, wirkte dadurch aber irgendwie noch kleiner.

«Nell hat Dimanche nicht getötet, Jake», sagte Federici. «Wenn es darum geht, hat sie ein Alibi. B. G. Harris hat sie auch nicht umgebracht – du denkst das, und wir denken das auch. Dimanche ist in ihrer Garderobe hinter der Bühne im Kean letzten Dienstag ermordet worden. Um hinter die Bühne zu kommen, muß man durch die Bühnentür gehen –»

«Steve, ich kenne das schon. Wenn die Sonne so groß wäre wie der Globus in der Eingangshalle des *Daily News*-Gebäudes und die Erde so groß wie eine Walnuß am Eingang zum Grand Central, wird es dann immer noch Cops geben, die gutes Schuhleder, ihre Zeit und das Geld der Steuerzahler verschwenden, um den amateurhaften Theorien von Vollidioten nachzugehen?» Er mußte zu nüchtern sein, um all das ohne irgendein Nuscheln ausgesprochen zu haben.

Federici holte einmal tief Luft und fuhr dann fort: «Wir glauben nicht, daß jemand an dem Bühnenpförtner vorbeigekommen ist. Wir glauben, daß Dimanche, als die Proben unterbrochen wurden, denjenigen angerufen hat, den Mann, mit dem sie sich getroffen hatte, den Mann, von dem niemand weiß, wer er ist, weil sie wütend darüber war, wie Dillen und der Klein und der Rest sie behandelt hatten. Wir glauben, daß sie ihn entweder gebeten hat, zum Theater zu kommen, oder daß er es angeboten hat, was bedeutet, daß er in der Nähe lebt oder arbeitet, weil die Pause nur kurz sein sollte, daß sie ihm gesagt hat, er solle nicht zur Bühnentür kommen, sie würde ihn durch die Foyertür hereinlassen, daß sie ihn mit in ihre Garderobe genommen hat, wo er sie mit einer .38 mit Schalldämpfer erschossen hat. Er ist auf dem gleichen Wege herausgekommen, wie er hineingekommen ist, durch das Parkett zum Foyer und aus einer der vorderen Türen heraus, die Schlösser mit Panikfunktion haben.

Also ist Dimanches Mörder jemand, den sie kannte, jemand, den sie erwartete, jemand, den sie eingeladen hatte, jemand, dem sie gesagt hatte, er solle durch eine der Vordertüren kommen, weil sie nicht wollte, daß irgendwer ihn sähe. Es war ein Gelegenheitsmord, Jake. Er plante wahrscheinlich, sie irgendwann zu ermorden – er hatte die Waffe –, aber da er wußte, daß er hinter die Bühne gelangt war, ohne gesehen zu werden, und höchstwahrscheinlich auch so wieder herauskäme, wenn er vorsichtig war, da er wußte, daß eine Menge Leute im Theater waren und daher auch eine Menge Verdächtige, hat er den sichersten Schuß genau dann abgegeben und nicht irgendwann anders.»

Hübsch gesagt, dafür, daß es die amateurhafte Theorie eines Vollidioten war, dafür, daß der Mann niemals redete. Neuman überlegte, ob Nell Ward sich in Federici verliebt hatte, weil er wußte, was Schlösser mit Panikfunktion waren; und wenn's so war, was hielt sie davon, daß Federici Sergio Valente Jeans trug – nicht wirklich Blue Jeans – und eine Casio digital – nicht eine Rolex – und keinen Macintosh-Computer benutzte? Vielleicht benutzte er ja doch einen Macintosh-Computer; er hatte ein Tapedeck. «Gibt es nicht eine Theaterkasse im Foyer?» Er war vollkommen nüchtern. Vielleicht verdünnte jemand den Teacher's: Maria? Das Dienstmädchen? Aber sie hatten kein Dienstmädchen.

«Ja, und sie war geöffnet. Aber wenn nichts los ist, sitzt der Typ an einem Tisch unterhalb der Höhe des Fensters und schaut in die Glotze. Sein Alibi ist, daß er *General Hospital* angeguckt hat, daß es in der halben Stunde keine Kunden gab, daß er niemanden kommen oder gehen gesehen hat.»

Neuman sah Nell an. «Und was ist Ihr Alibi? Ihr unanfechtbares Alibi?»

Nell hob ihr Kinn und sah ihm direkt ins Gesicht. «Ich war im Bett mit einem Mann.»

«Oh, ja – eine Matinee? Und wer war der Glückliche?»

Federici stellte sich zwischen die beiden. «Jake, hör dir den Rest an, ja?»

Neuman hievte sich hoch, um Nell anzuschauen. «Was soll dieser feierliche Aufzug?»

«Ich war auf einer Party», sagte Nell.

«Mit einem Mann, mit dem Sie nicht ins Bett gegangen sind? Oder gehen Sie mit ihm ins Bett, wenn Sie zurück sind?»

Nell schüttelte bloß ihren Kopf. «Mein Gott.»

«Wer's wir?» sagte Neuman. «Du sagtest, all das hier wäre das, was wir denken. Wer's wir? Du und Nell? Und was denkst du, Matty? Und du, Winger – was denkst du?»

Winger trat einen Schritt vor, aber Federici stoppte ihn, indem er eine Zeitung aus der Hüfttasche seiner Jeans nahm und sie aufschlug. «Das ist der *Dispatch* von morgen, Jake –»

«Erzähl mir keine Spielergebnisse, ja? Ich kann's nicht ertragen, wenn du mir die Ergebnisse erzählst.»

«Also... hör bloß zu. Es ist ein Terry Niles-Artikel über Klingers Pressekonferenz. Klinger gab eine Pressekonferenz, auf der er mitteilte, daß B. G. erst Dimanche und dann sich selbst getötet hat. Niles bringt B. G.s Abschiedsbrief, bringt den *Last Waltz*, was Klinger der Presse mitgeteilt hat. Und Niles bringt etwas, das Klinger der Presse nicht mitgeteilt hat, was eine Information aus dem M. E. ist, die besagt, daß sie hundert Milligramm Valium in B. G.s Blut gefunden haben, was dem Labor nach heißt, daß sie so gut wie tot war, als sie erschossen wurde, wenn nicht das Valium sie getötet hat. Hörst du zu, Jake?»

Easterly hatte gesagt, sie würden der Presse nicht vor Sonntag die Sache mit B. G. mitteilen. Der *Dispatch* war eine Morgenzeitung, was bedeutete, daß es später Sonntag oder früher Montag morgen sein mußte. Wenn das so war, wo war er gewesen, seitdem er Federici Samstag abend verlassen hatte? In irgendeiner Bar? Mehreren Bars? Er erinnerte sich an irgendein Restaurant unten am Hudson, aber da hatte er nur Kaffee getrunken. Oder nicht? Er erinnerte sich daran, wie er in seinen Wagen gestiegen war und über den Fluß geschaut hatte auf die Maxwell-House-Kaffeefabrik in Hoboken und an Mira Esterowitz gedacht hatte, das Mädchen, mit dem er vor hundert Jahren gegangen war und die direkt gegenüber von der Maxwell-House-Kaffeefabrik wohnte, 1004 Hudson Street, und wie er über ihren kleinen Witz nachgedacht hatte, darüber, wie sie immer sagte: *Möchtest du auf 'ne Tasse Kaffee reinkommen?* und wie er dann sagte: *Komm, wir holen uns bloß ein paar Tassen, gehen rüber zur Maxwell-House-Kaffeefabrik und sagen ihnen, sie sollen sie mal schön vollmachen,* und wie er darüber nachgedacht hatte, daß ihr Name Mira war und seine Frau, die er geheiratet hatte, oft *mira* sagte, weil sie *hispanic* war. Er konnte doch etwas Spanisch; er wußte, was *mira* hieß. Er erinnerte sich daran, wie er uptown gefahren war, aber nicht durch die Stadt, wie er über die Queensboro Bridge gefahren war, aber nicht auf den Queens Boulevard, wie er dann doch auf ihm landete, aber erst weit, nachdem er abgebogen war, draußen beim Van Wyck.

Kennedy Airport. Das war's. Er war am Kennedy Airport gewesen, aber nicht direkt, sondern auf dem Straßenrand irgendwo an der Peripherie, und hatte Flugzeugen beim Starten und Landen zugesehen und Leuten zugesehen, die neben anderen Wagen standen, die am Straßenrand geparkt waren, wie sie so taten, als wären sie der Mann, wie immer man den nennt, auf einem Flugzeugträger, der Flugzeuge beim Starten und Landen dirigiert, einen dicken Knüppel in jeder Hand. Während er zusah, hatte er Teacher's aus einer Tüte getrunken, was die Leute, die so taten, als wären sie der Typ auf dem Flugzeugträger, wirklich sehr komisch erscheinen ließ. Wo hatte er den Teacher's herbekommen? Wie war er nach Hause gekommen? Wann war er nach Hause gekommen? Er konnte sich nicht daran erinnern. Er konnte doch nicht ganz nüchtern sein.

«Ich höre zu.»

«Gut. Niles bringt außerdem etwas über die Botschaft auf Dimanches Spiegel – *There's a needle in your arm and it makes you breathless.*»

«Ja?»

«Ja. Er sagt, er hätte es von einer ‹Quelle aus dem engsten Umkreis der Ermittlungen›. Er bringt außerdem etwas über die Musik auf der Kassette von Dimanches Anrufbeantworter. Irgendeine Quelle. Hast du mit Niles geredet, Jake? Über die Kassette? Ich habe nicht mit Niles geredet. Ich habe ihm überhaupt nichts über die Kassette erzählt. Die einzigen, die etwas von der Kassette wissen, sind wir fünf. Ich habe Matty und Nell und Winger davon erzählt, weil wir ohnehin zu dir wollten.»

Neuman lachte. «Man behauptet auch, daß der einzige Grund

dafür, daß das Schiff sinkt, die Löcher im Boden sind. Hey, nichts gegen dich persönlich, Matty, aber es scheint nicht, als ob du so gut im Geheimhalten bist. Wenn ich etwas über mich in den Spätnachrichten sehen will –» z. B. daß meine Frau einen Vibrator benutzt –, «würde ich es dir erzählen und sagen, es ist ein Geheimnis. Oder gehst du nicht mehr mit Reportern trinken?»

McGovern tätschelte seinen Magen. «Ich bin krankgeschrieben, Loo. Irgendwas nicht in Ordnung mit meinem Darm. Also kein Alk für mich. Ich häng immer noch mit den Typen herum, ja, ich hör immer noch Sachen, aber das mit der Kassette habe ich nicht gehört.»

«Was ist mit dem Valium? Hast du von dem Valium gehört?»

«Jake, spring nicht so mit ihm herum», sagte Federici. «Wie sollte er davon hören? Du und ich waren die einzigen, die von der Kassette wußten; du und Easterly waren die einzigen, die von dem Valium wußten.»

«Fireman wußte es auch.»

«Was für'n Feuerwehrmann? Oh – Jim Fireman. Matty trinkt nicht mit Jim Fireman, oder, Matty?»

McGovern schüttelte den Kopf.

«Was ist mit der Botschaft auf Dimanches Spiegel, Matty? Hast du von der Botschaft auf Dimanches Spiegel gehört?»

McGovern schüttelte den Kopf, nickte dann. «Ich meine, ja, ich hab davon gehört. Steve hat mir davon erzählt. Und ich habe tatsächlich mit Terry, genau nachdem ich davon gehört habe, was getrunken. Kein Alk für mich, Loo; ich hab Milch getrunken. Aber ich habe einen ausgequatscht mit Terry. Aber ich habe absolut nichts über die Botschaft auf Dimanches Spiegel gesagt. Ehrlich.»

«Jake?» Federici stand neben Neumans Sessel, hockte sich hin. «Das M. E. hat noch gar keine Autopsie von B. G. gemacht. Ein Haufen Haitianer hat sich Freitag abend mit Macheten abgeschlachtet; bei ihnen stehen Leichen Schlange bis um die Ecke in Bellevue.»

«Ich hab davon gehört, ja», sagte Neuman.

«Hör mal, was Winger sagt, Jake. Winger, erzähl ihm, was du uns erzählt hast.»

Winger erzählte es ihm, die Hände in den Taschen seines großen Anzugs. «Ich habe neulich schon mal versucht, Ihnen das zu erzählen, Lieutenant, aber Sie waren wohl nicht in der Stimmung zuzuhören, nehme ich an. Ich kann verstehen, warum, Lieutenant, wo sie gerade hören mußten, daß man Ihrem Partner hier die Schuld an einem Mord anhängte. Vor ein paar Wochen, Lieutenant, bekamen wir einen Anruf von dieser Dimanche-Tante, die behauptete, sie wäre genau vor ihrem Haus kurz vor Dunkelheit von einem *hispanic* Kriminellen, Lieutenant, überfallen worden, gerade noch Teenie oder Anfang Zwanzig, 1,65 bis 1,70, hundertdreißig bis hundertvierzig, Jeans, schwarzes Jackett, blau-weiße Gauner-Schuhe, Lieutenant, nahm ihre Handtasche mit ein paar Hunderter, schlug ihr aufs Auge, schlug sie nieder. Es stank, Lieutenant. Sie hat einen Chauffeur, der sie direkt bis an ihre Haustür fährt, vom Kantstein bis zum Eingangstor sind es zwei Schritte, sechs Schritte bis zur Haustür, Lieutenant, er wartet, der Chauffeur, bis sie drinnen ist, bevor er weiterfährt, dauernd hängen da Jugendliche herum, die ein Autogramm wollen. Also was ist passiert – hat der Chauffeur in die andere Richtung geguckt, oder was, Lieutenant? Diese Dimanche-Tante, sie sagte, ja, sie kam ins Haus, der Chauffeur fuhr weg, dann ist sie rausgekommen, die Treppe runtergegangen, Lieutenant, weil sie dachte, ihr wär etwas aus ihrer Handtasche gefallen, ein Skript, das sie an dem Abend lesen mußte, weil sie ihren Text für das Stück, in dem sie spielte, lernen mußte, sie dachte, vielleicht war es auf die Stufen oder auf den Bürgersteig gefallen. Ich sagte, würde ein Skript nicht 'ne Menge Lärm machen, hatte sie das denn nicht bemerkt, daß sie's fallen lassen hat, als sie's fallen lassen hat, Lieutenant? Sie sagte, oh, ja, es war kein Skript, es war ein Brief, den sie vergessen hatte, einzuwerfen, sie guckte in ihre Handtasche, um ihn rauszulegen, damit sie sich am Morgen daran erinnerte, er war nicht da, und sie dachte, er wäre vielleicht auf die Stufen oder auf den Bürgerteig gefallen, Lieutenant –»

«Winger?»

«Ja, Lieutenant?»

«Ich habe eine Idee. Meine Idee ist, daß Sie mir nicht erzählen, was sie Ihnen erzählt haben. Erzählen Sie mir eine wesentlich kürzere Fassung von dem, was sie Ihnen erzählt haben. Sie verstehen, was ich sagen will?»

Winger vergrub seine Hände noch tiefer in seinen Taschen. «Ja, natürlich, Lieutenant. Entschuldigung, Lieutenant. Kürzer? Ich denke, kürzer wäre, daß wir mit den Nachbarn von dieser Dimanche-Tante geredet haben, Lieutenant, und sie haben keinen Kriminellen gesehen. Aber einer, dieser Junge, der gegenüber wohnt, Lieutenant, er ist ungefähr zwölf, dreizehn, er war scharf auf diese Dimanche-Tante und guckte immer aus seinem Fenster zu ihr rüber, ob er sie erwischen könnte, wissen Sie, wenn sie sich auszieht oder was auch immer, er hat diesen Mann gesehen, Lieutenant, wie er das

Haus verließ, kurz nachdem die Limousine weggefahren war und diese Dimanche-Tante reingegangen war, kurz bevor der erste Polizist auf die Nachricht von dem Überfall reagierte. Er hat ihn sich ziemlich genau angesehen, Lieutenant, er ist ein ziemlich guter Zeuge, der Junge, obwohl er erst zwölf, dreizehn ist –»

«Winger?»

«Ja, Lieutenant?»

«Kürzer.»

«Natürlich, Lieutenant. Ich denke, kürzer, Lieutenant, hieße, daß der Mann Terry Niles war, Lieutenant.»

«Woher wüßte das ein zwölf, dreizehn Jahre alter Junge?»

«Er ist ein schlauer Bursche, Lieutenant. Spielt mit Computern herum und all dem Zeug, wenn er nicht gerade mit sich selbst spielt –» Winger lachte, aber kein anderer lachte, also machte er ein Husten daraus –, «liest Zeitungen, Lieutenant, sagte, er hätte Niles' Foto über seiner Kolumne gesehen und auf den Zeitungslastern.»

«Es paßt, Jake», sagte Federici. «Siehst du, wie es paßt? Dimanche ruft diesen Typen an, diesen Mann, mit dem sie sich getroffen hat, den Mann, von dem niemand weiß, wer er ist, bittet ihn, beim Theater vorbeizukommen, oder er bietet an zu kommen, was heißt, daß er in der Nähe lebt oder arbeitet. Der *Dispatch* liegt drei Blocks entfernt vom Kean, Jake. Sie läßt ihn herein durch die Foyertür, nimmt ihn mit hinter die Bühne zu ihrer Garderobe, er weiß, niemand hat ihn gesehen, er legt sie um, verschwindet so, wie er gekommen ist. Er will, daß es so aussieht, als hätte jemand anders sie umgelegt, er denkt, B. G. ist ein gutes Double, sie kennt nicht allzu viele Leute in New York, sie hat Schwierigkeiten, in die Broadway-Szene reinzukommen, sie ist ein bißchen abgedreht, niemand wird sie allzusehr vermissen, niemand wird zu viele Fragen stellen. Er fährt zu ihr hin, denkt, daß er sie mit der .38 Special umlegt, mit der er Dimanche umgelegt hat, aber sie ist schon tot oder im Sterben, vollgepumpt mit Valium, er knallt sie trotzdem ab, für alle Fälle, schreibt einen Brief, in dem er zugibt, Dimanche umgelegt zu haben, wir kaufen das, die Cops, der Fall ist abgeschlossen.

Aber er ist auch ein Klugscheißer, Niles, ein Starreporter, ein Mann, der niemals die offizielle Version von irgendwas akzeptieren kann. Er kann einfach nicht einen Artikel schreiben, in dem steht, was Klinger gesagt hat, er muß einen Artikel schreiben, in dem die Cops schlecht wegkommen, und Fragen stellen: Wenn B. G. Dimanche umgebracht hat, was ist mit der Botschaft auf Dimanches Spiegel? Wenn B. G. Dimanche umgebracht hat, was ist mit der Musik auf Dimanches Anrufbeantworter? Wenn B. G. sich mit einer .38 Special erschossen hat, was ist mit dem Valium? Ich meine, es ist doch perfekt: Niles legt Dimanche um, er täuscht den Selbstmord vor, damit es aussieht, als ob B. G. es getan hätte, dann öffnet er die Büchse der Pandora und läßt ordentlich was raus, in dem er unangenehme Fragen zu den Ermittlungen der Polizei stellt.»

Neuman sah hinunter auf die Flasche Teacher's, die er wie ein Baby auf seinem Schoß hielt. Er fand den Verschluß auf dem Tisch neben sich, schraubte ihn auf und stellte die Flasche auf den Tisch. «Und du sagst damit – was? –, daß Niles sie vor ein paar Wochen zusammengeschlagen hat und daß sie dann gemeinsam diese Geschichte über den Überfall ausgeheckt haben, um es zu vertuschen?»

Federici zuckte mit den Schultern. «Warum nicht? Sie wollte nicht, daß bekannt wird, daß sie von ihrem Freund zusammengeschlagen worden ist, und er wollte nicht, daß bekannt wird, daß er der Freund ist, der sie zusammengeschlagen hat.»

«Ja, gut. Erstens, Niles und Dimanche – sie kommen aus zwei ganz verschiedenen Welten.»

Nell Ward rückte näher. «Terry hat ein Interview mit ihr gemacht vor ungefähr sechs Monaten. So hat er sie kennengelernt.»

«Ja? Und?»

«Als sie starb, hat er eine Kolumne über Ruhm geschrieben, über berühmte Leute, darüber, daß die Öffentlichkeit glaubt, sie wisse alles über ihr Privatleben, darüber, mit wem sie ausgehen, mit wem sie schlafen, wen sie lieben.»

«Ja? Und?»

«Ich habe Ihnen die Geschichte erzählt, die er mir erzählt hat – über denjenigen, wer auch immer das war, der gesagt hat, daß bei jeder Liebesaffäre der neue Liebhaber gleichsam die alten Liebhaber seiner neuen Liebe töten muß –, und daß Terry dachte, daß Dimanches neuer Liebhaber das nicht tun konnte – weil sie berühmt war –, und er sie deshalb wirklich getötet hat.»

«Ja? Und?»

«Ich glaube, er war verärgert, frustriert, wütend auf Dimanche, aus welchem Grund auch immer, weil sie ihre Beziehung geheimhielten, weil sie nie einen Song über ihn schrieb.»

Neuman starrte sie an. «Was machen Sie hier eigentlich, Witze oder was? Das ist hier nicht der Schulhof, Mädchen; das ist der Abgrund, die Gosse, die absolute Endstation.»

Sie hielt seinem Blick stand. «Ich mache keine Witze.»

«Ja, gut. Leute sind dauernd verärgert, frustriert, wütend, Miss Ward, und die meisten von ihnen, neunundneunzig Prozent von ihnen – vielleicht sind's mehr, vielleicht weniger; was weiß ich? – laufen nicht herum und legen die Leute um, die sie ägern, frustrieren und wütend machen, und legen dann noch jemanden um, damit es so aussieht, als wäre der derjenige, der verärgert, frustriert und wütend war. Verstehen Sie, was ich meine?»

Winger unternahm einen weiteren Versuch. «Der Junge in der Bank Street, Lieutenant, *denkt* nicht bloß, daß es Niles war, den er aus dem Haus von dieser Dimanche-Tante hat kommen sehen; er ist *sicher*, daß es Niles war. Der Grund dafür ist, daß er Niles in den letzten Monaten häufig bei dieser Dimanche-Tante gesehen hat.»

«Ja, gut. Wenn ich Niles' Anwalt wäre, und der einzige Zeuge – der einzige Zeuge –, der Niles mit Dimanche verbinden könnte, wäre ein zwölf-, dreizehnjähriger Junge, der scharf auf Dimanche ist und sie gern von seinem Fenster aus beobachtet, würde ich darüber nachdenken, ob ich einen Haarschnitt brauche oder nicht, ob ich mir einen neuen Anzug besorgen sollte, damit ich, wenn ich auf den Stufen des Gerichtsgebäudes stehe, nachdem ich einen Freispruch erreicht habe – Freispruch kannst du vergessen; es gäbe nicht mal eine Anklage –, gut aussehe vor den Fernsehkameras, falls meine Mutter zuguckt oder meine Freundin oder meine Frau.» Winger schnippte mit seinen Fingern, ohne die Hände aus den Hosentaschen zu nehmen. «Wie viele große, gutaussehende, kahlköpfige Männer mit Schlips gibt es, Lieutenant?»

«Du klärst das, Winger. Du ziehst los und zählst, wie viele große, gutaussehende, kahlköpfige Männer mit Schlips es gibt, und wenn es nur einen gibt und das ist Niles, kommst du zurück und sagst es mir. Und mach dich bereit, es Easterly und Klinger zu erzählen und den Borough D's und Chief of D's und dem Chief und dem Commissioner und vielleicht sogar dem Bürgermeister und dem Gouverneur und dem Präsidenten.»

«Lieutenant Neuman.» Wieder Nell Ward. «Das Graffito auf meiner Wand? Terry hat es gesehen. Er hat mich danach gefragt. Er war davon fasziniert. Er dachte, es wäre... ‹unerwartet poetisch›, wie er sich ausdrückte.»

«Wann hat er es gesehen? Sie sagte mir, er wäre ein alter Liebhaber, Sie sagten mir, das Graffito wäre vor ein paar Wochen an die Wand gemalt worden. Jetzt sagen Sie mir, daß er Sie immer noch besucht?» Und was ist mit The Band und Neil Young und Neil Diamond und Van Morrison und Doctor John und Muddy Waters und

Paul Butterfield? Und Dylan und den Männern, die Jeans trugen und Rolex-Uhren und Macintosh-Computer benutzten? Und die Marines? Kamen die auch immer noch zu Besuch?

«Er ist vorbeigekommen, seit das Graffito angemalt worden ist, um ein paar Platten auszuleihen –»

«Platten, Jake.» Federici stand jetzt wieder. Wie hatte er nur so lange in der Hocke bleiben können? Er sollte Catcher werden. «Er hat ein paar Platten ausgeliehen.»

«Ich habe ein paar alte Platten», fuhr Nell fort. «Blues-Platten. Sie sind Sammlerstücke. Man findet sie nicht mehr im Laden – oder jedenfalls nicht leicht. Eine davon war von Robert Johnson mit dem Song, der auf Dimanches Kassette ist – *32–20.*»

«Sie sind Sammlerstücke, und Sie haben sie Niles einfach überlassen, bloß weil er ein alter Liebhaber ist?»

Nell Ward lächelte traurig, sehr traurig. «Er hat sie bei mir aufgenommen, Lieutenant. Sie haben recht – ich wollte nicht, daß er sie auslieh.»

Neuman drehte sich zur Seite und kreuzte seine Beine und wedelte mit einer Hand und schüttelte den Kopf. «Ich glaub das nicht. Es ist einfach zu scheißunvorsichtig. Man geht nicht zu jemand hin, um den Song aufzunehmen, den man auf den Anrufbeantworter von jemand spielt und den die Cops finden werden, wenn dieser Jemand ermordet wird, wenn *man* sie ermordet. Es ist einfach zu scheißunvorsichtig.»

«Ich habe nicht gehört, was Terry aufgenommen hat», sagte Nell. «Ich habe an einem Steenback im Nachbarzimmer gearbeitet – einem Schneidetisch. Terry sagte, er wollte ein bißchen Blues aufnehmen; er hatte das gern gehört, als wir zusammen waren; er vermißte die Musik. Ich sagte, mach nur, ich muß arbeiten. Er ist nicht lang geblieben – eine Stunde vielleicht. Als er gegangen ist, hat er mich nach dem Graffito gefragt.»

«Das Graffito, das er auf den Spiegel von jemand schreiben würde und das die Cops finden würden, wenn dieser Jemand ermordet wurde, wenn *er* sie ermordet hat.» Neuman drehte sich zur anderen Seite und kreuzte sein anderes Bein und wedelte mit seiner anderen Hand und schüttelte seinen Kopf. «Ich glaub das nicht. Es ist einfach zu scheißunvorsichtig.» Er drehte sich wieder zu Federici um. «Niles hat einen Artikel geschrieben, daß der M. E. Valium in B. G. gefunden hat, wenn sie sie noch nicht mal aufgeschnitten haben. Warum?»

Federici hielt ihm die Zeitung hin. «Willst du's lesen?»

«Nein, ich will's nicht lesen. Ich will wissen, warum er das geschrieben hat.»

«Vielleicht hat ihm jemand erzählt, daß sie sie aufschneiden wollten, und er hat's geschrieben, obwohl es gar nicht geschehen ist. Manchmal machen sie das, diese Zeitungsleute. Ich erinnere mich, daß einer mir mal erzählt hat, daß er immer über die Raketenstarts schrieb und daß er seinen Artikel über den Raketenstart schon Stunden, bevor es losging, fertig hatte, in dem er beschrieb, wie es sich anhörte, über all die Flammen und den Rauch und alles, wegen des Redaktionsschlusses. Manchmal wurde der Raketenstart abgesagt wegen des Wetters oder irgendwas, und er mußte in letzter Minute in der Redaktion anrufen, damit sie die Druckmaschinen anhalten, oder was immer sie dann machen.»

«Nur daß Niles nicht die Druckmaschinen hat anhalten lassen, was einfach zu scheißunvorsichtig ist. Hast du mit McIver darüber geredet? Oder mit Easterly oder Klinger?»

«Jake, ich bin mordverdächtig. Ich soll bestimmt nicht in dem Fall von jemand anders herumstochern. Ich erzähl dir das nur, weil wir, du weißt schon, irgendwie Freunde sind.»

Neuman drehte sich in die andere Richtung. «Mir gefällt das nicht. Es ist einfach zu scheißunvorsichtig.»

«Okay, Jake.» Wieder Federici. «Hier ist der letzte Punkt. Die Liste? Bobbys Liste?»

«Bobby ist tot, Steve.»

«Sag's ihm, Mac.»

McGovern schenkte ihm einen Blick, als wollte er sagen: *So muß man das machen.* «Steve hat gesagt, daß er dir das schon erzählt hat, Loo, als du bei ihm warst, daß ich Terry von Bobbys Liste erzählt habe. Ich hab ihm gesagt, daß er nichts schreiben soll, und er sagte, er würde's auch nicht. Aber er hat mich darum gebeten, sie zu sehen, die Liste, er wollte sehen, welche Namen darauf waren, ich konnte mich nicht an alle Namen erinnern. Ich sah keinen Grund, warum ich sie ihm nicht zeigen sollte, er wollte ja nichts darüber schreiben. Steve war unterwegs wegen eines Informanten, ich wußte, daß die Liste in seinem Tisch war, ich habe Niles mit zur Wache genommen und ließ ihn einen Blick darauf werfen.»

«Wann war das, Matty?» sagte Neuman.

«Ungefähr vor sechs Monaten, Loo.»

«Um die Zeit, als, wie Miss Ward annimmt, Niles Dimanche kennengelernt hat?»

«Ja, Loo. Oh, ja, da ist noch was, Loo. Ich weiß, daß du Terry ein bißchen kennst, aber weil du nicht rauchst – ich hab aufgehört, Loo, wegen meines Darms –, weißt du vielleicht nicht, daß er immer Zigaretten schnorrt. Immer. Hat nie eigene. Äh, Nell hier hat dasselbe gesagt. Wir haben darüber auf dem Weg hierher geredet.»

Neuman setzte sich vor, die Augen weit geöffnet. «Um Himmels willen, Matty, und er läuft immer noch frei herum? Ein Kerl, der immer Zigaretten schnorrt? Warum sitzen wir hier bloß rum? Wir sollten sofort Special Services anklingeln und 'n paar Heckenschützen zu ihm rüberschicken, die sicherstellen, daß er das nicht wieder macht.»

McGovern scharrte mit seinen Füßen. «Ich meine bloß, Loo, daß Steve mir erzählt hat, daß sie diese Zigaretten in Dimanches Garderobe gefunden haben, einige mit ihrem Lippenstift darauf, einige ohne. Ich dachte nur...»

Neuman sah Federici an. «Ich nehme an, du wirst mir jetzt erzählen, daß in dem Artikel, den Niles in dieser Zeitung geschrieben hat, die du in der Hand hältst, neben einigem über die Botschaft auf Dimanches Spiegel und einigem über die Musik auf der Kassette von Dimanches Anrufbeantworter und einigem über die hundert Milligramm Valium in B. G.s Blut auch etwas darüber steht, daß Dimanche auf Bobbys Liste war.»

Federici nickte.

20

«Larry Adler, Jeff Bridges, Mel Brooks, Johnny Carson, Gary Carter, Jimmy Carter, Joan Collins, Phil Collins, Jimmy Connors, Jeff Daniels, Phil Donahue, Michael Douglas, Linda Evans, Sally Fields – ziemlich dicht dran; jeder denkt, das ist ihr Name – Gerry Ford, John Forsythe, John Glenn, Gary Hart, David Hartman, Helen Hayes, Joseph Heller, Keith Jackson, Michael Jackson, Jim Jensen, Ted Kennedy, Larry King, Steven King – mit einem v, aber macht nichts –, Ed Koch, Ed McMahon, Jim McMahon, Eddie Murphy, Paul Newman, Jack Nicholson, Tom O'Neill –, den werden sie nicht rauskriegen; sie werden nicht wissen, daß ich Tip meine –, Richard Nixon, William Perry, Ronald *und* Nancy Reagan, Burt Reynolds, Pete Rose, Jonathan Schwartz, Sam Shepard, George Shultz, Sue Simmons, John Simon, Neil Simon, David Steinberg, Howard Stern, Elizabeth Taylor, Dave Winfield, Burt Young... Nicht schlecht. Nicht großartig, aber auch nicht schlecht. Ich brauche einen Fonda.»

Charly Johnstone zog ein Telefonbuch von Manhattan unter dem Berg von Papieren auf ihrem Schreibtisch hervor und blätterte darin. «Fonda, Fonda, Fonda. Angie Fonda, Fonda Boutique, C. Fonda, Fonda Cup and Container Group, *Fonda La Paloma* Mexikanisches Restaurant, N. Fonda, R. Fonda, V. H. Fonda. Scheiße. Oder eine Tina Turner. Turner, Turner, Turner. T. Turner, T. Turner, T. Turner, T. F. Turner, Theodore Turner. Scheiße. Wie war noch Lady Dis Mädchenname? Diana irgendwas. Diana... Diana... Diana. Scheiße. Willie Nelson. Nelson, Nelson, Nelson. Heureka. Ein Willie Nelson. *Zwei* Willie Nelsons. *Drei* Willie Nelsons. Zu spät, sie anzurufen. Ruf sie morgen früh an. So viel zu tun, und so wenig Zeit. Aber eine brillante Idee, wirklich brillant.»

«Du mußt aufhören, mit dir selbst zu reden, Charly.»

«Das ist das Marihuana. Ich hab einen Zug zuviel gemacht. Was ist noch mit diesen Burschen passiert – Brewer und...? Oh, Scheiße.»

«Gehirnschaden. Alzheimer. Neurasthenie.»

«Was für ein schönes Wort. Neu-rass-*tee*-nie. Solche Wörter haben wir gar nicht mehr.»

«Wir haben überhaupt nichts mehr von dem, was wir mal hatten. Nicht mehr. Sprach der Rabe: Nicht mehr. Horch – wo wir von Raben sprechen, von Lerchen sprechen.»

«Was, Charly?»

«Ja, was? Oder besser, wer? Es ist vier Uhr am beschissenen Morgen. Wer – wer *sonst* – könnte wohl um vier Uhr am beschissenen Morgen im Theater herumtrampeln? Der Geist von Edmund Kean vielleicht?»

«Oder der von Dimanche.»

«Sag so was nicht. Du machst mir 'ne Scheißangst.»

«Schhh.»

«Er kann mich wirklich nicht hören, Liebling. Nicht bei dem ganzen Lärm, den er macht.»

«‹Er›?»

«Nun, so etwas zu tun ist doch eher männlich, oder nicht? In ein verdunkeltes Theater um vier am beschissenen Morgen zu schleichen. Die meisten Frauen – und du kannst die Feinheiten davon mit der feministischen Theoretikerin aus deiner Nachbarschaft erörtern –, die meisten Frauen tun so etwas nicht.»

«*Du bist* im verdunkelten Theater um vier Uhr am beschissenen Morgen.»

«Und arbeite an der Gästeliste für meine brillante Konzeption, eine Party für die Homonymen – wartete mal, bis Bobby Zarem davon hört; er wird grün werden vor Neid –, die bei *Elaine's* stattfinden soll. Nicht bei *dem Elaine's* natürlich, einem Lunchrestaurant in Rego Park.»

«Es ist eine wunderbare Idee, Charly.»

«Danke schön.»

«Also wer ist das nun, der da im Theater herumschleicht?»

«Ich habe nicht die leiseste Ahnung.»

«Vielleicht ist's Hercule Maigret, der kommt, um dich wegen des Mordes an der lieblichen Dimanche festzunehmen.»

«Ich habe Dimanche nicht ermordet.»

«Du hast sie geliebt.»

«Ja, das habe ich.»

«Ohne Erwiderung.»

«Ich habe sie *geliebt*, das ist der Punkt. Man ermordet nicht den Gegenstand seiner Empfindungen.»

«Oh? Hast du kürzlich mal eine griechische Tragödie gelesen?»

«Nein. Du?»

«Nun, vielleicht ist es...»

«Wer?»

«Ich weiß es nicht.»

«Dann geh und *schau*.»

«Was, wenn...?»

«Oh, nun mach schon, Charly.»

«Gut, dann aber Ruhe. Keinen Laut.»

«Du bist die, die redet.»

«Schhhh.»

Charly knipste das Licht auf ihrem Schreibtisch aus und ging auf Zehenspitzen zur Tür. Sie öffnete sie einen Spalt und lugte hindurch.

Nach einer Weile schloß sie sie wieder und stand mit dem Rücken an die Tür gelehnt.

«Was?»

«Interessant. Sehr interessant.»

«Was?»

«Juliet. Er nannte sie Juliet.»

«Wer nannte wen Juliet?»

«Oh, sei still, ja?»

«Verzeihen Sie.»

«Tut mir leid, aber ich habe kein Kleingeld.»

Terry Niles verzog das Gesicht. «Was für eine mißtrauische Welt ist das geworden. Man kann nicht einmal mehr nach dem Weg fragen.»

Der Mann verlangsamte seinen Schritt und lächelte, ein wenig reumütig. «Da kann ich helfen.»

«Eigentlich wollte ich nicht nach dem Weg fragen. Ich überlegte, ob wir uns kurz mal unterhalten könnten.»

Der Mann beschleunigte wieder. «Tut mir leid, ich hab's eilig.»

«Sie wohnen in Forty-two Fifth, nicht wahr? Sechster Stock? Der Portier hat auf Sie gezeigt. Seien Sie nicht wütend auf ihn; ich war sehr hartnäckig.»

«Wenn es um die Genossenschaft geht, ich habe nicht vor, meine Wohnung zu kaufen. Tut mir leid.»

«Wie ist das mit ihrem Nachbarn? Mark Follett?»

«Da müssen Sie ihn fragen.»

Das Licht strahlte sie an, aber der Verkehr war spärlich, und sie überquerten die Fifth Avenue und gingen auf der südlichen Seite weiter. In mittlerer Entfernung leuchtete der Triumphbogen golden im Morgenlicht; darüber und weit dahinter, wirkten die Türme des World Trade Centers wie fremde Invasoren, leicht verwirrt. Eine steife Brise machte Spinnakersegel aus den Mänteln der Leute, die auf sie zukamen. Niles sorgte sich um seine Perücke, aber griff nicht danach. Er streckte seine Hand aus. «Ich bin Fred Adams. Ich bin bei der, äh, Regierung. Mister Follett hat sich um ein erweitertes Führungszeugnis bemüht –»

«Mark?» Der Mann lachte und ignorierte die Hand.

Niles nahm ein Notizbuch heraus. «Warum genau amüsiert Sie das?»

An der Tenth Street, die gerammelt voll war wegen des Durchgangsverkehrs, warteten sie an der Ampel. Als sie wechselte, blieb der Mann stehen. «Gerade als ich aus dem College raus war, Mr. Adams, kam jemand bei mir vorbei, der sagte, er wäre von der Army, und stellte mir Fragen über einen früheren Tennispartner von mir. Eigentlich war er nicht mal ein Tennispartner von mir gewesen; er war in der Collegemannschaft, als ich im Freshman-Team war. Wir trainierten kaum zusammen und hatten oft Spiele zur gleichen Zeit an verschiedenen Schulen. Ich kannte ihn kaum, aber als dieser Mann mich bat, meine Teamkameraden zu charakterisieren, zögerte ich nicht zu sagen, daß ich ihn für einen arroganten, eingebildeten Scheißkerl hielte. Ich glaube nicht, daß ich ‹Scheißkerl› sagte. Er war auf irgendeinen Job aus, nehme ich an. Ich denke immer noch manchmal darüber nach, ob er ihn bekommen hat. Vielleicht suchten sie arrogante, eingebildete Scheißkerle.»

Niles griff in seinen Mantel. «Ich kann Ihnen einen Ausweis zeigen.»

«Zeigen Sie mir eine Vorladung. Dann erzähle ich Ihnen vielleicht etwas über Mark Follett oder irgend jemand anders.» Der Mann trat vom Bürgersteig hinunter.

Und eine prozeßsüchtige Welt, dachte Niles, als er wieder Richtung Uptown ging. Die Leute sahen zu viele Fernsehsendungen mit Cops und Anwälten; sie wußten genau, welche Rechte sie hatten. Und eine kleine Welt: *Er* war einmal von einem Sicherheitsprüfer der Army befragt worden, gerade nachdem *er* aus dem College gekommen war, und zwar nach einem Kameraden von *seinem* Schwimmteam; er wußte nicht mehr, was er ihm erzählt hatte, aber daher hatte er die Idee für seine Maskerade. Er legte von Zeit zu Zeit eine Hand auf seinen Kopf, da der Wind seine Verkleidung bedrohte. Er hatte nicht zu viel Zeit verschwendet, er hatte herausgefunden, daß Forty-two Fifth Avenue genossenschaftlich wurde, was bedeutete, daß er, um es so auszudrücken, sich einen anderen Hut aufsetzen konnte.

«Guten Morgen, Heritage Management.»

«Ja, mein Name ist Adams. Ich vertrete Mister Mark Follett, der eine Wohnung in dem Haus gemietet hat, das Sie an der Forty-two–Fifth verwalten. Das heißt, ich bin sein Bankier. Wäre es möglich, daß ich eine Kopie des Mietvertrages bekomme? Ich brauche sie für meine Unterlagen.»

«Darüber müßten Sie mit Mr. Greenstein sprechen, dem Verwalter des Hauses.»

«Alles klar. Könnte ich das dann?»

«Er ist nach drei wieder da.»

«Könnte ich dann meine Telefonnummer hinterlassen, bitte?» Niles begann, der Sekretärin die Nummer seiner Telefonzelle zu geben, aber sie war teilweise unleserlich, und so dachte er sich eine Nummer aus. «Und könnten Sie mir noch einen Gefallen tun? Könnten Sie in Mr. Folletts Akte nachsehen, ob das die Nummer ist, die Sie dort von mir haben? Sie ist kürzlich geändert worden.»

Die Sekretärin bat ihn, einen Augenblick zu warten – was ihn überraschte; er hatte erwartet, daß sie sagte, darüber müsse er mit dem Verwalter reden oder daß es keine Akte von Mr. Follett gäbe –, und während er wartete, überlegte er, ob die Telefonnummer, die er sich aus den Zahlen der Lottogewinnzahl – mit einer Ausnahme – ausgedacht hatte, noch andere Implikationen besaß. Vielleicht hatte Mark Follett die Zahlen gewählt, weil sie Zahlen in seinem Leben waren: er wohnte an der Forty-two–Fifth Avenue; 42 und 5 waren zwei der Zahlen. Vielleicht hatten die anderen Zahlen – 2, 8, 9, 44 – ebenfalls eine Bedeutung.

«Mister Adams?»

«Ja?»

«Die Nummer, die Sie mir gegeben haben, ist nicht die Nummer in unseren Unterlagen.»

«Genau. Sie ist geändert worden. Die Nummer, die Sie haben, ist...?» Sie gab ihm die Nummer, und er schrieb sie auf. «Wenn Sie bitte statt dessen die Nummer eintragen würden, die ich Ihnen eben gegeben habe, wäre ich Ihnen höchst dankbar.»

«Aus unseren Unterlagen geht auch hervor, daß Mister *Tim*berlake der Bankier von Mister Follett ist.»

«War. Oder, besser gesagt, er ist krankgeschrieben. Ich habe seine Pflichten vorerst übernommen.»

«Also sind Sie auch bei Stuyvesant Savings?»

«Richtig.»

«Eighty-six–Eighth Avenue?»

«Richtig.»

«Eins – zweimal die Null – Eins – Eins.»

«Exakt.»

«Alles klar, dann. Ich werde es ändern.»

«Vielen Dank. Äh, schönen Tag noch.»

«Gleichfalls. Oh, Mister Adams?»

«Ja?»

«Da ich gerade die Unterlagen hervorgeholt habe, ist Mister Folletts Telefonnummer immer noch korrekt?» Sie las ihm eine Telefonnummer mit einer 982-Vorwahl vor, und er schrieb sie auf.

«Ja, die ist korrekt.»

«Auf Wiederhören.»

«Auf Wiederhören.»

Bingo. 9–8–2 war gleich 2, 8, 9. Und die Sekretärin hatte ihm das riskante Geschäft erspart, bei der Telefonfirma anzurufen und einen Polizeibeamten zu mimen, um Mark Folletts nichtregistrierte Nummer herauszukriegen.

Blieb noch 44. Vielleicht war Follett ein Reggie-Jackson-Fan. Ein Reggie-Jackson-Fan gewesen.

«Stuyvesant Savings. Bob Timberlake.»

«Mister Timberlake, hier ist Fred Adams. Heritage Management.»

«Was kann ich für Sie tun, Sir? Sie hören sich an, als wären Sie in einer Telefonzelle.»

Niles lachte. «Das bin ich tatsächlich, ja. Ich war schon auf dem Weg zu einem Meeting, als mir einfiel, daß ich noch eine Information von Ihnen brauche. Meine Sekretärin muß in dem Moment, wo ich das Büro verlassen habe, angefangen haben, mit ihrem Freund zu telefonieren, weil es seit zwanzig Minuten besetzt ist. Also habe ich gedacht, ich rufe Sie selbst an.»

«Das ist gewöhnlich die beste Methode. Was kann ich für Sie tun?»

«Mark Follett? Ein Mieter in Forty-two–Fifth?»

«Klar. Ich regle seine Hypothek.»

«Er kauft also?»

«Als ich zuletzt mit ihm geredet habe, wollte er, ja. Al Greenstein weiß Bescheid.»

«Richtig, das ist das Problem. Al mußte aus der Stadt, und da ist irgend etwas mit einem unserer anderen Häuser. Es scheint, als hätten wir in zwei unserer Häuser Mieter namens Mark Follett. Dabei ist das gar kein gewöhnlicher Name, aber... Ihr Mark Follett – was ist der von Beruf?»

«Er entwickelt Computer.»

«Entwickelt sie.»

«Genau.»

«Für wen?»

«Wenn ich es richtig verstehe, für jeden, der sie braucht. Er sitzt einfach zu Hause, starrt an die Decke und... entwickelt Computer für Kunden.»

«Aha. Also arbeitet er auch in Forty-two–Fifth?»

«Ja, aber er hat die Wohnung nicht gewerblich angemietet. Ich möchte das ganz klarstellen.»

«Ich verstehe, Bob. Also die Neun-acht-zwei-Nummer, das ist auch seine Arbeitsnummer?»

«So ist es.»

«Das sollte reichen, Bob. Vielen Dank. Oh, noch eins. Bloß um ganz sicherzugehen, daß wir diese zwei Mark Folletts auseinanderhalten – was für ein Geburtsdatum hat Ihr Mark Follett? Es ist ja nicht wahrscheinlich, daß beide am selben Tag Geburtstag haben.»

«Warten Sie einen Moment. Seine Unterlagen habe ich hier... Zweiundzwanzigster März, neunzehnhundertdreiundvierzig.»

Bingo. Er war vierundvierzig Jahre alt. 2, 5, 8, 9, 42, 44, stand für einen vierundvierzig Jahre alten Mann, der in Forty-two–Fifth Avenue wohnte und eine 982-Vorwahl hatte. «Bob, sie waren mir eine große Hilfe. Wir müssen unbedingt mal zusammen Lunch essen.»

«Jederzeit, Fred. Wissen Sie, als Sie sagten, Sie wären von Heritage, dachte ich einen Moment lang, daß es vielleicht ein Problem mit Folletts Hypothek gäbe. Ich bin froh zu hören, daß es nichts damit zu tun hat.»

«Kein Problem, was das anbelangt, Bob. Haben Sie welche mit ihm?»

«Kein Problem in der Hypothekenabteilung. Unser Problem mit Follett ist, daß er keine Banken mag.»

«Nun, ich will Sie nicht beleidigen, aber wer tut das schon?»

«Aber die meisten Leute, die eine Fünfzehn-Dollar-Gebühr im Monat für ihre NOW-Konten bezahlen sollen, nehmen nicht gleich ihr Geld aus der Bank.»

«Fünfzehn ist ein bißchen hoch, Bob.»

«Vielleicht, aber er hatte zweiundzwanzig Braune auf dem Konto. Er hätte keine weiteren Gebühren zahlen müssen.»

«Hat es wahrscheinlich auf eine andere Bank gebracht, nehme ich an, was?»

«Hat es mit nach Hause genommen und in einer Schuhschachtel in seinen Schrank gestellt, das erzählt er jedenfalls.»

«Ja? Nun, es gibt die seltsamsten Leute, Bob.»

«Grüßen Sie Al von mir, Fred?»

«Aber klar.» Ein vierundvierzig Jahre alter Mann, der in Fourty-two–Fifth Avenue wohnte, eine 982-Vorwahl hatte und zweiundzwanzigtausend Dollar in einer Schuhschachtel in seinem Schrank. Niles begann die Eleventh Street hinunterzugehen und dachte, er würde sich in einen Coffee Shop setzen und darüber nachdenken, wie er in Folletts Haus hineinkam. Er blieb stehen, erinnerte sich an etwas, das die kluge Portiersfrau Jessica Frank über *Nowhere Man* gesagt hatte: ...Er *lebte irgendwo im Village, in einem Haus mit Portier, so daß er keinen Schlüssel für die Eingangstür braucht, und er hat entweder seine Wohnungstür nicht abgeschlossen, oder er hat diesen Schlüssel abgelegt, versteckt – unter der Fußmatte vor seiner Tür vielleicht.*

«Zu wem wollen Sie?» Der *hispanic* Portier in Forty-two–Fifth, mit dem er gequatscht hatte und der auf Folletts Nachbarn gezeigt hatte, machte gerade Pause. Ein Türsteher, ein mürrischer Mitteleuropäer, ein Tscheche oder Ungar, vertrat ihn.

«Mister Follett. Mark Follett. Sechs B. Ich bin Mister Timberlake, Stuyvesant Savings.»

Der Türsteher öffnete die Tür. Es war ihm egal. Es war nicht sein Haus.

Niles nahm den Fahrstuhl zum sechsten Stock und ging den Flur in die falsche Richtung hinunter, dann zurück und den richtigen Weg zu B. Dort lag ein Türvorleger.

Er klingelte. Keine Reaktion.

Er klopfte. Keine Reaktion.

Er bewegte den Türvorleger mit seinem Fuß. Nichts.

Er bewegte ihn in die andere Richtung. Nichts.

«Verdammt.»

Er sah den Flur hinunter, bückte sich dann und drehte den Vorleger um.

Bingo. Der Schlüssel war in einer Tasche, die mit einer Rasierklinge oder einem Messer in das Material der Matte geschnitten worden war.

Niles nahm ihn heraus und legte die Matte wieder hin.

Oh, oh. Die Tür besaß ein Fichetschloß und zwei Segals. Der Schlüssel in seiner Hand war für ein Segal.

Er probierte ihn bei dem oberen Segalschloß aus. Er paßte, ließ sich aber nicht drehen.

Er versuchte es mit dem unteren Segalschloß. Er paßte, drehte sich einmal gegen den Uhrzeigersinn und noch ein Viertel für die Verriegelung. Die Tür öffnete sich. Das Fichet war nicht verschlossen.

Niles ging hinein und schloß die Tür und verschloß beide Segals und das Fichet. «Hallo, *Nowhere Man.*»

«Fuck, was macht er dann da drin so lange?»

«Ich muß mal pissen, Artie.»

«Er lungert vorm Haus rum, er redet mit dem Portier, er geht ein paar Blocks mit dem Typ, der aus'm Haus gekommen ist, er macht 'n paar Anrufe, er geht wieder zurück zum Haus, er geht rein, er ist seit 'ner Stunde drin. Fuck, was macht er denn? Und Fuck, warum trägt der Kahlkopf 'ne Perücke?»

«Warum bleibst du nicht hier, ich such mir 'n Lunchrestaurant, piß eben und komm dann wieder?»

«Weil er vielleicht rauskommt, während du weg bist, darum. Soll ich vielleicht 'nen Pfeil malen auf die Telefonzelle, in die Richtung bin ich gegangen?»

«Warum verfolgen wir ihn denn, Artie? Wir folgen ihm seit gestern. Wir sind gestern abend nicht zur Arbeit gegangen, wir sind ihm gefolgt. Wir haben 'scheinlich unsere Jobs verloren, weil wir ihm gefolgt sind. Warum verfolgen wir ihn, Artie?»

«Diese Jobs brauchen wir nicht mehr, Jerry. Wir haben den Lottogewinn. Die einzige Sache ist, daß wir ein kleines Problem haben, weil du nämlich Niles erzählt hast, daß wir das Los *genommen* haben, und weil du ihm auch erzählt hast, welche Zahlen auf dem Schein standen, und das Problem ist, daß wir so lange nicht Kasse machen können, wie Niles noch herumläuft.»

«Er läuft doch gar nicht herum. Er ist im Haus da drüben.»

Artie seufzte. «Ich mein nicht *laufen*. Ich mein nicht *herum*. Ich mein *lebend*. Ich mein, so lange wie Niles lebt, können wir nicht Kasse machen. Also werd ich ihn umlegen.»

«Du wolltest ihn doch umlegen, warum hast du ihn nicht gestern abend umgelegt? Er war ein paarmal allein auf der Straße.»

«Willst du mir erzählen, Jerry, daß ich nicht gesehen habe, daß er ein paarmal ganz allein war? Ich habe gesehen, daß er ein paarmal ganz allein war. Ich will wissen, was er da vorhat, darum habe ich ihn noch nicht umgelegt. Was zum Teufel hat er vor? Erst geht er zu diesem Haus oben auf der East Side; er kommt nach 'ner Weile wieder raus, redet mit dieser Tante, die da Portier ist, sie gibt ihm ein Stück Papier oder so was, er steckt's ein; geht dann zu Dimanches Haus, bleibt 'ne Stunde, kommt raus und trägt 'ne Perücke, geht in ein Lunch-Restaurant, ißt Frühstück, geht in sein Büro, bevor er in sein Büro geht, nimmt er die Perücke ab, steckt sie ein, bleibt da fast den ganzen Tag, kommt wieder raus, geht zu einem Haus auf der Eighty-ninth Street, da is'n Schild an der Tür, das besagt, daß er da wohnt. Er bleibt ungefähr fünf Minuten, er kommt wieder raus mit der Perücke auf, er geht zum Port Authority Bus Terminal, er sitzt auf 'ner Bank und liest Zeitschriften bis halb vier Uhr morgens, er geht zu diesem Theater, dem Kane –»

«Dem Kean.»

«Kean ist der Gouverneur von Jersey, aber man sagt nicht Kean, man sagt Kane. Er geht zur Bühnentür hinein, er hat einen Schlüssel – hat er eigentlich für alles in der Stadt einen Schlüssel, oder was? –, er bleibt 'ne halbe Stunde, er kommt wieder raus, er geht Richtung Downtown, er fängt an, in Apartmenthäuser zu gehen und wieder rauszukommen und mit den Portiers zu reden; die ganze Nacht redet er mit Portiers; er redet mit dem Portier in dem Haus da drüben, er kommt raus, er geht die Straße runter, um die Ecke, er frühstückt wieder, er kommt zurück, er lungert um das Haus herum, er geht ein paar Blocks mit dem Typ, der aus dem Haus gekommen ist, er macht 'n paar Anrufe, er geht zurück zu dem Haus, er geht rein, er ist seit 'ner Stunde da drin. Was zum Teufel hat er vor? Fuck, wann schläft er eigentlich? Fuck, warum trägt er 'ne Perücke?»

«Also, was wollen wir machen?»

«Ich hab's dir schon gesacht – wir folgen ihm, das machen wir.»

21

«Ich brauch noch was», sagte Nell Ward.

Der fette Mann sagte: «Noch was wovon, Babe?»

«Jumbo.»

Er lachte. «Das gibt dir'n Scheißkick, was? Tut mir leid, Babe, ist alle. Es ist wirklich populär.»

«Besorg noch was.»

Wieder ein Lachen, aber ohne Humor. «Hey, Babe, liest du Zeitung, schaust du in die Glotze? Dauernd was drin, in der Zeitung, in der Glotze, über Jumbo. Hier unten will jeder und seine kleine Schwester was davon, hier unten hast du die Narcs vom Dezernat, die verdammt hinter dem Zeug her sind. Du hast die Botschaft gehört, und die Botschaft lautet: ganz ruhig bleiben.»

Nell Wards Finger fummelten am Knoten ihres Schlipses herum. Sie nahm es hin, als wären es die von jemand anderem. «Dann eben etwas Koks. Das normale Zeug. Zehn Gramm.»

Der fette Mann schüttelte den Kopf. «Würde dir absolut nichts bringen, Babe. Nach dem Jumbo.»

«Ich werde es mit Angel's Dust mischen.»

«Wenn du das mit Angel's Dust mischst, dann landest du in Bellevue mit 'nem Namensschild um deinen Zeh.»

Sie griff sich ein Stück von seinem Dead-Head-T-Shirt. «Jetzt mach, du Motherfucker.»

Er schug sie zu Boden.

Sie kam wieder hoch mit einer Waffe in ihrer Hand.

«Hey, Nell –»

Sie schoß ihm in seinen fetten Bauch. Und wieder. Und ein drittes Mal.

22

So war sie, die Arbeit der Polizei: Herumzurutschen auf den verschlissenen Sitzen eines verrotteten Autos mit schmierigen Fenstern, einem schmierigen Armaturenbrett, einem fehlenden Deckel fürs Handschuhfach, einer Sonnenblende, zerrissenen Fußmatten, einem Handgriff, um das Fenster runterzudrehen, oder einem, um die Tür zu öffnen, niemals einen für beides; kaputte Sicherheitsgurte, der Gestank von Blut und Kotze und Pizza und Schweiß; jedesmal alte Kaffeebecher mit den Füßen zu zerquetschen, wenn man die Position wechselte; Kaffee über sich auszuschütten, über die Sitze, auf den Fußboden, weil es keinen Platz gab, wo man die Becher hinstellen konnte, während man den Kaffee abkühlen ließ, in der Hoffnung, daß er dann besser schmeckte, aber er schmeckte dann nur wie kalter verbrannter Kaffee; die Zeitung von vorne bis hinten durchzulesen, sogar die Rezepte, die man sowieso nicht brauchte, weil man nicht kochen konnte, und die Investitionstips, die einem nichts nützen, weil man pleite war, und die Ratschläge für Leute mit Liebeskummer, die man nicht beachten würde, weil man nicht verliebt war, man war verheiratet, sogar den Witz des Tages (die Schwerkraft ist nicht bloß eine gute Idee; sie ist das Gesetz), über den man nicht lachen konnte, über den man bloß höhnisch grinste, denn man war ja schließlich ein Cop und deshalb paranoid und las in den Witz eine Verunglimpfung des Gesetzes und seiner Vollstreckung im allgemeinen und der eigenen Person im besonderen hinein; über Sport zu reden war ein Fehler, weil die Männer, mit denen man zusammen wartete, entweder nichts über Sport wußten oder alles; über Geld zu reden war ein Fehler, weil die Männer, mit denen man zusammen wartete, immer mehr hatten als man selber, sogar die Third Grades, oder es ausgaben, als ob sie mehr hätten, oder so darüber redeten, als ob sie mehr auszugeben hätten; über

Frauen zu reden war ein Fehler, weil es immer ein Fehler ist, über Frauen zu reden, es gibt nichts zu sagen, sie sind einfach da, wie Berge, wie Hundescheiße auf dem Bürgersteig, je nachdem, welchen Standpunkt man einnimmt; über die Vorgesetzten zu reden, über Politiker, über District Attorneys und Richter und korrupte Richter; über die spektakulären Festnahmen, die man gemacht, und die berühmten Cops, mit denen man zusammengearbeitet hatte; über die noch spektakuläreren Festnahmen, die man gemacht hätte, wenn nicht die Vorgesetzten, die Politiker, District Attorneys und Richter und korrupten Richter und die Arschlöcher, mit denen man zusammengearbeitet hatte, gewesen wären; auf die Brownstones des Blocks der Eighty-ninth Street zwischen West End und Riverside zu starren, als ob ihre stumpfen, gleichgültigen Fassaden einem etwas über die Menschen erzählen könnten, die in den Häusern wohnten; diesen Menschen zuzusehen, wie sie aus den Häusern kamen, um zu joggen, ihre Hunde auszuführen, zur Arbeit zu gehen, und nicht in der Lage zu sein, irgend etwas über sie sagen zu können; pissen zu müssen und zu wünschen, daß man nicht diesen ganzen Kaffee getrunken hätte; noch mehr Kaffee zu trinken, weil man wenigstens etwas zu tun hatte; mit dem aufklappbaren Deckel des Aschenbechers zu spielen, was ein Fehler war, weil ein Zigarrenraucher den Wagen benutzt hatte und ein feuchter Stummel aus dem Aschenbecher heraussprang wie ein Schachtelmännchen (Scheiße) und man Dreck unter die Fingernägel kriegte, wenn man versuchte, ihn wieder reinzupressen, und man den Dreck riechen konnte, wenn man in der Nase bohrte; versuchen zu verbergen, daß man in der Nase bohrte, versuchen zu ignorieren, daß die Männer, mit denen man zusammen wartete, in ihrer Nase bohrten. Die Männer, mit denen Neuman wartete... Es gab Hunderte von Männern, die weiße Hosen trugen, pastellfarbene Jacketts, Schuhe mit geriffelten Sohlen und ohne Socken, goldene Uhren und eine Bren Ten; Männer mit turmhohen Empfehlungen, einem Verstand wie eine Stahlfalle, mehr Kontakten als eine Park Avenue Madame, einem sechsten Sinn für Gefahr, zweihundert Grad Sehumfang; Männer mit Scharfschieß-Medaillen, Doktortiteln in Psychologie, Soziologie und Gerichtsmedizin, die zehn oder zwölf Sprachen fließend sprachen; Männer, die ihr eigenes Gewicht im Fitneßraum stemmen, die Stufen zum Empire State Building hochlaufen und den Hudson im Winter durchschwimmen konnten, die wie ein Nelson Piquet fuhren und mit einer Fingerspitze töteten. Es gab Tausende von solchen Männern. Neuman wartete mit einem Mann, der wegen irgendwelcher Probleme mit seinem Darm krankgeschrieben war, mit einem, der mordverdächtig war und sein Popcorn ins Gefrierfach tat, einem, der einen zu großen Anzug trug und dauernd ‹Lieutenant› sagte. So war sie wirklich, die Arbeit der Polizei.

Winger legte sein Kinn gegen die Rückenlehne des Vordersitzes. «Ich glaube nicht, daß Niles herauskommt, Lieutenant. Ich meine, wir sollten hochgehen, Lieutenant.»

«Ich möchte nicht hochgehen, Winger. Ich möchte sehen, wo er hingeht. Wenn wir hochgehen, geht er nirgendwo mehr hin. Und irgendwann muß er rauskommen, er muß schließlich zur Arbeit gehen.»

«Vielleicht ist er schon bei der Arbeit, Lieutenant.»

«Hast du in seiner Redaktion angerufen, Winger, als ich dich drum gebeten habe?»

«Ja, natürlich, Lieutenant. Er war nicht da, Lieutenant. Aber sie wissen ja, Lieutenant, er war vielleicht auf dem Weg. Wir haben ihn vielleicht verpaßt, Lieutenant; er ist vielleicht schon losgegangen, bevor wir hierhergekommen sind, und war auf dem Weg zur Redaktion. Wir sollten zur Redaktion fahren und ihn ausquetschen, Lieutenant.»

«Wir sind hier seit vier Uhr heute morgen, Winger. Glaubst du, daß er heute morgen vor vier Uhr zur Arbeit gegangen ist, Winger? Der *Dispatch* ist eine Morgenzeitung, Winger, Redaktionsschluß ist um acht oder neun abends. Warum, Winger, sollte er vor vier Uhr morgens zur Arbeit gehen? Wenn die Sonne so groß wäre wie der Globus in der Halle des *Daily News*-Gebäudes, Winger, und die Erde wäre eine Walnuß am Haupteingang des Grand Central Terminal, warum sollte er vor vier Uhr morgens zur Arbeit gehen, Winger? Wenn wir zu seiner Redaktion fahren würden, Winger, weißt du, was dann passieren würde, Winger? Sie würden uns Fernsehkameras in die Fresse halten, Winger, das würde passieren, weil Niles das hat, was man einmal einen Riecher nannte, Winger. Ich weiß nicht, wie man das heutzutage nennt, Winger, aber wie auch immer sie es nennen, Winger, es werden Fernsehreporter, Radioreporter, Reporter anderer Zeitungen da beim *Dispatch* herumhängen, um Niles zu fragen, wo er das denn her hat, wie auch immer sie das heute nennen, Winger. Wenn die uns sehen, Winger, wenn die mich sehen, Winger, dann werden sie wissen wollen, was ich über Bobbys Liste zu sagen habe, worüber ich ihnen nichts zu sagen habe, Winger. Also Winger, wir bleiben hier, Winger.»

Winger sah Federici und McGovern an, um erkennen zu können, ob die ebenfalls dachten, Neuman sei ein Kandidat, die eigene Kanone zu fressen. McGovern machte sein Kreuzworträtsel; Federici rollte zwischen seinen Fingerspitzen etwas, das er aus seiner Nase geholt hatte. Sogar ein Schickimicki-Typ popelte in der Nase, ein Typ, der was für Punk Rocker, Tänzer, Maler, Schriftsteller, Filmemacher übrig hatte, ein Typ, der manchmal überlegte, ob die nicht etwas taten, was er auch gern tun würde, auch wenn er nicht etwa ein Künstler oder so etwas war.

Winger öffnete die Tür, indem er zunächst das Fenster runterdrehte und dann nach dem Außengriff faßte, denn innen gab es keinen. «Will irgend jemand einen Kaffee?»

Niemand sagte etwas. Winger zuckte mit den Schultern und stieg aus. Er ging zur Ecke, und seine Ärmel und Hosenbeine flatterten.

«Jake?» sagte Federici. «Ich weiß, wir haben das alles schon mal durchgekaut, aber –»

«Steve, wir haben nichts in der Hand gegen Niles, um ihn vor den Kadi zu bringen –»

«Die Autopsie –»

«Nichts.»

«Die Musik. Die Graffiti.»

«Nichts.»

«Dimanches Haus –»

«Nichts.»

«Er kannte sie.»

«Du kanntest sie.»

Federici hielt den Mund.

Sie warteten. In der ganzen Stadt stellten Richter Haftbefehle aus. District Attorneys erließen Vorladungen zum Geschworenengericht, als ob sie Flugblätter für Massagesalons verteilten; es gab Spitzeleinsätze, legale Deckgeschäfte; es gab mobile Einsatzkommandos beim FBI und dem DEA und ATF – beim CIA wahrscheinlich; es gab paramilitärische Einsätze mit Befehlsstand und Walkietalkies und Special-Service-Teams mit Ruger Mini-14ern, Beretta 9ern, 12-Kaliber-Schrotflinten, Hubschraubern, Hunden, Kolonnen von Wagen mit Turboladern und Überrollbügeln, Telefonverbindungen zu den Headquarters und zur City Hall – und zum Weißen Haus wahrscheinlich; Einsätze, bei denen jeder eine Nummer hatte und keiner sich bewegte, ohne daß seine Nummer aufgerufen worden wäre – aufgerufen vom Chief of Patrol oder dem Chief of D's oder vom Chief oder vom Commissioner oder vom Bürgermeister – oder vielleicht sogar vom Präsidenten. Aber Neuman saß in einem schmierigen, stinkenden Wagen mit einem Mann, der wegen irgendwas in seinem Darm krankgeschrieben war, einem Mordverdächtigen, der sein Popcorn ins Gefrierfach tat, und einem Mann, der einen viel zu großen Anzug trug; ohne Einwilligung, ohne Rükkendeckung, ohne irgendeinen, der überhaupt wußte, was sie taten, oder wenigstens, wo sie wären; ohne irgendeine Vorstellung darüber, was zum Teufel sie hier eigentlich taten und warum, denn so war sie in Wirklichkeit, die Arbeit der Polizei.

Winger kam zurück mit vier Bechern Kaffee. Sie tranken ihn und kippten dabei etwas Kaffee auf sich, auf die Sitze, auf den Fußboden, schoben die Becher dann unter die Sitze und quetschten sie zusammen und drückten ihre Schenkel zusammen und wünschten, sie hätten nicht all den Kaffee getrunken, denn so war sie in Wirklichkeit, die Arbeit der Polizei.

«Weißt du was, Loo?» sagte McGovern.

«Was, Mac?»

«Terry geht nicht immer in die Redaktion.»

«Heute wird er gehen. Er hatte einen Riecher oder wie immer sie das heute nennen.»

«Was ich meine, Loo, ist, daß er nicht *hin*zugehen braucht, um sein Zeug zu schreiben. Manchmal schreibt er zu Hause und schickt sein Zeug durchs Telefon. Er hat einen von diesen Computern, bei denen du Zeug durchs Telefon schicken kannst, Loo.»

Neuman legte seine Stirn aufs Steuerrad. Auf jemanden zu warten, damit er seine Wohnung verließ, um zur Arbeit zu gehen, dann herauszufinden, daß er seine Wohnung gar nicht zu verlassen brauchte, um seine Arbeit zu tun, konnte auch bedeuten, da man ihn nicht in seine Wohnung gehen gesehen hatte, daß er gar nicht in seiner Wohnung war. Mit einem Anruf überprüft man bloß seinen Anrufbeantworter, was eigentlich nichts aussagte, weil der Anrufbeantworter auch angestellt sein konnte, wenn Niles zu Hause war – so war sie in Wirklichkeit, die Arbeit der Polizei.

«Ich hätte wohl eher was sagen sollen, Loo. Tut mir leid.»

Neuman lehnte sich zurück. «Steve, in dem Stück, in dem Dimanche spielen sollte, *Sterben ist leicht,* wer bringt sie eigentlich um? Ich meine, wer spielt die Rolle desjenigen, der diejenige tötet, deren Rolle Dimanche spielen sollte? Ich glaube, so habe ich's richtig ausgedrückt.»

Federici schüttelte den Kopf. «Warum?»

«Ich weiß nicht, warum. Aber wenn ich gefragt habe, werde ich's ja wohl wissen wollen.»

Neuman drehte das Radio an. Es funktionierte, ohne daß die

Zündung an war. Man saß stundenlang in einem schmierigen, stinkenden Wagen, trank Kaffee, las die Zeitung, bohrte in der Nase, quatschte, wünschte, daß das Radio funktionierte, ohne daß man die Zündung einschalten mußte, so daß man sich ein Baseballspiel anhören konnte, wenn sie tagsüber spielen würden, was sie außer am Wochenende nie taten, oder Musik, die einem nicht gefiel, mit Ausnahme von Sinatra, aber die Sender, die Sinatra spielten, spielten auch Johnny Mathis, der einem nicht gefiel; oder eine Sendung mit Hörerbeteiligung – Bob Grant oder so jemand, der praktisch vom Stuhl fiel vor lauter Verachtung für seine Zuhörer, sie provozierte anzurufen, und dann einfach auflegte, weil sie vergessen hatten, ihr Radio leiser zu drehen, oder sogar Imus oder wie hieß er noch gleich – Howard Stern. Sogar Bernard Meltzer. Aber nicht Dr. Ruth. Bei Dr. Ruth war absolut Schluß; Dr. Ruth würde sagen: Warrrum soll Ihrrre Frrrau keinen Fibrrrrator haben? Man saß stundenlang herum, bis man herausfand, daß das Radio tatsächlich funktionierte, ohne daß die Zündung an war. So war sie in Wirklichkeit, die Arbeit der Polizei.

Es gab Nachrichten, und Neuman wollte gerade auf Musik umstellen, aber der Ansager meinte: *Irgendwo da draußen ist heute ein Mensch ganz unglücklich*, und Neuman wartete, um festzustellen, ob der Ansager mit ihm redete.

Die gute Nachricht ist, daß New-York-State-Lottery-Vertreter bestätigt haben, daß ein Gewinnlos für den Sechzig-Millionen-Jackpot vom letzten Wochenende verkauft worden ist. Die schlechte Nachricht – und es ist eine sehr, sehr schlechte Nachricht – ist, daß die Vertreter bei einer Pressekonferenz in Albany gleichzeitig bekanntgegeben haben, daß die Ziehung für ungültig erklärt worden ist, *weil eine der achtundvierzig numerierten Kugeln auf dem Weg in die Mischtrommel steckengeblieben ist, aus der die sechs Gewinnzahlen nach dem Zufallsprinzip ausgewählt wurden. Die Person oder die Personen, die das Gewinnlos besitzen, haben sich noch immer nicht gemeldet, was die Lotterievertreter einigermaßen irritiert hat. Seit der vom Fernsehen Samstag abend ausgestrahlten Ziehung sind sie von Hunderten von selbsternannten Gewinnern belagert worden, alle jedoch fälschlicherweise …*

Vertreter des Police Departments lehnten es heute morgen ab, einen Bericht im New York Dispatch *zu kommentieren, in dem der kürzlich verübte Mord an Popstar Dimanche mit einer Serie von Morden in Verbindung gebracht wird, die vor mehr als zwei Jahren verübt wurden von Detective Sergeant Robert –*

Neuman schaltete das Radio aus.

23

«Fuck, worüber redest du eigentlich?»

«Lottoziehung durch Fehler ungültig, darüber.»

«Laß mich mal sehn. *Die größte Lottoziehung der Geschichte ist heute von Staatsbeamten für null und nichtig erklärt worden, die sagten, daß Tausende von Teilnehmern unbeabsichtigt um ihre Chance gebracht worden sind, sechzig Millionen Dollar in der Samstag-Ziehung sechs aus achtundvierzig zu gewinnen, weil eine der numerierten Kugeln auf dem Weg in die Mischmaschine, aus der die Zahlen gezogen wurden, steckengeblieben ist.* Ich kann's einfach nicht fassen.»

«Das mußt du aber, Artie.»

«Die Panne führte dazu, daß nur siebenundvierzig statt achtundvierzig Kugeln um die sechs numerierten Kugeln in Wettstreit gerieten, die nach dem Zufallsprinzip aus der Mischmaschine gezogen wurden, meinten die Beamten. Na und? Ich meine, das ist halt Pech.»

«Es war nicht sofort klar, wie viele Träume von dieser Entscheidung zerschlagen werden würden, die einer einen Tag andauernden Untersuchung der Ziehung anhand von Videoaufzeichnungen folgte. Die Beamten sagten, nach Computerdaten der Losverkäufe für Lotto Achtundvierzig, daß nur ein Los mit der Gewinnummer – 2, 5, 8, 9, 42, 44 – verkauft worden ist. Der Besitzer oder die Besitzer des Loses, das anscheinend in Manhattan erworben wurde, hatten das Preisgeld noch nicht eingeklagt, als die Beamten ihre Entscheidung bekanntgaben, die Ziehung zu annullieren. Da ham sie scheißrecht, wir haben das Preisgeld noch nicht eingeklagt. Wir haben 'n ganzes Jahr Zeit dazu. Steht jedenfalls auf dem Los.»

«Es ist nicht unser Los, Art.»

«Es ist nicht ungewöhnlich, daß rechtmäßige Lottogewinner ein paar Tage warten, bevor sie an die Öffentlichkeit treten, sagten die Beamten. Oft beraten sich die Besitzer des Loses mit Anwälten, Verkäufern, der Familie und Freunden, bevor sie sich dem Wirbel der Medien aussetzen, der mit jedem großen Jackpot-Gewinn einhergeht. Richtig. Das stimmt. Wir haben uns erst mit unserm Anwalt, dann mit unserm Verkäufer beraten. Deshalb haben wir das Los noch nicht auf'n Tisch gelegt.»

«Wir haben es nicht auf'n Tisch gelegt, Artie, weil wir's geklaut haben.»

«Die Beamten sagten, sogar wenn der Gewinner den Preis eingeklagt hätte, hätten sie ebenfalls nichts anderes tun können, als das

Ergebnis für ungültig zu erklären. ‹Jede Lottoziehung, wie jedes Pferderennen oder jeder Boxkampf oder sonstige Sportereignisse, die gemäß den Gesetzen des New York State durchgeführt werden, müssen auf ihre Fairness überprüft werden, bevor sie für gültig erklärt werden›, sagte Richard Rubin, ein Sprecher der New York State Lottery. ‹Eine Videoanalyse der Ziehung, die unmittelbar nach der Ziehung durchgeführt wurde, zeigte, daß eine der numerierten Kugeln die Mischmaschine nicht erreichte und so womöglich Tausende von Losbesitzern um ihre faire Chance brachte, einen Preis zu gewinnen.› Also, da scheiß ich drauf. Scheiß auf die Tausende von Losbesitzern, weil sie immer noch sechs Zahlen gezogen haben und wir sie hatten. Alle sechse: 2, 5, 8, 9, 42, 44.»

«Wir hatten sie nicht, Artie. *Nowhere Man* hatte sie. Dies ist seine Rache.»

«Fuck, worüber redest du eigentlich, Jerry? Rache für was?»

«Dafür, daß wir ihn umgebracht haben.»

«Jetzt reiß dich mal zusammen, Jer. Wir haben ihn nicht umgebracht. Wir haben bloß sein Los genommen, das ist alles.»

«Wir hätten's nicht tun sollen. Ich hab dir gesagt, wir hätten's nicht tun sollen.»

«Du hast es mir gesagt. Du hast es mir gesagt. Laß mich den Rest lesen... *Wie die Beamten meinten, enthüllte die Videoanalyse, daß die Kugel mit der Nummer 6 die Mischmaschine nicht erreichte, aus der die Kugeln ausgewählt wurden, da sie in der Röhre zur Maschine steckenblieb:* Scheiße, na und? Also haben sie Kugel Nummer 6 nicht gezogen? Sie haben die Kugeln 2, 5, 8, 9, 42, 44 gezogen, und wir hatten sie.»

«Sie hätten vielleicht Kugel Nummer 6 gezogen, Artie. Kapierst du das nicht?»

«Was ich kapiere, Jer, ist, daß wir hätten tun sollen, was ich gesagt hab, nämlich die Kugeln präparieren. Ich hab dir gesagt, jemand macht die Kugeln, jemand tut sie in die Behälter, es muß einen Weg geben, sie zu präparieren, damit sie zu schwer sind, um hochzufliegen, wenn sie die kleine Falltür aufmachen, oder zu groß, um durchzupassen, klar, alle außer denen, die wir angekreuzt haben, die, bei denen der Mann, der sie macht, oder der, der sie in die Behälter tut, für uns klarmacht, daß sie, verstehst du, nicht so sind wie die anderen. Das hätten wir mal tun solln.»

«Was wir hätten tun solln, Artie, ist, wie immer zur Arbeit zu gehn. Jetzt müssen wir Leon in den Arsch kriechen, damit wir unsern Job wiederkriegen.»

«Hältst du mal 'nen Moment das Maul, Jerry, und läßt mich mal nachdenken? Siehst du nicht, daß ich nachdenke?»

«Du bist ein Denker, Artie. Wie Jackie Sharps.»

«Jackie Sharps, Jackie Sharps.»

«Der Punkte absitzt in Rahway.»

«... Ich hab's.»

«Das hat Jackie auch gesagt. ‹Ich hab's›. Jetzt sitzt er Punkte ab in Rahway.»

«Nein, ich hab's, Jer. Echt. Ich weiß auch nicht, warum ich das bis jetzt nicht begriffen hab. Das ist ja wunderbar.»

«Was begriffen?»

«Niles.»

«Was ist mit ihm?»

«Kapierst du's nicht, Jer?»

«Was soll ich kapieren?»

«Er muß Dimanche umgebracht haben.»

«Niles?»

«Begreifst du's nicht?»

«Nein, nein, ich begreif's nicht.»

«Er ist in ihr Haus gegangen, richtig?»

«Und?»

«Er hatte einen Schlüssel.»

«Und?»

«Er ist da rumgeschlichen und hatte 'ne Perücke auf.»

«Und?»

«Also muß er sie umgebracht haben.»

«Und?»

«Also werden wir uns an ihn ranmachen, wenn er aus dem Haus da drüben kommt, erzählen ihm, daß wir wissen, daß er sie umgebracht hat, und daß es ihn was kostet, wenn er nicht will, daß wir zu den Cops gehen und ihnen erzählen, daß er einen Schlüssel zu ihrem Haus hat und was er alles für verrücktes Zeug gemacht hat, wie mit 'ner Perücke auf dem Kopf rumzuschleichen. Was kann er uns jetzt noch anhaben, richtig? Ich meine, bitte, er weiß also, daß wir *Nowhere Mans* Los genommen haben – weil *du's* ihm gesagt hast, Jerry. Wenn wir versucht hätten, es einzulösen, hätte er's den Cops erzählen können, aber was zum Teufel kann er jetzt schon tun, wo sie die Lotterie annulliert haben, außer uns zu bezahlen, daß wir die Schnauze halten? Gut, es werden nicht sechzig Millionen sein, aber 'n bißchen schon. Der Glatzkopf verdient bestimmt nicht schlecht, wenn er dauernd Taxis nimmt und so weiter, es wird 'ne schöne

Stange Kleingeld sein, Jerry, da müssen wir keine Autos mehr parken. Das ist doch wunderbar, Babe. Ich meine, nach den Cops rufen kann er wohl schlecht, oder? Er ist ja selbst schon ein Krimineller, ein Mörder.»

«Artie?»

«Was?»

«Du bist voll mit Scheiße.»

«Wo gehst du hin?»

«Zu Leon. Ihm in den Arsch kriechen. Mein Job zurückkriegen. Ich muß essen. Ich muß Miete zahlen.»

«Hey, Jerry.»

«Vielleicht kannst du 'n paar Bücher gewinnen, Artie.»

«Fuck, was redest du da über Bücher?»

«Lies mal den Teil über die Bücher. Wenn du Punkte absitzt in Ragway, hast du 'ne Menge Zeit zum Lesen.»

«Fuck, worüber redest du eigentlich, Jerry?»

«Lies mal den Teil über die Bücher.»

«Jerry, ich hab's wirklich satt, mir anzuhören, wie du immer wieder das gleiche sagst. Richtig satt.»

«Lies mal den Teil über die Bücher.» Jerry ging weg.
Artie sah ihm nach und las dann:

> Lotterievertreter sagten, es gäbe eine geringfügige Entschädigung für einige, die Lose für den 60-Millionen-Dollar-Jackpot gekauft haben, der der größte in der Geschichte der amerikanischen Lotterie sein soll. Teilnehmer können ihre Lose für das Great Book Giveaway der Lotterie einsenden.
>
> Bei dieser Aktion werden 8000 Preise zu je 25 Dollar unter denjenigen ausgelost, die vier ungültige Lose der Instant Lottery zusammen mit dem Namen und der Adresse eines örtlichen Buchladens einsenden. Die Preise werden in Form eines Schecks für jeweils den Gewinner und den Buchladen vergeben. Die Beamten geben bekannt, daß wegen der bislang nie vorgefallenen Annullierung der «Lotto 48-Ziehung» jedes Los, das erworben wurde, als Äquivalent für vier Instant-Lottery-Lose beim Giveaway angesehen würde. Sie bemerkten außerdem, daß unter all den Einsendungen nach wie vor nach dem Zufallsprinzip gelost werden würde.
>
> Das Giveaway-Programm, das 1985 startete, wurde entwickelt, um die Bürger zu ermuntern, mehr Bücher zu lesen und zu kaufen.

«Bücher», sagte Artie.

24

«Hi.»

«Hi.»

«Kennen Sie mich noch?»

«Aber sicher. Lieutenant Neuman, oder? Und das hier ist Steve Federici. Jessica Frank. Freut mich, Sie zu sehen.»

Federici schüttelte vorsichtig ihre Hand. «Woher wußten Sie das?»

«Ihr Foto kann man überall sehen, Steve. Das Bild wird Ihnen allerdings kaum gerecht – so ein Wort sollte ich wahrscheinlich nicht benutzen, oder? Sie sollten sich mal 'nen Profi für ein paar Hochglanzfotos besorgen; Sie sehen in Wirklichkeit viel besser aus.» Jessica nahm ihre Uniformmütze ab und schüttelte ihre Haare auseinander. «Ich muß ein Geständnis ablegen. Ich denke, ich sollte es Ihnen auch sagen, Lieutenant. Haben Sie vor ein paar Tagen einen Anruf bekommen, Steve? Von so einer abgedrehten Frau, die meinte, sie wüßte wahrscheinlich, wer *Nowhere Man* wäre, nur daß sie's nicht genau wüßte, sondern bloß, wo er wahrscheinlich gewohnt hat?»

Federici lachte. «Sie?»

Sie wurde rot.

«Das war sie?» sagte Neuman. «Das waren Sie? Das war Ihre abgedrehte Theorie, daß er downtown wohnt, zwischen Eighth und Fourteenth, zwischen Fifth und dem Fluß, daß er Richtung Downtown gelaufen ist. Er ist dann stehengeblieben, um ein Los zu kaufen. Er muß, wenn er ohne irgendeinen Schlüssel losgelaufen ist und keiner ihn als vermißt gemeldet hat, in einem Haus mit Portier gewohnt haben, von denen es in dem Gebiet nicht allzu viele gibt, vielleicht fünfzehn oder zwanzig, die meisten auf der Fifth, der Rest sind meistens Brownstones?»

Jessica lachte. «Muß gar nicht so 'ne abgedrehte Theorie sein; jeder scheint es irgendwie ähnlich zu sehen.»

«Oh, ja? Wer ist jeder?»

Sie scharrte mit ihren Füßen. «Sind Sie gekommen, um Jay Dillen zu sehen?»

«Wer ist jeder?»

«Er ist nicht da. Er ist im Theater. Heute abend ist die erste Preview mit Amanda. Das wissen Sie wahrscheinlich schon.»

«Wer ist jeder?»

Sie sah Federici an. «Macht er das immer so? Die gleiche Frage immer wieder stellen, bis man vollkommen fertig ist?»

Federici lächelte. «Immer. Wer ist jeder?»

Sie schnippte etwas Staub von ihrer Mütze. «Ich sagte Ihnen schon, es gibt nicht allzuviel zu tun, wenn man auf 'ne Tür aufpaßt. Wie haben Sie's noch genannt – ‹oberflächliche Erstarrung, unterbrochen von Phasen des Wachseins›?»

Neuman und Federici sahen sich an; dann sahen sie zum Wagen hinüber, wo McGovern und Winger warteten; dann sahen sie sich wieder an. Sie lachten.

«Ich wünschte, Sie beide würden mir mal sagen, was eigentlich los ist», sagte Jessica. «Ich weiß, ich bin bloß eine Zivilistin, aber –»

«Also es gibt nicht allzuviel zu tun, wenn man auf eine Tür aufpaßt», sagte Neuman. «Also fangen Sie an – oder was? –, sich diese abgedrehten Theorien auszudenken, die Sie an allen möglichen Leuten ausprobiert haben? Sie haben sie an Steve ausprobiert, ohne ihm zu sagen, wer Sie waren, er hat sie an mir ausprobiert, ohne zu wissen, daß ich sie schon kannte. An wem haben Sie sie noch ausprobiert?»

«Versprechen Sie mir, daß Sie's ihm nicht sagen, daß ich's Ihnen erzählt hab?»

«Nee.»

«Was ich meine, ist, daß es keinen Grund gibt, ihm zu sagen, daß ich's Ihnen erzählt hab; Sie können ihm bloß sagen, daß Sie selbst darauf gekommen sind. Ich meine, es ist gar nicht so 'ne abgedrehte Theorie.» Sie bewegte eine Hand, als wollte sie wegwischen, was sie gerade gesagt hatte. «Ich nehme das zurück. Sie hätten es wahrscheinlich nicht herausgekriegt. Ich bezweifele auch, ob er's herausgekriegt hätte; er hat nicht mal daran gedacht, den Kioskmann zu fragen, ob er geschwitzt hat, als er da ankam – *Nowhere Man*, nicht der Kioskmann.»

«Niles», sagten Neuman und Federici gleichzeitig.

«Sagen Sie ihm nicht, daß ich's Ihnen gesagt hab, okay? Ich meine, warum auch?»

«Wann war das?» sagte Neuman.

«Gestern morgen. Ich hab 'ne Doppelschicht gemacht – der Bruder des Mannes, der tagsüber da ist, heiratete –, und so war ich da, als Niles vorbeikam, um Dillen zu sehen.»

«Und er fragte Sie, wie Ihre Theorie über *Nowhere Man* sei?»

Sie zog die Luft ein. «Er hat mich nicht gefragt, nein. Ich hab's ihm erzählt.»

«Was haben Sie ihm genau erzählt?» sagte Neuman.

Federici machte einen Einwurf, der ihn auf die Seite von Jessica bei der Diskussion brachte. «Jake, sie sagte gerade, warum auch, *Warum* denn auch?»

«Ich weiß es noch nicht. Ich warte darauf, daß sie mir erzählt, was sie ihm erzählt hat.»

Federici lächelte Jessica an und zuckte mit den Schultern. Sie lächelte zurück.

«Ich hab ihm erzählt», sagte Jessica, «daß, wenn *Nowhere Man* nicht geschwitzt hat, als er beim Kiosk ankam –»

«Okay», sagte Neuman. «Das wissen wir schon, und wir haben nicht den ganzen Tag Zeit.»

Jessica schmollte.

Federici legte seine Hand auf ihre Schulter.

Neuman rollte mit seinen Augen. Da verbrachte man den ganzen Tag in einem schmierigen, stinkenden Wagen mit einem Mann, der wegen irgend etwas in seinem Darm krankgeschrieben war, einem Mann, der mordverdächtig war und sein Popcorn ins Gefrierfach tat, einem Mann, der einen viel zu großen Anzug trug und andauernd ‹Lieutenant› sagte, trank Kaffee, las Zeitung, bohrte in der Nase, quatschte herum, wünschte sich, daß das Radio funktionierte, ohne daß die Zündung an war; fand heraus, daß es so war; schließlich gab man zu, daß man danebengelegen hatte, also fuhr man woanders hin, da war eine gutaussehende Frau, der man einen Gefallen zu tun versuchte, indem man den Schleimscheißer Dillen davor warnte, zukünftig mit ihr rumzumachen, und sie verknallte sich in seinen Partner, der gar nicht sein wirklicher Partner war, weil man im Ruhestand war und weil er der Mordverdächtige war und sein Popcorn ins Gefrierfach tat, und sie verknallte sich in ihn. So war sie in Wirklichkeit, die Arbeit der Polizei.

Jessica fuhr fort: «Ich habe Niles erzählt, daß ich dachte, daß *Nowhere Man* in einem Haus mit Portier zwischen Eighth Street und Fourteenth Street und zwischen Fifth Avenue und dem Fluß wohnt. Es *sind* meistens Brownstones; es kann nicht mehr als fünfzehn oder zwanzig Häuser mit Portier geben, und die meisten sind auf der Fifth. Ich sagte ihm, ich hätte bereits zehn von ihnen überprüft.»

Neuman starrte sie an. «Sie? Warum?»

«Niles hat mich das auch gefragt. Ich habe ihm erzählt, daß ich etwas getan hätte, auf das ich nicht besonders stolz wäre. Ich glaube, Sie wissen, was es ist, Lieutenant, und Sie täten mir einen Gefallen, wenn Sie, wenn Sie's Steve schon erzählen müssen, es ihm nachher erzählen, wenn Sie gegangen sind. Ich habe Niles erzählt, daß ich dächte, ich könnte vielleicht besser schlafen, wenn ich eine gute Tat getan hätte.»

Neuman seufzte. «Es wäre eine gute Tat gewesen, den Cops zu erzählen, was Sie denken. Es gibt spezielle Telefonnummern für Bürger, die Informationen zu Verbrechen besitzen. Alles bleibt vertraulich und so weiter.»

Jessica stampfte mit ihrem Fuß auf. «Idiotennummern. Ich wette, so nennen Sie sie auf Ihrer alten Wache. Wissen Sie was, Lieutenant? Niemand hat mit den Portiers geredet, mit denen ich geredet habe. Kein Cop. Es ist, als ob sie irgendwo, tief unten, es nicht wissen wollen. Ich habe das Niles erzählt, und er zitierte einen Cop – ich glaube Sie waren es –, einen Cop, der einmal gesagt hat, daß die Linie, auf der ein Cop zwischen dem Gesetz und der Gesetzlosigkeit geht, so fein ist, daß jedesmal, wenn er einen Fall übernimmt, es einen Augenblick gibt, wo er erst mal sich selbst verdächtigt. Ich sagte, das hört sich so an, wie Sie reden. Ich sage, Sie haben die Seele eines Dichters. Was ist damit? Haben Sie das einmal gesagt, Lieutenant Neuman?»

Neuman schüttelte den Kopf. «Ich glaube nicht. Nein. Nein, habe ich nicht.»

Federici klopfte Jessica auf die Schulter. «Mach weiter, Jessica. Was haben Sie Niles noch erzählt?»

Sie zuckte mit den Schultern. «Ich habe ihm erzählt, was ich Ihnen am Telefon erzählt hab, Steve – über Portiers. Ich habe ihm erzählt, daß *Nowhere Mans* Portier wahrscheinlich nicht wußte, daß *Nowhere Man* joggen gegangen war, weil er herumfaulenzte oder schlief oder auf dem Klo war oder Dreckarbeit machte, und er weiß es immer noch nicht, daß er weg ist, weil es vielleicht nicht mal der normale Portier war, sondern eine Vertretung. Ich habe ihm erzählt, daß meine Liste bloß ein Anfang war, daß ich bloß zehn Häuser überprüft habe, die auf der Fifth Avenue, und zwar von One-fifth bis zu Fifty-one. Ich habe ihm erzählt, daß ich Mitglied im Road Runners Club bin. Ich habe ihm erzählt, daß der Club eine Computerliste der Mitglieder hat und von jedem, der in den letzten Marathons mitgelaufen ist. Ich habe ihm erzählt, daß eine Freundin von mir dort arbeitet. Ich habe ihm erzählt, daß ich sie gebeten habe, die Namen in den Computer einzugeben. Ich habe ihm erzählt, daß einer der Namen auf der Liste war, die ich gemacht habe, nachdem ich mit den Portiers geredet habe. Ich habe ihm erzählt, daß der Mann eine nichtregistrierte Telefonnummer hat; er sagte, er könnte sie wahrscheinlich herauskriegen – durch seine Zeitung, nehme ich an. Er sagte, ob er, wenn es sich herausstellte, daß es nicht der richtige Mann wäre, andere Namen, die auftauchten, durch den Computer der Road Runners überprüfen lassen könnte. Ich sagte ja. Er hat mich gebeten, auf einen Drink mitzukommen. Er sagte, wir könnten übers Wetter reden. Ich sagte ihm, ich bin noch nicht auf den Winter eingestellt. Ich sagte ihm, daß ich sicher war, die Lotterie gewonnen zu haben, um dann den Job an den Nagel zu hängen. Ich hatte zwei richtige Zahlen – 2 und 5, und ich hätte vielleicht auch 6 gehabt, aber 6 war die Kugel, die steckengeblieben ist. Ich fragte ihn, ob irgend jemand gewonnen hat. Er sagte, es wäre komisch, daß ich das fragte. Ich dachte, er meinte, er hätte gewonnen, aber ich nehme an, er hat über die Annullierung der Ziehung geredet, weil Kugel Nummer 6 steckengeblieben ist. Er hat's wahrscheinlich bei der Zeitung gehört oder so.»

Sie zuckte wieder mit den Schultern. «Das habe ich ihm erzählt.»

«Was ist los, Winger?», sagte Neuman.

Winger war über die Straße gekommen und blieb ein wenig entfernt stehen, mit den Händen in den Taschen seiner Anzugjacke. Als er sie rausnahm, sah er aus wie ein Küken, das ans Fliegen denkt. «Ich hab bei meiner Wache angerufen, Lieutenant, bloß um mich zu melden, Lieutenant. Ich mußte meinem Lieutenant sagen, daß ich an einem Fall mit Ihnen arbeite. Ich habe ihm nicht gesagt, was, Lieutenant. Er sagte, daß da eine Meldung herumgeht, daß Lieutenant Carrara vom Rauschgift mit Ihnen reden will. Er hat etwas, das Sie bestimmt wissen wollen, Lieutenant.»

Neuman nickte Winger zu und winkte ihn fort. Er drehte sich wieder zu Jessica um. «Haben Sie Niles den Namen gesagt?»

Sie schüttelte den Kopf. «Ich habe ihm gesagt, daß ich ein bißchen wie Sie empfinden würde – wenn Sie der Cop *wären*, den er mir gegenüber zitiert hat, aber Sie haben ja gesagt, daß Sie's nicht wären. Ich sagte zu ihm, daß den Namen auszusprechen ihn plötzlich zu etwas machen würde, daß *Nowhere Man* plötzlich existieren würde. Also habe ich ihm die Liste gegeben und ihm gesagt, daß der Name mit einem Sternchen gekennzeichnet wäre.»

«Wie war der Name?»

Sie schüttelte wieder den Kopf, dieses Mal als Ablehnung. «Ich empfinde immer noch so. Was ist, wenn's nicht der richtige Mann ist?»

«Dann ist er eben nicht der richtige Mann.»

«Und, wenn er *doch* der richtige Mann ist?»

«Dann ist er es, und Sie sind eine gute Anfängerin.»

Jessica sah Neuman an und suchte nach Spuren von Sarkasmus, aber sah bloß Respekt. «Mark Follett, Forty-two Fifth Avenue.» Federici stöhnte.

«Sie *kennen* ihn?» sagte Jessica. «O Gott. Ich wußte doch, daß ich's Ihnen nicht sagen wollte. Jetzt denken Sie mit Sicherheit, daß Sie ihn umgebracht haben. Das denken Sie doch, oder nicht, Lieutenant Neuman? Sie glauben, Steve hat ihn umgebracht, bloß weil er ihn kennt.»

Neuman wollte sagen, daß er überhaupt nichts glaubte, aber Federici redete und ging dabei auf und ab, als ob er eine Menschenmenge anheizen wollte. «Das kann nicht sein. Das ist nicht möglich. Dimanche ist zwischen drei und halb vier Dienstag nachmittag umgebracht worden. *Nowhere Man* ist um halb sechs Dienstag morgen umgebracht worden, ungefähr zehn Stunden früher.»

«Worüber redest du eigentlich, Steve?»

«Sie kann nicht bei ihm gewesen sein, wenn er tot war.»

«Wer, Steve?»

«Mark Follett.»

«Nein. Ich meine, wer ist ‹sie›?»

«Warum sollte sie mir das erzählen, wenn es nicht möglich ist?»

«Steve?»

Federici blieb stehen. «Nell Ward kennt Mark Follett. Sie hat mir gesagt, daß er der Mann war, mit dem sie eine Matinee hatte, als Dimanche umgebracht wurde. Er ist ihr Alibi.»

25

«Bob Drummond.»

«Mr. Drummond, hier ist Fred Adams. Ich bin freier Publizist und schreibe gerade an einer Sache über die interessanteren Leute im Hintergrund in diesem Geschäft. Ob Sie wohl 'ne Minute Zeit haben, über Mark Follett zu plaudern? Ich habe gehört, daß er einiges für Sie getan hat.»

«Einiges ist untertrieben. Mark hat eine Fünfundvierzig-Megabyte-Festplatte entworfen, die Hyper Tech vor dem Ruin bewahrt hat. Und ich fürchte, Sie sind ein bißchen spät dran. *Popular Com-*

puting hat schon vor ein paar Monaten einen Riesenartikel über Mark gebracht.»

«Genau. Ich hab ihn hier vor meiner Nase. Aber ich will mehr über die Menschen schreiben und weniger über die Technologie. Was können Sie mir über Marks, nun ja, sein Privatleben erzählen?»

«Weiß Mark, daß Sie das hier machen?»

«Und er hat mir Ihre Nummer gegeben, die nicht registriert ist – richtig? *Popular* nennt Mark einen Einsiedler. Würden Sie sagen, daß das zutreffend ist?»

«Nicht ganz. Ich würde ihn einen klassischen Einzelgänger nennen. Einen High-Tech-Cowboy – der sich auf sich selbst verläßt, sich selbst genügt, nur sich selbst vertraut.»

«High-Tech-Cowboy. Das gefällt mir. Hobbys, Freizeit?»

«Seine Arbeit ist sein Hobby, und sein Hobby ist seine Arbeit. Freizeit? Joggen. Er nennt es nicht Joggen, er sagt Laufen dazu; er kann ziemlich lange über diesen Unterschied reden. Er hat mich auf einem seiner Trips nach Palo Alto besucht, und ich hab nie gesehen, daß er Fernsehen geguckt oder ein Buch oder eine Zeitung oder Zeitschrift gelesen hätte – außer einer Zeitschrift übers Laufen. Nein, das ist nicht ganz richtig; manchmal liest er Latein. Er hat es sich selbst beigebracht; er sagte, es helfe ihm denken, daß es eine sehr methodische Sprache sei. Ich kann's nicht beurteilen.»

«Eine tote Sprache – interessant. Ich habe die lateinischen Bücher in seiner Wohnung gesehen und mich über sie gewundert, wo er doch sonst kaum Bücher hat. Ist er je verheiratet gewesen?»

«Kann ich nicht sagen. Ich bezweifle es aber. Hat er's Ihnen nicht gesagt?»

«Cowboys sind nicht allzu entgegenkommend, Mr. Drummond. Deshalb rede ich mit Ihnen. Wie steht's mit Freundinnen?»

«Wenn Mark auf jedes Angebot eingehen würde, das er kriegt, könnte er vor lauter Muskelkater nicht gehen. Zitieren Sie das nicht. Ich habe fast die Hälfte meiner Mitarbeiterinnen verloren, als Mark mit seiner Arbeit hier fertig war und zurück nach New York gegangen ist. Wissen Sie, mit wem Sie wirklich reden sollten? Tony Cook. Er war eine Zeitlang Marks Partner, bis Tony vom Apple-Geheimnis verführt worden ist. Er ist unten in Cupertino, falls Sie die Nummer brauchen.»

«Danke. Mark hat sie mir schon gegeben.»

«‹Verführt›? Wie wär's mit sitzengelassen?»

«Von wem?»

«Von Mark. Er wollte seinen eigenen Weg gehen, wäre die freundliche Version. Die nicht so freundliche wäre, daß er's nicht mehr ertragen konnte, die Anerkennung zu teilen. Aber das war einmal. Ich möchte nicht darüber reden.»

«Und ganz im Vertrauen?»

«Nein. Warum auch? Mark ist jetzt berühmt; ich habe meine Nische gefunden. Haben Sie mit Carrie gesprochen?»

«Mit wem?»

«Seiner Frau. Seiner Ex-Frau.»

«Ach – Carrie. Die Verbindung ist schlecht; ich dachte, Sie hätten was anderes gesagt. Ich wollte mit ihr reden. Ich habe ihre Nummer hier vor meiner Nase.»

«*People* interessiert sich für Mark?»

«Man kann's auch so erklären, daß wir die andern alle schon durchhaben.»

Sie lachte. «Man nennt das, was Sie machen, Jubelartikel, oder nicht?»

«Einige tun das, ja.»

«Ich meine, Sie schreiben nie irgend etwas Schlechtes über jemanden, oder?»

«Nur wenn schlecht zu sein ein Teil seines Images ist.»

Sie lachte wieder. «Es ist sicher nicht Teil von Marks – jedenfalls nicht seines öffentlichen Images.»

«Wollen Sie darüber reden?»

«Nein. Ja. Ich weiß es nicht. Es geht mich nichts mehr an.»

«Sie haben keine Kinder?»

«Ich dachte, Sie hätten gesagt, daß Sie mit Mark gesprochen haben.»

«Was genauso ist, als ob man mit einem High-Tech-Cowboy redet.»

Wieder ein Lacher. «Keine Kinder. Ich wollte welche; er nicht.»

«Wegen seiner Arbeit?»

«Deswegen und wegen seiner...»

«Wegen was?»

«Ich finde es komisch, das am Telefon zu sagen.»

«Erzählen Sie's mir im Vertrauen. Vielleicht gibt's eine Möglichkeit, es zwischen den Zeilen zu sagen.»

«Mark ist kokainsüchtig. Wie sagt man so etwas zwischen den Zeilen?»

«Haben Sie sich deshalb getrennt?»

«Im Vertrauen?»

«Klar.»

«Ja. Und nein. Oder zum Teil, nehme ich an. Mark bumst jede Frau, die ihm über den Weg läuft, oder er will es; er glaubt, daß es sein gutes Recht wäre. Sie haben ihn einen High-Tech-Cowboy genannt; ich nannte ihn immer einen High-Tech-Warren-Beatty.»

«Hier ist Deborah. Bitte hinterlassen Sie eine Nachricht, und ich rufe zurück. Sie können so lange reden, wie Sie wollen. Einen schönen Tag noch.»

«Hallo, Sie sprechen mit Bonnies Anrufbeantworter. Bonnie ist im Moment nicht da, aber ich nehme alles auf, was Sie ihr sagen wollen und spiele es ihr später vor, wenn sie wieder da ist. Sind Sie soweit? Hier kommt der Pfeifton.»

«Hier ist Katherine, und ich bin glücklicherweise zwei Wochen verreist. Wenn Sie ein Einbrecher sind, nehmen Sie bitte nicht diesen Anrufbeantworter mit, damit ich hören kann, wer sonst noch angerufen hat, während ich weg war. Wenn Sie kein Einbrecher sind, hinterlassen Sie eine Nachricht. Danke. Auf Wiederhören.»

«Ja, Sie sprechen mit einem Anrufbeantworter. Ich bin nicht da oder will nicht mit Ihnen reden. Tagsüber können Sie versuchen, mich bei der Arbeit zu erreichen. Wenn Sie nicht wissen, wo ich arbeite, will ich wahrscheinlich nicht mit Ihnen reden. Ciao.»

«Die Nummer, die Sie gewählt haben, ist außer Betrieb oder zeitweilig –»

«Hi. Ich bin im Moment nicht da oder kann nicht ans Telefon. Aber ich rufe zurück. Es wäre ausgesprochen hilfreich, wenn Sie den Tag und den Zeitpunkt nennen könnten, an dem Sie angerufen haben. Danke. Hier ist Susan.»

«Hallo?»

«Hi. Sind Sie Jane?»

«Wer ist da?»

«Mein Name ist Fred Adams. Ich bin ein Freund von Mark.»

«Mark?»

«Mark Follett.»

«Mark Follett hat überhaupt keine Freunde.»

«Er spricht in höchsten Tönen von Ihnen.»

«Oh?»

«Ich bin nicht von hier und brauche ein bißchen Gesellschaft. Er sagte, es würde mir vielleicht Spaß machen, mit Ihnen essen zu gehen.»

«Arbeitet Mark jetzt als Zuhälter?»

«Schauen Sie. Es tut mir leid. Ich nehme an, ich habe da was mißverstanden. Ich wollte Sie nicht in Verlegenheit bringen oder mich.»

«Es ist typisch von Mark, daß er seine Freunde in peinliche Situationen bringt.»

«Hier ist Sandra –»

«Hier ist Phyllis –»

«Hier ist Margo –»

«Hier ist Penny –»

«Hier ist Hilary –»

«Hier ist Mary –»

«Hier ist Audrey –»

«Hier ist Lynn –»

«Hier ist Rose –»

«Hier ist Nancy –»

«Hier ist Nell Ward. Bitte hinterlassen Sie eine Nachricht, und ich melde mich wieder bei Ihnen.»

«Nell. Terry. Komm zur Information des *Grand Central* um zehn Uhr heute abend – Montag. Es geht um Mark.»

«City Desk. Cooper.»

«Coop. Terry.»

«Wo zum Teufel steckst du, Terry? Hast du 'ne Kolumne für mich?»

«Es wird was Großes werden, Coop, aber es wird nicht klappen für den *One Star*. Schieb für den *One* einfach irgend 'nen Lückenbüßer rein, damit ich ordentlich Platz für den *Three* habe.»

«Lückenbüßer? Was für 'n Lückenbüßer?»

«Nimm einen von meinen Dauerbrennern aus dem Stehsatz. Für eine Ausgabe, um Gottes willen.»

«Das ganze Haus ist voller Fernsehteams, Ter. Sie wollen wissen, wo du Refields Liste herhast. Willst du das nicht weiter verfolgen?»

«Ich hab was Besseres, Coop. Ich hab den *Nowhere Man*.»

«Ist das dein Ernst? Du hast seinen Mörder?»

«Vielleicht, aber nicht vor der *Three*.»

«Du willst mir nicht sagen, wo du Redfields Liste herhast, oder doch, Terry?»

«Wenn ich's dir sage, wirst du's wissen. Es ist besser, wenn du sagen kannst, daß du's nicht weißt. Oh, und Coop – heute abend ist die erste Preview mit Amanda Becker in *Sterben ist leicht*. Du solltest jemanden dazu rüberschicken.»

«Ich schicke einen Fotografen. Es ist was für 'ne Fotostory.»

«Schick einen Reporter.»

«Könntest du mir vielleicht verraten, warum?»

«Damit du dich bei mir bedanken kannst, daß ich dir dazu geraten habe.»

Was zum Teufel macht er da drinnen? Er ist schon den ganzen Scheißnachmittag da drin.

Ich muß mal pissen. Scheiße, ich muß mal pissen. Wenn ich pissen geh, haut er ab. Wenn dieser Scheißjerry hiergeblieben wär, könnte ich pissen gehn, und er würde aufpassen.

Jerry. Scheiße. Ich ginge pissen, er paßte auf, wenn Niles rauskäme, aber wahrscheinlich würde er sich an ihn ranmachen, ihm erzählen, was wir machen und daß wir wissen, daß er Dimanche umgebracht hat, daß es ihn was kostet, damit wir nicht zu den Cops gehen und ihnen sagen, daß er einen Schlüssel zu ihrem Haus hat und was er für verrücktes Zeug gemacht hat, zum Beispiel mit 'ner Perücke auf dem Kopf rumzuschleichen, so wie er ihm alles andere erzählt hat. Die Drecksau.

Scheiße, ich muß pissen.

26

«Ich war bei der Aktion Karate-Schlag dabei – wer denkt sich bloß diese Namen aus? Jake, Steve, Matty – wie war Ihr Name noch? Singer?»

«Äh, nein, Lieutenant. Winger, Lieutenant.»

Nick Carrara starrte ihn an. «Sie sind ein Lieutenant?»

«Nein, Lieutenant. Ich bin ein Third Grade, Lieutenant. Tut mir leid, Lieutenant. Ich meine, ich wollte nicht, daß es so klingt, als ob ich ein Lieutenant wär, Lieutenant.»

Carrara sah Neuman an, der bloß lächelte und sich für die Vorstellung hinsetzte. Er wußte, daß Carrara immer auf den Punkt kam und daß man ihn nicht unterbrechen durfte; als Amateur-Operntenor sang er so lange, bis er ausgesungen hatte.

«Wie auch immer, Aktion Karate-Schlag, wie ich schon sagte, wir arbeiteten von der Seven aus auf der Pitt Street, die genauso ist, wie sie heißt, ein Abgrund, hatten den Auftrag, jeden Dealer von der Bowery bis zum Fluß zwischen Houston und Fourteenth von der Straße zu holen, es klappte, sozusagen, sie verschwanden alle nach drinnen. Meistens Horse, zweihundert Päckchen, Jake, kannst du dir das vorstellen, 'ne Menge Shit, ein bißchen Marihuana, hauptsächlich zweite Ware, Lockvögel, Boten, Pusher, Dealer, gelegentlich ein Lieferant. Dann änderte es sich, Jake, Crack, das ist 'n neues Spiel, neue Dealer, neue Kunden, du kannst sie nicht von den Bürgern unterscheiden, denn genau das sind sie, Leute, die Entspannung suchen, die das Zeug sonst immer im Büro gekauft haben oder von 'nem Freund, 'ne Menge Neueinsteiger, 'ne Menge Kids. Die Dealer sind wieder auf der Straße, stehen an der Ecke und tun so, als ob sie mit 'ner Peitsche knallen, aber 'ne Menge läuft drinnen ab, in Crack-Häusern, wie Opiumhöhlen in 'nem alten Film, Wohnungen, Lofts, verlassene Häuser, Garagen, Leute bleiben da zwei, drei Tage, geben ihre ganze Kohle aus, einige der Frauen, Jake, mein Gott, die Sachen, die sie machen, damit sie high bleiben können, das macht dich scharf, du wirst zum Perversen, mir wird übel, Jake, wenn ich bloß dran denke, die Sanis haben Schiß davor, die Docs im Reha-Center, ich hab so was noch nie gesehen.

Der DEA hat 'ne Razzia in 'ner Crack-Fabrik in Harlem gemacht, nichts Großes, paar Pfund am Tag, was zusammen ungefähr 'ne halbe Million netto macht, also das, was du und ich pro Tag machen, nicht, Jake? Sie haben uns 'nen Blick auf alles werfen lassen, eine der Telefonnummern, die sie gefunden haben, war die von ’nem Mann namens Richard Gallman, Tiny nennen sie den, weil er so fett ist, wir beobachten ihn schon ’ne ganze Weile, wie er ein einigermaßen großes Nebenstraßen-Geschäft unten an der Mulberry betreibt, ’ne Menge Künstler als Kunden, Schauspieler, Tänzer, ’n paar gutaussehende Frauen, Steve, das Detail solltest du dir merken, du bist nicht verheiratet oder so oder was, ich weiß, daß du diese Anschuldigung da wieder wegkriegst, Babe, mach dir keine Sorgen, wenn Jake zu dir hält, ich halte auch zu dir.

Wir sind zu dem hin, der Tinys Wohnung überwacht, weil wir dachten, wenn er seine Quelle verloren hat, wechselt er vielleicht zu ’ner anderen, und wir kriegen ’nen Tip von ’ner anderen Fabrik, mein Mann, der die Wohnung heute morgen beschattete, was eine von Tinys Haupt-Bürozeiten ist, also der hat Leute kommen sehen, klingeln, keine Antwort kriegen und wieder weggehen, als ob Tiny vielleicht nicht da wäre, er wußte aber, daß er da war, der Mann, den er abgelöst hat, hat ihn gestern abend reingehen sehen, fünf, sechs Uhr, er hatte ein paar Kunden, das Licht war die ganze Nacht an, das ist normal, Tiny schläft tagsüber, meinem Mann gefiel das alles nicht. Ich meine, Macy’s macht samstags auch nicht zu, oder? Um ’ne lange Geschichte kurz zu machen, Jake, er schnappte sich den Hausmeister, ging hoch und rein, ein toter Tiny, drei fünfundvierziger Einschüsse in seinem Körper, zähl sie nach, drei.

Es muß spät letzte Nacht gewesen sein oder früh an diesem Morgen, es muß einer von den Kunden gewesen sein, die meine Männer haben reinkommen sehen, oder es war jemand, der die Feuerleiter runtergeklettert ist und das Fenster aufgedrückt hat, was aber nicht so war, es liegt Ruß auf der Feuerleiter, niemand ist darauf getreten, das Fenster war verschlossen, da ist ein Gitter davor, oder es war jemand im Haus, was unwahrscheinlich ist, die Mieter wußten, was Tiny machte, und es gefiel ihnen nicht, aber sie sehen nicht so aus wie von der Bürgerwehr, Butler hat die Mordkommission geholt, Jake, Paul Butler, du kannst das mit ihm klären, wenn du willst, es gab drei von ihnen, Kunden, männlich, weiß, der übliche Scheiß, nichts, womit man was anfangen kann, der Punkt, Jake, ist, daß ich mir Tinys Telefonbuch angeguckt habe, ich habe ’nen Namen gesehen, bei dem es klingelte, ich dachte, ich teil dir das besser mit, ich weiß, es ist bloß ein Name in ’nem Telefonbuch, vielleicht kannte sie ihn, als er noch sauber war, Tiny, vielleicht sind sie zusammen auf der High School gewesen oder so, aber ich weiß aus dem, was so geklatscht wird, daß sie hinter euch hergetigert ist, um ’nen Film zu drehen oder so, Nell Ward.»

Winger sagte: «Mein Gott, Lieutenant.»

Neuman sagte: «Nick, war einer von diesen Kunden, männlich, weiß, der übliche Scheiß, war einer von denen eins siebenundsechzig bis eins zweiundsiebzig, dünn, richtig dünn, einszehn, eins zwanzig, trug einen Anzug, einen Schlips, vielleicht einen Sweater und eine von diesen schlappen Golfkappen?»

«Hast du meine Post gelesen, Jake?» sagte Carrara.

«Nick, werden irgendwelche Knarren im Department vermißt, verloren, verlegt, gestohlen, Fünfundvierziger, meine ich, wie Steves? Ich meine nicht, daß du's auswendig wissen sollst, ich meine, du solltest Paul Butler sagen, daß er das mal prüfen soll, ich hab so das Gefühl, die Knarre, die deinen Freund Tiny umgelegt hat, ist eine, die verloren worden ist, verlegt oder gestohlen von jemand aus dem Department.» Er redete schon wie Carrara.

«Du denkst, sie hat meine Knarre genommen, nicht wahr, Jake?» sagte Federici. «Nell, meine ich, sie ist drei-, viermal in meinem Wagen gewesen, du denkst, sie hat meine Knarre genommen, *Nowhere Man* umgelegt, die von jemand anders genommen und Tiny umgelegt.»

Sie redeten jetzt alle wie Carrara. «Das denke ich, ja. Sie hat viel bei uns rumgehangen, in ihrer Nähe fangen die Männer an, sich gehenzulassen, sind nicht mehr auf der Hut.» Und lassen ihre Hosen runter, oder denken daran.

Ein Cop in Uniform erschien an der Tür von Carraras Büro. «Da war ein Anruf für Sie, Lieutenant Neuman. Sie sagte, sie könnte nicht am Apparat bleiben, aber eine Frau namens Charly Johnstone möchte, daß Sie sie im Kean Theater anrufen oder vorbeikommen, wenn Sie in der Nähe sind.»

Neuman nickte zum Dank. «Nick, du hast mir gerade einen Gefallen getan, tu mir noch einen. Ich bin im Ruhestand oder so, ich fahre herum mit einem Mann, der wegen irgendwas in seinem Darm krankgeschrieben ist, einem Mordverdächtigen, der sein Popcorn ins Gefrierfach tut, und Winger hier, der den Überfall auf Dimanche untersucht, aber nicht den Mord an ihr. Keiner von uns hat die Berechtigung, vor einem Richter zu erscheinen und um einen Hausdurchsuchungsbefehl für Nell Wards Wohnung zu bitten, sie lebt in einer Loft unten in SoHo, ich bin fast bis nach oben gekommen, aber nicht ganz, ich gebe dir die Adresse, Nick –»

«Sag nichts mehr, Jake», sagte Carrara.

«Du mußt dir noch ’ne Begründung ausdenken. Ich meine, irgendwas, das mit euren Nachforschungen zusammenhängt.»

«Kein Problem, Jake.»

«Ich brauche ebenfalls einen Hausdurchsuchungsbefehl für eine Wohnung in Forty-two-Fifth Avenue, die von jemandem namens Mark Follett bewohnt wird, vielleicht könntest du sagen, daß er auch in Tinys Telefonbuch stand, darüber können wir uns später Gedanken machen.»

«Kein Problem, Jake.»

«Ja, gut. Das Problem könnte entstehen, wenn irgend jemand rausfindet, daß ich und Steve und Matty und Winger hier downtown gefahren sind und die Wohnungen auseinandergenommen haben, bevor die Hausdurchsuchungsbefehle ausgestellt worden sind, was wir nämlich tun werden, weil ich nicht denke, daß wir allzuviel Zeit haben, hier herumzusitzen und zu warten, daß die Mühlen schneller mahlen, um’s mal so auszudrücken.»

«Überlaß das einfach mir, Jake, ja? Himmel, du bist im Ruhestand und hast offenbar vergessen, wie die Dinge hier so laufen.»

«Wenn ich darüber nachdenke, Steve, Matty, Winger, dann denke ich, ihr solltet downtown fahren und das Auseinandernehmen besorgen, teilt euch das ein, wie ihr wollt, ich gehe rüber zum Kean Theater und höre mir an, was Miss Johnstone zu sagen hat. Wir hatten soviel Glück damit soweit, Steve, also vergiß nicht, jeden Anrufbeantworter abzuspielen, den du finden kannst, wer weiß, was wir vielleicht noch hören?»

«Die Welt ist klein, nicht wahr, Jake?» sagte Carrara.

Winger schnippte mit seinen Fingern. «Das ist es, was Sie meinten, Lieutenant, nicht wahr, Lieutenant, als Sie sagten, es wär so, als ob die Sonne so groß wäre wie der Globus in der Halle des *Daily-News*-Gebäudes und die Erde so groß wie eine Walnuß am Haupteingang vom Grand Central Terminal? Richtig, Lieutenant?»

27

Im Grand Central Terminal wollten zwanzig Nonnen nach Toronto. Der 8:35 aus Westport hatte zwanzig Minuten Verspätung. Ein Obdachloser schlief unter den Off-Track-Wettbüro-Fenstern. Das Kodak-Panorama zeigte eine ländliche Szenerie im Herbst. Eine wunderschöne blonde Mutter stritt sich mit ihrer wunderschönen schwarzhaarigen Tochter, beide mit Punkfrisuren, über das Rauchen der letzteren. Zwei Jungen mit White-Plains-High-School-Jackets spielten mit einem Frisbee. Ein schmaler schwarzer Junge hörte sich L. L. Cool J auf einem Ghetto-blaster an. Ein Bahnhofsreiniger ging hinter einem breiten Besen her über den Marmorfußboden und kreierte eine Endmoräne aus Zigarettenstummeln. Ein Flüchtling aus den Sechzigern, mit Pferdeschwanz, einem Bandana-Stirnband, Holzfäller-Jackett, einem selbstgebatikten Hemd, Jeans mit gesäumten Aufnähern und Frye-Stiefeln sang *Stairway to Heaven* und begleitete sich selbst auf einer akustischen Gitarre mit Friedenszeichen auf dem Klangkörper, einem verwelkten Gänseblümchen auf dem Griffbrett. Eine Dreijährige schüttete eine Pakkung M & Ms aus; sie kullerten auf dem Boden herum wie Insekten; ihr Vater rollte mit den Augen und lächelte.

«Hallo, Nell.»

«Terry? Eine Perücke?»

«Jemand hat mal gesagt, nackt sein ist die beste Verkleidung, aber unglücklicherweise erregen Nackte zuviel Aufmerksamkeit, sogar an einem Ort wie diesem.»

«Was *machst* du denn hier?»

«Weißt du das nicht?»

«Würde ich dann fragen?»

«Wenn du's nicht tust, warum solltest du dann kommen?»

Sie runzelte die Stirn. «Ich möchte eigentlich nicht diese Hirnwichserei spielen, Terry. Du hast mich gebeten, dich zu treffen.»

Niles antwortete prompt. «Um über Mark zu reden.»

«Genau. Wer ist Mark?»

«Mark Follett, Forty-two Fifth Avenue, vierundvierzig Jahre alt, Neun-acht-zweier Vorwahl.»

Nell Ward schüttelte den Kopf. «Sagt mir gar nichts.»

«Du stehst in seinem Telefonbuch.»

Sie machte Kreise mit einem Zeigefinger. «Whoopee.»

«Niemand sonst weiß etwas, Nell. Ich habe nichts darüber geschrieben.»

«Untypisch für dich, Terry, ein Geheimnis zu bewahren. Niemand weiß was?»

«Ist es das, was er getan hat – dein Vertrauen mißbrauchen?»

«Wer?»

«Mark.»

«Ah, Mark. Mark Follett, Forty-two Fifth Avenue, vierundvierzig Jahre alt, neun-acht-zwei-Vorwahl. Das könnten Lottozahlen sein.»

«In der Tat, es waren die Gewinnzahlen, nur eine Kugel ist steckengeblieben.»

«Wie schade.»

«Es ist schwer, sich vorzustellen, was dein Motiv gewesen sein könnte – außer wenn es einfach nur Eifersucht war. Wenn man sich seine Sammlung von Telefonnummern anschaut, dann hattest du 'ne Menge, worauf du eifersüchtig sein konntest.»

Sie kam näher. «Terry?»

«Ja?»

«Worüber redest du eigentlich?»

Er berührte den Knoten von seinem Schlips. «Hast du das Geld gefunden? Ich konnte es nicht finden.»

«Worüber redest du eigentlich, Terry?»

«Ein Schlüssel lag unter der Fußmatte. Weißt du das eigentlich? Zuerst dachte ich, du wüßtest es nicht, und daß es das war, was du falsch gemacht hast – als du ihn nicht genommen hast. Dann dachte ich, du wüßtest es und daß du schlau warst, als du ihn nicht genommen hast, so daß, wenn schließlich jemand aus der Versenkung auftauchen und sagen würde, daß er dort einen Schlüssel hingelegt habe – einige der Frauen müssen es gewußt haben –, es keine zusätzliche Fragen aufwerfen würde, daß er weg ist.»

Nell lachte.

«Wenn du das Geld gefunden hast, dann ist mein Rat: Nimm's und hau ab. Deshalb habe ich auch vorgeschlagen, daß wir uns hier treffen und nicht am Kennedy oder LaGuardia oder Newark. Einen Zug zu nehmen ist wesentlich unverdächtiger; du mußt zum Beispiel deinen Namen nicht angeben. Du kannst so ungefähr überall sein, bevor irgendeiner darauf kommt, daß du weg bist. Morgens fährt ein Zug nach New Orleans, der dich ganz dicht an Mexiko ranbringen würde. In ein paar Minuten geht einer nach Kanada, aber ich glaube, Kanada würde dir nicht gefallen. Berge und so. Oder du fährst einfach nach Philadelphia oder Washington oder Baltimore und nimmst von da ein Flugzeug. Diese Züge fahren von der Penn Station ab – der New-Orleans-Zug vielleicht auch; ich weiß es nicht genau –, du kannst dir einfach ein Taxi nehmen. Es gibt noch eine Person, die von Mark weiß, und sie kennt auch Neuman; ich weiß nicht, ob sie mit ihm geredet hat, aber ich weiß auch nicht, ob sie's nicht getan hat.»

Ihre Augen hatten sich nicht von seinen gelöst. «Das ist faszinierend hier.»

«Ich nehme an, man könnte sagen, ich tue es der alten Zeiten wegen. Ich habe dich immer gemocht, Nell. Ihn umzubringen, während er unterwegs war, um zu joggen, war brillant; die Kappe und der Mantel waren ein Fehler. Du hättest dich wie eine Hure anziehen sollen, für den Fall, daß du gesehen wirst, und du wurdest gesehen. War es Koks? Hatte er sich verändert und setzte dich unter Druck, daß du's auch tust? Oder wolltest du bloß sein Zeug und sein Geld?»

Nell sah auf den Fußboden. Der zu den Sechzigern Zurückgekehrte sang *Wooden Ships*.

«Und was ist drin für mich?» sagte Niles. «Ist es das, was du wissen willst? Ich will nichts von dem Geld; wieviel es auch immer ist, es kann nicht genug sein, um ewig davon zu leben, also wirst du jeden Penny brauchen. Ich möchte aber darüber schreiben; ich denke, das ist einen Preis oder zwei wert und vielleicht einen Buchvertrag. Dieser Kerl Lindsay von der *Times* kriegte Gold für seinen Falken und den Schneemann, und ich denke sogar, dies ist besser; Sex und Drogen sind besser als Spionage, das wirkt immer ein bißchen billig. Du bleibst in Kontakt mit mir – wir denken uns irgendeinen Post- oder Telefonkontakt aus –, und ich kann darüber schreiben, wie du mit deinem Leben in irgendeinem exotischen Land klarkommst. Ich sage natürlich nicht, in welchem. Aber ich werde dein Motiv brauchen, Nell. Und es muß gut sein. Ohne ein gutes Motiv ist es bloß wieder nur … irgendeine hysterische Frau.»

Sie schlug ihn, so daß seine Perücke ganz schief hing.

Der Überlebende der Sechziger hielt mitten im Song inne und murmelte: «Voll geil.»

Niles lachte. «War es so einfach wie eben? Er hat dich eine Fotze genannt?»

Was zum Teufel macht der Glatzkopf da, steht da rum und redet die ganze Zeit mit dieser Tussi? Was ist das denn für eine, eine Lesbe, zieht sich an wie'n Mann? Sie sieht aus wie Jackie Sharps. Jackie

Sharps, Jackie Sharps, Jackie Sharps. Ich fang an damit. Scheiße, ich muß wieder pissen.

Heilige Scheiße. Sie hat ihm eine gelangt. Sie hat ihm den Feudel runtergehauen. Ich wette, der schleppt sie irgendwohin, wo kaum Leute sind und verpaßt ihr auch eine. Der Glatzkopf.

«Sie wissen, wer Burt Young ist, oder nicht, Leftenant? Natürlich wissen Sie's. Aber so viele Leute haben immer gesagt: ‹Wer ist Burt Young?› Armer Mann. Sein Gesicht ist so dermaßen berühmt, aber sein Name ist es einfach nicht. Gibt es noch einen Jacob Neuman, Leftenant? Ich würde mich freuen, ihn einzuladen. Und Sie natürlich auch. Seit die Sache bekannt geworden ist, sterben nicht wenige dieser Berühmtheiten fast vor Neugierde auf ihre alltäglichen Namensvettern. Sie kennen nicht zufällig eine Jane Fonda, oder? Oder sogar einen Peter? Oder sogar einen Henry. Ich würde die Regeln erweitern und auch einen Toten zulassen, wenn ich bloß einen Fonda kriegen könnte...

Tot. Sterben. Komisch, was für einen großen Teil unseres täglichen Wortschatzes solche morbiden Ausdrücke ausmachen. ‹Ich bring ihn um› – oder sie: Wie oft sagen wir so etwas. ‹Ich brech ihm das Genick.› ‹Ich schneide mir die Pulsadern auf.›» Charly Johnstone schauderte und zündete sich eine Sherman's mit einem Ohio Blue Tip an. «Ich habe ein- oder zweimal schon daran gedacht – mir die Pulsadern aufzuschneiden. Nicht weil ich Dimanche umgebracht habe, daß sie mich nicht falsch verstehen! Ich habe Dimanche nicht umgebracht, obwohl ich sie wirklich geliebt habe, unerwidert, aber tief. Ich vermisse sie, ganz einfach, vermisse den schönen Schmerz, sie unerwidert zu lieben. Der Schmerz, sie zu vermissen, ist bloß ein Schmerz. Sie scheinen gar nicht überrascht zu sein, wenn Sie hören, daß ich die Liebe praktiziere, die nicht wagt, sich beim Namen zu nennen; ich nehme an, Sie haben den Klatsch gehört, die Sticheleien, die Verleumdungen. *Rumor volat*, wie die Römer immer sagten, und wenn sie es nicht wußten, wer dann?»

«Äh, Miss Johnstone?»

«Terry Niles», sagte Charly. «Ich habe angerufen, um Ihnen etwas über Terry Niles zu erzählen. Terry Niles und Juliet Marko. Ich frage mich, ob es noch eine Juliet Marko gibt – für die Party. Aber natürlich würde niemand wissen, wer sie eigentlich ist. Sie wissen es auch nicht, Leftenant, oder?»

«Das war Dimanches Name», sagte Neuman.

«Oh, natürlich wissen Sie das. Sie sind so aufmerksam. Diese fragenden Augen. Es war Sonntag morgen, Leftenant. Wir haben uns in Jay Dillens steriler Wohnung versammelt, um über den Ernst der Lage nachzudenken. Jay, Marty Klein, Kevin Last und *moi*. Es war eher wie bei Agatha Christie – die Hauptdarsteller, die sich im Salon versammeln, um auf die Ankunft von Hercule Maigret zu warten, der sie ebenso wie den Leser mit irgendwelchem Kram über Uhren verblüfft. Seufzen Sie nicht so, Leftenant. Ich komme auf den Punkt. Es war Terry Niles, nicht Hercule, der kam. Er war von Jay Dillen eingeladen worden, damit er – wie er es ausdrückt – unsere Alibis der Öffentlichkeit mitteilte. Sie, Leftenant, waren nicht daran interessiert, die Gründe öffentlich zu machen, warum keiner von uns die arme Dimanche hätte umbringen können, und wir hatten bereits eisige Blicke von den Verkäufern bei Bergdorf aufgesetzt, uns wurde mitgeteilt, daß unser Stammtisch im *La Cirque* zur Zeit besetzt war; wir bekamen kein Taxi; wir konnten nicht verhaftet werden. Ha. Irgend jemand – irgend jemand anders als einer von uns – mußte verbreiten, daß wir unschuldig waren. Terry sagte – keuchen Sie bitte nicht, Leftenant –, Terry sagte, die Frage unserer Schuld oder Unschuld hätte sich durch den Selbstmord von B. G. Harris erledigt, die sich die Mühe gemacht habe, eine Nachricht zu hinterlassen –»

«Miss Johnstone, um Himmels willen.»

Charly blähte sich auf. «Er nannte sie Juliet.»

«Wer?»

«Niles.»

«Nannte Dimanche Juliet?»

«Ja.»

Neuman sank in sich zusammen. «Sie erzählen mir besser das Ganze.»

Charly strahlte ihn mit einem Siegerlächeln an. «Er sagte – das war im Zusammenhang mit der Enthüllung, verstehen Sie; die Polizei suchte noch nach den nächsten Verwandten der armen lieben B. G., bevor sie die Tragödie bekanntgaben –, er sagte, und ich glaube, ich zitiere ihn direkt, oder paraphrasiere ihn auf jeden Fall ziemlich genau: ‹B. G. hat sich mit derselben .38 Special in den Kopf geschossen, die sie benutzt hat, um Juliet umzubringen.› Martin – lieber, beschränkter Martin – sagte: ‹Wer ist Juliet?›, und Niles machte dann diese Bewegung... Haben Sie jemals bemerkt, wie Leute das machen, Leftenant? Natürlich haben Sie's, Sie mit Ihren fragenden Augen... Er machte eine plötzliche Bewegung, fuhr mit einer Hand unter seine Zigarette, als ob die Asche gerade auf den

Teppich fallen würde – gibt es da einen Teppich? Ich kann mich nicht daran erinnern. Oder bloß die modischen nackten Fußböden? Wie auch immer, er tat, was die Erforscher menschlichen und tierischen Verhaltens, glaube ich, eine Ersatzhandlung nennen, die dazu da war – halb unbewußt –, uns von seinem Unbehagen abzulenken... sein Unbehagen über diesen Versprecher. Ich saß mit dem Rücken zu ihm, aber als ich diesen Versprecher hörte, hab ich zu ihm hingeschaut und seinen gequälten Gesichtsausdruck gesehen. Er hat sich ziemlich gut aus der Affäre gezogen, sagte irgend etwas darüber, daß er sie Juliet genannt habe, weil er daran gedacht hätte, eine Kolumne über ihren Tod zu schreiben und wie er ihren Bühnennamen – wie sagte er noch? – zu etwas Extravagantem gemacht habe. Totaler Quatsch. Wer nennt Leute, die einen Spitznamen oder Künstlernamen haben, bei ihrem richtigen Namen, Leftenant?»

«Ich weiß nicht. Ihre Mütter.»

Charly lachte. «Und ihre Liebhaber. Was die Liebhaber von berühmten Leuten anbelangt, so ist das eine Form, Anspruch auf einen privaten Bereich zu erheben, der im übrigen der Öffentlichkeit gehört. Haben Sie den Artikel gelesen, den Terry Niles über Dimanche gleich nach ihrem Tod geschrieben hat, Leftenant? Ein ungewöhnliches Dokument. Ich hab es hier.» Charly wühlte zwischen den Papieren herum, die auf ihrem Schreibtisch lagen. *«Ruhm ist eine Form des Sterbens... Die Berühmten haben kein Maß... Die Berühmten sind wie Haie... Ihre Schatten fallen lang, selbst um zwölf Uhr mittags... Es ist, als ob ihr Leben eins von den Schärpen wäre, die Pfadfinder und Pfadfinderinnen tragen, von denen sowohl Verdienstmedaillen als auch Zeichen des Vergehens unwandelbar herabhängen... Diese Schärpen sind besetzt mit Daten, Orten, Leute – mit Schritten, die für immer eingefroren sind, auch wenn sie falsch waren, mit Liebhabern, die weiterhin geliebt werden, auch wenn sie längst verabschiedet sind, mit Gesten, die Arabesken eines langen Tanzes sind, auch wenn sie widersprüchlich sind. Und wenn sie sterben, ist es kein Ende; es ist ein weiterer Zuwachs. Sie sterben für immer.* Außergewöhnlich. Die Worte eines bitteren Mannes, eines Mannes, der es verübelte – das ist das einzige passende Wort –, daß er eine Frau liebte, die, obwohl sie ihn vielleicht auch liebte, außerdem von einer Menge geliebt wurde, die –»

«Ja, gut. Wir hatten auch schon die Idee, daß zwischen Niles und Dimanche, wissen Sie, irgendeine Verbindung bestand.»

Charly hob ruckhaft ihren Kopf. «Wirklich? Dann ist das hier kein Blitz aus heiterem Himmel?»

«Äh, nicht ganz. Nein.»

Sie schmollte. «Wie steht's damit, daß er in der dunkelsten Stunde vor der Morgendämmerung hier war.»

«Wer?»

«Terry *Niles*. Ehrlich.»

«Wann?»

«Heute. Es scheint zwar Jahrhunderte her zu sein, aber es war erst heute.»

«Hier. Im Theater?»

«Im Kean, ja. Wo das Sterben leicht ist.»

«Wer hat ihn reingelassen?»

«Ich nicht. Ich war die einzige hier drin.»

«Haben Sie mit ihm geredet?»

«Natürlich nicht. Ich war zu Tode erschrocken.»

«Was hat er gemacht?»

«Kann ich nicht sagen. Ich bin hier drin geblieben, still wie ein Mäuschen. Ein Licht war an, aber er hat nicht darauf geachtet. Bloß die Lampe auf dem Tisch; vielleicht sah es durch die Milchglasscheibe wie ein Licht aus, das die ganze Nacht an bleibt.»

Neuman wedelte mit einem Daumen zur Tür hinüber. «Was läuft da draußen jetzt?»

«Da?»

«Auf der Bühne.»

Charly sah auf die Uhr. «Das Stück nähert sich seinem Höhepunkt.»

«Der wäre?»

«Der Mord an Di-Entschuldigung. An Amanda. An Cass, der – der Protagonistin, der Schauspielerin, die gerade ihr Broadway-Debüt in einem Broadway-Stück machen will über den Mord an einer Schauspielerin, die gerade ihr Debüt in einem Broadway-Stück machen will, et cetera, et cetera, et cetera.»

«Das Stück endet mit dem Mord an der Protagonistin?»

«Es ist ein sehr ungewöhnliches Stück. Arme B. G.»

«Sie wird erschossen, nicht wahr – mit einer .38 Special.»

«In der Tat.»

«Wer erschießt sie?»

«Kevin Last. Buddy, für's Publikum.»

«Wo hat er die Waffe liegen, wenn er gerade nicht auf der Bühne ist?»

«Also, wissen Sie, es ist eine Waffe, die Buddy sich von Cass holt, die sie, in Dimanches Interpretation, während des ganzen Stücks mit sich herumträgt. Es war einer der ewigen Streitpunkte zwischen Dimanche und Jay. Ich könnte mir vorstellen, daß die liebliche Amanda angewiesen ist, zur ursprünglichen Fassung zurückzukehren, in der Buddy die Waffe aus einem Kasten mit Requisiten in Cass' Garderobe nimmt.»

«Liegt die Waffe in einem Kasten mit Requisiten?»

«In einem Spind, ja.»

«In Amandas Garderobe?»

«Nein. Da draußen natürlich – oh, mein Gott. Sie meinen doch nicht –»

«Können wir von irgendwo die Bühne einsehen?» sagte Neuman.

Unter der Perücke floß der Schweiß in Strömen über Terry Niles' Kopf. «Keine Autopsie?»

Nell Ward lächelte. «Nicht zu dem Zeitpunkt, den du in deinem Artikel nennst. Die Botschaft auf dem Spiegel, die Musik auf dem Anrufbeantworter – du hast über zu viele Dinge geschrieben, die nur eine Person wissen konnte, Terry. Der Mörder.»

Niles blickte umher. Das Überbleibsel der Sechziger spielte *Season of the Witch*. «Hast du irgend jemand gesagt, daß du hierherkommen würdest?»

«Als ich deine Nachricht bekam, Terry, war mir klar, daß du der einzige wärst, der mir helfen würde. Du hast Dimanche umgebracht, weil sie nicht zu eurer Beziehung stehen wollte, richtig? Du wolltest dich selbst im *People*-Magazin sehen, wie du ihr den Arm umlegst. Männer.»

«Du bist ganz schön heuchlerisch, Nell.»

«Es gibt einen Unterschied. Einen großen Unterschied.»

«Spar dir deine Worte, Nell. Wir sitzen im gleichen Boot – und wir müssen uns überlegen, wo wir hinfliegen.»

«Fliegen? Eben hast du noch von Zügen geredet.»

«Wir haben vielleicht nicht soviel Zeit. Wieviel Geld ist da?»

«Ungefähr zwölftausend.»

«Zwölf? Ich dachte, es wären zweiundzwanzig.»

«Dachtest du, warum?»

«Es ist hoffentlich nicht bei dir zu Hause.»

«Es ist in einem Fotokoffer, den ich am LaGuardia aufgegeben habe. Ich habe vorausgedacht, Terry. Wir können auf der anderen Straßenseite gleich einen Carey-Bus nehmen.»

«Es wäre sogar besser, wenn wir die U-Bahn nehmen – die

Flushing Line zur Roosevelt Avenue. Von dort geht ein Stadtbus zum LaGuardia.» Niles lächelte. «Wir könnten eine Weltreise machen.»

«Nicht ohne Paß. Hast du deinen dabei?»

Mehr Schweiß. «Nein.»

Nell schüttelte mißbilligend ihren Kopf. «Ich bin mir nicht sicher, ob ich mit dir abhauen sollte, Terry. Du hast schrecklich viele Fehler gemacht. Bist du einer von den Kriminellen, die unbewußt geschnappt werden wollen?»

Da. Ich hatte recht. Er schleppt sie irgendwohin, wo wenig Leute sind und verpaßt ihr auch eine.

Wo zum Teufel gehen die hin? Zur U-Bahn? Dieser vorbestrafte Glatzkopf. Scheiße. Der Glatzkopf hat Token. Was ist der eigentlich, so'n Scheiß-Pfadfinder? Scheiße, da kommt die Bahn. Ich habe keine Token. Scheiße, der entwischt mir noch. Fuck, ich spring einfach über das Drehkreuz. Oh, Fuck. Oh, Scheiße. Ein Cop.

Kevin Last wirbelte mit der Waffe herum wie ein Cowboy. «Oh, Cass. Du kapierst es nicht, oder?»

«Ich kapier's schon, Buddy», sagte Amanda Becker. Sie kicherte.

«Ich kann's nicht glauben, daß ich sagen werde, was ich sagen werde.»

«Bitte verschone mich?»

Sie schüttelte den Kopf. «Du kommst damit nie durch.»

Er richtete die Waffe auf sie. «Wir werden sehen, nicht wahr?»

Charly Johnstone stürmte auf die Bühne. «Kevin, nicht!»

Ein Profi hätte vielleicht improvisiert. Kevin, ein Anfänger, drückte ab.

Charly, die Amanda weggestoßen hatte, die auf dem Boden herumkroch, wurde in den Magen getroffen.

Das Publikum wurde unruhig vor Unzufriedenheit darüber, daß, so kurz vorm Ende des Stückes, noch eine neue Rolle eingeführt worden war.

28

«Arthur Fenestra?»

«Wen interessiert das?»

Neuman las einen gelben Zettel von einem Clipboard ab. «Sie arbeiten im E-Z-Parkhaus an der Crosby Street?»

«Hab ich mal.»

«Sie sind von Transit Patrolman Leonard Jackson wegen eines Verkehrsdeliktes festgenommen worden, als Sie seinen Angaben zufolge über ein Drehkreuz an der Grand Central Terminal Haltestelle der Lexington Avenue IRT gesprungen sind?»

«Ich *sagte* ihm schon, ich habe ein Token ins Drehkreuz getan, es klemmte oder so, ich hörte, daß mein Zug kam, ich hatte es eilig, da bin ich rübergesprungen.»

«Transit Patrolman Jackson hat einen zweiundzwanzig Kaliber Smith-and-Wesson-Revolver bei Ihnen gefunden, Artie.»

«Und?»

«Sie haben keine Lizenz für eine solche Waffe.»

«Ich hatte eine. Ich hab sie verloren.»

«Sind Sie jemals von Jersey, Artie, oder Connecticut aus in die Stadt reingefahren und haben diese Schilder gesehen, die sie aufgestellt haben: Ein Jahr Gefängnis für illegalen Waffenbesitz im New York State? Keine Ausnahmen.»

«...Ich bin jemand gefolgt, um eine Festnahme durchzuführen.»

Neuman lachte. «Patrolman Jackson sagt, Sie hätten erzählt, daß Sie einem Mordverdächtigen folgten.»

«Genau.»

«Namens Terry Niles.»

«Exakt.»

«Warum dachten Sie, daß Niles mordverdächtig ist, Artie?»

«Ich hab's kombiniert.»

«Du bist'n schlauer Typ, was?»

«Ja.»

«Und wen hat er ermordet, Artie?»

«Dimanche.»

«Dimanche, die Sängerin?»

«Kennen Sie noch eine?»

«Und Sie sind ein Fan, oder was?»

«Hä? Ja. Nein. Ich weiß nicht. Ich mag Patty Smith.»

Federici klopfte Neuman auf die Schulter und reichte ihm das Telefon. «McIver.»

Neuman nahm es an und bedeckte die Muschel mit einer Hand. «Ja, schön, also ich mag Patti Page, Artie, und während ich telefoniere, möchte ich, daß Sie über folgendes nachdenken: Wenn die Sonne so groß wäre die der Globus in der Halle des *Daily News*-Gebäudes und die Erde so groß wie eine Walnuß am Eingang vom Grand Central Terminal, glauben Sie, daß es dann mehr Zufälle gäbe oder weniger oder genausoviel? Ja, Tim.»

«Charly Johnstone wird durchkommen, Jake.»

«Hä? Sie sah aus, als würde sie sterben. Aber was weiß ich schon?»

«Die Kanone ist eine .38. Sie ist gerade auf dem Weg ins Labor.»

«Ja, gut, und es wird keine sein, die wir schon mal gesehen haben. Niles mußte die .38, mit der er Dimanche umgebracht hat, bei B. G. lassen, so daß er sich eine neue .38 besorgen mußte, um sie im Theater zu verstauen und sein Karussell von .38 in Gang zu halten.»

«Nick Carrara sucht dich, Jake.»

«Hat er gesagt, weshalb? Ich liebe Nick wie einen Bruder, aber manchmal hasse ich es, mit ihm zu reden, ich kriege einfach 'ne oberflächliche Erstarrung.»

McIver lachte. «Ich weiß, was du meinst, Jake. Ja, er hat mir gesagt, weshalb, wegen Paul Butler, der diese Geschichte mit Tiny Gallman untersucht, der, den sie ausradiert haben, und Butler denkt, daß die Fünfundvierziger, mit der er umgebracht wurde, vielleicht die sein könnte, die bei der Crime Scene als vermißt gemeldet worden ist, und nun rate mal, wer vor ein paar Wochen bei der Crime Scene war und mit den Leuten über einen Film geredet hat, den sie machen will?»

«Du fängst schon an, wie Nick zu reden, Tim. Ja, gut, ich kann mir vorstellen, wen du meinst. War's das, Tim?»

«Das war's, Jake.»

Neuman legte auf und ging wieder zu Artie. «Also, Artie, was meinen Sie, gäbe es mehr Zufälle, wenn die Sonne so groß wie der Globus in der *Daily News*-Halle wäre und die Erde so groß wie eine Walnuß am Eingang des Grand Central Terminal, oder gäbe es weniger? Ich rede von diesem Lottoschein, den Transit Patrolman Jackson bei Ihnen gefunden hat, Artie, zusammen mit der Zweiundzwanziger. Ich rede über Sie und einen Freund von Ihnen, die die Leute waren, die Mark Folletts Leiche gefunden haben –»

«Wer zum Teufel ist Mark Follett? Ich kenne keinen Mark Follett.»

«Mark Follett, von dem Terry Niles und ein paar andere Leute annehmen, daß er kurz vorher einen Lottoschein gekauft hat, er kaufte einen Lottoschein –»

«... Ist das sein Name? Das ist *Nowhere Man*?»

«Es ist das Gewinnlos, Artie – 2, 5, 8, 9, 42, 44 –, oder wär's gewesen, wenn nicht eine der Kugeln steckengeblieben wäre. Verdammt beschissenes Pech, Artie. Es überrascht mich, daß Sie sich nicht umgebracht haben, oder so. Oder Sie hatten 'ne andere Idee – und welche war das? Wollten Sie Niles erpressen? Das ist irgendwie armselig, Artie. Wenn Sie jemanden erpressen wollen, Artie, dann erpressen Sie reiche Leute, keine Zeitungsreporter. Okay, Niles schreibt eine Kolumne, sein Bild ist auf den Lastwagen, vielleicht macht er hundert Riesen pro Jahr, Sie machen wahrscheinlich um die zwölf, richtig, plus Trinkgeld, hundert Riesen hört sich nach viel an...

Und was ist jetzt die Verbindung zwischen Ihnen und Niles, Artie? Er hat sein Zeug über *Nowhere Man* geschrieben, Fragen gestellt, er hat herausgetüftelt, daß Sie und dieser Freund von Ihnen *Nowhere Mans* Lottoschein genommen haben, er wollte Sie anzeigen oder – nein, ich hab's, *er* wollte *Sie* erpressen. War's so, Artie? Er wußte, Sie hatten das Los, und als er mitkriegte, daß es das Gewinnlos war, wollte er sein Stück vom Kuchen – bevor es sich herausstellte, daß der Kuchen bloß 'ne Sahnetorte in die Fresse war, war's so? Komm schon, Artie, jetzt rück mal raus damit. Ich werde langsam müde, ich habe gerade zugeguckt, wie jemand vor kurzem 'nen Schuß verpaßt gekriegt hat, jemand, könnte man mit Recht sagen, der vielleicht keinen Schuß abgekriegt hätte, wenn Sie wegen Niles die Cops geholt hätten, statt ihn zu verfolgen, ich hab zu tun. Wenn Sie jetzt nicht auspacken, Artie, dann treffen Sie ein paar von meinen, äh, Genossen, und zwar die, die wir auf der Wache lassen müssen, weil sie die Eigenschaft haben, Leute durch Spiegelglasfenster zu werfen, wenn wir sie draußen arbeiten lassen. Schau mich bloß nicht mit diesem ‹Ich-kenne-meine-Rechte›-Blick an, Artie, wenn irgend jemand dich anfaßt, gehst du zur Presse, es wird Anzeigen wegen Brutalität geben, wegen Vertuschung, Korruption, all das, du wirst ein Scheißheld sein, so läuft das bloß im Kino, Artie, im Fernsehen, in Wirklichkeit ist es so, wenn wir Informationen wollen, kriegen wir Informationen. Hast du je 'ne Rinderpeitsche gesehen, Artie?» Warum redete er bloß so? Er war im Ruhestand. Oder nicht?

«Jerry hat's ihm erzählt.»

Neuman sah auf das Clipboard. «Jerry Marder?»

«Die Drecksau.»

«Wem?»

«Dem Glatzkopf Niles.»

«Was hat er ihm erzählt, Artie?»

«Er hat ihm erzählt, daß wir *Nowhere Mans* Los genommen haben. Er hat ihm sogar die Scheißzahlen gesagt. Er wollte uns treffen, Niles, ja. Er wollte was abhaben, ja.»

«Also was hast du getan, Artie?»

«Ich bin ihm gefolgt. Wir sind ihm gefolgt. Dann hat sich Jerry verpißt, die Drecksau.»

«Verpißt, warum? Weil Sie Niles umpusten wollten?»

«... Ich will einen Anwalt.»

«Wohin sind Sie Niles gefolgt, Artie?»

«Durch die ganze Scheißstadt. Er ist zu Dimanches Haus gegangen. Er hatte einen Schlüssel.»

«Woher wußten Sie, daß es Dimanches Haus war?»

«Ich hab's im Fernsehen gesehen.»

«Wo ist er noch hingegangen?»

«Zu so 'nem Theater. Das Kane.»

«Kean.»

«Kean, Kane.»

«Wo noch?»

«Zu so 'nem Apartmenthaus an der Fifth Avenue.»

«Nummer zweiundvierzig?»

«Ja. Ich glaube. Ja.»

«Wo noch?»

«Zum Grand Central. Er hatte die ganze Zeit einen Feudel auf, wissen Sie, Niles.»

«Eine Perücke, meinen Sie?»

«Einen Feudel, ja.»

«Was ist am Grand Central passiert?»

«Er hat diese Tussi getroffen – die angezogen ist wie ein Mann. Sie hat ihm eine verpaßt.»

«Eine verpaßt?»

«Sie wissen schon, ihn geschlagen oder so. Ihm eine runtergehauen. Hat ihm fast den Feudel von seiner Scheißglatze gehauen.»

«Haben Sie sie schon mal gesehen?»

«Wen? Die Tussi? Nee.»

Neuman sah auf das Clipboard. «Lieutenant McIver meint, daß Sie, kurz bevor Sie und Jerry Marder Mark Folletts Leiche gefunden haben, in der Nähe des E-Z-Parkhauses eine Frau gesehen haben.»

«Eine Pennerin, ja.»

«Die Frau, die Niles am Grand Central getroffen hat – war sie diese Pennerin?»

«Hä?»

«War sie's?»

«Heilige Scheiße, daran hab ich nie gedacht. Sie hätte's sein können, ja. Vielleicht war sie's. Ich meine, sie ist dünn, diese Tussi. Und jung. Aber mit 'nem Mantel und so, einem von diesen Mänteln, die die Pennerinnen selbst im Sommer tragen, und einer Kappe, ja. Ja, sie hätte's sein können. Die Kappe, die die Tussi am Grand Central aufhatte, war so eine wie die, die die Pennerin aufhatte, eine von diesen Golfkappen oder so. Ja.»

Neuman klopfte Artie auf die Schulter. «Ist das nicht komisch, wie Ihnen plötzlich Dinge einfallen, Artie, wenn man über Rinderpeitschen redet? Also sind Sie Niles und der Frau zur U-Bahn gefolgt und über das Drehkreuz gesprungen – was für eine blöde Scheißsache, Artie, aber es hat ja auch nie einer gesagt, daß Autos parken der falsche Job für Sie wäre, sondern daß Sie eigentlich Gehirnchirurg sein sollten – Sie sind dabei Transit Patrolman Jackson über'n Weg gelaufen, und der hat die Knarre gefunden, die Sie dabeihatten. Wo wollten sie hin, Artie, Niles und die Frau?»

Artie schüttelte den Kopf. «Woher soll ich das wissen?»

Neuman schnippte mit einer Fingerspitze gegen Arties Ohrläppchen.

«*Au.*»

«Mein Gott, Entschuldigung, Artie. Da war'n Insekt oder so was auf Ihrem Kragen – ein Moskito. Ich hab nur versucht, es wegzukriegen. Wissen Sie, die Leute haben Angst, was ist, wenn ein Moskito, der jemand mit AIDS gebissen hat, anschließend sie beißt, kriegen sie dann AIDS? Sie werden keine Lust haben, Punkte abzusitzen, Artie, wo wir schon von AIDS reden. Es gibt Leute, die Punkte absitzen, die haben AIDS dreifach, Artie. Sie haben's vom Fixen, sie haben's vom Arschficken, sie haben's von Junkiehuren. Was, wenn einer von denen beschließt, daß er Sie zur Freundin haben möchte, Artie? Wenn einer von denen beschließt, daß er Sie zur Freundin haben möchte, Artie, dann gewinnen Sie den Jackpot, Sie lassen den Knast aus und landen gleich auf dem Friedhof.» Seine Schlagfertigkeit konnte ein bißchen verbessert werden, aber was soll's? Er war im Ruhestand.

«Sie sind zwei Treppen runtergegangen», sagte Artie.

Neuman spreizte seine Finger, breitete seine Hände aus. «Was heißt das, Artie? Sie sind zwei Treppen wo runtergegangen?»

«In der U-Bahn vom Grand Central geht man eine Treppe runter, um die Lex zu kriegen, eine Treppe weiter kriegt man die Shuttle.»

«Falsch, Artie. Die Shuttle ist am anderen Ende der Station auf der gleichen Plattform wie die Drehkreuze.»

«Gut, also irgendwas ist da unten. Der Zug, der nach Shea fährt.»

«Sind Sie 'n Mets-Fan, Artie?»

«Ja. Irgendwie. Wissen Sie. Ich mag Hernandez.»

«Meine Frau mag ihn auch. Sie findet ihn sexy. Ich weiß nicht, was ich von ihm halten soll, nach dieser Kokain-Geschichte. Ich fühl mich nie besonders wohl bei Leuten, die unter Immunität aussagen. Die Mets haben heute ein Heimspiel, oder? Ich weiß es nicht, ich glaub's nur. Es ist doch immer noch September, oder nicht? Immer noch Spielsaison? Ich kann mich nicht daran erinnern, wann ich das letzte Mal ein Ergebnis gehört habe, bloß noch daran, daß die Dodgers Doctor K abgeschossen haben, was ungefähr hundert Jahre her ist, oder? Vierzehn Jahre verheiratet, dreiunddreißig Jahre Cop, fünfundfünfzig Jahre alt und hundert Jahre hinterher bei den Ergebnissen. Ich war auch immer ein Mets-Fan, Artie, bis vor ungefähr fünf Sekunden, als ich herausgefunden habe, daß Sie's auch sind, Sie Scheißprolet. Los zum LaGuardia, Steve.

Matty, sag McIver, er kann diesen Proleten wiederhaben, sag Winger, er soll zur Roosevelt Avenue raus – sag auf jeden Fall Avenue, nicht Island; er würde sonst zum Roosevelt Island fahren – und bei den Fahrern der Buslinie nach LaGuardia nachfragen – die Q-irgendwas, ob sie eine Frau in Männerkleidung und einen Mann mit Schlips und Toupet gesehen haben. Wenn sie nein sagen, könnte das heißen, daß sie an der Roosevelt in den E umgestiegen sind, bis zur Union Turnpike gefahren sind, den Q-wie-auch-immer bis Kennedy genommen haben, sag ihm, er soll zur Union Turnpike fahren und die Fahrer dort fragen.»

Sie nahmen den FDR zum Triborough, zum Grand Central. Es gab kaum Verkehr, und sie mußten das kreisende Licht oben auf dem Wagen nicht einsetzen. Das Blaulicht funktionierte sowieso nicht; so war sie in Wirklicheit, die Arbeit der Polizei.

Federici fuhr. Neuman sah auf die Karte, die er in dem Handschuhfach ohne Deckel gefunden hatte. Es war eine Karte von New York City, was ihn überraschte; meistens, was bewies, wie sie wirklich war, die Arbeit der Polizei, war die Karte, die man im Handschuhfach ohne Deckel fand, eine von Philadelphia oder Wisconsin.

«Warum zum Teufel hat Niles diese echte Kanone im Theater verstaut, Jake?» sagte Federici.

«Wie du schon sagtest, Steve, er ist ein Klugscheißer. Er hat Dimanche umgebracht, dann B. G., damit es so aussieht, als hätte sie Dimanche umgebracht, jetzt wollte er, daß Amanda Becker umgebracht wird und jeder sagt ‹Was zum Teufel geht da eigentlich vor?› – damit wir das sagen. Er hat alles in einen Topf geworfen – Bobbys Liste; alles – und einen Haufen Scheiße zusammengerührt.»

«Ich denke, er ist nicht bloß ein Klugscheißer, Jake. Ich denke, er ist verrückt. Was ist mit Nell? Glaubst du, daß sie auch verrückt ist?»

«Weißt du, Steve, nimm einen Mann, einen hartgesottenen, er überfällt einen Getränkeladen, irgend jemand macht 'ne Bewegung, die ihm nicht paßt, und er legt ihn um; oder einer macht einen Bruch in einer Wohnung und glaubt, sie ist leer, es stellt sich heraus, daß 'ne alte Frau zu Hause ist, er vergewaltigt sie, schiebt ihr einen Besen rein und schlägt ihr das Gesicht mit einem Hammer ein; oder ein Mann hält einen anderen auf der Straße spät nachts an, fragt nach dem Portemonnaie, der Mann gibt es ihm, es sind bloß ein paar Bucks drin, und er pustet ihn um; oder einer dealt mit Drogen, irgendeiner dringt in sein Gebiet ein oder verkauft ihm schlechtes Zeug, er geht zum Haus des Typen, bringt ihn um, seine Frau, seine Kinder, seinen Schwager, seine Schwägerin, die Nachbarn; oder ein Mann ist ein Profikiller, sein *Capo* sagt, leg jemand um, er legt ihn um... Oder einer wie Bobby Redfield, er geht nach Nam, es ist Krieg, die Hölle, er kommt zurück, die Welt hat sich verändert, er paßt nicht dazu, besonders die Frauen sind anders geworden, sie wollen mehr vom Leben, er glaubt, sie sind hinter dem her, was eigentlich seins sein sollte, er fängt an, sie umzulegen. Leute wie diese, die hältst du nicht für verrückt, du denkst bloß, sie sind, ich weiß nicht, asozial. Der Mann, der auf Reagan geschossen hat, der Mann, der Lennon erschossen hat, die Harris-Frau, die den Diätarzt erschossen hat, wenn du die fragst, ob sie verrückt sind, kriegst du Gutachten von Seelenklempnern, die für Schuldminderung wegen Unzurechnungsfähigkeit plädieren. Ein Mann wie Niles, eine Frau wie Nell, das wird das gleiche sein. Ihre Freunde, ihre Familien, Leute, mit denen sie arbeiten, sie werden den Kopf schütteln und sagen: ‹Ich versteh's einfach nicht.› Bei den anderen, dem Mann im Getränkeladen, dem Einbrecher, dem mit dem Überfall, dem Dealer, dem Profikiller, Leuten wie Bobby, sagt niemand: ‹Ich versteh's einfach nicht. Sie waren so normal.› Aber was ist normal? Was ist der Unterschied zwischen den anderen, dem Mann im Getränkeladen, dem Einbrecher, dem mit dem Überfall, dem Dealer, dem Profikiller, Leuten wie Bobby und Niles und Nell? Also ich weiß nicht, was ich denken soll. Wie die Arbeit der Polizei wirklich ist – das heißt Schrottautos fahren, verbrannten Kaffee trinken, über Sport, über Geld, über den Krieg reden, noch mehr Kaffee trinken, in der Nase bohren – aber nicht denken.»

Federici lachte. «Das war auf mich gemünzt, nicht wahr, Jake, weil ich dir erzählt hab, daß *Miami Vice* manchmal ziemlich gut die Arbeit der Polizei darstellt.»

Neuman sah auf die Karte auf seinem Schoß hinunter. Er hatte sich nie klargemacht, wie nah Riker's Island beim LaGuardia war. Er hatte nie gewußt, daß Riker's Island zur Bronx gehörte. Er hatte von North Brother Island und South Brother Island gehört, aber er hatte nie gewußt, wo sie lagen. Er hatte nie gewußt, daß es so viele andere Inseln gab: Big Tom, Cuban Ledge, Green Flats, Rat, Chimney Sweeps, High, die Blauzes, South Nonations, East Nonations (was nördlich von South Nonations lag), Middle Reef, Hog. Wenn er mit diesem Fall fertig war, bräuchte er gar nicht nach Bimini und zurück zu fahren; er könnte auch nach Hog oder Rat fahren. *Klar Jake*, würde Easterly sagen, *du hast so gute Arbeit geleistet, du hast uns die ganze Zeit immer darüber informiert, was du gerade tatest, bist durch* tout *New York gerannt mit einem Mann, der wegen irgendwas in seinem Darm krankgeschrieben war, einem Mordverdächtigen, der sein Popcorn ins Gefrierfach tut, einem Mann mit einem viel zu großen Anzug, hier ist ein Ruderboot, Jake – es leckt, und die Ruder sind auch weg, aber mehr haben wir nicht –, und ein Rettungsring – nein, einen ohne Löcher haben wir nicht. Fahr nach Rat, Jake, und komm nicht zurück.*

29

Die einzigen anderen Fahrgäste im Bus waren ein junges Liebespaar. Sie hatte ihr blondes Haar zu einem Knoten gebunden und eine ganz reine Haut. Er hatte sein braunes Haar gerade zurückgekämmt, als es naß war und nun, wo es trocken war, stand es hier und da in Büscheln hoch; sein Gesicht war voller Akne. Sie hatten beide Jeans und Jeansjacken an; sie trug eine türkise Acrylstrickweste mit Knöpfen aus Perlenimitationen, er ein marineblaues Sweatshirt verkehrt herum. Sie hatte hohe weiße Nike-Turnschuhe mit ultramarinblauer Lasche an, er abgetragene Cowboystiefel mit scharfer Spitze. Sie sah aus wie eine Teenage-Jessica-Lange und er wie ein Teenage-Sam-Shepard. Er sehnte sich wahrscheinlich danach, an ihren Brüsten zu lecken, die deutlich nackt waren unter ihrem Sweater, die Nippeln stachen durch den weichen Stoff hindurch, aber er mußte vorerst mit ihrem Nacken vorliebnehmen. Sie saß steif da, täuschte Interesse an dem Ausblick vor, der nur die Reflexion des Businneren bot, ertrug seine Zärtlichkeiten im Bewußtsein, daß sie nicht allein waren und daß Nell sie anstarrte.

Und wie Nell starrte! Sie konnte ihre Augen sowenig von ihnen abwenden, wie der Junge seine Hände von dem Mädchen lassen konnte. Sie wollte sie sein, wollte den gleichen, reinen, unverfälschten Lebenssaft durch sich hindurchfließen fühlen. Sie wollte sowenig wissen wie die beiden, genauso gleichgültig sein, so kurz nur gereist sein und sowenig Spuren auf dem Weg hinterlassen haben wie sie.

Und sie wollte sie warnen, daß, sobald der Bus bei seiner Endstation ankäme, auch ihre Lebenszeit ein Ende hätte, nicht weil es einen trigonometrischen Punkt erreichte, sondern weil sie, sogar wenn sie bloß so dasaßen, deformiert, korrumpiert, verschmutzt wurden von der Welt um sie herum – und von Leuten wie ihr. Sie wollte sie schütteln, schlagen, sie beschimpfen: *Seht ihr das? Seht ihr mich? Auf so was läuft's hinaus. Zu so etwas werdet ihr. Dies ist es, auf das ihr euch freuen müßt.*

Der Junge würde nicht auf sie hören. Der Junge würde denken, daß sie verrückt war – würde wissen, daß sie verrückt war. Er würde ihr sagen, daß sie sich verpissen sollte. *Verpiß dich – Alte.* Das Mädchen würde den Unterton von Wahrheit aus ihrem Geschrei heraushören.

«Nell?» Terry Niles griff nach ihr, aber sie entwischte ihm und ging plötzlich den Gang hoch, gegen die Trägheit des Busses. Niles kreuzte seine Beine und stützte einen Ellbogen auf einen Handrükken, und mit der anderen Hand verbarg er sein Gesicht.

«Hi.»

Das Mädchen sah den Jungen an, der nickte, dann das Mädchen ansah und mit seinen Augen rollte.

«Kann ich mal mit dir reden?»

«Mir mir?» Das Mädchen spreizte ihre Finger auf ihrer entzükkenden Brust.

«Wir können hinten sitzen.»

«Hey, Alte, was soll der Scheiß?»

«Billy.» Das Mädchen entwand sich Billys Arm und stieg über seine Beine. Als sie sich in der Mitte der letzten Bank hingesetzt hatten, sagte sie: «Haben Sie irgendwelche Probleme?»

Nell kicherte: «Ich?»

«Der Mann, mit dem Sie zusammen sind –» sie bewegte ihre Augen, aber nicht ihren Kopf –, «er sieht *schmierig* aus.»

«Das ist das Toupet», sagte Nell. «Er sieht ohne es viel besser aus... Er wird dir nicht treu sein. Das mußt du *jetzt* begreifen.»

Das Mädchen sah sie von der Seite an. «Sie meinen...?»

«Nicht Billy, nicht irgendein Bestimmter. Du bist zu jung, um zu wissen, wie es für sie ist. Sie haben keinen Willen, keine Selbstdisziplin; sie werden von ihren Schwänzen dirigiert, und wenn sie was gefunden haben, wo sie sie reinstecken können, dann ist das alles, was sie wollen. Sie wollen nichts über deine Gefühle wissen, deine Stimmungen, deine Gedanken, deine Sehnsüchte. Sie wollen bloß ficken, und wenn sie herauskriegen, daß du mehr willst, hauen sie ab.»

Das Mädchen starrte bloß vor sich hin.

«Wie heißt du?»

«Tracy.»

«Ich weiß, es hört sich platt an, Tracy. Es ist platt. Weil sie platt sind. Sie sind Klischees auf zwei Beinen; ihr Leben ist ein einziger langer Werbefilm für Bier. Oh, sicher, du wirst auch ein paar Sensible finden, die dir sagen – du wirst es nie selber merken, aber sie werden es dir erzählen –, daß sie anders sind, daß sie einen Bezug zur weiblichen Seite in sich haben. Das ist bloß Gerede, nimm ihnen das nicht ab. Es ist genausoviel Gerede wie das über das Geld, das sie verdienen, und wie erfolgreich sie sind. Sie wollen alle bloß eins, und sie wollen es mit einem Minimum von Diskussionen davor, dabei und danach.»

Tracy fummelte an der Naht ihrer Jeans herum. «Das sagt meine Mutter auch immer.»

«Gut, und sie hat recht. Bloß weil sie deine Mutter ist, heißt das noch lange nicht, daß in ihr Scheiße steckt. Weil sie deine Mutter ist, weiß sie genau, wovon sie redet. Vertrau ihr. Vertrau mir. Vertrau jeder Frau, die dir das erzählt, was ich dir erzähle, und vertrau keiner Frau, die das nicht sagt, weil sie 'ne Gehirnwäsche hinter sich hat, oder durch materielle Dinge verführt ist, normalerweise – durch einen Mikrowellenherd oder einen Diamantring.»

«Mein Vater hat meiner Mami gerade einen computergesteuerten Herd gekauft. Er kann reden.»

Nell lachte. «Damit er es nicht muß. Warum fahrt ihr zum La Guardia? Da fahrt ihr doch hin?»

Tracy nickte. «Um die Flugzeuge anzugucken.»

Nell schnaufte verächtlich. «Also bitte, meine Süße. Er will dich in irgendeine dunkle Ecke bringen und dir deine Hosen runterziehen und dich dann im Stehen von hinten ficken. Der hat sich das schon alles zurechtgelegt. Ihr könnt es nicht zu Hause machen, richtig? Ihr wohnt beide noch bei euren Eltern, nicht? Ich wette, er hat dir gesagt, er fände es besser, wenn du häufiger mal einen Rock anziehst. Ha. Bitte. Siehst du?»

«Wo fahren *Sie* hin?» Tracy sagte das zu ihrem Schoß, weil Billy sich umgedreht hatte.

«Ich? Ich verreise.»

«Urlaub? Das ist super.»

«Nein, nicht Urlaub. Ich muß eine Weile aus New York verschwinden – vielleicht für immer.»

«Wo sind denn, wissen Sie, Ihre Koffer und so?»

Nell lächelte und tätschelte ihre Schultertasche. «Das ist alles, was ich habe. Was ich mit mir rumtrage und was ich anhabe.»

«Das ist ganz toll, was Sie anhaben», sagte Tracy. «Fährt Ihr Freund mit Ihnen?»

«Mein Freund ist tot.»

«Oh... das tut mir leid.»

«Ich habe ihn sogar umgebracht. Ich habe zwei Leute umgebracht – zwei Männer. Hab keine Angst; ich bin nicht verrückt. Sie waren verrückt – beide. Mark besonders. Ich erzähl dir, was er gemacht hat, und du sagst mir dann, ob du mir zustimmst oder nicht. Wir waren sechs Monate zusammen. Die ersten beiden waren glücklich – ficken, essen, ins Kino gehen, viel lachen. Dann hat er angefangen, sich zu distanzieren, wurde über Kleinigkeiten wütend. Er hat mir die Schuld gegeben, sagte, daß ich mich zu oft beschwerte, daß ich zuviel wollte, daß ich nicht zufrieden war mit dem, was wir hatten, daß ich so tat, als wär es sein Fehler, daß wir nicht mehr Zeit füreinander hatten, während wir beide doch verabredet hatten, wieviel Zeit das wäre. Du verstehst mich nicht, oder? Du bist zu jung. Ich wünschte, ich könnte dir das klarmachen. Ich wünschte, ich würde dich nicht erschrecken. Ich habe das Richtige getan. Terry versteht auch nichts – mein Freund hier –, obwohl er auch jemand umgebracht hat: eine Frau. Zwei Frauen. Seine Situation war auch irgendwie interessant – die Kehrseite von der normalen, bei der die Frau der Mond eines Mannes ist. Er war mit einer berühmten Frau zusammen, aber keiner wußte davon – weil, glaube ich, sie beschlossen hatte, einmal im Leben etwas Privatleben zu haben. Weil sie eine Frau war, deren kleinstes Vergnügen normalerweise sofort überall bekannt wird, war es, als ob die Beziehung nicht existierte. Sie war eine kluge Frau. Ich nehme an, daß sie das Gefühl hatte, ihre Beziehung hätte mehr Chancen, wenn sie sie für sich behielten; aber er konnte das nicht verstehen. Er fühlte sich durch sie gekränkt, weil der Rest der Welt nicht sehen durfte, wie begehrenswert er war. Oder so. Ich verstehe es nicht wirklich. Er ist schließlich ein Mann.

Ich habe trotzdem das Richtige getan. Wenn wir mehr Zeit hätten, könnte ich dir das klarmachen. Aber das ist schon der Flughafen. Wie ist deine Adresse? Ich könnte dir schreiben. Oder du könntest mich besuchen kommen, wenn ich erst mal –»

Nell blickte wegen etwas vorne im Bus auf. Billy hielt Terry am Revers fest und schüttelte ihn. «Sag ihr das, Mann. Sag deiner Scheiß-Alten, daß sie sich verpissen soll.»

Niles saß bloß da und ließ sich schütteln. Sein Toupet rutschte hinunter auf seine Stirn.

Nell sah voller Ekel weg. Als sie sich wieder unter Kontrolle hatte, lächelte sie Tracy an. «Hey, hör mal zu – warum kommst du nicht mit? Ich habe eine Menge Geld – oder genug jedenfalls, daß wir ordentlich Spaß haben können, bevor wir ernsthaft daran denken müssen, wie wir wieder was kriegen. Ich bin Cutterin; ich kann damit Geld verdienen, wo immer es eine Filmproduktion gibt. Ich war Kellnerin, vor tausend Jahren; ich könnte das jederzeit wieder machen, damit wir auskommen. Ich bin nicht eingebildet. Ha. Das ist komisch, wenn ein Flüchtling so was sagt, nicht?»

Tracy drängte sich an ihr vorbei und rannte den Gang hinunter. Sie zog Billy weg. Sie stiegen bei der nächsten Haltestelle aus, kurz vorm Flughafen. Billy nahm eine Handvoll Steine von einer Baustelle und schleuderte sie nach dem Bus. Sie hörten sich an wie ein heftiger Regenguß.

«Zucker?» Terry Niles setzte zwei Kaffeebecher auf dem Tisch ab. Nell Ward schüttelte den Kopf.

Niles setzte sich hin und schob einen Becher näher an sich heran. «Ich glaube, Houston ist gut gewählt. Von dort kommen wir auf den verschiedensten Wegen gut weiter, und es sollte auch nicht allzu schwer für mich sein, einen falschen Paß zu kriegen.»

Nell kreuzte ihre Arme vor ihren Bauch und griff nach ihren Ellbogen.

«Das war ziemlich blöd von dir, Nell.» Niles schlürfte seinen Kaffee. «Gott sei Dank gehören diese Kids zur postliterarischen Generation. Sie schalten in ihrem Geist, wenn man das so nennen kann, bloß auf einen anderen Kanal um. MTV, Mörder – es hinterläßt keine Delle in ihrer Selbstgenügsamkeit.»

«Ich komme nicht mit dir mit, Terry.»

Niles begann wieder zu schwitzen.

«Das Ticket ist bezahlt. Ich gebe dir noch etwas Geld. Aber ich komme nicht mit dir mit.»

«Hey, du kriegst doch jetzt keine Panik, oder?»

Sie sah über seinen Kopf hinweg auf die Uhr. «Stimmt diese Uhrzeit?» Niles griff über den Tisch nach ihrer Hand. «Nell.» Er setzte sich zurück, als sie ihre Hand wegzog. «Okay, okay.» Er sah auf seine Uhr. «Ich überlege gerade, ob... Entschuldigen Sie, Miss, haben Sie ein Radio da drin?»

Die Verkäuferin schüttelte bloß den Kopf.

«Ein Radio für was?» sagte Nell. «Sie können noch nicht nach uns suchen.»

Niles zögerte, ihr von Amanda Becker zu erzählen. Irgendein perverses Gefühl von Solidarität unter Frauen konnte sie gegen ihn aufbringen, gerade wenn er sie am dringendsten brauchte. Er würde sie nicht allzu lange brauchen – nur bis er ein paar Ausweise hatte und ein bißchen Geld. «Wenn du eine Waffe bei dir hast, solltest du sie natürlich loswerden, bevor wir durch die Kontrolle gehen. Ich habe, äh, meine bereits untergebracht. Machst du dir Sorgen wegen des Kokains?»

Ihre Hand griff wie in einem Reflex nach ihrer Tasche.

Niles lächelte. «Du kannst es in deiner Unterwäsche verstecken. Kennst du den schon? Queen Elizabeth und Prinzessin Diana waren unterwegs im Auto –»

«Terry!»

«Reg dich ab, Nell. Herrgott.»

«Das war Neuman. Ich habe gerade Neuman an der Tür gesehen.»

Neuman sah sie ebenfalls, ging aber weiter. Er hatte zum Beispiel keine Waffe; er war im Ruhestand. Er hatte außerdem keine Dienstmarke. Er hatte bloß eine Detectives-Endowment-Association-Karte und hoffte, daß ein Cop in Uniform nicht denken würde, daß er irgendein Autohändler mit Ehrenmitgliedschaft wäre. Wenn er einen Cop in Uniform finden würde.

Er konnte Federici auch nicht finden – Federici, der auch keine Waffe hatte, weil er ein Mordverdächtiger war. So war sie in Wirklichkeit, die Arbeit der Polizei. Man sagte: *Du gehst da lang. Ich gehe hier lang*. Und dann fand man sich nicht wieder.

Er ging zu einem Service-Telefon an der Wand und nahm den Hörer ab. Die Leitung war tot.

Er ging zu einem Münztelefon und suchte in seinen Taschen nach einem Quarter. Er hatte keinen. Er wählte ‹Operator›. Nichts passierte. Er sah, wie Terry Niles aus dem Coffee Shop kam; Nell Ward stand an einem Mülleimer an der Tür und kippte die Sachen von ihrem Tablett hinein – und irgend etwas aus ihrer Schultertasche. Sie folgte Niles. Keiner sah zu Neuman herüber – das Zeichen eines echten Amateurs, der glaubt, wenn er bloß auf den Fußboden schaut, sieht ihn auch keiner.

Neuman ging zum Mülleimer und griff mit einer Hand hinein. Er tastete unter dem Müll nach einer Papierserviette und benutzte sie dann, um die Waffe herauszufischen – eine Fünfundvierziger, die Fünfundvierziger aus der Crime Scene mit Sicherheit. Er steckte sie in seine rechte Jackentasche und die Serviette wieder in den Mülleimer.

Federici sah Terry Niles und Nell Ward kommen und beugte sich in einen Kiosk hinein. Er nahm eine *Time* in die Hand.

«Siehst du das Schild, Jack?» sagte der Verkäufer. «Das ist hier keine Bibliothek.»

Federici griff nach seiner Dienstmarke, aber er hatte keine Dienstmarke; er stand unter Mordverdacht. Er nahm einen Dollar aus seiner Jeans und warf ihn auf den Tresen.

«Buck fünfzig, Jack.»

Federici warf die Zeitschrift auf den Tresen und folgte Niles und Nell.

«Hey, Jack, was soll das eigentlich?»

Ja, was?

Neuman fand einen Port Authority Cop und zeigte ihm seine DEA-Karte. «Ernstfall bei Ermittlungen» – was immer das war. «Kommen Sie mit.»

«Diese Karte da ist 'nen Scheißdreck wert», sagte der Cop.

«Ich weiß», sagte Neuman und ging allein weiter.

«Ich komme nicht mit dir mit.»

«Du kommst mit mir mit. Wir müssen zu zweit sein, um das Flugzeug zu entführen.»

«Du bist verrückt.»

Niles lachte.

«Ich hab die Waffe weggeworfen.»

«Ich habe eine.»

«Ich dachte, du hättest gesagt –»

«Es ist ein Spielzeug. Eine Requisite. Aus einem Stück.»

«Einem Stück?»

«Sie sieht echt aus. Keine Sorge.»

«Die lassen uns gar nicht abfliegen.»

«Da ist das Gate. Wir müssen bloß an Bord kommen. Dann haben wir alles unter Kontrolle.»

«Ich komme nicht mit dir mit.»

Nell stürzte davon.

«Nell!»

«Niles!»

Niles drehte sich zu Neuman um. Er nahm sein Toupet ab und warf es beiseite. Er griff in seine Jacke und holte die Spielzeugwaffe heraus. Er steckte den Lauf in seinen Mund.

Neuman blieb stehen und breitete seine Hände aus. «Ich bin nicht bewaffnet, Terry.»

Niles richtet die Waffe auf Neuman.

Neuman zog die Fünfundvierziger und schoß Niles in die Brust.

30

Nell Ward rannte.

Flugzeugmotoren kreischten.

Lichter von solcher Intensität, daß sie Gewicht und Dichte besaßen, strahlten sie an und lenkten sie ab von...

Von was? Davon, von dort wegzukommen, wo sie war – nirgendwo –, und dahinzukommen, wo sie hinlief, was östlich von nirgendwo war.

Oder war es südlich?

Irgend etwas sagte ihr, daß es östlich war – nicht, daß es irgendwas bedeutet hätte. Irgend etwas in ihr sagte ihr, daß es vernünftig war, in östlicher Richtung zu laufen – nicht, daß es irgendwas bedeutet hätte. Ein Zaun. Maschendraht. Mit Stacheldraht oben dran.

Das Ende.

Nein. Nein, warte. Siehst du? Es sollte so kommen, diese Flucht, Richtung Osten oder wo immer hin, von nirgendwo bis…

Bis wohin?

Sie schlüpfte unter dem Zaun hindurch an einer Stelle, wo er aus dem Boden gerissen worden war, um einen unerlaubten Eingang zu den Rollbahnen zu schaffen. Von wem rausgerissen? Von Kids wahrscheinlich, die nach einem Ort zum Ficken suchten. Von Jungen.

Ihre Hunting-World-Tasche verhakte sich im Zaun, und sie zerrte und zerrte, bekam sie aber nicht wieder los. Sie ließ sie liegen. Eine Maschine im Landeanflug flog so dicht über ihren Kopf, daß sie hinfiel. Sie dachte, sie würde in ihrem Lärm ertrinken.

Sie ertrank nicht. Sie stand auf und rannte.

Rechts von ihr war eine Straße, links ein Feld. Nein, kein Feld: Wasser. Sie könnte rausschwimmen, aber irgendwann in ihrem Leben hatte sie es verpaßt, schwimmen zu lernen; als sie es hätte lernen können, in der Schule, war es cool gewesen, Sport zu schwänzen.

Cool. Sie war immer cool gewesen; sie war schon cool gewesen, als es noch nicht cool war, cool zu sein, und später immer noch. Cool. Frigide.

Ich bin nicht frigide, *Mark.*

Du kommst nie.

Du kommst zu schnell.

Mit anderen Frauen hatte ich nie das Problem.

Soll das heißen, daß das mein *Problem ist?*

Er hatte mit den Schultern gezuckt, was *natürlich* hieß. Er war auch cool.

Neuman rannte ein Stück, dann trabte er, dann trippelte er, und dann ging er wie Groucho Marx.

Er sah, wie sie unter dem Zaun durchschlüpfte, aber als er endlich da war, konnte er sie nicht mehr sehen. Sie war jung und flink; er war alt und langsam.

Eine abfliegende Maschine bombardierte ihn mit ihrem Lärm, und er duckte sich.

Er versuchte, unter dem Zaun durchzukriechen, aber ihre Tasche behinderte ihn, und er mußte sie losmachen, bevor er es wieder versuchen konnte. Das dauerte eine Woche.

Beim zweiten Versuch schaffte er es und bekam Dreck ins Haar, in seine Augen, seine Nase, seinen Mund, den Hals hinunter und auf seine Hosen. Wie gut, daß er sein pastellfarbenes Leinenjackett, seine weiße Hose und die weißen Schuhe mit der geriffelten Sohle nicht anhatte.

Er sah sich nach Federici mit dem Wagen um. Er sah ihn nicht. So war sie in Wirklichkeit, die Arbeit der Polizei. Man sagte: Ich *laufe hinter ihr her. Du folgst mir im Wagen*, und dann konnte man sich nicht mehr wiederfinden. Federici hatte wahrscheinlich Probleme, mit dem Wagen auf die Rollbahn zu fahren, weil er keine Dienstmarke dabei hatte, ein Mordverdächtiger war und sein Popcorn ins Gefrierfach tat. Jetzt, wo Neuman nicht mehr auf der Rollbahn war, würde er es wahrscheinlich kapieren.

So war es in Wirklichkeit, das Leben.

Was dachten die Leute in den Autos über sie? Dachten sie, daß sie eine exzentrische Joggerin wäre mit ihrem Anzug und ihrem Schlips, der Mütze und den schwarzweißen Schuhen? Dachten sie, daß ihr irgendwo auf der Strecke das Benzin ausgegangen war? Einmal, in Miami, als sie einen Film gedreht hatte über... irgendwas, hatte sie einen Wagen gemietet und war ein bißchen die Keys runtergefahren. Auf einer geraden Strecke mit nichts als Riedgras und Himmel um sie herum war sie an einem barfüßigen bärtigen Mann in einem zerfetzten Gewand vorbeigefahren, der in entgegengesetzter Richtung ging und ein hölzernes Kreuz trug, das so groß wie er selbst war. Als sie viel später am gleichen Tag zurückgefahren war, hatte sie ihn wieder eingeholt und war wieder an ihm vorbeigefahren. Alles, was sie gedacht hatte, war: Es ist ein freies Land.

Hast du die Person gesehen, die da die Straße entlangrannte?

Was ist mit ihm?

Ich glaube, es war eine sie.
Was ist mir ihr?
Glaubst du, daß sie Hilfe braucht?
Warum meinst du das?
Weil sie die Straße entlangrennt.
Es ist ein freies Land.

Neuman dachte daran, einen der entgegenkommenden Wagen anzuhalten, seine Dienstmarke aufblitzen zu lassen und auf dem Trittbrett zu stehen, während der Fahrer eine Drehung um hundertachtzig Grad machte und Nell verfolgte, die am Straßenrand entlanglief. Nur daß Autos heute keine Trittbretter mehr hatten und er keine Dienstmarke. Und die Fahrer hielten auch nicht wegen irgend jemandem an, unter gar keinen Umständen.

Er hatte allerdings eine Waffe. Er überlegte, wie viele Kugeln wohl im Magazin waren, aber er konnte nicht langsamer laufen, um nachzusehen. Nicht, daß er besonders schnell gewesen wäre; er bewegte sich wie ein Mann unter Wasser; unter Wasser in einem Sumpf, unter Wasser in einem Sumpf mit Handschellen und Ketten um seine Knöchel, unter Wasser in einem Sumpf mit Handschellen und Ketten um seine Knöchel und einem Joch um den Hals, an dem er einen Waggon voller Männer hinter sich herzog: den Commissioner, Klinger, Easterly, Federici, Terry Niles, The Band, Robbie Robertson, Neil Young, Neil Diamond, Van Morrison, Doctor John, Muddy Waters, Paul Butterfield, Dylan, Männer, die Jeans und eine Rolex trugen und Macintosh-Computer benutzten, und die Marines.

Da stand ein Raumschiff und wartete darauf, sie mitzunehmen. Ein riesiges, wie das in *Close Encounters*. Es würde sie weit weg bringen, vielleicht sogar weit genug. Nein. Es war ein Stadion, ein Baseballstadion. Das fuhr nirgendwohin. Aber es war immer noch ein Ort, wo sie sich hinsetzen konnte, aufhören zu laufen, wo sie nachdenken konnte.

Über was nachdenken?

Also gut dann. Nicht nachdenken. Einfach sitzen.

Heilige Scheiße, sie lief zum Shea. Vierzehn Jahre verheiratet, dreiunddreißig Jahre Cop, fünfundfünfzig Jahre alt und hundert Jahre hinterher bei den Baseballergebnissen, und jetzt sollte er sich ein Baseball-Spiel ansehen.

Es war ein bißchen spät dafür, nicht wahr? Spät im Jahr und spät am Tag. Es war immer noch September, oder? Es war immer noch Baseball-Saison? Er war überzeugt davon, obwohl es hundert Jahre her war, seit die Dodgers Doctor K lahmgelegt hatten. Aber es *war* spät am Tag, spät abends. Es war nach Mitternacht, oder nicht? Vielleicht schon der nächste Tag, oder nicht? Er war überzeugt davon.

Aber die Lichter in Shea waren an, und Wagen standen auf dem Parkplatz, und Neuman konnte Leute in den Gängen hinter den Tribünen sehen und den Stadionsprecher hören.

Das konnte nur eins bedeuten. Die Mets waren wieder einmal in einem ihrer epischen Extra-Inning-Wettkämpfe gefangen – ein Haurein-was-das-Zeug-hält-und-ohne-Rücksicht-auf-Verluste-Schlag-Fest. Außer, wenn es eine Pitcher-Schlacht war. Aber was wußte er schon?

«Da kommen Sie nicht rein, Buddy.»

«Ich bin, äh ...»

«Oh. Entschuldigung. Dachte, Sie wärn ein Mann.»

«Ich wollte meinen Sohn abholen.»

«Ihren Sohn?»

«Ja, er ist hier mit seiner ... seiner Cub-Scout-Gruppe.»

«Ein bißchen spät für die, nicht wahr?»

«Ja. Deshalb bin ich auch gekommen, um ihn abzuholen.»

«Wie wollen Sie ihn denn finden?»

«Der ... Gruppenführer hat mir gesagt, wo sie sitzen.»

«Ein bißchen spät für die Kids, noch auf zu sein. Morgen ist Schule.»

«Ich weiß. Genau deswegen bin ich ja hier.»

«Ich soll aber niemanden reinlassen, Lady.»

«Bitte. Ich habe Angst, daß mein Sohn krank wird. Er hat sich heute nachmittag schon nicht so wohl gefühlt ... Ich habe nur so ein Gefühl.»

«Ich weiß, was Sie meinen. Mütterliche Gefühle oder so.»

«Genau.»

«Gehen Sie schon, Lady. Wenn er schon so lange dageblieben ist, wird er aber nicht gerne weggehen. Null zu null am Ende der Sechzehnten.»

«Dann bleibe ich solange bei ihm. Solange ich weiß, daß er nichts hat.»

«So wie das aussieht, müssen Sie die ganze Nacht hierbleiben.»

«Das hoffe ich. Danke schön.»
«Sagen Sie's aber nicht, Lady.»

«Okay, Buddy. Bleiben Sie mal schön da stehen.»
«Ich bin Cop.»
«Nein, ich bin Cop. Und Sie sind so'n Zaunhüpfer.» Auf seinem Namensschild stand *Graff*. Zuerst dachte Neuman, da stünde *Raff*, was zu ironisch gewesen wäre, und deshalb auch nicht zu allem anderen passen würde. Zuerst hatte er gedacht, daß er der Cop wäre, weil er klein war und plump und runzlig und zynisch; hatte gedacht, daß er nicht unter Wasser in einem Sumpf war, sondern träumte. Neuman holte seine Brieftasche heraus und zeigte seine Detectives-Endowment-Association-Karte. Er hoffte, daß die Waffe nicht aus seiner Tasche heraushing.
«Nie gehört», sagte Graff und gab ihm die Brieftasche zurück.
Neuman nickte; er hatte auch nie davon gehört, als er noch Uniform getragen hatte. Er gab ihm die Brieftasche zurück. «Lesen Sie den Namen.»
Graff las. «Und?» Er gab ihm die Brieftasche zurück.
«Nie von Jake Neuman gehört?»
«Nee.»
«Oder von Bobby Redfield?»
Graffs Kopf schoß hoch. «Er ist in der Eins-Null-Sieben, oder?»
«Nein. Er ist tot.»
Graff nickte. «Aha. Nun, dann kann ich ihn auch nicht anrufen und fragen, ob's in Ordnung ist, wenn Sie reingehen, oder?» Er lachte. Es war doch einfach genug; er mußte es bloß erklären. Er hatte ja auch nichts Besseres zu tun; er mußte doch sowieso nirgendwo anders hin. «Ich hab hier auch mal gearbeitet.»
Graff wippte auf seinen Zehen. «Die Welt ist klein.»
So klein wie eine Walnuß. «Im ersten Jahr haben die Mets die National League gewonnen. Die Series.»
«Aha.»
«Ich hab ein Autogramm von Tom Seaver.»
«Ach, wirklich?»
«Ich stand am Tor gleich hinter der Home plate.»
«Wofür? Karten abzureißen? Diese Kerle machen nebenbei 'ne Menge Geld. Ich hätte das nie gedacht – lassen Leute rein, die keine Karte kriegen konnten, Leute mit Kühlboxen, Taschen voller Bier und so.»

«Ich war Cop.»
«Quatsch.»
«Ist Phil Impelliteri immer noch Commander hier draußen?»
«Nein.»
«Und… wie hieß er noch?…»
«Der ist auch nicht hier.» Graff lachte.
«…Ward? Sandy Ward? Sandy von Sandford? Ein großer schwarzer Kerl? Ein Sergeant?»
«Nee.»
Neuman seufzte. «Graff?»
«Ja?»
«Hände hoch.»
Graff starrte auf die Waffe. «Fuck, was soll das denn?»
«Hände hoch, bloß die Hände hoch. Nimm sie hoch, und dreh dich um.»
«Du bist absolut verrückt, Mann. Du bist ein beschissener Haufen Scheiße. Du bist 'n toter Mann. Du hast nicht den Funken einer Chance. Was zum Teufel willst du eigentlich? Willst du die Einnahmen kassieren? Wenn du hier draußen gearbeitet hast, solltest du eigentlich wissen, daß sie die Einnahmen um das siebte Inning herum abholen. Oder willst du die Wetteinnahmen? Keine Chance. Auf dem ganzen Platz stehen Wachen. Du bist angeschissen, du bist tot, du hast nicht die geringste Chance. Hörst du mich?»
Graff sah über seine Schulter, dann drehte er sich ganz um.
Neuman war fort.

Das Gras war so schön. Die Lichter schienen so hell. Die Uniformen waren so weiß, die des anderen Teams ganz hellblau.

Sie konnte sich nicht daran erinnern, wann sie das letzte Mal bei einem Baseball-Spiel gewesen war. Sie erinnerte sich an das Stadion – nicht eins von diesen modernen Stadien, bei denen man immer weiter von der Spielfläche entfernt war, je höher man stieg; ein altmodisches Stadion, das unter seinen architektonischen Details auch die Umrisse der besten Wolkenkratzer und Brücken aufwies. Yankee-Stadion?

Nell geriet in Panik. Das Kokain war in ihrer Tasche. Ohne Koks hielt sie die Tour nicht länger durch.

Sie atmete ruhiger. Sie hatte ein Fläschchen mit einem Stückchen Crack in ihrer Jackentasche gefunden. Aber sie hatte keine Pfeife, kein Feuerzeug. Sie mußte es schnüffeln.

Sie öffnete das Fläschchen, schüttelte das Stückchen in ihre Handfläche und benutzte das Fläschchen, um es zu zerbröckeln. Sie steckte ein Korn nach dem anderen in ihre Nasenlöcher – eins, zwei, drei, vier, fünf, sechs, sieben, acht, neun, zehn, elf – Der Rush warf sie in ihren Sitz zurück, sie ließ das Fläschchen fallen und verstreute etwas Crack. Sie steckte ihren Kopf zwischen ihre Knie und versuchte, es wiederzufinden, und fühlte sich, als ob sie von der obersten Tribüne herauspurzelte. Sie kam langsam wieder hoch und hielt ihre Augen geschlossen.

«Mögen Sie Baseball?», sagte Neuman.

Sie öffnete ihre Augen, aber sah ihn nicht an. «Hi.»

«Hi.»

«Und was jetzt?»

«Wir gehen zurück nach unten, sobald ich wieder Luft bekomme.»

«Woher wußten Sie, daß ich genau *hierher* gehen würde? Es sind Tausende von Leuten hier.»

«Hier wär ich auch hingegangen. So ist sie in Wirklichkeit, die Arbeit der Polizei – man versucht, sich in den andern hineinzuversetzen.»

«In die Bösen?»

Neuman sah auf das Spielfeld hinunter und versuchte herauszukriegen, was dort vor sich ging. Spieler rannten, und die Menge brüllte, aber es machte keinen Sinn. Aber er hinkte den Ergebnissen hundert Jahre hinterher, oder nicht? Vielleicht hatten sie seitdem die Regeln geändert.

«Haben Sie je gedacht, Sie würden gern mal der Böse sein?», sagte Nell. «Da Sie soviel darüber wissen, wie deren Gedanken funktionieren.»

«Nein.Ich habe nicht die Nerven dafür. Ich bin auch nicht schlau genug. Einige von ihnen sind die schlauesten Leute, die ich je getroffen habe, einige von den Bösen.»

«Da gehör ich wohl nicht dazu, nehme ich an.»

Neuman zuckte mit den Schultern. «Sie haben ein paar Fehler gemacht. Sie hatten auch Pech. Wenn Follett irgendeinen Ausweis dabeigehabt hätte, hätten sich die Leute nicht halb soviel für ihn interessiert.»

«Terry nicht, meinen Sie.»

«Terry ist tot, Nell. Er hat eine Waffe auf mich gerichtet, und ich habe ihn erschossen. Seine Waffe war eine Requisite aus Dimanches Stück, die Waffe, mit der ich ihn erschossen habe, war die Waffe, die

Sie aus der Crime Scene gestohlen haben. Ich habe sie aus einem Mülleimer dahinten im Flughafen herausgefischt.»

Sie schnaubte. «Ironisch.»

«Ja.»

«Sterben ist leicht.»

«Ich habe noch nie jemanden getötet.»

Sie legte eine Hand auf seine. «Das tut mir leid, Jake.» Sie nahm ihre Hand wieder weg, bevor er seine hätte bewegen müssen.

Was immer auf dem Spielfeld passiert war, hatte nichts am Ergebnis geändert; es stand immer noch null zu null, am Ende der siebzehnten Runde. «Ich weiß nicht genau, was jetzt die richtige Prozedur wäre, ich bin ja immer noch im Ruhestand. Oder ich nehme es wenigstens an. Ich weiß es nicht. Aber um ganz sicher zu sein, Sie haben das Recht zu schweigen. Sie haben das Recht auf einen Anwalt. Alles, was Sie jetzt sagen –»

Sie legte einen Finger auf seine Lippen. Als er sich von ihrem Geruch abwandte, süß und gleichzeitig stinkend vor Angst, sah er die Cops, die durch die Tribünen ausgeschwärmt waren und auf ihn zukamen.

Nell sah sie auch. «Über eins bin ich froh, Jake.»

«Ja?»

«Ich bin froh, daß wir nicht miteinander geschlafen haben. Nicht, daß es mir nicht gefallen hätte; ich glaube, es hätte mir gefallen.»

«Nell, halt den Mund.»

«Mit Mark hat es mir nie gefallen – und Mark sollte doch so ein wundervoller Liebhaber sein. Man mußte ihn gar nicht fragen, ob er ein wundervoller Liebhaber wäre; er sagte es selbst.»

«Nicht, Nell. Sie haben vielleicht eine Chance, auf Unzurechnungsfähigkeit zu plädieren.»

Sie sah beleidigt aus. «Ich war nicht verrückt.»

Er zuckte mit den Schultern. «Dann eben besoffen. Oder voll drauf.»

«Ich bin jetzt voll drauf. Damals war ich's nicht. Ich war voll drauf, als ich Tiny umgebracht habe. Wissen Sie das schon?»

Er nickte.

«Er war ein Arschloch.»

«Ja, gut.»

«Mark war auch ein Arschloch – der Typ des Hochgezüchteten. Er war ein Meister der Verführung, aber er konnte sich nicht hingeben. Ich hatte nie einen Orgasmus mit ihm. Deshalb habe ich ihn umgebracht.»

Neumans Kopf schwirrte. Diese Duane-Reade-Tüte, die Maria an dem Tag mit nach Hause gebracht hatte, als Klinger und Easterly und Federici – und Nell – vorbeikamen ... Sie hatte sich keinen Vibrator besorgt, sondern eine Waffe, die sie in irgendeinem Schwarzmarktladen gekauft hatte, der seine Waren in Duane-Reade-Tüten verpackte. An diesem Nachmittag bei Nell – wenn er das Graffito nicht gesehen hätte, wenn er nicht weggegangen wäre, wenn sie keinen Orgasmus mit ihm erlebt hätte, hätte sie ihn erschossen.

«Es braucht ... schon mehr als das Normale, damit ich einen Orgasmus kriege. Es ist nicht eine Frage der Technik und des Vorspiels; es ist eine Frage der innerlichen Einstellung. Mark war wie jeder Mann, den ich kennengelernt habe: Er *war* ein guter Liebhaber, aber es war alles nur Technik; er tat es ohne jedes Gefühl, verschwendete keinen Gedanken an so etwas wie innerliche Einstellung. Die Schwanzstellung war das einzige, auf das er reagierte; wenn er hart ist, wird gefickt; wenn er schlaff ist, ist Schluß mit Ficken.»

Neuman wollte sich das nicht anhören und versuchte herauszufinden, was auf dem Spielfeld passierte. Was passiert war, daß Ray Knight den Ball nicht getroffen hatte.

«Es ist komisch, daß ich automatisch daran dachte, mit Terry abzuhauen. So habe ich mich immer definiert – über Männer: die, mit denen ich zusammen war, und die, mit denen ich nicht zusammen war. Mein Gott, die Liste der Männer, mit denen ich zusammen gewesen bin. Ich lebte wie ein siamesischer Zwilling – nur daß ich von Zeit zu Zeit mein Geschwister gewechselt habe.»

Neuman wußte alles über Geschwister. Er schleppte eine ganze Waggonladung davon mit sich herum.

«Okay, du Killer, jetzt nimmst du mal die Hände hoch.»

«Hallo, Graff», sagte Neuman.

«Ich sagte, Hände hoch. Verpissen Sie sich, Lady.»

«Graff, äh –»

Graff hielt den Lauf seines Revolvers hinter Neumans Ohr.

«Hände hoch.»

Neuman nahm die Hände hoch.

«Ich sagte, machen Sie sich dünn, Lady. Hauen Sie ab.»

«Graff, sie steht unter Mordverdacht.»

«Ja, und ich bin Bill Cosby.»

Nell ging die Stufen hinunter, weg von dem Gang, der zum Ausgang führte. Eine Welle, die im rechten Feld begonnen hatte, erreichte sie, und als die Fans mit hochgereckten Armen aufstanden, verlor Neuman sie aus den Augen.

Als er sie wiederfand, stand sie am Geländer.

«Graff, ich stehe auf.»

«Bleib sitzen, Motherfucker, und gib mir die Knarre. Schön langsam.»

«Ich stehe auf, Graff.»

«Bleib sitzen.»

«Ich stehe auf.»

«Bleib sitzen.»

Neuman stand auf und ging die Stufen hinunter, zwei auf einmal.

Aber Nell war schon gesprungen.

Neuman blieb kurz vorm Geländer stehen und schloß seine Augen, wartete auf das Geräusch aus Graffs Waffe, wartete auf das dumpfe Geräusch, wenn sie auf der unteren Tribüne aufschlug, das immer zuerst kam.

Was er hörte, war der Aufschrei der Menge. Len Dykstra hatte einen Homerun geschlagen und beendete das Spiel.

31

«Jake, bist du im Ruhestand, oder was?» Klinger stand mit dem Rücken zu Neuman und sah aus seinem Fenster auf Chinatown.

«Ich weiß nicht, Lou.»

«Gibt es irgend jemand? Irgend jemand, den ich anrufen oder dem ich schreiben könnte, weißt du, den ich an 'ner Straßenecke treffen könnte oder an einem dieser Orte, wo sie einem aus der Hand lesen oder so?»

«Ich habe heute eine Schlagzeile in der Zeitung gesehen – ‹Cop im Ruhestand löst *Nowhere Man*-Fall und Dimanche-Mord›.»

«Soll das etwa witzig sein, Jake?»

«Nein.»

«Gut. Weil es nicht witzig ist.»

«Ich habe gesagt, daß ich es nicht witzig finde, Lou.»

«Inspector.»

«Inspector. Außer wenn ich im Ruhestand bin, dann kann ich dich nennen, wie es mir paßt.»

«*Das* findest du witzig, richtig, Jake?»

«Irgendwie schon.»

«Hast du was dagegen, mir mal zu erklären, warum genau du

so eine Nervensäge bist, Jake? Worüber bist du eigentlich so sauer?»

«Ich bin sauer über Bobby.»

Klinger drehte sich zu ihm um. «*Bobby?* Bobby ist tot.»

«Wir hatten das alles schon mal, Lou. Er wurde exekutiert, um dem Department Peinlichkeiten zu ersparen.»

«Und als wir das alles schon mal hatten, Jake, was haben wir beschlossen?»

«Wir haben gar nichts beschlossen. Ich habe dir gesagt, was ich dachte; du sagtest, daß ich unrecht hätte.»

«Und da ich einen höheren Rang habe als du, *hast* du auch unrecht.»

«Außer wenn ich im Ruhestand bin.»

Klinger drehte sich wieder zum Fenster um. «Fick dich selbst, Jake.»

«Ich glaube, ich würde gerne zurückkommen», sagte Neuman.

«Zurück zu was kommen? Zurück *aus* was? Aus der Klapsmühle?»

Neuman lachte.

«*Das* findest du wohl auch komisch, Jake?»

«Es war, äh, hübsch ausgedrückt.»

«Zu dumm, daß ich nicht gestern bei der Pressekonferenz daran gedacht habe. Als die Reporter mich gefragt haben, was du in den letzten Jahren gemacht hast, hätte ich sagen können, daß du in der Klapsmühle warst. Ich dachte, du würdest nach Texas fahren oder so.»

«Wir haben daran gedacht, aber da gibt's Tornados.»

«Wir kriegen wahrscheinlich einen Hurrican. Hast du das in den Nachrichten gehört?»

«Ich habe gesagt, ich würde gerne zurückkommen, Lou. Ich stelle nur eine Bedingung.»

Klinger wirbelte diesmal herum und richtete seinen Finger auf ihn wie eine Waffe. «*Du? Du* stellst eine Bedingung? Jake, du kannst von Glück sagen, daß du nicht Punkte absitzt wegen Behinderung bei einer Ermittlung, mindestens. Wenn du zurückkommst, hast du mit einer Anhörung im Department zu rechnen, nicht zu sprechen von einer womöglichen Verhandlung vorm Geschworenengericht. Also wenn das deine Bedingung ist, dann ist meine Antwort: Steck sie dir in den Arsch.»

«Eine Anhörung im Department erwarte ich, eine Verhandlung vorm Geschworenengericht kann ich auch ertragen. Meine Bedingung ist, daß ich eine Untersuchung über Bobbys Exekution wünsche.»

«Das ist dein Wort, Jake, nicht meins.»

«Ich wäre froh, wenn ich's nicht mehr benutzen müßte, Lou, wenn mir jemand zeigen könnte, daß der Commander vor Ort nur nach seiner Einschätzung der Lage gehandelt hat und nicht nach irgendeiner Anweisung aus der Zentrale.»

Klinger drehte sich wieder zum Fenster um. «Weißt du, was Miles Easterly gesagt hat?»

«Ich sollte in der Ruhmeshalle der Nervensägen sein.»

«Genau das hat er gesagt.»

Neuman stand auf. «Also ich höre von dir, nehme ich an.»

«Hast du 'n Boot, Jake?», sagte Klinger.

«... Warum?»

«Weil, wenn du ein Boot hast, dann würde ich dir vorschlagen, während des Hurricans segeln zu gehen. Dann muß ich mich vielleicht nicht mehr mit dir abgeben.»

«Ich habe schon daran gedacht, mir ein Boot zu besorgen. Eins dieser Riesendinger – Zigarettenboote. Sie veranstalten diese Rennen, bei denen ich gern mitmachen würde – nach Bimini und zurück.»

«Fahr nach Bimini, Jake, das hört sich gut an, aber komm nicht zurück.»

Neuman lachte.

«*Das* findest du auch witzig, Jake? Weißt du, die UNO, die EG, all das basiert auf dem Gedanken, daß Leute gleich denken, gleich handeln – wie zum Teufel soll denn das hier funktionieren, wenn zwei Leute im gleichen Alter, mit dem gleichen Background, die in der gleichen Stadt wohnen und die gleiche Arbeit machen und einer von denen etwas witzig findet und der andere nicht mal weiß, über was zum Teufel der lacht?»

«Ich habe gehört, du kommst wieder, ja ... Lieutenant», sagte Federici.

«Ja, schon. Ich stehe immer noch ein bißchen unter Dampf. Das kann ich doch besser nutzen, um ein paar Bösewichter zur Strecke zu bringen, als in der Klapsmühle rumzurennen.»

Federici lachte. «Danke für alles, Jake.»

«Ja, schon gut. Ich weiß allerdings nicht genau, was ich eigentlich getan habe.»

«Du hast zu mir gestanden. Genauso wie du zu Bobby gestanden hast.»

«Bobby war ein Killer, Steve. Ich hab das nicht kapiert, bis es zu spät war.»

«Jessica läßt grüßen, Lieutenant.»

«Wer ist Jessica? Oh, ja – die Portiersfrau.»

«Sie hat eine Rolle in einem Stück bekommen. Irgendeine Off-Off-Broadway Geschichte, aber sie glaubt, daß es vielleicht sogar bis Off-Broadway vordringt.»

«Ein richtiger Schritt zur richtigen Zeit, denke ich, was Steve?»

«Ja, sie hat mich gebeten, dich zu fragen, ob du mal vorbeikommst und es dir anschaust.»

«Hast du, äh, weißt du, was mit ihr laufen, Steve?»

«Wir sind zusammen essen gegangen, ja. Wir haben 'ne Menge gemeinsam. Hey, weißt du, daß wir beide die Kugel Nummer 6 im Lotto gewählt haben – die Kugel, die steckengeblieben ist?»

«Tu dir einen Gefallen, Steve – heirate sie nicht nur deswegen.»

Federici lachte. «Wir haben schon mehr gemeinsam als das, Jake. Wir joggen beide; wir wollen zusammen beim nächsten Marathon mitlaufen.»

«Am Ende von zweihundertsechzig Meilen wirst du wahrscheinlich richtig was mit ihr laufen haben. Sag ihr, äh, ich freue mich über die Einladung, aber ich bin nicht so richtig begeistert davon, im Moment ins Theater zu gehen. Sie ist eine kluge Frau; sie kann vermutlich verstehen, warum. Sag ihr, daß ich vielleicht komme und mir das Stück ansehe, wenn's Off-Broadway ist.»

«Matty kommt wieder, Lieutenant. Der Arzt sagt, sein Darm ist wieder in Ordnung.»

«Matty hat uns richtig geholfen, kompletten Scheiß zu bauen.»

Federici lachte. «Winger sagte, daß ich dir erzählen soll, Lieutenant, daß er 'ne Menge darüber nachgedacht hat, Lieutenant, wie es ist, wenn die Sonne die Größe des Globus im *Daily News*-Gebäude besitzt und die Erde die einer Walnuß im Grand Central Terminal, Lieutenant, und er denkt daran, sein Buch ‹Die Größe einer Walnuß› zu nennen, Lieutenant.»

«Welches Buch?»

«Er schreibt ein Buch, Lieutenant.»

«Winger?»

«Ja, Lieutenant.»

«Worüber?»

«Darüber, wie sie in Wirklichkeit ist, Lieutenant.»

«Die Arbeit der Polizei?»

«Ja, Lieutenant.»

«Hör auf damit, ja? Nenn mich Jake. Auch wenn ich wiederkomme, auch wenn du mein Partner bist, nenn mich nie wieder Lieutenant. Verstanden?»

«Okay. Jake.»

«Leftenant Neuman?»

«Miss Johnstone.»

«Das ist schrecklich nett von Ihnen, daß Sie vorbeikommen und mich besuchen. Ich war sehr wütend darauf, daß Sie einfach weggerannt sind und mich so im Theater liegengelassen haben, am Verbluten und so. Ich verstand natürlich, daß es aus Ihrer Sicht notwendig war, aber ich wollte Ihnen doch eins sagen. Sterben ist *nicht* leicht; es ist schmerzhaft, extrem schmerzhaft, und das schlimmste ist, daß man sein Leben nicht in Bildern an sich vorüberziehen sieht. Man sieht – in Form einer Liste ‹Heute zu erledigen› – all die Dinge, die man nicht getan hat: Orte, an denen man nicht gewesen ist; Konflikte, die man nicht gelöst hat, Bindungen, die man vielleicht eingegangen wäre, aber vernachlässigt hat, Gegendarstellungen, die man nie herausgegeben hat, und und und. Diese Liste ist beinahe ein Hohn auf die Illusionen, die aus dem vollen leben heißen. Ich wollte nur, daß Sie das wissen.»

«Ja, schön. Der Doc meint, Sie sollten nicht so viel reden.»

«Ich habe ihm erklärt, daß das gleichbedeutend mit der Forderung wäre, daß die Sonne nicht scheinen und der Regen nicht fallen solle.»

Neuman lächelte und drückte ihre Hand. «Wir sehen uns mal wieder, denke ich.»

«Sie gehen doch nicht schon?»

«Ich glaube, ich hab nicht so furchtbar viel zu erzählen.»

«Da ist aber etwas, das Sie mir sagen wollten. Ich seh's in Ihren fragenden Augen.»

Neuman trat auf der Stelle. «Es war ziemlich dumm von Ihnen, daß Sie so auf die Bühne gerannt sind, wo Sie doch wußten, daß die Waffe echt war, um nicht zu sagen geladen. Es war auch verdammt mutig, denn Last hätte Amanda Becker vielleicht erschossen.»

Charly streckte ihren Nacken. «Und hat sie mir etwa gedankt, Amanda? Sie hat es nicht. Die Premiere von *Sterben ist leicht* ist auf nächstes Frühjahr verschoben – es gibt *doch* so etwas wie zuviel Publicity –, und Jay Dillen und Amanda Becker sind dem New Yorker Gefängnis entflohen in den Goldenen Käfig von Hollywood. Irgendwas im Zusammenhang mit einem Roeg-Film mit Amanda und einem Gerücht, daß die entsprechenden Leute, die so was zustande bringen, überlegt haben, ob es nicht Zeit für eine neue Folge vom *Exorzisten* wäre – obwohl ich keine Idee habe, wie sie gegen Linda Blairs doch außerordentliche Brüste konkurrieren wollen – und ob Jay genau der richtige Mann wäre, wobei ich sagen müßte, daß er dazu vollkommen qualifiziert ist, weil er absolut keine Erfahrungen im Filmbereich aufzuweisen hat. Haben sie etwa *Goodbye* gesagt, bevor sie von N. Y. nach L. A. geflogen sind, wie man in der Branche sagt? Sie haben nicht. Nicht mal ein Telegramm, ein Blumenstrauß oder Pralinen. Sie sind einfach weggefahren, wie Leute, die absolut keine Klasse und keinen Stil haben, eben Leute wie sie. Sie –»

«Äh, schauen Sie, Miss Johnstone, ich muß –»

«Charly, bitte, Leftenant.»

«Ich muß los, äh, Charly, und, ja, vielleicht können wir mal zusammen Mittag essen. Sie wissen, auf meine Rechnung diesmal.»

«Das wäre wunderschön, Leftenant. Ich fänd's ganz wunderschön.»

«Jake, okay? Nennen Sie mich Jake.»

«Das fände ich auch wunderschön... Jake. Sie sehen so müde aus, Jake.»

«Ja, gut. Ich habe 'ne Weile auf meinem Hintern gesessen, ich bin nicht ganz in Form. Ich bin's nicht gewöhnt, so an der Nase herumgeführt zu werden.»

Charly lachte. «Wer ist das schon?»

«Jacob?»

«Ja, Babe?»

«Schaust du dir das Spiel an?»

«Ich schau's mir nicht wirklich an, nein. Ich hör bloß irgendwie zu. Mein Nacken tut beschissen weh, ich kann kaum meinen Kopf hoch halten.»

«Dann können wir ja ein anderes Mal reden.»

«Das wäre so, als ob ich sage, wir reden ein anderes Mal, Maria, als ob ich das, was gerade passiert ist, als Vorwand benutze, um nicht über die Dinge zu reden, über die wir reden müssen. Ich möchte das nicht mehr so machen.»

Sie setzte sich. «Also gut.»
«Ich möchte wieder arbeiten, Maria.»
«Das dachte ich mir schon. Aber ich frage mich doch: Willst du das bloß, weil du einen Mann getötet hast?»
«Du meinst, um all dem irgendwie den Stempel der Genehmigung aufzudrücken. Es war okay, weil ich ein Cop bin, ich war in dem Moment bloß zufällig im Ruhestand.»
«Irgend so etwas.»
«Ich glaube nicht, nein.»
«Du bist ein sehr guter Polizist», sagte Maria.
«Ja, gut. Irgendeiner muß es tun, also kann's genausogut auch einer machen, der gut ist. Ich möchte auch, weißt du, zu jemandem hingehen.»
«Ich verstehe nicht ganz, was du meinst.»
«Zu einem Therapeuten oder so.»
«Gut.»
«Du glaubst mir nicht, oder? Du wirst es erst glauben, wenn du's siehst, nicht?»
«Du magst es nicht, wenn ich dir sage, was du denkst, Jacob. Sag mir nicht, was ich denke.»
«Richtig. Gut. Okay. Was denkst du denn?»
«Ich denke, daß es gut ist, daß du zu einem Therapeuten willst... Und ich denke, daß eine Menge Dinge dann wiedergutgemacht werden.»
Neuman setzte sich auf und rieb seinen Nacken. «Maria?»
«Ja?»
Aber er erzählte ihr nicht, daß er Nell Ward geküßt hatte, daß er fast mit ihr ins Bett gegangen wäre. Er wollte nichts wissen vom Commissioner, Klinger, Easterly, Federici, Terry Niles, The Band, Robbi Robertson, Neil Young, Neil Diamond, Van Morrison, Doctor John, Muddy Waters, Paul Butterfield, Dylan, Männern, die Jeans und Rolex-Uhren trugen und Macintosh-Computer benutzten, und den Marines; es war nicht nötig, Maria von Nell zu erzählen. Alles, was er tun wollte, war, ihr zu zeigen, daß er begehrenswert war – daß eine Frau ihn begehrt hatte –, eine Frau, die zwei Männer getötet hatte. «Mein Nacken tut wirklich weh. Hast du irgendwas dagegen?»
«Du meinst so was wie Aspirin?»
«Ja, so was. Oder irgend so ein Ben-Gay oder so. Oder was war das für 'n Zeug, was du dir damals besorgt hast? Tiger-Balsam.»
Maria kicherte.

«Heißt das nicht so? Man kriegt das, weißt du, in diesen kleinen Dosen.»

«Ich habe gelacht, weil ich an etwas gedacht habe, was deinem Nacken vielleicht helfen könnte.»

«Ja, und was?»

«Mein Vibrator.»